Le Livre de Poche Jeunesse

LES INSOUMIS

LE CHEMIN DE LA VÉRITÉ

2

Alexandra Bracken

Née en 1987 à Phoenix en Arizona, Alexandra Bracken est auteur de fantasy pour jeunes adultes. Après des études au College of William and Mary à Williamsburg en Virginie, elle obtient un diplôme d'histoire en 2009. Elle a travaillé dans l'édition de livres pour enfants à New York pendant cinq ans et se consacre aujourd'hui entièrement à sa carrière d'écrivain.

Du même auteur :

- Les Insoumis - Tome I

Alexandra Bracken

LES INSOUMIS

2 LE CHEMIN DE LA VÉRITÉ

Traduit de l'anglais (États-Unis)
par Daniel Lemoine

Photographies de couverture :
© Jonathan Kantor/Getty Images ; © Piotr Marcinsky/Shutterstock ;
© Vadim Kozlovsky/Shutterstock ; © Olly/Shutterstock ; © Accord/Shutterstock ;
© mast3r/Shutterstock ; © Luis Molinero/Shutterstock
© Aigaro Reinholds/Shutterstock

Édition originale publiée en 2013, sous le titre,
Never Fade
par Hyperion, une marque de Disney Book Group, New York.

À la mémoire de mon père.
Son amour de la vie et son courage indomptable
m'inspirent encore tous les jours.

Prologue

Le rêve est apparu pendant ma deuxième semaine à Thurmond et s'est ensuite manifesté au moins deux fois par mois. Ce n'est sans doute pas par hasard qu'il a pris racine derrière la clôture électrifiée. Dans ce camp, on ne pouvait que dépérir et peu importait qu'on y soit depuis deux, trois, ou six ans. En uniforme, soumis à une routine monotone, on perdait la notion du temps. Je savais que je vieillissais, mais j'en étais comme détachée. Il n'y avait plus de lien entre ce que j'étais et ce que j'avais été ; j'errais quelque part entre les deux. De temps en temps, je me demandais si j'étais encore Ruby. Dans le camp, je n'avais pas de nom hors de mon baraquement. J'étais un numéro, 3285, et un dossier sur un serveur ou dans un classeur métallique. Ceux qui m'avaient connue avant mon internement ne m'auraient pas reconnue.

Le rêve commençait toujours par un coup de tonnerre. J'étais vieille – voûtée, ratatinée, courbatue – et debout au milieu d'une rue animée.

Des voitures passaient, dans les deux sens. Parfois, j'entendais le tonnerre d'un orage tout proche, d'autres fois le hurlement de plus en plus fort des klaxons. De temps en temps, je n'entendais rien du tout.

Mais, ensuite, le rêve était toujours le même.

Des véhicules noirs identiques s'arrêtaient à ma hauteur et, à l'instant où je levais la tête, repartaient dans la direction opposée. Et tout faisait de même. La pluie s'élevait au-dessus de l'asphalte noir, montant en gouttes scintillantes parfaites. Le soleil revenait sur ses pas, dans le ciel, poursuivant la lune. Au fil des cycles, mon vieux dos voûté se redressait et je finissais par me tenir droite. Levant mes mains devant mes yeux, je voyais disparaître mes rides.

Puis ces mains devenaient de plus en plus petites. Ma vision de la rue se transformait ; je flottais dans mes vêtements. Les bruits se faisaient assourdissants, rauques et dépourvus de sens. Le temps revenait en arrière de plus en plus vite, me jetant sur le sol, traversant mon crâne dans un bruit d'enfer.

Je rêvais que je remontais le temps, retrouvais ce que j'avais perdu et la personne que j'avais été.

Mais c'est fini, maintenant.

Un

J'emprisonnai le cou de l'homme au creux de mon bras, serrai, et les semelles en caoutchouc de ses rangers frappèrent le sol. Ses ongles griffèrent le tissu noir de ma chemise et de mes gants… En vain. Son cerveau ne recevait plus d'oxygène, mais ses pensées restaient claires. Je vis tout. Ses souvenirs se succédèrent derrière mes yeux ; je ne lâchai pas prise, même quand son esprit terrifié créa une image de lui-même gisant sur le dos, les yeux ouverts, dans le couloir obscur. Mort, peut-être ?

Mais je ne le tuerais pas.

L'instructeur Johnson appelait cette prise l'*étranglement* ; il m'en avait enseigné beaucoup d'autres : l'ouvre-boîte, le crucifix, le coup du lapin, le Nelson, la torsion, la clé au poignet et le brise-dos. Toutes permettent à une fille d'un mètre soixante de prendre l'avantage sur un adversaire plus robuste. Et lui donnent le temps de dégainer une arme.

L'homme hallucinait, maintenant. Entrer dans son esprit fut indolore et facile. Je ne lâchai son cou qu'une fois certaine d'avoir pris le contrôle de ses pensées.

Il ne s'attendait sûrement pas à ça quand il était sorti, par la porte latérale de la boutique, pour fumer une cigarette.

L'air vif de la Pennsylvanie avait rougi les joues mal rasées de l'homme. Je soufflai, sous ma cagoule, et m'éclaircis la gorge, très consciente des dix paires d'yeux rivées sur moi. Je me penchai vers le soldat qui sentait le tabac froid et le chewing-gum à la menthe, et posai deux doigts tremblants sur son cou.

— Réveille-toi, soufflai-je.

L'homme ouvrit péniblement des yeux aux pupilles dilatées d'enfant effrayé. Mon estomac se noua.

Par-dessus l'épaule, je jetai un coup d'œil sur les membres de l'équipe tactique, qui assistaient en silence à la scène.

— Où est le détenu 27 ? demandai-je.

Nous étions hors du champ des caméras, mais j'étais très pressée d'en finir.

— Dépêche ! souffla Vida, près de moi, les dents serrées.

Mes mains tremblèrent quand je perçus, sur mon dos, la chaleur du Leader de l'unité tactique. La tâche que j'accomplissais n'était plus douloureuse. Elle ne m'épuisait plus, ne parsemait plus mon esprit de points de souffrance. Mais elle me rendait plus sensible aux sentiments des personnes proches… y compris au dégoût du Leader. À la noirceur de sa haine.

Du coin de l'œil, j'aperçus la tête de Rob. Je sentis qu'il était sur le point de donner l'ordre de continuer sans moi. J'avais participé à trois opérations sous ses ordres et n'avais pu en terminer qu'une.

— Où est le détenu 27 ? insistai-je, mettant l'esprit du soldat un peu plus sous pression.

— Le détenu 27…, répéta-t-il, et sa grosse moustache frémit.

Il grisonnait et faisait plus vieux que son âge. La documentation qui nous avait été remise au QG comportait une brève biographie de tous les soldats affectés à ce bunker, dont celui-ci : Max Brommel. Quarante et un ans, né à Cody, dans le Wyoming. Employé comme programmeur à Pittsburgh, en Pennsylvanie, jusqu'à l'effondrement de l'économie. Une jolie femme, deux enfants.

Morts.

Un flot d'images floues se répandit dans les coins sombres et les fissures de son esprit. Je vis une douzaine d'hommes, peut-être plus, descendre de l'arrière d'un camion et des Humvees encadrant la camionnette qui transportait des criminels ainsi qu'un de nos meilleurs agents, si les infos de la Ligue des enfants étaient exactes.

Soudain calme, je vis les soldats faire descendre un… deux… non, trois hommes de l'arrière de la camionnette. Les soldats avaient cagoulé ces détenus avant de les pousser, dans l'escalier de la boutique abandonnée, jusqu'à la porte métallique coulissante permettant d'accéder au bunker situé dessous.

Après la destruction d'une partie de Washington, le président Gray, convaincu que cet attentat était l'œuvre d'un groupe de jeunes *Psi* déments, avait fait construire ces mini-forteresses sur toute la côte est, en cas de nouvelle attaque. Elles se trouvaient sous des hôtels, au flanc de montagnes ou, comme celle-ci, dans de petites villes, sous des boutiques ou des bâtiments officiels. Elles étaient destinées à la protection de Gray, de ses ministres et de son état-major, mais servaient aussi à la détention de personnes « représentant une menace pour la sécurité nationale ».

Comme notre détenu 27, qui faisait apparemment l'objet d'un traitement spécial.

Sa cellule se trouvait au bout d'un long couloir, au deuxième sous-sol. C'était une petite pièce basse de plafond. Sans lui ôter sa cagoule, les soldats lui lièrent les chevilles aux pieds d'une chaise placée dans la lumière d'une ampoule nue.

Je sortis de l'esprit du garde national et lâchai son bras. Le cerveau toujours embrumé, il glissa au pied du mur couvert de graffitis. Effacer le souvenir de mon visage et de ceux de mes compagnons fut très facile.

— Deuxième sous-sol, pièce 4B, annonçai-je en me tournant vers Rob.

Nous connaissions la disposition des lieux, mais pas en détail. Cependant, ces bunkers se ressemblaient tous. Un escalier ou un ascenseur à une extrémité et un long couloir sur chaque niveau. Rob leva une main, m'interrompant, pour faire signe à son équipe. Je lui transmis ensuite le code extrait de la mémoire du soldat – 6-8-9-9-9-9-* – et m'éloignai en entraînant Vida.

Je ne pouvais voir les yeux de Rob derrière ses lunettes de vision nocturne, mais c'était inutile : je connaissais ses intentions. Il n'avait pas demandé notre présence et n'avait pas besoin de nous – lui, un ancien Ranger, comme il aimait à le rappeler – pour mener cette mission à bien avec ses hommes.

Le compte à rebours débuta à l'instant où la porte coulissante fut ouverte. Un quart d'heure pour entrer, libérer le détenu 27 et filer. Mais nous n'étions même pas sûrs d'avoir autant de temps. Rob avait simplement estimé que les renforts mettraient quinze minutes à arriver après le déclenchement de l'alarme.

La porte donnait sur un escalier qui descendait dans le noir, palier après palier, de rares lampes éclairant les marches métalliques. Un homme coupa le fil de la caméra fixée près du plafond ; Vida me poussa et mes yeux mirent longtemps – trop longtemps – à s'accoutumer à l'obscurité. L'air sentait vaguement les produits chimiques.

Puis on descendit. Vite, aussi silencieusement que peut le faire un groupe chaussé de rangers.

Le sang sifflait dans mes oreilles quand on atteignit, Vida et moi, le premier palier. Je n'avais eu que six mois de formation, mais je savais qu'il fallait rester concentré.

Je reçus un coup dans le dos, puis un deuxième… une épaule, une arme, puis d'autres, en une succession si rapide que je dus me coller à la porte d'accès au bunker. Vida poussa un bref cri quand le reste de l'équipe nous dépassa. Seul Rob s'arrêta.

— Couvrez-nous jusqu'à ce qu'on soit à l'intérieur, puis surveillez l'entrée. Ne quittez pas votre position.

— On devait…, commença Vida, mais je me plaçai devant elle, lui coupant la parole.

Ce n'était pas ce qui avait été prévu, mais c'était dans notre intérêt. Nous n'avions pas de raison de les accompagner dans le bunker et de risquer notre vie. De plus, elle savait – on nous l'avait seriné un million de fois – que Rob dirigeait les opérations. Et la première règle, la seule qui comptait dans les moments critiques, était la nécessité de *toujours* obéir au Leader.

Vida se tenait derrière moi, si près que je sentais la chaleur de son souffle à travers l'épais tricot de ma cagoule. Si près que je percevais sa fureur. Une sorte d'impatience assoiffée de sang émanait toujours de Vida ; le désir de prouver sa valeur prenait systématiquement le pas sur les leçons de sa formation. C'était un jeu, pour elle, un défi, et elle aimait montrer qu'elle savait combattre, tirer et utiliser mieux que tout le monde ses aptitudes très affûtées de Bleue. Sans doute était-elle, à dix-sept ans, l'élève parfaite, l'exemple que la Ligue nous demandait de suivre, mais elle n'était jamais parvenue à dominer son adrénaline.

— Ne me touche plus, pétasse, gronda-t-elle, furieuse, en suivant les autres dans l'escalier. Tu vas accepter ça sans rien dire ? Tu vas le laisser nous manquer de respect ? Tu…

Le palier se souleva sous nos pieds, comme s'il inspirait profondément, puis soufflait. Le choc fut si violent que le temps parut s'arrêter… Je perdis l'équilibre et fus projetée contre la porte. Vida, plaquée sur le sol, couvrit sa tête de ses mains, et ce ne fut qu'à cet instant que nous parvint le rugissement de la grenade ayant fait sauter la porte du deuxième sous-sol.

La chaleur et la fumée me coupèrent le souffle, mais la désorientation fut bien pire. Quand j'ouvris les yeux, j'eus l'impression que mes paupières étaient à vif. Une lumière rouge clignotait dans le noir, derrière la poussière de béton. Une palpitation étouffée retentissait dans mes oreilles… et ce n'était pas mon cœur. C'était l'alarme.

Ils savaient que le code de cette porte serait le même que celui de l'entrée ; alors pourquoi avaient-ils utilisé une grenade ? Il n'y avait pas eu de coups de feu… nous les aurions entendus. Maintenant, tout le monde était au courant de notre présence… jamais une équipe de professionnels n'aurait dû agir ainsi.

J'ôtai ma cagoule, frottai mon oreille droite. Je ressentis une vive douleur. L'oreillette et le micro, brisés, tombèrent sur le sol. Je me redressai, nauséeuse. Je me tournai vers Vida, dans l'intention de la traîner jusqu'en haut de l'escalier puis dans la nuit glaciale de la Pennsylvanie, mais elle n'était plus là.

Terrifiée, je me penchai sur le trou du palier, la cherchant parmi les membres de l'équipe tactique.

— Vida, appelai-je. Vida !

La porte coulissante du palier était tordue, cabossée, brûlée… mais s'ouvrait encore. Je la poussai et elle s'immobilisa à mi-chemin dans un horrible grincement. Je me plaquai au mur et montai deux marches. J'étais à couvert, dans le noir, quand un soldat franchit le seuil, son arme braquée sur l'étroit palier. Je pris une profonde inspiration et m'accroupis. Il me fallut battre trois fois des paupières pour voir distinctement et, à cet instant, d'autres soldats passaient la porte, enjambaient le trou et descendaient l'escalier. J'en comptai quatre, cinq, six, qui disparurent dans la fumée. Une succession d'explosions étouffées retentit et je ne compris qu'une fois debout, passant mon avant-bras sur mon visage, que c'étaient des coups de feu au deuxième sous-sol.

Vida avait disparu, l'équipe tactique se trouvait dans une situation délicate qu'elle avait elle-même créée… et le détenu 27… ?

Je redescendis sur le palier. Le personnel de ces bunkers comptait en général une trentaine de soldats. Le couloir était désert, mais cela ne signifiait pas qu'ils participaient tous à la fusillade du deuxième sous-sol. Si nous nous faisions prendre, ce serait terminé. D'une façon ou d'une autre, je serais tuée.

Mais j'avais vu le détenu cagoulé.

Je n'étais pas particulièrement attachée à la Ligue des enfants. Un contrat nous liait, un étrange accord verbal. Je ne me sentais obligée de protéger personne, sauf les membres de mon équipe et, assurément, on ne se préoccupait de ma sécurité que dans la mesure où je devais rester en vie pour m'immiscer dans l'esprit des cibles qu'on me désignait.

Je restai immobile. Une partie de la scène me revenait sans cesse en mémoire : le détenu 27 qu'on conduisait dans les profondeurs obscures du bunker, les mains liées. Le reflet de la lumière sur les armes, l'impossibilité de s'échapper. Le désespoir m'envahit.

Je savais ce qu'on ressent quand on est prisonnier. Le temps finit par s'arrêter parce que l'espoir d'être secouru s'amenuise jour après jour. Et nous ne serions pas venus pour rien si l'un d'entre nous pouvait l'approcher, lui montrer que nous étions là pour lui.

Mais descendre était risqué et, en bas, la fusillade faisait rage. Le détenu 27 comprendrait qu'on venait le libérer… et que ses sauveteurs ne pouvaient l'atteindre. Je devais refouler cette compassion. Je devais cesser de croire que les adultes méritent la moindre pitié, surtout les agents de la Ligue.

Si je restais ici comme Rob me l'avait ordonné, je risquais de ne jamais retrouver Vida. Mais si je désobéissais, il serait furieux.

Peut-être voulait-il que nous soyons là au moment de l'explosion, souffla une petite voix, en moi. *Peut-être espérait-il…*

Non. Ce n'était pas le moment de réfléchir à cela. J'étais responsable de Vida, pas de Rob ni du détenu 27. Vida la vipère. Quand je l'aurai retrouvée, après notre retour au QG, je reviendrai sur ces événements. Pas maintenant.

Mes oreilles bourdonnaient toujours et je n'entendis pas les pas lourds venant de l'extérieur. On se percuta littéralement quand je poussai la porte donnant sur la ruelle.

Le soldat était jeune. Sans doute n'avait-il que quelques années de plus que moi. Ryan Davidson, indiqua mon cerveau, ajoutant toutes sortes d'informations inutiles fournies par le dossier de l'opération. Né au Texas. Engagé dans la Garde nationale après la fermeture de son université. Étudiant en histoire de l'art.

Cependant lire la vie de quelqu'un est une chose, se trouver face à la personne en est une autre. Sentir son haleine, voir son pouls palpiter sur son cou.

Il dégaina son pistolet mais je frappai sa main du pied et l'arme tomba sur le palier, puis dévala les marches. On plongea tous les deux pour la récupérer.

Mon menton heurta le métal et, pendant une seconde, je ne vis que des éclairs d'un blanc aveuglant. Puis les couleurs réapparurent, très vives. La douleur suivit ; quand le soldat me plaqua sur le sol, mes dents entaillèrent ma lèvre inférieure. Le sang éclaboussa les marches.

De tout son poids, le soldat m'immobilisa. Je compris, quand il bougea, qu'il prenait sa radio. J'entendis une voix de femme dire *« au rapport »* puis *« je monte »* et la certitude d'être fichue, si cela se produisait, me plongea dans un état de « panique contrôlée », selon l'expression de l'instructeur Johnson.

Panique parce que la situation se dégradait rapidement.

Contrôlée parce que j'étais le prédateur.

Une de mes mains était coincée sous ma poitrine, l'autre entre mon dos et le ventre du soldat. Comme je pus, je tirai sur sa chemise pour accéder à sa peau. Les doigts de mon cerveau se dirigèrent vers sa tête et se frayèrent un chemin parmi les souvenirs de femmes dansant sur une scène dans une lumière bleue, d'un pré, d'un homme armant son poing…

Puis le poids disparut et l'air froid emplit mes poumons. Je me mis à quatre pattes pour reprendre mon souffle. La silhouette debout près de moi avait projeté le soldat dans l'escalier.

— Debout ! Il faut…

J'entendis les mots comme si j'étais sous l'eau. Sans les mèches de cheveux bleus dépassant sous la cagoule, je n'aurais sans doute pas reconnu Vida. Sa chemise et son pantalon noirs étaient déchirés et elle semblait boiter, mais elle était en vie et en un seul morceau. Mes oreilles bourdonnaient et ce fut à peine si je l'entendis.

— Bon sang, qu'est-ce que tu es lente ! cria-t-elle. On y va !

Elle s'engagea dans l'escalier, mais je saisis le bord de son gilet en Kevlar pour l'arrêter.

— On sort. On couvrira l'entrée depuis l'extérieur. Ta radio marche ?

— Ils se battent encore, en bas, protesta-t-elle. Ils ont besoin de nous. Rob nous a dit de rester à notre poste… !

— Considère que c'est un ordre.

Et Vida était obligée d'obéir, parce que ça marchait comme ça. C'était ce qu'elle détestait le plus chez moi : je commandais. La décision me revenait.

Elle cracha à mes pieds, mais me suivit dans l'escalier en jurant à voix basse.

Le soldat posté à l'extérieur, une femme, ne s'attendait pas à me voir. Je levai la main, pour prendre la sienne et lui ordonner de s'en aller, mais Vida tira par-dessus mon épaule et je reculai d'un bond pour ne pas être éclaboussée par le sang.

— Pas de temps pour ces conneries, dit Vida, sortant mon arme de l'étui que je portais à la ceinture et me la fourrant dans la main. *Go !*

Mes doigts se refermèrent sur la crosse familière. C'était une arme de service standard – un Sig Sauer P229 DAK noir – qui me semblait toujours trop grosse, alors que je m'entraînais depuis des mois à tirer, à la nettoyer, à la remonter.

On sortit dans la nuit. Je tentai de retenir Vida avant qu'elle ne se retrouve dans une situation difficile, mais elle se dégagea. On courut dans l'étroite ruelle.

Arrivée au carrefour, je vis trois soldats brûlés et blessés tirer deux silhouettes cagoulées hors d'une bouche d'égout. Cette issue ne figurait pas dans le dossier qu'on nous avait fourni.

Le détenu 27 ? Je ne pouvais pas en être sûre. Les prisonniers que les militaires poussaient en direction d'une camionnette étaient des hommes à peu près de la même taille que lui ; il y avait une chance. Et il fallait faire vite.

Vida posa la main sur l'oreille et serra les lèvres.

— Rob veut qu'on le rejoigne. Il a besoin de renfort.

Elle pivotait déjà sur elle-même quand je la pris par le bras. Pour une fois, je fus un peu plus rapide qu'elle.

— Notre objectif est le détenu 27, soufflai-je, tentant de faire vibrer la corde de sa loyauté bornée à l'organisation. Et je crois que c'est l'un d'eux. C'est lui le but de notre mission et, si on les laisse l'emmener, l'opération sera un échec.

— Il..., protesta Vida, qui ravala ensuite ce qu'elle voulait dire.

Elle serra les mâchoires, mais hocha la tête.

— Si ça tourne mal, ajouta-t-elle, je ne tomberai pas avec toi. Pigé ?

— Je prends tout sur moi.

Ses états de service parfaits ne seraient pas entachés et rien n'altérerait la confiance qu'Alban et Cate plaçaient en elle. Elle avait tout à gagner : elle bénéficierait de la « gloire » d'une opération réussie ou bien aurait le plaisir d'assister à ma punition et à mon humiliation.

Je n'avais pas quitté des yeux ce qui se passait devant nous. Il y avait trois soldats... c'était réalisable mais, pour être efficace, il me faudrait être assez près pour les toucher. Telle était la limite de mon aptitude, et je n'étais pas parvenue à la repousser malgré les heures d'entraînement que la Ligue m'imposait.

Je fixai le soldat le plus proche, tentai d'imaginer les longs doigts de mon esprit franchissant l'espace me séparant de lui, pénétrant dans son cerveau vulnérable. Clancy en était capable. Il n'avait pas besoin de toucher les gens pour contrôler leurs pensées.

Je ravalai un cri de colère. Nous avions besoin d'une diversion qui…

Vida était solidement charpentée, avec des membres puissants, et tous ses mouvements semblaient élégants, faciles. Elle leva son arme et visa.

— Les aptitudes, Vida, soufflai-je. Pas le pistolet. Ça va alerter les autres !

Elle me regarda comme si j'étais stupide. Les abattre était le plus simple, nous le savions toutes les deux, mais si elle manquait sa cible et touchait un détenu, ou si les soldats ripostaient…

Vida leva la main en poussant un soupir irrité. Puis elle tendit les bras. Les trois Gardes nationaux furent soulevés et projetés à cent mètres, contre des voitures en stationnement. Vida n'était pas seulement la plus forte, la plus rapide et la meilleure tireuse… c'était aussi celle qui contrôlait le mieux son aptitude.

Je refoulai tout sentiment. La Ligue des enfants m'avait enseigné à chasser la peur et à la remplacer par quelque chose de beaucoup plus froid. Le calme, la concentration, l'insensibilité, peu importe… j'étais dans cet état, le sang courant dans mes veines, quand je me précipitai vers les détenus.

Ils sentaient le vomi et les excréments. J'eus un haut-le-cœur.

Le prisonnier le plus proche était recroquevillé dans le caniveau, ses mains liées posées sur sa tête. Sa chemise en lambeaux dévoilait des plaies, des traces de coups, des brûlures et la peau de son dos ressemblait à de la viande crue.

À mon approche, il leva la tête. J'ôtai sa cagoule. J'avais préparé quelques mots rassurants, mais je fus incapable de les prononcer après avoir vu son visage. Des yeux bleus me fixaient, sous une tignasse blonde, et je restai figée, muette.

— Bouge, idiote ! cria Vida. Qu'est-ce que tu attends ?

J'eus l'impression que, d'un coup, mon corps se vidait de son sang, comme si j'avais reçu une balle en plein cœur. Et, soudain, je compris… pourquoi Cate avait insisté pour me faire affecter sur une autre mission, pourquoi on m'avait interdit d'entrer dans le bunker, pourquoi on ne m'avait donné aucune information sur le détenu. Ni nom, ni signalement, ni avertissement.

Parce que ce visage maigre, fatigué, meurtri, je le connaissais. Je le… je…

Ce n'est pas lui, pensai-je, prise de vertige. *Pas lui.*

Il se redressa lentement, avec un sourire malicieux malgré une grimace de douleur. Une fois debout, il se dirigea vers moi d'un pas incertain. Mais, quand il parla, ce fut avec un accent du Sud chantant.

— Je suis… aussi moche que je le crois ?

Et j'eus l'impression de sortir du temps.

Deux

Il est impossible d'entrer en contact avec la Ligue des enfants.

On ne peut pas se renseigner sur elle, parce que les habitants de Los Angeles, craignant les représailles de Gray, n'admettront jamais que leur ville abrite le siège de cette organisation. La présence de la Coalition fédérale est déjà assez gênante. Les gens *susceptibles* de fournir des informations les vendent si cher que personne ne peut payer.

C'est la Ligue qui entre en contact avec ceux qu'elle souhaite recruter. S'ils sont prêts à se battre. Ce fut la première chose que j'appris, dans la voiture, près de Cate, à mon arrivée… enfin, la première idée qui prit vraiment forme dans mon esprit pendant que notre 4 × 4 filait sur l'autoroute en direction du centre de la ville.

La base opérationnelle principale – le QG, comme nous l'appelions – se trouvait deux niveaux sous une usine de bouteilles en plastique toujours en activité. Sur le papier, de nombreux agents de la Ligue étaient employés par P & C Bottling, Inc.

Au moins, à Thurmond, on voyait le ciel. Il y avait des arbres derrière la clôture électrifiée. Désormais, je n'aurais même plus ça… pas tant que la Ligue ne m'autoriserait pas à sortir.

— Le propriétaire s'appelle Peter Hinderson, dit Cate. Tu feras sans doute sa connaissance. Il soutient activement la Ligue depuis le début.

La voiture entra dans ce qui semblait être un parking souterrain. Béton et couleurs claires passées.

— Il a contribué à la construction du QG, reprit-elle. La structure se trouve exactement sous l'usine. Si des satellites tentent de nous localiser, ils ne pourront pas détecter la signature thermique de notre système de ventilation.

Elle semblait très fière de cela et, franchement, je m'en fichais comme de l'an 40. Le vol depuis le Maryland, le trajet depuis l'aéroport et la puanteur d'essence de la ville m'avaient donné la migraine. L'air doux et propre de la Virginie me manquait.

Les autres agents descendirent de leur voiture, cessèrent de bavarder et de rire à l'instant où ils s'aperçurent de notre présence. Pendant le vol, ils n'avaient cessé de me regarder. Tenter de deviner pourquoi Cate avait mis en œuvre des moyens aussi importants pour me retrouver les avait occupés durant tout le trajet. Des mots flottaient jusqu'à moi, comme des voiliers miniatures sur un bassin : *espionne, fugueuse, Rouge.* Tous faux.

On laissa les autres agents se diriger vers l'ascenseur, à l'extrémité du parking, leurs pas résonnant sur le béton. Cate sortit nos affaires du coffre le plus lentement possible, pour leur laisser le temps de prendre de l'avance sur nous. Je serrai la veste de Liam sur ma poitrine.

Cate plaqua une carte sur le boîtier noir installé près de l'ascenseur. La cabine arriva. J'y pénétrai et fixai le plafond jusqu'au moment où les portes s'ouvrirent, laissant entrer un air humide.

À en juger par les rats, la mauvaise odeur et la faiblesse de la ventilation, c'était sans doute un ancien égout ou une canalisation d'évacuation des eaux de pluie. Un détecteur de mouvement alluma les faibles ampoules fixées aux parois, éclairant les graffitis aux couleurs vives et les flaques d'eau du sol.

Je me tournai vers Cate, mais elle haussa simplement les épaules.

— Je sais, ce n'est pas... beau, mais tu... Enfin, personne n'apprécie cet endroit. Tu t'y feras après l'avoir emprunté plusieurs fois.

Génial. Il y avait vraiment de quoi se réjouir !

Le Tube, comme on surnommait ce tunnel, était relativement haut de plafond et nous pouvions presque tous marcher normalement mais les plus grands – notamment Rob – devaient baisser la tête pour passer sous les poutrelles métalliques. Il n'offrait aucun luxe, mais était assez large pour qu'il soit possible de marcher côte à côte.

Cate leva la tête et fit un signe de la main quand on passa sous une caméra, à l'approche de portes métalliques barrant le Tube.

Je ne sais pas pourquoi, soudain, j'hésitai. Peut-être était-ce le point de non-retour. Ou peut-être compris-je vraiment, à cet instant, qu'il me faudrait travailler très dur, être très prudente et patiente, pour donner à Liam le temps d'échapper à la Ligue et parvenir, ensuite, à rompre moi-même avec elle.

Le boîtier noir émit trois bips et un témoin vert s'alluma. Cate remit la carte dans une des pochettes de sa ceinture et le bruit de l'ouverture des portes couvrit son soupir de soulagement.

Je m'éloignai quand elle voulut saisir mon bras et son sourire me fit grimacer.

— Bienvenue au QG, Ruby, dit-elle. Avant de commencer la visite, je voudrais te présenter plusieurs personnes.

— Très bien, marmonnai-je.

Je fixai le long mur du couloir, sur lequel des centaines de vieux journaux étaient punaisés. Le dallage était d'un noir luisant et l'éclairage se résumait aux tubes au néon du plafond.

— Ce sont les notifications de mobilisation des agents, expliqua Cate en montrant les pages jaunies.

Dans le sillage de la crise, Gray avait rétabli la conscription. Tous les citoyens âgés de moins de quarante ans devaient servir leur pays dans la Garde nationale, les douanes ou les Forces spéciales Psi. Les premiers déserteurs avaient été les appelés d'un peu plus de vingt ans : trop âgés pour avoir été affectés par la NIAA, trop jeunes pour avoir perdu des enfants.

— Beaucoup d'agents sont d'anciens militaires, comme Rob, poursuivit-elle. Mais les civils ayant rejoint Alban parce qu'ils croyaient à son œuvre de vérité, ou dans l'espoir d'obtenir des informations sur leurs enfants ou leurs frères et sœurs, sont plus nombreux. Il y a plus de trois cents agents actifs – dont une centaine au QG – chargés des opérations, de la formation et de l'entretien du matériel.

— Combien de jeunes ?

— Vingt-six en vous comptant, Martin et toi. Six équipes de quatre, sous l'autorité d'un agent… Alban nous appelle Mentors. Tu seras formée avec les autres membres de mon équipe et, ensuite, tu participeras aux opérations.

— Et la Ligue les a tous fait évader des camps ?

Elle ouvrit une nouvelle porte grâce à sa carte.

— Cinq, tout au plus, depuis la fondation de la Ligue, il y a cinq ans. Ils viennent de tout le pays. Quelques-uns, comme Vida et Jude – tu feras leur connaissance dans quelques instants –, sont arrivés au début des Rafles. D'autres ont eu la chance d'être repérés pendant le transport jusqu'au camp ou avant l'arrivée des FSP. Il y a quelques cas particuliers, comme Nico, qui fait aussi partie de mon équipe. Il… son histoire est intéressante.

Elle se tut et je me demandai s'il fallait que je pose une question.

— Intéressante ? répétai-je.

— Je t'ai parlé de Leda Corps, tu t'en souviens ? Cette société que le gouvernement subventionne pour qu'elle trouve l'origine de la NIAA ? Nico était…

Elle s'éclaircit la gorge puis reprit :

— C'était un de ses sujets d'étude. Il n'est ici que depuis quelques semaines et vous serez formés ensemble. Mais je dois t'avertir qu'il est encore un peu fragile.

Je constatai tout de suite que le couloir n'était pas représentatif du reste de la structure. C'était comme si on avait fini l'entrée puis manqué d'argent ou décidé qu'il était inutile de continuer. On avait l'impression d'arriver sur un chantier. Les murs étaient en parpaings bruts et poutrelles métalliques, le sol en béton peint. Tout, partout, était en béton. L'endroit était si peu accueillant que j'eus l'impression de me retrouver à Thurmond.

Le plafond était bas, parcouru par des tubes et des fils électriques de couleurs vives. Le QG n'était pas aussi sombre que le Tube mais, en l'absence d'éclairage naturel, tout baignait dans la lumière malsaine, anémique, des néons.

La caractéristique la plus intéressante du QG était sa forme ; la porte du couloir donnait sur une grande salle ronde entourée d'une cloison en verre. Le passage où nous nous trouvions en faisait le tour et j'aperçus l'entrée d'au moins quatre autres corridors.

— Qu'est-ce qu'il est ?

Tout en marchant, je regardais les occupants de la salle. Plusieurs postes de télévision étaient fixés au plafond et il y avait des tables de cafétéria rondes autour desquelles des agents de la Ligue jouaient aux cartes, mangeaient ou lisaient.

Le passage n'était pas étroit, mais pas davantage spacieux et nous devions marcher l'une derrière l'autre lorsque quelqu'un arrivait en sens inverse.

Les deux premiers agents qu'on croisa, des jeunes femmes en treillis, confirmèrent une autre intuition : mon histoire m'avait précédée. Elles sourirent à Cate et la regardèrent dans les yeux, mais s'éloignèrent d'un pas vif après m'avoir vue.

— Qu'est-ce qu'il est ? répétai-je.

Lisant l'incompréhension dans les yeux bleu clair de Cate, je précisai :

— Quelle est sa couleur ?

— Ah, Nico ? C'est un Vert… Un génie de la technologie. Il analyse tout comme le fait un programme.

Vida est Bleue, Jude Jaune. C'est la seule équipe réunissant plusieurs aptitudes. Les autres ne comportent qu'une couleur et accomplissent des tâches de soutien pendant les opérations.

Sous la lumière, ses cheveux blonds semblaient presque blancs.

— En ce moment, tu es la seule Orange du QG, conclut-elle.

Formidable ! On était l'équipe arc-en-ciel ! Il ne nous manquait qu'un Rouge.

— Vous avez dû vous contenter des restes après la constitution des autres équipes ? demandai-je.

Cate sourit.

— Non. J'ai choisi avec soin, c'est tout.

On prit un des couloirs donnant sur le passage. Elle ne dit pas un mot, pas même aux groupes d'agents qui nous croisèrent. Ils nous suivirent des yeux jusqu'à une porte sur laquelle le nom de Cate était indiqué.

— Prête ? demanda-t-elle.

Comme si j'avais le choix !

Entrer dans la chambre de quelqu'un, c'est un peu pénétrer dans son intimité, et je fus légèrement gênée quand je vis toutes les babioles que Cate avait réunies dans la sienne. La pièce était petite mais, bizarrement, on ne s'y sentait pas à l'étroit. Il y avait, dans un coin, une couchette derrière laquelle Cate avait accroché une couverture en patchwork sale. Il y avait un ordinateur sur une table de bridge, un sac à main, une lampe et deux livres. Et plein d'images.

Dessins d'enfants à la gouache, portraits au crayon, paysages d'hiver au fusain. Photos de visages chaleureux et de montagnes enneigées, trop éloignées pour que je puisse percevoir les détails. De plus, trois personnes se trouvaient dans la pièce.

Un garçon de haute taille, maigre comme un clou, qui réussissait à faire les cent pas dans l'espace étroit séparant le bureau de la couchette, s'immobilisa à notre arrivée et tourna vers nous un visage couronné d'abondantes boucles brun-roux. Il eut un large sourire et serra Cate dans ses bras maigres.

— Je suis si heureux que vous soyez rentrée, dit-il, la voix brisée par le soulagement.

— Moi aussi, répondit-elle. Jude, voici Ruby.

Jude n'avait que la peau sur les os et semblait avoir grandi de dix centimètres en cinq jours. Il était plutôt séduisant, mais n'était visiblement pas arrivé à maturité. Ses grands yeux marron faisaient penser à ceux d'un personnage de dessin animé.

Il devait avoir treize ans, peut-être quatorze, et ne semblait pas capable de contrôler complètement la longueur nouvelle de ses membres.

— Enchanté, dit-il. Tu viens d'arriver ? Tu as passé tout ce temps en Virginie ? Cate a dit que vous aviez été séparées et elle se faisait beaucoup de souci…

Jude parlait à toute vitesse. Je tentai d'échapper à son étreinte.

— Judith, elle n'a pas envie de câlin, dit une voix traînante derrière son épaule. Lâche-la.

Jude s'éloigna immédiatement avec un rire nerveux.

— Désolé, désolé. Mais ravi de faire ta connaissance. Cate nous a parlé de toi… Elle nous a dit que tu étais comme Martin ?

Sa voix se fit plus aiguë quand il prononça le nom de l'autre Orange.

J'acquiesçai ; il savait donc ce que j'étais. Et il m'avait tout de même touchée. Courageux et stupide.

— Sur le lit, dit Cate, en me poussant vers l'autre fille, c'est Vida.

Je fis un pas en arrière ; son regard était si intense que j'eus l'impression d'être propulsée dans le coin le plus proche. Elle était assise sur le lit, bras et jambes croisés, totalement indifférente, et je ne sais pas comment sa présence avait pu m'échapper. Mais elle me dévisageait, maintenant, et je me tassai un peu sur moi-même. Elle était très jolie : peau brune éclatante évoquant un chaud après-midi d'automne, yeux en amande, cheveux teints en bleu clair. Son visage aurait eu sa place sur la couverture d'une revue : pommettes hautes et lèvres pleines esquissant un sourire ironique.

— Salut. C'est gentil de ta part de débarquer enfin.

Sa voix était forte, harmonieuse et tous les mots semblaient ponctués par une gifle. Quand elle se leva pour donner l'accolade à Cate, j'eus l'impression de mesurer dix centimètres et de n'être pas plus dense que l'air.

Elle ne se rassit pas et se planta entre Cate et moi. Je connaissais cette attitude. Combien de fois l'avais-je adoptée pour protéger Zu, Chubs ou Liam ? Combien de fois l'avaient-ils fait lorsqu'ils me croyaient en danger ? Le dos tourné à Cate, Vida me regarda attentivement.

— Pauvre petite ! Suis mon exemple et tout ira bien.

Ah oui ? pensai-je, vexée par le ton de sa voix.

Quand elle se tourna à nouveau vers Cate, elle redevint tout miel. Son visage rayonnait de bonheur.

— Dans le coin, là-bas, c'est Nico, dit Vida, se chargeant de la fin des présentations. Mec, tu peux te débrancher pendant deux secondes ?

Nico était assis par terre, adossé à la petite commode. Il me parut frêle et je compris immédiatement ce que Cate avait voulu dire quand elle l'avait qualifié de *fragile*. Ce n'était pas seulement en raison de sa stature et de sa constitution chétive, mais à cause des traits creusés de son visage. Une mèche de cheveux très noirs tomba sur son front quand il dit :

— Salut. Enchanté.

Puis il reporta son attention sur le petit appareil noir qu'il tenait entre les mains, ses doigts dansant sur les touches. La lumière de l'écran blanchissait sa peau et faisait ressortir le noir de ses yeux.

— Alors, quelle est ton histoire ? demanda Vida.

Je me crispai et, comme elle, croisai les bras. À cet instant je compris que, pour que ça marche – pour que je puisse vivre avec ces jeunes, les côtoyer tous les jours et m'entraîner avec eux –, je devrais garder mes distances. J'avais appris, ces dernières semaines, qu'on s'attache inévitablement aux gens quand on les connaît bien. On ne se différencie plus nettement d'eux et la séparation est très douloureuse lorsqu'il faut les quitter.

Je haussai les épaules.

— Et Martin ? demanda Jude. Serons-nous cinq dans notre équipe ?

— Martin a été transféré au Kansas, répondit Cate. Il travaille avec les agents de cet État.

Vida se tourna vers elle.

— Vraiment ?

— Oui, confirma Cate. Ruby prendra sa place de Leader d'équipe.

Et ce fut terminé. Vida souffla et je compris qu'elle se sentait trahie. Elle avait visiblement du mal à avaler cette nouvelle mais hocha la tête.

— Une petite minute ! intervins-je d'une voix étranglée.

Je n'étais pas d'accord… absolument pas.

— Cool ! Félicitations ! s'écria Jude en me donnant, sur l'épaule, un coup de poing amical qui me tira de ma stupeur.

— Je suis sûre que vous aiderez Ruby à s'adapter, dit Cate.

— Ouais, marmonna Vida, les dents serrées. Évidemment.

— Allons dîner ensemble, proposa Jude d'une voix pleine d'entrain, sans voir que Vida serrait les poings. C'est le soir des pâtes !

— Il faut que je voie Alban, dit Cate, mais allez-y… Ensuite, vous pourrez montrer à Ruby où se trouve le dortoir et l'aider à s'installer.

À peine eus-je franchi la porte que quelqu'un saisit ma queue-de-cheval, me fit pivoter et me plaqua contre le mur. Des étoiles noires explosèrent dans mon champ visuel.

— Vida ! protesta Jude.

Nico lui-même leva la tête.

— Si tu crois que je ne sais pas ce qui s'est passé, tu te fourres le doigt dans l'œil ! gronda Vida.

— Fiche-moi la paix, dis-je.

— Je sais que Cate a perdu ta trace. Je sais que tu t'es enfuie. Si tu la mets encore une fois dans l'embarras, je te réduis en bouillie.

— Tu ne sais rien sur moi, protestai-je, étrangement stimulée par sa colère.

— Je sais tout ce que j'ai besoin de savoir. Je sais ce que tu es. On est tous au courant.

— Ça suffit, intervint Jude, me prenant par le bras et m'entraînant. On va dîner, Vi. Viens ou reste.

— Bon appétit, dit-elle d'une voix très douce, mais sa fureur me serra la gorge.

Je ne sais pas pourquoi les tables vides, autour de la nôtre, me troublaient autant. Ce fut peut-être à cause d'elles, pour meubler le silence, que Jude se sentit obligé de parler pendant tout le repas.

Nous venions de nous installer autour d'une des tables rondes quand de nombreux jeunes et agents quittèrent les leurs. Quelques-uns emportèrent leur plateau hors de l'atrium, d'autres s'installèrent à des tables déjà occupées, un peu plus loin. *Pas étonnant qu'ils s'éloignent*, souffla une voix familière à mon oreille, *qui voudrait rester près de quelqu'un comme toi ?*

— C'est ici qu'on mange et qu'on se retrouve, quand on a du temps, dit Jude, la bouche pleine de salade. Après les repas, on peut jouer aux cartes, au ping-pong ou regarder la télé. De temps en temps, un agent rapporte un film mais, moi, je préfère aller au labo d'informatique, en bas...

Dans cette pièce ronde, j'avais une bizarre sensation de vertige, accentuée par la présence d'une dizaine de postes de télévision dans mon champ visuel. Tous diffusaient la seule chaîne d'information nationale restante. Je n'avais pas envie d'entendre les présentateurs énumérer les horreurs de la journée. Je trouvais beaucoup plus intéressant de regarder les nouveaux arrivants s'installer le plus loin possible de notre table.

Je comptais les femmes et j'étais si concentrée sur cette tâche que je ne vis Cate qu'à l'instant où elle s'immobilisa derrière Jude.

— Alban voudrait te voir, annonça-t-elle simplement.

— Quoi ? Pourquoi ?

Sans doute Jude prit-il mon expression horrifiée pour de la peur car il posa une main sur mon épaule.

— Ne t'inquiète pas. Il est très gentil. Il veut probablement bavarder parce que c'est ton premier jour. Il y en a pour cinq minutes.

— Ouais, sûr, marmonnai-je sans tenir compte du ton un peu jaloux de sa voix.

Apparemment, ce type de convocation était exceptionnel.

Cate m'entraîna à nouveau dans le passage. Elle ouvrit une porte située en face, que je n'avais pas vue, puis me précéda dans un escalier. On passa à la hauteur du deuxième niveau, puis on descendit jusqu'au troisième. Il faisait plus chaud et moins humide qu'aux niveaux supérieurs. L'odeur de plastique chaud, près du laboratoire informatique, situé là où se trouvait l'atrium au premier niveau, ne me gêna pas.

— Je suis désolée, dit Cate. Je sais que tu es épuisée, mais Alban est très impatient de faire ta connaissance.

Je croisai les mains dans le dos pour cacher qu'elles tremblaient. Pendant le vol, Cate avait tenté de dresser un portrait flatteur d'Alban, homme doux et très intelligent… un véritable patriote américain. Mais cela allait un peu à l'encontre de ce que j'avais entendu dire, à savoir que c'était un terroriste ayant organisé plus de deux cents attaques contre le président Gray, tuant de nombreux civils. Les preuves étaient partout : les agents avaient punaisé des articles de journaux et des photos aux murs, comme si la mort et la destruction étaient des raisons de se réjouir.

Voici ce que je savais de John Alban : il avait créé une organisation, la Ligue des enfants, qui ne faisait sortir des camps que les jeunes susceptibles de lui être utiles. Mais je lui avais rendu les choses aussi difficiles que possible et, s'il était rancunier, je serais sans doute punie.

Du côté opposé du passage, Cate tapa un code sur un pavé numérique et attendit le bip. Une partie de moi espéra que le témoin vert ne s'allumerait pas.

Il faisait froid dans l'escalier en béton dans lequel on s'engagea. La porte claqua, derrière nous, et fut verrouillée dans un chuintement. Je me retournai, étonnée, et Cate me poussa doucement.

J'entrai dans un nouveau couloir, mais différent de ceux du premier niveau. Les lampes n'étaient pas aussi puissantes et clignotaient. Je m'arrêtai, le cœur serré. C'était Thurmond… Portes métalliques rouillées percées de judas, murs de parpaings bruts. Mais dans cette prison, il n'y avait que douze portes, pas des dizaines, et seules douze personnes y étaient détenues, pas des centaines. Odeurs âcres mêlées à celle du détergent, sol et mur nus… La seule différence avec le camp était que les FSP nous auraient punis si nous avions frappé contre les portes comme le faisaient ces détenus. Des voix étouffées suppliaient et je me demandai si les soldats de Thurmond éprouvaient ce que je ressentis… J'eus envie de vomir. Cette sensation s'accentua quand des yeux injectés de sang, derrière les vitres des lucarnes, nous suivirent jusqu'au bout du couloir.

La tête baissée et le visage dans l'ombre, Cate passa sa carte devant la serrure de la dernière porte à gauche. Le battant pivota et elle me poussa en direction d'une table et de deux chaises. L'ampoule nue se balançait au bout de son fil. Je m'arrêtai court, puis m'éloignai d'elle.

— Qu'est-ce que je fais ici ? demandai-je.

— Tout va bien, répondit-elle d'une voix apaisante. Nous détenons ici les ennemis capturés ou les agents soupçonnés de trahison, qui doivent répondre à des questions.

— Vous parlez d'interrogatoires ? m'écriai-je.

Oui, pensai-je quand je compris, *Martin procédait aux interrogatoires. Et je vais devoir le faire aussi.*

— Je ne…, commençai-je, mais je fus incapable de poursuivre.

Je ne voulais pas le faire. Je ne voulais pas être impliquée là-dedans.

— Je resterai près de toi, expliqua Cate. Tu ne risques rien. Alban veut seulement évaluer ta compétence et c'est un des rares moyens d'y parvenir.

Je faillis éclater de rire. Alban voulait s'assurer d'avoir fait une bonne affaire.

Cate ferma la porte et me fit asseoir près de la table métallique. J'entendis des pas et voulus me lever, mais elle m'en empêcha.

— Ça ne durera que quelques minutes, Ruby. Promis.

Pourquoi es-tu aussi étonnée ? me demandai-je. Je savais ce qu'était la Ligue et ce qu'elle faisait. Selon Cate, elle s'était donné pour mission de dévoiler la vérité sur les jeunes internés dans les camps ; mais elle semblait avoir tourné le dos à son but. J'étais arrivée depuis moins d'une demi-journée et il n'était pas difficile de voir qu'elle n'avait fait, en cinq ans, que transformer des jeunes en soldats, capturer et interroger des gens, détruire des immeubles. Quand Alban apparut derrière la lucarne, en compagnie d'une demi-douzaine d'hommes, je ne vis pas clairement son visage. L'interphone transmit sa voix.

— Êtes-vous prêtes ?

Cate hocha la tête, puis recula en murmurant :

— Fais simplement ce qu'on te demande, Ruby.

C'est ce que j'ai toujours fait.

La porte s'ouvrit et trois personnes entrèrent : deux agents robustes en treillis vert olive, traînant une femme de petite taille qu'ils ligotèrent sur l'autre chaise avec des bandes de plastique. Elle portait une cagoule en toile de jute sur la tête et, à en juger par ses gémissements de protestation, elle était aussi bâillonnée.

Un frisson de terreur prit naissance sur ma nuque et descendit le long de ma colonne vertébrale.

— Bonsoir, ma chère, dit Alban par l'interphone. J'espère que vous allez bien.

Alban avait appartenu au cabinet de Gray jusqu'à la mort de sa fille, Alyssa, victime de la NIAA. Selon Cate, rongé par la culpabilité, il avait tenté de dévoiler la vérité sur les camps, mais tous les grands journaux avaient refusé de la publier. Le président Gray les tenait d'une poigne de fer.

À travers la lucarne, je distinguai sa peau sombre burinée par l'âge et de grosses poches, sous ses grands yeux, qui semblaient tirer son visage vers le bas.

— Ta présence ici est un plaisir, bien entendu. Nous voudrions, mes conseillers et moi, mesurer l'étendue de ton aptitude et voir ce qu'elle pourrait apporter à notre organisation.

La langue collée au palais, j'acquiesçai.

— Nous pensons que cette femme a transmis des informations aux hommes de Gray, sabotant ainsi la mission qui lui avait été confiée. Je voudrais que tu explores ses souvenirs récents et nous dise si c'est vrai.

Il croyait que c'était facile, hein ? Un coup d'œil et voilà les réponses ! Je me redressai et le regardai à travers la vitre. Je compris qu'il restait derrière la porte parce qu'il avait peur de moi, pas de la femme.

Il me suffisait de gagner sa confiance, d'obtenir un tout petit peu de liberté. Et, le moment venu, il regretterait de m'avoir forcée à utiliser mon aptitude ; un matin, j'aurais disparu et aucun souvenir de moi ne subsisterait. Une fois sûre que mes amis seraient en sécurité, je partirai. Je romprai le contrat.

— J'ai besoin d'informations précises sur la mission, dis-je, sans être certaine qu'il m'entendait. Sinon on risque d'y passer la nuit.

— Je comprends, répondit-il. Il va sans dire que ce que tu entendras et verras ici est secret et ne doit pas être partagé avec tes camarades. Si nous nous apercevons que ces infos se sont répandues, il y aura des… conséquences.

J'acquiesçai.

— Excellent. Cet agent avait récemment rendez-vous avec un contact qui devait lui remettre un dossier.

— Où ?

— Près de San Francisco. Je ne peux pas en dire davantage.

— Comment s'appelait ce contact ?

Il y eut un long silence. Je n'eus pas besoin de quitter la tête cagoulée de la femme des yeux pour comprendre que les conseillers conféraient. Finalement, Alban répondit :

— Ambrose.

Les deux soldats qui avaient amené la femme sortirent. Elle entendit la serrure, mais ne tenta de se débattre qu'à l'instant où je touchai ses poignets liés.

— Ambrose, dis-je. San Francisco. Ambrose. San Francisco…

Je répétai ces mots tout en pénétrant dans son esprit. La tension qui grandissait en moi depuis le moment où j'étais montée dans l'avion, dans le Maryland, s'évapora. Je me penchai sur la femme ; un flot de pensées bouillonnait dans son esprit. Elles étaient d'une clarté aveuglante… elles brillaient intensément, comme si tous les souvenirs étaient en plein soleil.

— Ambrose, San Francisco, le dossier, Ambrose, San Francisco…

C'était un truc que Clancy m'avait enseigné… très souvent, il suffisait de mentionner un mot, une phrase, un nom pour que les souvenirs montent jusqu'à la surface de la conscience.

La femme se détendit.

— Ambrose, répétai-je.

C'était midi, ou presque ; j'étais l'agent, elle était moi, et on jeta un rapide coup d'œil sur le soleil, haut dans le ciel. Je courais dans le parc désert, mes tennis noires glissant dans l'herbe haute, et tout miroitait. Un bâtiment se dressait devant moi : des toilettes publiques.

Je ne fus pas étonnée quand un pistolet apparut dans ma main droite. Plus je m'améliorais, plus les perceptions accompagnant les images étaient nombreuses… une odeur, un bruit, une sensation. J'avais senti le métal froid glissé sous la ceinture de mon short à l'instant où j'étais entrée dans le souvenir.

L'homme qui attendait derrière le bâtiment n'eut pas le temps de se retourner. Il tomba, un trou à l'arrière du crâne. Je sursautai et lâchai le poignet de la femme. Juste avant la rupture du contact, je vis le vent emporter un dossier bleu dont le contenu tomba dans un étang voisin.

J'ouvris les paupières et la lumière crue accentua les élancements douloureux palpitant derrière mes yeux. La douleur diminuait après chaque incursion dans les pensées de quelqu'un, mais j'étais toujours aussi désorientée. Il me fallut deux secondes pour me souvenir de l'endroit où j'étais, et deux autres pour pouvoir parler.

— Elle a rencontré un homme dans un parc, derrière des toilettes publiques. Elle l'a abattu d'une balle dans la nuque. Le dossier contenant les documents était bleu.

— As-tu vu ce qu'il est devenu ? demanda Alban d'une voix teintée d'enthousiasme.

— Il est au fond d'un étang, répondis-je. Pourquoi l'a-t-elle tué ? Si c'était son contact…

— Ça suffit, Ruby, intervint Cate. Faites entrer les gardes.

Toujours sous mon influence, la femme était tassée sur elle-même. Elle ne réagit pas quand les deux hommes la détachèrent et la firent lever… mais elle pleurait.

— Que va-t-il lui arriver ? demandai-je en me tournant vers Cate.

— *C'est terminé !* répondit-elle sur un ton qui me fit sursauter. Pouvons-nous nous retirer ? Êtes-vous satisfait du résultat ?

Alban nous attendait derrière la porte, mais il resta à bonne distance de moi. Il ne me regarda même pas dans les yeux.

— Oh ! oui, souffla-t-il. Nous sommes tout à fait satisfaits. Tu as un talent exceptionnel, ma chère, et tu n'imagines pas quel avantage il nous donne.

Mais je savais.

Liam ne m'avait pas beaucoup parlé de son passage au sein de la Ligue : il avait été bref, violent et si éprouvant qu'il avait pris la fuite à la première occasion. Mais, sans le savoir, il m'avait préparée à cette nouvelle vie. Il m'avait dit et répété que la Ligue contrôlerait tous mes faits et gestes, qu'elle m'obligerait à tuer pour servir ses intérêts. Il m'avait parlé de son frère, Cole, et de ce qu'il était devenu sous l'influence de cette organisation.

Cole. Je savais que c'était un crack… un agent infiltré d'une efficacité redoutable. Je savais aussi, grâce à Liam, qu'il aimait la sensation de pouvoir qu'on éprouve l'arme à la main.

Mais personne, pas même Liam, ne m'avait dit qu'ils se ressemblaient énormément.

Trois

Pour une raison quelconque, Jude se considérait comme le comité d'accueil de l'équipe. Quand je rentrai au QG, après ma première opération, sa longue silhouette maigre m'attendait au bout du couloir. Il se précipita vers moi et m'ensevelit sous une avalanche de questions. Six mois plus tard, il était toujours le seul à nous attendre et à saluer notre retour d'un large sourire.

Rob et les membres de l'équipe tactique avaient accompagné Cole Stewart à l'intérieur quelques minutes plus tôt. J'avais forcé Vida à les laisser prendre de l'avance. Il fallait absolument que Rob recueille tout le crédit de la réussite de la mission. Nous avions entendu les acclamations, à l'instant où ils avaient franchi la porte ; nous les avions vus lever le poing et ils avaient failli abandonner Cole, dans son fauteuil roulant, derrière eux.

À notre arrivée, il n'y avait plus personne dans le long couloir blanc. Mais on entendait toujours les cris de victoire des agents. Ils s'estompèrent et, bientôt, je n'entendis plus que ma respiration, ne vis plus que le corridor désert à l'endroit où Jude aurait dû se tenir.

— Merci, Seigneur, dit Vida en levant les bras au-dessus de la tête. Pour une fois, je ne vais pas être obligée de supporter son accolade de la mort. *Adios*, Ruby.

Sans un mot, je la laissai s'éloigner et pris la direction des quartiers de Cate pour faire mon rapport. Après avoir frappé en vain, je passai la tête dans l'atrium pour voir si elle s'y trouvait. *Elle est sans doute avec les autres*, pensai-je en scrutant la salle presque déserte. Je ne vis pas la chevelure blonde de Cate, mais j'aperçus une tignasse bouclée brun-roux devant un des postes de télévision.

Je ne pus m'éclipser discrètement... deux secondes suffirent pour qu'il sente mon regard. Jude jeta un coup d'œil sur sa montre en plastique puis me fixa, une expression horrifiée sur le visage.

— Roo ! appela-t-il en me faisant signe de le rejoindre. Je suis désolé ! *Absolument* désolé ! Je n'ai pas vu le temps passer. Tout a bien marché ? Vous venez de rentrer ? Où est Vida ? Est-elle... ?

J'eus envie de tourner les talons sans lui laisser le temps de glisser un bras sous le mien et de m'entraîner.

En traversant la salle, je m'aperçus que Nico était assis de l'autre côté de la table. Il était totalement immobile et fixait un petit appareil posé devant lui. Un Chatter.

Il avait à peu près la taille d'un téléphone et, au premier coup d'œil, on aurait facilement pu croire que c'en était un. Les Verts avaient récupéré de vieux appareils à clavier et conçu une coque ovale si mince qu'on pouvait la glisser dans une poche ou une manche.

Ils avaient ensuite mis au point ce petit bijou pour fournir aux agents un moyen de transmettre messages, photos et courtes vidéos sans avoir besoin de recourir à de nombreux téléphones jetables. Je ne comprenais presque rien à la technologie, mais je savais que les Chatters communiquaient grâce à un réseau impiratable, également élaboré par les Verts. Ils ne permettaient de joindre que d'autres Chatters, et seulement quand on connaissait le code PIN de l'appareil contacté. Ils ne pouvaient transmettre ni images de grande taille ni vidéos dépassant trente secondes ; pour cette raison, Alban avait refusé de les utiliser sur le terrain. Les Verts s'en servaient pour échanger des messages au sein du QG, quand ils assistaient à des entraînements différents, ou après l'extinction des feux.

— … Vraiment rentrée ? poursuivit Jude. Tu as rencontré l'agent ? Est-ce vraiment un dur ? Peut-on…

— Que se passe-t-il ? demandai-je, regardant Nico puis la télé.

Ils regardaient la chaîne d'information locale.

Ma question lui coupa le sifflet. Jude se crispa, ouvrit de grands yeux et m'adressa un sourire trop large.

— Que se passe-t-il ? répétai-je.

Jude avala sa salive, regarda brièvement Nico, puis se pencha vers moi. Il scruta l'atrium, comme à la recherche de coins sombres qui n'existaient pas.

— Ils ont envoyé Blake Howard en opération, expliqua-t-il. On vient…

— Blake Howard ? Le jeune Vert de l'Équipe Un ? Celui qui risque de tomber quand on éternue trop fort ?

Jude acquiesça en jetant un nouveau coup d'œil derrière lui.

— Je suis… inquiet, tu vois ? Nico aussi.

Évidemment ! Nico était un adepte de la théorie du complot, surtout quand il s'agissait de la Ligue. Tous les agents étaient des agents doubles. Alban travaillait en fait avec Gray pour abattre la Coalition fédérale. On empoisonnait notre eau avec du plomb. Je ne savais pas d'où il tirait cela ou si c'était simplement la façon dont son esprit analysait les informations.

— Ils vont sûrement l'échanger, dit Nico, les mains crispées sur le Chatter. Contre des renseignements ou pour récupérer un agent. Ça paraît crédible, non ? Il y a beaucoup de Verts. Ils détestent qu'on soit aussi nombreux. Ils nous haïssent.

Je me retins de lever les yeux au ciel.

— L'opération avait un aspect technologique ? demandai-je.

— Ouais, répondit Jude, mais les jeunes de l'Équipe Un ne participent pas aux opérations. Ils ne travaillent théoriquement qu'au QG.

Il n'avait pas tort. Vida les surnommait « Couineurs » et tout le monde l'imitait. Les Verts aux capacités intellectuelles surhumaines, que la Ligue chargeait de décrypter les codes, de créer des virus informatiques ou de construire des appareils électroniques, avaient en effet la même démarche traînante et leurs chaussures de sport couinaient sur le dallage. Je suis sûre qu'ils s'imitaient inconsciemment ; leurs déplacements semblaient synchronisés, comme s'ils étaient les pièces d'une même machine.

— Il est assez âgé et possède les compétences nécessaires, fis-je remarquer. Je sais que les Verts ont été très occupés cette semaine. Il n'y avait peut-être pas d'autre solution.

— Non, dit Jude. On croit qu'il a été choisi intentionnellement. Ils voulaient que ce soit *lui*.

Jude mit longtemps à trouver le courage de me regarder à nouveau. Quand il le fit, son expression était si honteuse et terrifiée que je me radoucis et demandai :

— Y a-t-il quelque chose que tu ne me dis pas ? Je suis passée à côté de quelque chose ?

Jude tripota l'ourlet distendu de sa chemise. Nico fixait le Chatter sans ciller.

— Nico, moi et… Blake, dit-il, on était ici tous les trois, il y a quelques jours. On essayait de construire une voiture téléguidée avec de vieilles pièces d'ordinateur.

— D'accord.

— Nico a été convoqué par Cate et, Blake et moi, on a essayé la voiture sur ce niveau. Il était deux heures de l'après-midi et tout le monde était parti. On a pensé qu'on ne dérangerait personne. Et puis… tu connais les pièces où sont rangés les gilets pare-balles, les munitions, tous ces machins ?

J'acquiesçai.

— On a entendu des voix dans l'une d'entre elles. J'ai pensé que des gars y jouaient peut-être aux cartes… ils le font, de temps en temps, parce qu'ils peuvent se moquer tranquillement d'Alban ou des conseillers.

Jude tremblait, maintenant.

— Mais, poursuivit-il, quand on a entendu ce qu'ils disaient vraiment… ils parlaient de nous. Il y avait Rob,

Jarvin et deux de leurs amis. Ils disaient des trucs du genre : *réduire la population de monstres*, *remettre Alban sur les rails*… qu'ils prouveraient que la Ligue perdait son temps et gaspillait ses ressources en s'occupant de nous.

Je fus glacée d'effroi. Je saisis la chaise la plus proche et la tirai près de Nico avant de m'y asseoir. Jude fit de même.

— Ils vous ont surpris ?

— Je sais que c'est stupide mais, quand j'ai entendu ça, j'ai paniqué… J'ai lâché la voiture. La porte n'était pas complètement ouverte, quand on s'est enfuis, mais je suis sûr qu'ils nous ont vus. Rob m'a appelé par mon nom.

— Et ensuite ? demandai-je.

Mon esprit faisait des rapprochements inquiétants.

— Blake a été affecté sur une opération alors qu'il appartient à l'Équipe Un ! Jarvin avait besoin d'un Vert pour pirater un serveur et il n'avait pas le choix.

Je m'appuyai contre le dossier de ma chaise. Dans mon oreille blessée, les élancements se firent plus douloureux.

Rob était énervé, c'est tout, me dis-je. Mais si ses amis et lui étaient sérieux ? Réduire la population de monstres ! Comment ? En les plaçant en première ligne, pendant les opérations, pour que leur mort puisse passer pour un accident. Rob avait tué des jeunes… je l'avais vu, dans ses souvenirs, en abattre deux, mais peut-être y en avait-il eu d'autres.

Bon sang ! J'eus la nausée. Les avait-il tués pour réduire le nombre de monstres ?

Non… non, je devais me calmer. Ma pensée s'emballait et j'en perdais le contrôle. C'étaient Nico et Jude…

deux jeunes garçons ayant beaucoup de temps libre et tout le loisir de partager leurs cauchemars. Ils cherchaient sans cesse les ennuis et feignaient d'être scandalisés quand ça leur retombait sur le nez.

— Ce n'est qu'une coïncidence, dis-je.

Je ne voulais pas m'en tenir là, mais je perdis le fil de ma pensée quand on m'appela. Un des conseillers d'Alban, ce bon vieux Face de raton laveur, se tenait sur le seuil de l'atrium.

— Il veut te voir dans son bureau dans une heure.

Puis il pivota sur lui-même et s'en alla, visiblement furieux d'avoir dû jouer le rôle du messager.

— Qu'est-ce qu'il veut ? demanda Jude, troublé.

Les hommes en costume se trouvaient rarement à plus de quelques mètres d'Alban.

Il y avait dix conseillers, tous âgés de plus de cinquante ans, dirigeant les diverses activités de la Ligue. Ils organisaient et approuvaient les opérations, fournissaient le matériel et les contacts, recrutaient les instructeurs, géraient les finances. Ainsi, Alban pouvait se concentrer sur « l'essentiel ».

Selon Jude, Gray voulait les éliminer, ce qui les condamnait à la clandestinité. Ils veillaient à ne pas fréquenter les monstres *Psi* et je ne savais pas comment ils s'appelaient. Il était plus facile de leur donner un surnom correspondant à leur apparence. Face de raton laveur, Oreilles de singe, Dents de cheval et Lèvres de crapaud étaient ceux que je voyais le plus souvent.

— Un débriefing ? Déjà ? demanda Jude en jetant un nouveau coup d'œil sur la télé.

Je tendis le bras et j'éteignis le poste.

— Tu es en retard, déclarai-je en montrant la pendule murale. Dans deux minutes, l'instructeur Johnson te collera un avertissement.

— Et alors ? répliqua Jude. C'est plus important !

— Plus important que risquer de ne pas être envoyé sur le terrain ? Aux dernières nouvelles, tu étais à deux avertissements de rester au QG, dans l'équipe de soutien.

C'était méchant ; je le compris au regard furieux de Nico. Mais il savait, sans doute mieux que moi, que Jude aimerait mieux perdre les deux bras que renoncer aux opérations.

Je les fis sortir et les suivis jusqu'à la salle d'entraînement, au cas où ils décideraient de se défiler. Les équipes avec lesquelles nous nous entraînions – les Deux, Trois et Quatre – étaient déjà là, s'échauffaient, et les miroirs se couvraient de buée. L'odeur de la sueur et des corps chauds conférait à cet endroit une atmosphère tangible de vie. C'était préférable à celle du moisi.

L'instructeur Johnson m'adressa un signe de tête quand je tins la porte ouverte, la lumière fluorescente blanchissant ses cheveux blonds. Vida et moi étions dispensées de cours et d'entraînement ce jour-là.

Jude et Nico me haïraient peut-être, mais je m'en fichais. Je ne devais pas laisser leur peur nourrir et accentuer la mienne. Ce qui se passait au QG ne pouvait plus m'atteindre, mais j'avais eu beaucoup de mal à obtenir ce résultat et je ne les laisserais pas détruire cela. Je m'intéressais à eux, je m'inquiétais pour eux, je les protégeais, mais ça s'arrêtait là.

Douchée, l'estomac plein et plus calme, j'étais prête à voir John Alban. Mais pas lui !

De nombreux qualificatifs pouvaient s'appliquer au fondateur de la Ligue et l'un d'eux, peut-être, était à son avantage. Il était intelligent, personne ne pouvait le nier. La Ligue était devenue ce qu'elle était grâce à lui. Cependant, quelques-uns pensaient qu'il était temps d'« élever le niveau » des assauts contre Gray, tandis que d'autres l'incitaient à rester sur la même ligne, qui donnait de bons résultats.

Selon moi, il avait raison de prendre le temps de réfléchir à une décision aussi importante, mais je comprenais l'impatience ambiante. Je savais que ses partisans voulaient profiter du mécontentement croissant de la population.

J'entendis des voix, derrière la porte, contenues d'abord, puis si enflammées qu'elles attirèrent mon attention. Je renonçai à frapper et j'écoutai.

— Non ! tonna Alban. Pas question ! *Non.* Combien de fois devrai-je répéter ce mot pour que vous le compreniez ? C'est ce que j'ai répondu quand vous avez présenté cette proposition au conseil, quand vous avez persuadé Jarvin de la soumettre aux conseillers. Et je n'ai pas changé d'avis.

— Vous n'allez pas au bout de votre réflexion, s'emporta Rob. Vous croyez qu'on peut continuer sans action spectaculaire ? Combien de ces monstres, au QG, nous font perdre notre temps et gaspiller notre énergie ?

— Ce ne sont pas des monstres, s'emporta Alban, vous le savez très bien. Ceci n'est pas négociable. La fin ne justifiera jamais les moyens. Jamais. Ce sont des *enfants* !

Dans mon esprit, une pensée en suscita une autre, plus sombre, mais je me forçai à me concentrer sur l'instant.

— N'est-ce pas vous qui répétez sans cesse : « tout pour chasser Gray » ? insista Rob. Cette diversion nous permettrait de démanteler les camps et la nouvelle se répandrait dans tout ce fichu pays. Désormais, c'est la seule solution. Ils savent qu'on utilise de fausses identités… on ne peut même plus extraire les agents infiltrés dans les camps. Ils prévoient nos opérations ! Nous attendons tous que vous *agissiez*. Que vous preniez une *décision* !

Il y eut un long silence tendu. Alban ne trouva rien à répondre. Mon esprit tournait en rond. Quel projet pouvait bien justifier une telle colère ?

— Je vous avertis, reprit Rob, plus calme. Les agents se demandent quelle politique nous allons adopter. Beaucoup croient que vous voulez, au bout du compte, vous réconcilier avec Gray. Que votre ami vous manque.

Je fermai les yeux. Il était implicitement entendu qu'il ne fallait jamais évoquer l'amitié ayant lié Alban au président Gray et à la Première Dame. Cate m'avait dit, un jour, qu'Alban voulait oublier ce qu'il avait fait lorsqu'il était ministre de la Sécurité intérieure…

Une nouvelle voix intervint.

— John, ne rejetons pas complètement cette idée. Cette tactique a déjà été employée et elle *est* efficace. Ils ne s'apercevraient de rien. Il est possible de cacher le mécanisme…

J'étais si concentrée sur la conversation que je n'entendis pas la personne arrivant derrière moi et ne m'aperçus de sa présence qu'à l'instant où elle posa une main sur mon épaule.

— À ta place, je garderais ça pour moi, dit Cole. Ou bien dois-je te rappeler que la curiosité est un vilain défaut ?

Je ne pouvais plus m'éloigner de la porte et feindre de ne pas avoir écouté ; de toute façon, j'étais trop troublée pour m'en donner la peine.

L'infirmier de l'équipe de Rob avait pansé les plaies de Cole. Il portait une ample chemise et un pantalon trop grand, mais c'était préférable à ses haillons imbibés de vomi. Il semblait différent et c'était tant mieux. Je pouvais enfin le voir tel qu'il était.

Quand Liam m'avait parlé de son frère aîné, je l'avais imaginé *beaucoup* plus âgé que lui… vingt-cinq ou vingt-six ans, comme Cate. Mais pendant le vol du retour, j'avais entendu l'équipe de Rob se plaindre de lui, de son arrogance, parce qu'Alban lui confiait les missions les plus importantes alors qu'il n'avait que vingt et un ans. Le *golden boy*.

Trois ans… c'était tout ce qui le séparait de Liam. Et de la NIAA. Cole était juste assez âgé pour avoir échappé à la maladie.

— On n'a pas eu l'occasion de parler, dans l'avion, hein ? dit-il en poussant, d'une main bandée, une mèche mouillée derrière mon épaule.

Quand il se pencha pour me dévisager, un sourire insolent aux lèvres, je me rendis compte qu'il faisait quelques centimètres de plus que son frère. Les épaules et la taille de Cole étaient plus minces que celles de Liam, mais son attitude avait quelque chose de familier…

Les joues empourprées, je secouai la tête et frappai à la porte. À l'intérieur, la discussion cessa. À mon entrée,

Alban se leva, derrière son bureau en bois sombre, et ferma son ordinateur portable. Le visage encore rouge de colère, Rob et le conseiller aux lèvres de crapaud étaient déjà debout. Rob leva les yeux au ciel, s'éloigna et s'adossa aux étagères chargées des bibelots provenant de l'ancienne vie d'Alban.

— Monsieur, dis-je, vous vouliez me voir ?

— Assieds-toi, assieds-toi, marmonna Alban en montrant une des chaises pliantes faisant face à son bureau. Vous avez tous les deux une mine de déterrés.

— Ça va, dis-je, ajoutant trop tard : Merci.

Ma voix, en sa présence, devenait stridente et je détestais ça.

Alban se rassit et son sourire dévoila ses dents jaunes. Il n'apparaissait pas souvent en public… sa tête était mise à prix. Quand il devait enregistrer un discours en vidéo, on lissait et éclaircissait sa peau en postproduction. De plus, on tournait sur fond de villes ou de paysages américains, pour faire croire aux téléspectateurs qu'il n'avait pas peur de sortir.

— Je voudrais effectuer le débriefing de l'opération d'hier soir, si vous êtes tous les trois d'accord. Je crois que c'est urgent.

Il attendit que Cole se soit assis près de moi pour tendre le bras et lui serrer la main.

— Mon garçon, reprit-il, je suis extrêmement heureux de te revoir.

— Tant mieux, répondit Cole d'une voix traînante et teintée d'amertume. Pendant quelque temps, vous me verrez très souvent.

Je me crispai. *Du calme.* Cole n'était pas Liam, même s'ils se ressemblaient beaucoup. Même s'ils avaient la même voix. *Concentre-toi sur les différences.*

Cole était à la fois plus mince et plus robuste que Liam. Ses cheveux blonds, maintenant coupés très court, semblaient plus foncés que ceux de son frère. Liam était un peu négligé et très chaleureux. Mais son aîné, courbatu après avoir été longtemps tabassé, semblait sculpté dans la glace. Pas très différent, pourtant, de Liam la dernière fois que je l'avais vu. Mon esprit passait sans cesse d'un frère à l'autre. Imaginer Liam près de moi apaisa mon anxiété et je respirai plus librement.

Arrête !

Lèvres de crapaud ferma la porte du bureau et gagna le coin le plus sombre de la petite pièce.

— Normalement, dit Alban, je vous aurais laissé récupérer, mais le rapport oral de l'agent Meadows fait état d'une certaine confusion. Ruby, ton avis sur ce qui s'est passé m'intéresse.

Je ne réalisai qu'il s'adressait à moi qu'à l'instant où Rob s'éloigna des étagères et prit une profonde inspiration. Avant le départ en opération, il avait fait couper ses cheveux très court ; cela accentuait le caractère anguleux de ses traits.

Bon sang, pourquoi cette réunion ? Où était Cate ? Elle était toujours présente aux débriefings et ceux-ci ne se déroulaient jamais dans le bureau d'Alban, derrière une porte close. Mon inquiétude m'étonna ; je ne faisais pas confiance à Cate mais, avec le temps, je m'étais habituée à sa présence silencieuse, rassurante, à la conviction qu'elle m'empêcherait de tomber si je trébuchais.

— Est-ce que… nous attendons quelqu'un ? demandai-je d'une voix aussi neutre que possible.

Alban comprit.

— Ce n'est qu'une conversation, Ruby. C'était une opération top-secret et le débriefing ne peut avoir lieu en présence de toute l'organisation. Tu peux parler librement.

Je pressai les mains sur mes genoux pour les empêcher de trembler.

— L'agent Meadows a exposé les paramètres de la mission pendant le vol, précisant l'objectif et ce que nous savions de ce bunker, dis-je d'une voix qui me parut trop forte. Il nous a également rappelé les plans alternatifs mentionnés avant notre départ.

La grande bouche d'Alban trahissait toujours ses sentiments. Un coin se crispa.

— Un de ces plans alternatifs prévoyait-il que vous sortiez du bunker, Vida et toi ?

— Non, monsieur. L'agent Meadows nous a ordonné de rester dans l'escalier et de couvrir son équipe depuis cette position.

Alban posa les coudes sur son bureau et son menton sur le bout de ses doigts.

— Peux-tu expliquer pourquoi vous avez quitté votre position ?

Je ne me tournai pas vers Rob, mais je sentis qu'il me regardait. Tout le monde le faisait et j'eus l'impression que « Meadows » avait déjà répondu à cette question.

Que m'arrivera-t-il, pensai-je, *si je mets Rob en cause ?* Il avait un tempérament explosif. Quand j'avais décidé de rester dehors en compagnie de Vida, je savais qu'il serait furieux, mais il m'en voudrait à mort si je racontais ce qui s'était vraiment passé dans l'escalier. Je ne pouvais pas laisser mon visage exprimer la méfiance ; je devais garder pour moi les questions que j'avais envie de poser. *Pourquoi ne nous avez-vous pas averties ?* Mon oreillette marchait encore ; je l'aurais entendu.

— L'escalier n'était plus… sûr. J'ai ordonné à Vida de sortir pour qu'on puisse suivre l'évolution de la situation depuis l'extérieur.

— Et pourquoi ne m'as-tu rien dit ? demanda Rob, déjà incapable de contenir sa colère.

— Je n'avais plus de transmission, expliquai-je. Comme vous avez pu le constater quand nous nous sommes regroupés.

Il grogna.

— Très bien, intervint Alban après un bref silence. L'escalier n'était plus sûr. Pourquoi ?

Rob a lancé une grenade. Cinq mots. Le moyen de forcer Rob à accepter tous les reproches qu'il méritait. Alban me croirait. Il n'avait jamais mis ma parole en doute, pas une fois… il me soutenait, même, face à ses conseillers, quand j'extrayais des informations gênantes de l'esprit d'un malheureux prisonnier. Cinq mots pour dire la vérité, à savoir que Rob avait saboté son opération, par stupidité ou intentionnellement, et mis ma vie, ainsi que celle de Vida, en danger.

Je sentis que si je le coinçais, si je le mettais en cause, il ne me manquerait pas la prochaine fois qu'il m'aurait dans sa ligne de mire.

— Il n'était pas… solide et il s'effondrait, expliquai-je. Nous étions trop nombreux et il ne supportait pas notre poids. Mauvaise construction.

— Très bien, dit Alban en traînant sur les syllabes. L'agent Stewart affirme avoir été libéré par Vida et toi. Comment est-ce arrivé ?

— Je leur ai ordonné de rentrer dans le bunker et elles ont désobéi, voilà ce qui s'est passé ! s'emporta Rob. Je sais que tu as entendu. Je sais que c'est *toi* qui as refusé de revenir.

Les quatre hommes me fixaient. Mon champ visuel fut soudain bordé de noir. Je portai la main à ma gorge et tirai sur mon col.

— Ruby, dit Alban d'une voix grave, calme, patiente. Réponds, s'il te plaît.

J'eus envie que ce soit fini. Je voulais retourner au dortoir, m'allonger sur ma couchette dans le noir et le froid, disparaître.

— Il a raison. J'ai dit à Vida de ne pas tenir compte des ordres. Dehors, nous avons vu des Gardes nationaux faire sortir les détenus par un accès dont nous ignorions l'existence. Je n'ai pas demandé l'autorisation d'intervenir. J'aurais dû, je le reconnais.

— Parce que tu sais parfaitement que tu dois te contenter d'exécuter les ordres de ton Leader ! cria Rob. Tu crois qu'on aurait perdu autant d'hommes si tu avais été là pour couvrir notre repli ?

Un silence interminable suivit, pendant lequel Alban ne me quitta pas un instant des yeux.

Puis la voix de Cole s'éleva, avec son accent chantant du Sud :

— Heureusement qu'elle a *désobéi* ; sinon, à l'heure qu'il est, je serais en enfer.

J'avais visiblement sous-estimé l'influence de Cole au sein de l'organisation. *Influence* n'était pas le bon mot. Son *poids*, peut-être, dû à son charme et à ses résultats exceptionnels. Alban leva les sourcils, mais se contenta de hocher la tête, l'autorisant à continuer.

— Appelons un chat un chat, reprit Cole en s'appuyant contre le dossier de sa chaise. C'est elle qui m'a libéré. Pourquoi aurait-elle des ennuis ?

— Elle a désobéi à mes ordres !

D'un geste de la main, Cole écarta l'objection de Rob.

— Bon sang, regarde cette gamine ! Elle a pris des coups pour me libérer ! Si tu crois que je vais me taire et la laisser porter le chapeau alors que l'opération a réussi, tu te trompes lourdement.

Tout le monde garda le silence ; je jetai un coup d'œil sur le visage satisfait de Cole puis sur celui, furieux, de Rob. L'espace qui les séparait ne vibrait pas seulement de méfiance et d'hostilité, mais aussi d'années de conflits teintés d'une haine que je ne compris pas.

Alban se détendit et sourit.

— Je serais plutôt de l'avis de l'agent Stewart. Ruby, merci d'avoir fait preuve d'initiative.

Il déplaça quelques documents, sur son bureau, et reprit :

— Agent Meadows, je verrai votre rapport complet ce soir. Vous pouvez disposer.

Quand Rob se leva, je fis de même, heureuse de pouvoir enfin m'échapper. La voix d'Alban me cloua sur place.

— Reste, Ruby, si tu veux bien. Je voudrais m'entretenir avec toi et Cole.

Laissez-moi partir, laissez-moi partir…

Cela vexa Rob – ce fut visible – mais il n'avait pas le choix. La porte claqua si fort, derrière lui, que les bouteilles de Coca en verre d'une des étagères vacillèrent.

— Passons à un autre sujet…, dit Alban en se tournant vers moi. Je dois t'avertir, ma chère, que je te fais confiance bien au-delà de ton niveau d'accréditation. Mais si j'apprends que ce qui se dit entre ces murs s'est répandu à l'extérieur, il y aura des conséquences.

Non, pas ça, je vous en prie. Je vous en prie, faites que ça ne soit pas ça.

— Oui, monsieur.

Satisfait, il se tourna vers Cole.

— J'étais sincère, tout à l'heure. Je regrette de devoir faire cela avant ton complet rétablissement. Mais nous devons récupérer les informations que tu avais obtenues.

— Je sais, répondit Cole, mais je vous ai expliqué que j'ignore qui les a. Ils m'ont assommé ; j'ai vu quelqu'un les prendre mais en réalité, monsieur, je ne me souviens pratiquement de rien avant mon arrivée au bunker. Je ne suis même pas sûr d'avoir vu mon contact.

Il passa une main bandée sur ses cheveux courts et je me demandai si Alban voyait, lui aussi, qu'il ne disait pas la vérité.

— C'est compréhensible, compte tenu des circonstances, admit Alban, s'appuyant contre le dossier de sa chaise. C'est pourquoi Ruby va intervenir. Elle nous a aidés à… stimuler les mémoires. Grâce à elle, nous avons retrouvé de nombreuses informations égarées.

Je vous en prie, je vous en prie, pas lui. Je ne voulais pas voir le contenu de son esprit ; je ne voulais pas y trouver Liam et des scènes de leur vie. Je voulais seulement m'éloigner de lui avant que mon cœur ne se brise.

Cole pâlit et ses doigts se crispèrent sur ses genoux.

— Allons, reprit Alban en riant, c'est totalement indolore… et, en cas d'incident, nous la forcerions immédiatement à cesser.

Je n'en doutais pas. Si je refusais de libérer l'esprit de Cole, tous les conseillers et les agents avaient un appareil capable de reproduire le bruit de la sirène.

— Tu es toujours volontaire pour les missions périlleuses, poursuivit-il, tu infiltres la FSP et tu ne peux pas laisser une jeune fille jeter un rapide coup d'œil dans tes souvenirs dans l'intérêt de ta famille… de ton pays ?

Malgré son insistance, Alban ne cessa pas un instant de sourire.

Futé, pensai-je. L'appel à l'intérêt du pays était la dernière étape avant un ordre direct et Cole eut l'intelligence de comprendre qu'il était préférable d'accepter « en toute liberté ».

— Très bien, soupira-t-il finalement en se tournant vers moi. Que dois-je faire ?

Je mis quelques instants à trouver ma voix, mais fus fière de sa fermeté.

— Donne-moi ta main.

— Sois douce, chérie, dit Cole, ses doigts tremblant légèrement quand ils touchèrent les miens.

Alban éclata de rire, mais Cole soupira et ferma les yeux.

Sa main était glacée et moite. Je m'efforçai d'oublier la pression de son pouce sur le mien. J'avais toujours l'impression que ma main disparaissait dans celle de Liam, mais celle de Cole était plus grosse et la paume portait des cals dus aux haltères, aux armes et aux combats. De temps en temps, les doigts frémissaient.

Il ne fallait pas penser à tout ça. Je fixai sa main gauche, les deux doigts qui tremblaient de temps en temps, parce que ses plaies le faisaient souffrir.

— Essaie de te détendre, dis-je. Peux-tu me dire ce que je dois chercher ? La taille, la couleur… sois aussi précis que possible.

Cole n'ouvrit pas les yeux.

— Une clé USB ordinaire. Noire, à peu près de la taille de mon pouce.

J'avais fait cela si souvent, ces six derniers mois, que je n'avais plus mal, mais je me sentis tout de même tendue. Sa main tremblait un peu… ou bien était-ce la mienne ? Je serrai ses doigts dans l'espoir de nous rassurer tous les deux.

— Pense à l'instant où tu l'as eue pour la dernière fois entre les mains. Si tu peux, essaie de te la représenter.

Cole soupira.

Ce fut comme glisser sous la surface d'une rivière baignée de soleil. Il me fut difficile de franchir ses défenses naturelles, mais les formes et les couleurs ne furent ni froides ni immobiles. Au contraire, elles se succédèrent trop vite. Çà et là, je vis des visages et des objets – une pomme verte, une balançoire, un petit ours en peluche brûlant dans l'herbe sèche, une porte sur laquelle on avait griffonné ENTRÉE INTERDITE au fusain – comme s'il se forçait à penser à tout, sauf à ce que je lui avais demandé.

Cole se tassa sur lui-même et sa tête tomba sur mon épaule. Je sentis qu'il tremblait et ses cheveux caressèrent mon cou.

— Montre-moi l'instant où tu as perdu la clé USB, soufflai-je.

Le souvenir monta à la surface, comme si je le sortais de l'eau. Un petit garçon de deux ou trois ans, en bleu de travail, assis sur une moquette marron, pleurant à chaudes larmes.

— La clé USB, répétai-je.

La scène s'estompa et disparut, remplacée par un ciel nocturne et un feu de joie crépitant, jetant une chaude lumière sur une tente occupée par des silhouettes sombres.

— *Philadelphie !* dit Alban. Philadelphie, Cole. Le labo !

Cole dut l'entendre, parce qu'il sursauta. J'insistai, redoutant soudain ce qui arriverait si je n'obtenais pas le résultat qu'Alban espérait. *La clé USB*, pensai-je, *Philadelphie*.

Tout changea, autour de moi, et je me retrouvai dans une nuit pluvieuse. Le mur, sur ma gauche, fut soudain éclairé : les phares d'une voiture. J'entendis le grondement du moteur, le crissement des freins, mais j'étais Cole, je voyais à travers ses yeux… et Cole fuyait.

Je courais dans l'obscurité, parmi les flaques d'eau sale et les ordures, une main contre le mur. Des éclats de briques volèrent, plusieurs fois, et je compris ce qui se passait. On me tirait dessus et on visait de mieux en mieux.

Je bondis, attrapai l'échelle d'un escalier de secours et la tirai jusqu'au sol. Mes mains étaient si crispées et gelées que c'était à peine si je pouvais saisir les barreaux. Les tirs ne cessèrent que lorsque j'eus roulé sur la surface rugueuse du toit. Puis je me relevai d'un bond, sautai de ce toit sur un autre. Les gyrophares bleu et rouge des voitures de police suivaient ma progression d'immeuble en immeuble. Le vent se leva, s'engouffrant sous mon ample chemise.

Je sautai du toit du bâtiment suivant, écœuré par la forte odeur d'ordures pourries. Mes pieds touchèrent le couvercle en plastique d'une poubelle industrielle et mes genoux se dérobèrent sous la force de l'impact, me précipitant au sol la tête la première.

Pendant une ou deux secondes, la douleur fut si intense que je ne pus bouger. Je commençais à me redresser quand une puissante lumière blanche illumina la ruelle.

On ne peut pas aller vite, quand on boite, et on ne peut pas fuir quand on se trouve dans une impasse. Mais je me relevai, filai vers la porte située sur ma gauche sans tenir compte des cris des policiers et des soldats. J'avançai lentement, mais d'un pas assuré... Je savais où j'allais et je n'oubliai pas de verrouiller la porte derrière moi.

Dans le couloir, mes yeux s'accoutumèrent rapidement à l'obscurité. Je gravis l'escalier jusqu'à l'appartement 2A et ouvris la porte bleu clair d'un coup d'épaule.

La lumière était allumée... la cafetière électrique fonctionnait, sur le plan de travail, mais il n'y avait personne. Je jetai un coup d'œil dans toutes les pièces, sous le lit, dans les placards, puis regagnai le couloir et tendis le bras vers la veste noire qui y était suspendue.

Les lourds rangers des soldats, dans l'escalier, parurent faire vibrer tout l'immeuble. Je saisis la veste d'une main tremblante, palpai la doublure puis l'ourlet et recommençai, incrédule.

La porte d'entrée vola en éclats et il me fut aussitôt impossible de bouger, de combattre, de fuir. On me jeta au sol, on tira mes bras dans mon dos et on les immobilisa. Je vis des rangers parcourir l'appartement, des armes levées. Après s'être assurés que j'étais seul, ils me traînèrent jusqu'au rez-de-chaussée, puis dehors, sous la pluie, jusqu'à une camionnette noire.

Il y avait des FSP, des Gardes nationaux et des policiers. Je ne me débattis pas quand ils me poussèrent à l'intérieur de la camionnette et me menottèrent. Il y avait d'autres prisonniers que je ne connaissais pas. Et il n'en faisait pas partie.

Je ne sais pas pourquoi, à cet instant, j'ai levé la tête… l'instinct, peut-être. La portière était sur le point de claquer, mais j'eus le temps d'apercevoir le visage terrifié de Liam, dans la faible lumière d'un lampadaire. Il disparut presque aussitôt dans le noir.

Quatre

— Vous n'auriez jamais dû, s'écria Cate d'une voix stridente. Vous lui avez imposé ça alors qu'elle n'a pas dormi depuis deux jours ?

Je fixais une petite statue, représentant un jeune garçon, posée sur le bureau d'Alban. J'étais sur le sol, sur le dos, et j'ignorais comment j'y étais arrivée.

— Ce n'est pas un chiot savant exécutant ses tours sur commande ! poursuivit Cate d'une voix contenue mais tranchante. C'est une *enfant*. Ne sollicitez pas ses *services*, comme vous dites, sans me consulter !

— Agent Conner, répondit Alban, je n'ai pas de leçons à recevoir de vous. Cette *enfant* est en âge de décider. Sans doute est-elle sous vos ordres, mais vous êtes sous les miens et je n'ai pas besoin de vous consulter pour prendre une décision. Je vous demanderai donc, très calmement, de sortir de mon bureau avant d'aggraver votre cas.

Je me relevai péniblement et m'assis. Cate voulut m'aider, mais je la repoussai. Elle semblait manquer de sommeil, elle aussi : ses cheveux étaient emmêlés et son visage blême. Elle était entrée en coup de vent cinq minutes plus tôt et ne s'était même pas accordé le temps de reprendre son souffle. Je ne sais pas qui l'avait avertie, mais elle n'avait réussi qu'à me donner l'impression d'être une petite fille humiliée.

— Ça va, dis-je, mais elle n'eut pas l'air convaincue.

— J'attends dehors, déclara-t-elle.

— Vous risquez d'attendre longtemps, dit Alban. Nous avons un invité, en bas, que je voudrais présenter à Ruby.

Évidemment. Pourquoi resterais-je une journée sans « distraire » un invité ?

— Ah ? fit Cole en nous regardant alternativement. Suis-je invité à cette fête ?

Finalement, Alban se leva, contourna son bureau et s'immobilisa entre ma chaise et celle de Cole. Il s'appuya contre sa table de travail et ce fut la première fois que je me trouvai assez près de lui pour me rendre compte qu'une odeur de moisi semblable à celle des douches émanait de lui.

— Agent Conner, dit-il, je vous verrai à la réunion de coordination. Soyez prête, ajouta-t-il en baissant la voix. L'agent Meadows présentera une nouvelle fois sa proposition.

Cate pivota sur les talons. Elle tremblait encore quand Lèvres de crapaud l'accompagna jusqu'à la sortie.

Alban ne sursauta même pas quand elle claqua la porte.

— Alors, tu as trouvé notre trésor disparu ? me demanda-t-il.

L'intervention de Cate m'avait fait oublier ma fureur, mais elle refit aussitôt surface et je me tordis les mains pour ne pas céder au désir d'étrangler Cole.

J'étais parvenue à convaincre la Ligue de libérer Liam, mais ça n'avait servi à rien. Son frère avait apparemment trouvé le moyen de l'entraîner à nouveau en son sein. Je ne comprenais pas vraiment ce que j'avais vu – et, contrairement à ce que croyait Alban, ce n'était pas la clé USB – mais il me semblait clair que Liam était impliqué.

— Ne nous fais pas languir, reprit Alban. Nous devons protéger l'informateur aussi vite que possible.

Ou bien vous devez charger quelqu'un de le tuer.

Si j'avais appris une chose, à Thurmond, c'était bien à mentir sans que mon visage me trahisse.

— Je n'ai reconnu personne, dis-je, et je ne peux pas donner de nom. Mais, avec une description, l'agent Stewart pourra peut-être en fournir un ?

— Peut-être, admit Cole d'une voix rauque.

Après s'être éclairci la voix, il ajouta :

— Mais, à Philly, j'ai travaillé avec beaucoup de gens…

Alban eut un geste agacé de la main ; ses yeux sombres restèrent rivés aux miens.

— C'était une femme, dis-je. Elle se tenait près de la camionnette des FSP. Elle était nerveuse, regardait autour d'elle, puis elle a vu quelque chose sur le trottoir… elle a dû trouver la clé. Plus de quarante-cinq ans, un peu ronde. Elle avait de longs cheveux bruns et des lunettes à monture verte. Son nez était légèrement busqué.

C'était mon institutrice du cours préparatoire, Mme Rosen.

Alban ponctua chaque information d'un hochement de tête.

— Ça te dit quelque chose ?

— Ouais, répondit Cole en tambourinant du bout des doigts sur sa cuisse. Ça me sera utile. Je vais rédiger mon rapport.

Alban hocha la tête.

— Je veux le voir ce soir sur mon bureau.

— Bien, monsieur, dit Cole en se levant péniblement.

De peur de me trahir, je n'osai le regarder. Il s'attarda un instant près de la porte, puis Lèvres de crapaud le fit sortir.

Alban gagna la rangée de classeurs dépareillés se trouvant derrière la table de travail. Il sortit un trousseau de clés de la poche de sa chemise et m'adressa un clin d'œil. Je n'en revenais pas… chaque fois que je pénétrais dans ce bureau, je fixais ces meubles laids en me demandant ce qu'ils contenaient et, maintenant, il en ouvrait un.

Du bout d'un doigt, il tapota sur un tiroir.

— Les conseillers trouvent ces classeurs archaïques et rétrogrades à l'époque du tout numérique. Hein, Peters ?

Lèvres de crapaud eut un sourire crispé.

La « vieille méthode » d'Alban me paraissait la plus sûre. Lui seul pouvait accéder aux dossiers contenus dans ces classeurs. Nul ne pouvait les pirater ou installer un programme destiné à télécharger leur contenu. Il avait fait équiper la porte de son bureau d'un scanner rétinien et d'une serrure à code… matériels très coûteux. Si on voulait voir ces dossiers, il fallait obtenir son autorisation ou se montrer très créatif.

Il sortit une chemise rouge du classeur noir cabossé de droite, ferma le tiroir d'un coup de hanche et se tourna vers moi.

— Tu sais, Ruby, je me disais… que je n'ai pas eu l'occasion de te remercier d'avoir si efficacement réuni ces informations sur les camps. Je sais que tu m'as remis ce travail il y a plusieurs mois, et je n'ai pu y jeter un rapide coup d'œil que récemment. Mais j'ai vu que tu avais accompli cette tâche très sérieusement, ce que j'admire.

Ce fut la première fois qu'il m'étonna. J'avais souvent aperçu un coin de cette chemise rouge sous une des piles de documents de son bureau et j'avais renoncé à croire, depuis des semaines, qu'elle attirerait un jour son attention. Je me disais que c'était mon dernier espoir et qu'il était mort et enterré.

Pourquoi appeler une organisation *Ligue des enfants* quand on se contente de feindre d'aider les jeunes ? Je me posais cette question tous les jours, pendant tous les cours et toutes les opérations. Elle me taraudait chaque fois qu'on me congédiait sans m'accorder un second regard. La plupart des agents, surtout les anciens militaires, se fichaient des camps. Ils haïssaient Gray, la conscription, et la Ligue était la seule organisation tentant effectivement d'agir et ne se contentant pas d'un communiqué menaçant tous les quelques mois. Mais essayer de l'amener à venir effectivement en aide aux jeunes revenait à crier dans une pièce où tout le monde hurlait. Personne n'écoutait parce que chacun avait ses projets, ses priorités.

Dès ma première nuit au QG, j'avais compris que je ne pourrais plus me regarder dans le miroir si je ne faisais pas tout mon possible pour rediriger les ressources de la Ligue sur la libération des jeunes internés dans les camps. Pendant plusieurs mois, j'avais répertorié, dessiné et écrit tout ce dont je me souvenais de Thurmond :

l'itinéraire des patrouilles des FSP, les heures de relève, les endroits que les caméras ne couvraient pas…

Cela devint une sorte d'obsession ; quand j'accomplissais ce travail, j'avais l'impression de me retrouver autour du feu, à East River, écoutant Liam expliquer avec passion que nous devions nous entraider et prendre soin les uns des autres, qu'aucune organisation ne renoncerait à ses objectifs et à son image pour nous secourir. Il avait raison, évidemment… et, ces six derniers mois, j'en étais devenue de plus en plus convaincue.

— Je comprends, monsieur.

— J'en ai fait des copies, dit-il. Nous en parlerons pendant la réunion de coordination. Je ne peux rien promettre, mais tu as travaillé dur, ces derniers mois, et…

J'ignorais ce qu'il voulait ajouter et je ne le saurais jamais. Sans avoir pris la peine de frapper, un autre conseiller, Dents de cheval, passa sa tête couverte de cheveux blancs dans l'entrebâillement de la porte, ouvrit la bouche… et la ferma lorsqu'il s'aperçut de ma présence. Lèvres de crapaud s'éloigna du mur auquel il était adossé et demanda simplement :

— Tempête de neige ?

Dents de cheval hocha la tête.

— Ce que nous redoutions est arrivé.

— Bon sang ! jura Alban en se levant. Le Professeur est-il en vie ?

— Oui, mais son travail…

Tous les regards se tournèrent vers moi et je m'aperçus que j'aurais déjà dû être partie.

— Je serai dans l'atrium, murmurai-je, si vous avez encore besoin de moi.

Alban me fit signe de m'en aller et, dans le couloir, j'entendis la voix de Lèvres de crapaud à travers la porte.

— J'ai toujours trouvé que c'était une mauvaise idée. Nous l'avions avertie !

La curiosité me cloua sur place et je guettai un indice sur le sujet de leur conversation. Le conseiller était en colère, un torrent de mots jaillissant de ses grosses lèvres. Ils ne se mettaient jamais dans une telle fureur… Jude les comparait à des robots programmés pour accomplir leur tâche avec le moins d'enthousiasme possible.

— Elle a pris des précautions ; tout n'est pas perdu, dit calmement Alban. Personne ne doit savoir que cette femme s'est laissé aveugler par l'amour. Venez avec moi… Jarvin est rentré et il faut le mettre au courant. Il devra peut-être partir pour la Géorgie avec une équipe, pour sauver ce qui peut l'être.

Des pas retentirent, derrière la porte, et je compris que je n'apprendrais rien de plus. Je pivotai sur moi-même quand un groupe de jeunes passa, se dirigeant vers l'atrium, et je les suivis.

Lorsque je jetai un coup d'œil derrière moi, Alban se tenait devant la porte de son bureau et ses conseillers lui parlaient à l'oreille. Il ne me fit pas signe, mais ne me quitta pas des yeux.

Quelques heures plus tard, j'étais toujours dans l'atrium. J'attendais encore qu'Alban me demande d'entrer dans l'esprit de quelqu'un. Nico m'avait apporté un sandwich, mais nous n'avions faim ni l'un ni l'autre.

Tempête de neige. La Ligue donnait un nom de code aux agents et aux opérations. Je connaissais tout le personnel du QG et savais qu'aucun « Professeur » ne travaillait à Los Angeles. Mais *Tempête de neige*… je tournai et retournai les mots dans mon esprit, comme si c'était une expression étrangère. Lentement. Méthodiquement. Grâce au sale boulot que j'effectuais, je connaissais les noms de missions et de projets dépassant de loin mon niveau d'accréditation, mais celui-ci n'en faisait pas partie.

Je me tournai vers Nico, penché sur son écran.

— Si je te donnais un nom d'opération, dis-je, pourrais-tu chercher des informations sur les serveurs ?

— Les serveurs classifiés ? demanda-t-il. (Les Verts considéraient tous les autres comme un gâchis de leur temps et de leur talent.) Bien sûr. Quel est le nom ?

— *Tempête de neige*. Je crois que l'agent responsable s'appelle le Professeur… ce serait une femme dépendant du QG de Géorgie.

Nico me regarda comme si je l'avais giflé.

— Qu'est-ce qu'il y a ? demandai-je. Tu en as entendu parler ?

Les agents assis à proximité s'étaient levés, à mon arrivée, et j'avais une partie de la salle ronde pour moi toute seule. Dans le silence, j'entendis Nico avaler sa salive, puis il fixa son écran et se tourna à nouveau vers moi.

J'entendis aussi le souffle précipité de Jude quand il franchit la porte de l'atrium en courant.

Slalomant entre les tables, il se dirigea vers nous. L'ignorer ne le ferait pas disparaître… il était comme une inflammation revenant sans cesse, quoi qu'on fasse pour la soigner.

— Qu'est-ce que tu… ? commença Nico.

— Venez, dit Jude, nerveux, en saisissant nos bras pour nous faire lever. *Tout de suite.*

— Je suis occupée, marmonnai-je. Va chercher Vida.

— Il faut que tu viennes, insista-t-il d'une voix si dure et si grave que ce fut à peine si je la reconnus. Immédiatement.

— Pourquoi ?

— Blake Howard est rentré d'opération.

— Et en quoi ça m'intéresse ?

Ses doigts semblaient brûler ma peau.

— Il est rentré dans un sac en plastique.

À notre arrivée dans le hall d'entrée, Alban, ses conseillers et une petite foule de curieux et d'agents descendaient à l'infirmerie. Tous avaient les traits tirés.

— Tu es sûr de ce que tu as vu ? demandai-je à Jude.

Il soupira. Je vis que ses yeux étaient rouges et me demandai s'il avait pleuré avant de me rejoindre.

Jude leva la main et saisit la petite boussole en argent qu'il portait au cou. Elle provenait de la collection d'Alban, qui la lui avait offerte en lui prédisant qu'il deviendrait un « grand explorateur » et un « voyageur de grande envergure ». Il ne s'en séparait jamais, alors que son aptitude la rendait inutilisable. Jaune, Jude produisait continuellement un faible courant électrique qui agissait sur l'aimant. L'aiguille de couleur n'indiquait donc pas le nord, mais Jude.

— Je les ai vus arriver, puis Cate m'a demandé de partir. Mais j'ai entendu Alban demander à l'agent Jarvin comment c'était arrivé, et Rob a répondu que c'était un accident.

Jude jeta un coup d'œil autour de nous pour s'assurer que personne ne pouvait nous entendre et ajouta :

— Roo, je ne crois pas que c'était un accident.

Sur le palier du deuxième niveau, Nico nous dépassa, se dirigeant vers le troisième sous-sol.

— Hé ! appela Jude. Nico…

— Laisse-le faire, dis-je, regrettant de ne pouvoir le suivre et échapper à ce moment pénible.

L'infirmerie se trouvait sous l'atrium, occupant le vaste espace circulaire du deuxième niveau, tout comme le labo d'informatique était installé dans celui du troisième. Malgré sa taille, elle était presque toujours encombrée : machines, lits, infirmières et médecins chargés de traiter les urgences et les accidents. Je m'y étais fait soigner plusieurs fois et m'étais aperçue que les membres du personnel portaient d'épais gants en caoutchouc lorsqu'ils devaient me toucher.

Jude voulut entrer, retint son souffle lorsqu'il tendit la main vers la poignée. Je l'entraînai jusqu'à la salle d'observation, où des agents regardaient un infirmier pousser entre les lits, en direction d'un paravent dressé au fond de la pièce, un chariot sur lequel se trouvait un sac en plastique noir contenant un corps.

Je me frayai un chemin jusqu'à la vitre, en compagnie de Jude, et les vis ouvrir le sac puis en sortir Blake Howard, qu'ils posèrent sur une table métallique. Une chaussure de sport blanche était restée suspendue à un de ses pieds et ses vêtements étaient imbibés de sang. Puis plus rien. Alban traversa la salle, accompagné de Jarvin, Cate et Rob ; le paravent fut déployé et on ne vit plus que des ombres.

— Bon sang, bon sang, bon sang, souffla Jude en tirant sur ses boucles brun-roux. C'est lui, c'est vraiment lui…

Il vacilla et je saisis son coude. Je ne connaissais pas vraiment Blake. Je ne fréquentais pas les jeunes qui ne faisaient pas partie de mon équipe et je me montrais si peu sympathique qu'ils n'avaient pas envie de faire ma connaissance. Mais Jude et Blake étaient très proches ; Nico et eux passaient tout leur temps libre ensemble, jouant ou bricolant au labo d'informatique. Je n'avais vu Nico rire qu'une fois, un jour où Blake, ses yeux verts brillant, raconta une histoire qui fit pratiquement pleurer Jude de rire.

— On devrait… On devrait aller chercher Nico, dit finalement Jude. Je crois qu'il voulait vérifier quelque chose.

Je l'entraînai jusqu'à la porte, puis dans le couloir vers l'escalier. Il nous fallut nous coller contre la cloison pour laisser passer des agents pressés, sans doute impatients de vérifier la rumeur qui devait se répandre comme une traînée de poudre dans tout le QG.

— Il faut que je te fasse une confidence, souffla Jude en haut de l'escalier. Tu dois comprendre que… que je ne crois pas que c'était un accident. Je… pense que c'est de ma faute.

— Tu n'y es pour rien, protestai-je, me forçant au calme. Les accidents sont fréquents. Jarvin est le seul responsable. C'est lui qui a choisi un jeune inexpérimenté.

Jude ne me laissa pas l'occasion de filer. Il saisit mon poignet et m'entraîna, dans l'escalier, jusqu'au troisième niveau. Je regardai ses épaules anguleuses, sous son vieux T-shirt à l'effigie de Bruce Springsteen, et m'aperçus qu'il y avait un trou sous l'encolure. Il savait exactement où était allé Nico.

Le labo était pratiquement vide. En général, de nombreux Verts s'y retrouvaient, élaborant des programmes ou des virus. Mais c'était l'heure du dîner. Et, de toute façon, l'expression du visage de Nico aurait sans doute suffi à vider la pièce.

— J'ai trouvé, annonça-t-il.

— Et ? demanda Jude d'une voix tremblante.

— Ce n'est pas un accident.

Nico était enclin à voir le mal partout, mais ne nous infligeait jamais ses idées amères, empoisonnées. Ce jour-là, pourtant, il le fit.

— Qu'est-ce que tu as trouvé ? demandai-je. Il faut que vous m'expliquiez ce qui se passe, et *tout de suite.*

— Tu disais que ce n'était pas grave, répondit Nico. Tu croyais que c'était une coïncidence. Tu aurais dû nous faire confiance.

Sa voix fut comme un flot d'acide sur mes nerfs déjà à vif. Je fixais l'écran quand il cliqua sur un fichier vidéo. Le lecteur présenta des images en noir et blanc. Des silhouettes minuscules se déplaçaient dans une salle pleine de machines : des serveurs.

— Qu'est-ce que tu nous montres ? demandai-je. Dis-moi que tu n'es pas stupide au point d'avoir téléchargé les images des caméras de surveillance de la société où Blake et Jarvin s'étaient introduits…

— Si je ne l'avais pas fait, Jarvin ou un de ses amis auraient eu la possibilité d'effacer la preuve, protesta-t-il.

La vidéo durait trente secondes ; et c'était bien suffisant. J'eus envie de lui dire qu'il avait pris un risque énorme en la téléchargeant – la société d'informatique pourrait remonter jusqu'à nous – mais Nico était prudent.

Trente secondes. Mais cela en prit moins de quinze.

Blake entra dans la salle, vêtu de la combinaison noire réservée aux opérations, et localisa immédiatement la machine. L'apparition soudaine d'un vigile me fit sursauter : une patrouille de nuit dont l'existence avait échappé aux responsables de la préparation de la mission. Blake se cacha derrière un serveur et gagna l'allée suivante. Le vigile ne se serait sans doute aperçu de rien si Jarvin et un membre de l'équipe tactique n'étaient pas entrés dans la salle en tirant des coups de feu.

Je me penchai sur l'écran, ébahie par la netteté des images. La précision avec laquelle on pouvait voir les deux agents se mettre à couvert, puis Jarvin, qui jusque-là braquait son arme sur le vigile, viser le dos de Blake. Et l'éclair de lumière qui jaillit du canon quand il tira sur le jeune.

Jude tourna le dos à l'écran, les mains sur le visage.

Merde, pensai-je, *merde, merde !*

Nico avait sans doute déjà vu la vidéo, mais il la repassa encore et encore et je dus fermer moi-même la fenêtre. Il garda le silence ; son visage resta impassible. Ses paupières étaient à demi baissées et je compris qu'il avait trouvé refuge dans une cachette intérieure qu'il était seul à connaître.

— Ces… je ne peux pas…, dit Jude d'une voix de plus en plus agitée, une main sur sa boussole. Ces deux types… ce sont eux, les méchants. Les autres agents nous apprécient et les puniront quand ils apprendront ce qui s'est passé. Ils nous défendront. Ceci n'est pas la Ligue ; ce n'est pas… ce n'est pas…

— Ne parle de cela à *personne*, coupai-je. Tu comprends ? *À personne.*

— Mais, Roo, s'écria Jude, horrifié, on ne peut pas les laisser s'en tirer. Il faut avertir Cate, ou Alban, ou… quelqu'un ! Ils prendront des mesures.

— Cate ne pourra rien faire si tu es mort. Je suis sérieuse. Pas un mot. Et ne te déplace jamais seul… reste avec moi, Vida, Nico ou Cate. Promets-le-moi. Si tu vois un de ces types, tourne les talons et pars dans la direction opposée. Promets !

Jude secoua la tête et tripota sa boussole. Je tentai de trouver des paroles réconfortantes. Bizarrement, j'étais tiraillée entre le désir de leur cacher la vérité sur la vraie nature de la Ligue, pour les protéger, et la satisfaction mesquine d'avoir eu raison dès le début. Cet endroit n'était pas sûr. Peut-être l'avait-il été… mais, maintenant, ses fondations se fissuraient et, au moindre faux pas, le QG risquait de s'effondrer et de nous ensevelir.

Rob et Jarvin n'étaient pas patients. Ils accomplissaient toujours leurs missions dans le temps imparti. La réalisation de leur projet ne serait pas différente, j'en étais sûre. Cate et quelques autres agents étaient peut-être de notre côté, mais pour combien de temps ? S'il apparaissait que nous n'étions plus utiles à la Ligue, nous soutiendraient-ils encore ?

Je me souvins de la grenade qui avait explosé sous mes pieds. De Rob, qui nous avait ordonné de ne pas quitter le palier.

Je pouvais arranger ça ; j'en étais sûre. Il fallait simplement trouver le moyen d'approcher de Rob et de ses amis. Malheureusement, c'était le plus difficile.

— Pas un mot, répétai-je en tournant les talons. Je m'en occupe.

Et je le ferai. J'étais le Leader. Mon espoir de prendre la fuite après m'être assurée que Liam et les autres avaient échappé à la Ligue s'évapora comme un rêve au matin.

Jude était en vie, Nico était en vie, j'étais en vie… et je devais mobiliser toute mon énergie pour que ça dure.

Cinq

Je pris l'escalier jusqu'au niveau supérieur, suivis le couloir jusqu'au vestiaire pour prendre une douche et me changer. Il faisait froid dans le QG, comme d'habitude, mais j'avais chaud et ma peau était moite, comme si j'avais la fièvre. Quelques minutes sous l'eau glacée m'éclairciraient les idées. Pendant cet instant de tranquillité, je pourrai réfléchir et m'arranger pour que Jude soit sans cesse accompagné.

La lumière était allumée à mon arrivée. Il y avait des détecteurs : quelqu'un venait d'entrer ou de sortir. Je restai complètement immobile, le dos à la porte, écoutant le goutte-à-goutte d'un robinet, de l'autre côté de la pièce. Personne ne se douchait ; tous les rideaux jaunes étaient ouverts.

Puis j'entendis des claquements, comme une semelle sur le béton, et un bruissement de papier...

Je contournai les armoires et, arrivée à l'extrémité de la rangée, me penchai pour jeter un coup d'œil dans l'allée.

Assis sur un banc, un dossier dans les mains, Cole ne leva pas la tête. Quand il tourna une page, j'aperçus le croquis familier de la clôture électrifiée de Thurmond.

— À ton avis, Caledonia était pareil ?

Tous les muscles de mon dos se crispèrent. Je fermai les poings et pris une profonde inspiration.

— Non, répondis-je. Caledonia était plus petit. C'était une ancienne école élémentaire. Mais certains éléments sont identiques.

Il acquiesça machinalement.

— Thurmond, dit-il en posant un doigt sur une feuille. J'ai vu des croquis, il y a quelques années, mais jamais aussi précis. Les agents infiltrés n'ont pas vu la moitié de ce qu'il y a ici… pas même Conner.

Je restai près des armoires, attendant qu'il s'en aille.

— Alban en a distribué des exemplaires, ce soir, pendant la réunion de coordination, poursuivit Cole. Cate est partie avant la fin. Tu sais pourquoi ?

Je gardai le silence. En réalité, je croyais le savoir. Pendant des mois, Cate avait tenté de me dissuader d'accomplir cette tâche. De la tête, il montra les douches.

Je le suivis dans une cabine. Les anneaux claquèrent quand il tira le rideau en plastique ; je sursautai et m'adossai à la paroi en béton. Il n'y avait pas beaucoup de place et mon malaise augmenta quand il se pencha, son visage meurtri à quelques centimètres du mien, puis ouvrit le robinet en grand.

— Qu'est-ce que tu fais ? demandai-je en tentant de sortir.

Il saisit mon épaule et m'immobilisa sous la douche. Quand il prit la parole, on était trempés.

— Au QG, seules les douches ne sont pas surveillées. Il ne faudrait pas que les autres caméras de la pièce surprennent notre conversation.

— Je n'ai absolument rien à te dire, protestai-je en me dégageant.

— Mais moi, j'ai beaucoup de choses à te dire.

Cole écarta les bras pour m'empêcher de sortir et faillit perdre l'équilibre. Instable sur ses jambes, affaibli, fatigué… c'était une cible facile. Je lui donnai un coup d'épaule, mais sans doute mon geste fut-il trop prévisible. Il saisit mon bras et le tordit si fort que mes muscles me firent mal et que mes articulations faillirent se déboîter. Sa peau était brûlante.

Il est avec eux, il est avec eux…

— Calme-toi ! dit-il en me secouant. Reprends-toi. Je ne te ferai aucun mal. Je veux parler de Liam !

Cole lâcha mon bras, puis recula d'un pas, les mains levées. J'étais essoufflée. L'eau formait entre nous une barrière que nous n'osions franchir. La vapeur cacha mes chaussures de sport trempées, puis mes genoux, et bientôt l'air que je respirai fut humide et brûlant.

— Liam qui ? m'enquis-je quand j'eus repris mon calme.

Cole m'adressa un regard exaspéré et je compris qu'il était inutile de jouer la comédie.

— Tu l'as ramené au sein de la Ligue, repris-je d'une voix dure. J'ai *tout* fait pour m'assurer qu'il serait en sécurité.

— En sécurité ? répéta Cole avec un rire sans joie. Tu crois avoir rendu service à cet idiot en le renvoyant dans le monde, où il risquait de se faire arrêter ou tuer ?

Il a eu de la chance que je n'aie pas renoncé à vérifier de temps en temps notre procédure de contact, parce que le chasseur de primes lancé à ses trousses l'aurait envoyé dans un camp.

Je ne pus m'empêcher de serrer les poings.

— Comment l'as-tu forcé à t'aider ?

— Qu'est-ce qui te dit que je l'ai forcé, chérie ?

— Ne m'appelle pas comme ça, m'emportai-je, les dents serrées.

Cole leva les sourcils.

— Cela explique pourquoi tu as menti à Alban, constata-t-il. Tu veux bien raconter comment tu as connu mon frère ?

À mon tour, je fus étonnée.

— Cate ne t'a rien dit ?

— J'ai mon idée, mais mon frère n'est pas mentionné dans ton dossier.

Cole inclina la tête en un geste identique à celui de Liam. Il tapota sa jambe de son index et majeur gauches… un tic.

— Alban semble avoir des soupçons, ajouta-t-il, mais pas les autres.

Il s'adossa à la paroi de la cabine. Il souffrait mais son orgueil lui interdisait de le montrer. Du Stewart classique.

— Écoute, reprit-il, il ne travaillait pas avec moi. Ce soir-là… celui du souvenir que tu as extrait de mon esprit. Je ne l'avais pas vu depuis son départ de la Ligue, il y a des années. On avait mis au point une procédure de contact, en cas d'urgence, et il l'a activée. J'ai cru que c'était une question de vie ou de mort, sinon je ne lui aurais *jamais* dit où me trouver.

— Parce que tu étais infiltré ? demandai-je. Qu'y a-t-il sur cette clé USB ? Je n'ai jamais vu Alban aussi nerveux.

Cole me regarda dans les yeux et je parvins enfin – parce que j'étais furieuse – à soutenir son regard.

— Dis-le-moi ! insistai-je.

Il soupira, passa une main bandée sur sa tête.

— Je suppose, repris-je, que tu as été repéré et que c'est pour cette raison qu'ils ont pris ton appartement d'assaut ?

Cette idée parut vexer Cole.

— Bien sûr que non ! Ma couverture était impeccable. J'aurais pu rester indéfiniment et ils ne se seraient aperçus de rien. Le chasseur de primes a vu Lee entrer chez moi et m'a dénoncé sous prétexte que j'aidais un *Psi* en fuite. C'est pour cette raison que j'ai été capturé. Rien ne serait arrivé s'il n'était pas venu... mon extraction était prévue trois heures plus tard.

— D'accord, mais tu ne m'as toujours pas dit ce que tu fichais à Philadelphie. Il faut que je sache ce qu'il y avait sur cette clé USB et pourquoi tu ne l'as pas retrouvée. C'est ce que tu cherchais, hein ?

— Ouais, admit-il. C'est ce que je cherchais. Ce crétin l'a prise.

Je sursautai.

— Quoi ?

— J'étais infiltré au sein de Leda Corporation, en tant que technicien, au laboratoire de recherche *Psi* financé par Gray. Tu as entendu parler de ce programme ?

J'acquiesçai et il poursuivit :

— Au départ, j'étais simplement chargé de suivre ce qui se passait. Alban voulait savoir quelles expériences étaient pratiquées et s'ils avaient découvert quelque chose, mais je devais aussi l'avertir s'il me semblait possible d'extraire des jeunes utilisés comme cobayes.

— Ce que tu as fait, dis-je, comprenant si vite que je m'en étonnai. Nico... il était un des sujets de ces expériences.

Les épaules de Cole s'affaissèrent.

— C'était le seul jeune encore assez... fort pour qu'il soit possible de l'emmener. Les autres... je ne peux pas t'en parler sans avoir l'impression de te raconter un film d'horreur.

— Comment l'as-tu fait sortir ?

— Simulation d'arrêt cardiaque et de décès, répondit-il. Le labo a appelé son « service d'évacuation », mais la Ligue est intervenue avant.

Mon esprit fonctionnait à toute vitesse, présentant une succession rapide de possibilités horribles.

— Alors les infos enregistrées sur cette clé USB... C'était le résultat de recherches ?

— Oui, quelque chose comme ça.

— *Quelque chose comme ça ?* répétai-je, incrédule. Tu ne vas pas me dire ce qu'il y a sur ce truc ?

Il hésita longtemps et je crus qu'il ne répondrait pas.

— Réfléchis..., dit-il enfin. Qu'est-ce que les parents des enfants morts ont absolument envie de savoir ? Qu'est-ce que les scientifiques cherchent depuis des années ?

La cause de la maladie !

— Est-ce que tu... ?

Mais je ne terminai pas. Non, il ne plaisantait pas. Pas sur ce sujet.

— Je ne peux pas te donner de détails. Je n'ai pas eu le temps d'étudier les résultats avant de les enregistrer, mais j'ai entendu ce qui se disait, au labo, à la fin des expériences. Ils avaient prouvé que le gouvernement était à l'origine de l'épidémie.

Cole serra les poings et poursuivit :

— Ce n'est pas par hasard que le labo a été fermé et les scientifiques réduits au silence le lendemain du jour où les FSP m'ont arrêté.

Pas étonnant qu'il ait été nerveux !

— Tu as averti Alban ?

— Après mon retour, quand j'ai dû expliquer pourquoi j'avais été repéré. Je lui ai dit que j'avais copié les infos, mais déclenché du même coup une alarme silencieuse. Mon amour-propre mettra sûrement mille ans à s'en remettre.

Il soupira et reprit :

— Si je l'avais informé plus tôt, certains agents auraient pu trouver le moyen d'utiliser ces renseignements avant mon retour. J'aurais perdu le contrôle de l'information. J'étais loin du QG, mais je savais que la situation évoluait. Des agents que je connaissais, à qui je faisais confiance, étaient mutés et d'autres, que je n'aimais pas, avaient soudain la faveur d'Alban. Il y a de quoi s'inquiéter, tu sais.

J'acquiesçai.

— Si j'apportais des informations solides à Alban, poursuivit Cole, il serait possible de déborder les agents qui cherchent à transformer la Ligue, d'empêcher les mauvaises graines de prendre le contrôle de notre organisation et de convaincre Alban de rester de notre côté.

Grâce à elles, nous pourrions contrer ces agents, lors des réunions de coordination, quand leur projet semblera être notre dernière issue.

Je me souvins de bribes de la dispute entre Rob et Alban. *Action spectaculaire. Enfants. Camps.*

— Si ces informations sont si importantes, comment les as-tu fait sortir du labo de Leda Corps ?

— J'ai cousu cette fichue clé USB sous la doublure de ma veste. Puis je suis sorti de l'immeuble et mes potes du service de sécurité n'ont pas jugé utile de me fouiller. Je savais que l'alerte serait donnée si je copiais les dossiers, mais j'ai utilisé l'identité d'une scientifique. Rien de plus facile. Quand ils comprendraient qu'elle était innocente, j'aurais disparu depuis longtemps. Et puis, mon *formidable* petit frère a vu les FSP se diriger vers l'appartement pendant que j'étais allé faire des courses. Il a fichu le camp et a pris ma veste, pas la sienne.

— Tu as été vraiment stupide, dis-je. Tu as commis une grosse erreur. Tu as mis sa vie en danger…

— Ce qui compte, c'est que nous pouvons récupérer les infos.

— Ce qui compte…, protestai-je, si scandalisée que je ne fus pas sûre de pouvoir terminer la phrase, c'est que la vie de Liam est plus importante que cette fichue clé USB !

— Ha-ha ! fit Cole avec un sourire en coin. Mon petit frère embrasse sûrement très bien.

La fureur s'empara de moi si vite, avec une telle force, que j'oubliai de le gifler.

— Va te faire voir, dis-je en tentant de sortir de la cabine.

Cole m'en empêcha une nouvelle fois, me plaqua contre la paroi et rit. Ma main, contre mon flanc, trembla. Il n'aurait sûrement plus envie de rire si je grillais toutes ses pensées.

Cette idée dut lui traverser l'esprit parce qu'il me lâcha.

— As-tu pu prendre contact avec lui depuis ton retour ? demandai-je.

Cole croisa les bras sur sa large poitrine, les doigts de sa main gauche tapotant son bras droit.

— Il a disparu. Comme il n'est pas conscient d'avoir des informations explosives en sa possession, je ne peux pas deviner où il ira. Il est donc presque impossible de retrouver ce jeune crétin, sauf à supposer qu'il tentera de rejoindre notre mère et notre beau-père.

— Pourquoi me racontes-tu ça ?

— Parce qu'il n'y a que toi qui puisses agir, répondit-il, presque invisible dans la vapeur d'eau. Écoute-moi bien. Je suis repéré. La Ligue ne m'autorisera pas à sortir du QG. Je ne pourrai pas diriger des opérations, encore moins rechercher un fugitif sur la côte est. Quand ils auront compris que notre informatrice fictive n'existe pas, ils examineront d'autres pistes. Et ils se demanderont : qui connaissons-nous tous les deux, qui protégerais-tu à tout prix.

Les yeux de Cole, fixés sur mon visage, descendirent jusqu'à ma chemise, collée par l'eau sur ma poitrine, et je croisai les bras. Il soupira, songeur, et esquissa un sourire.

— Je dois dire que tu n'es pas vraiment son genre. Mais tu corresponds au mien…

— Tu sais ce que je pense ? coupai-je en avançant.

— Pas vraiment, chérie, mais je crois que tu vas me le dire.

— En fait, le sort de Liam t'inquiète bien plus que celui de cette clé. Tu veux que je le retrouve pour t'assurer qu'il va bien. C'est pour cette raison que tu t'adresses à moi.

Il rit. Sa chemise collait à sa peau et il était impossible de ne pas voir les lignes robustes de ses épaules.

— Très bien, accroche-toi à cette théorie, mais peux-tu cesser un instant de penser aux yeux rêveurs de mon frère et réfléchir ? Il ne s'agit pas de lui ou de moi… il s'agit de contrôler l'information, de la transmettre à Alban, de claquer la porte au nez de Meadows et de ses potes. Tu n'imagines pas ce qu'ils veulent pousser l'organisation à accomplir… ce qu'ils vous feraient s'ils en avaient la possibilité. Et ils l'auront, si on ne trouve pas le moyen de les arrêter.

Je me souvins des mots de Rob : *vous croyez qu'on pourra continuer sans action spectaculaire ?*

— Qu'est-ce qu'ils projettent ? demandai-je. C'est lié aux camps ?

Le débit de l'eau baissa ; le minuteur coupa l'arrivée d'eau chaude. Le jet de la douche devint glacial. On ne bougea ni l'un ni l'autre.

— Il veut utiliser les informations que tu as fournies sur les camps ainsi que les jeunes non essentiels de la Ligue, expliqua Cole d'une voix lasse. Tu sais, ceux qui sont trop jeunes pour aller sur le terrain et quelques Verts.

— Dans quel but ? demandai-je.

— Tu dis, dans ton rapport, que les Verts pré-triés ne sont pas fouillés, exact ?

Il attendit que j'aie acquiescé pour poursuivre :

— Un jeune, que nous avons fait évader d'un autre camp, l'a confirmé. Selon Meadows, les procédures de sécurité, à l'entrée, sont moins strictes depuis un an… Les jeunes encore en liberté ne sont pas nombreux et n'arrivent plus que par petits groupes. En plus, dans les grands camps, les FSP manquent de personnel.

— C'est juste, admis-je.

À Thurmond, j'avais vu le nombre de soldats diminuer au fil des années, alors que le camp atteignait le maximum de sa capacité. Mais la réduction du personnel se traduisait par une augmentation du nombre d'armes et par le recours plus fréquent à la sirène.

— Meadows, reprit Cole après s'être éclairci la voix, veut barder les jeunes d'explosifs, les livrer aux FSP, puis faire exploser les bombes à leur arrivée dans les camps. D'après lui, le mécontentement et la peur seront si grands, parmi les FSP, qu'ils déserteront.

Je n'entendis pas la fin, pas clairement. Mes oreilles bourdonnaient et ce bruit couvrait tous les autres.

— Si tu crois que tu vas t'évanouir, ajouta Cole, assieds-toi. Je te l'ai dit parce que tu es une grande fille et que j'ai besoin de ton aide. Tu ne voulais pas que cela arrive, je sais, mais tu es impliquée. Jusqu'au cou. Comme nous tous, tu as le devoir de lutter contre cette dérive.

Je ne m'assis pas, mais des points noirs de plus en plus grands flottèrent dans mon champ visuel.

— Les autres agents… ils sont d'accord ?

— Pas tous mais, sans Alban, la question ne se poserait même pas. Lis entre les lignes.

Bon sang !

— Cate est au courant, mais… reste avec lui ? dis-je. Pourquoi continue-t-elle de fréquenter un type capable d'envisager de telles actions ?

— Conner est intelligente. Elle a sans doute une bonne raison et probablement pas celle que tu imagines. Nous savons tous les deux comment Meadows résout les problèmes.

— Alors tu sais comment Jarvin a « résolu le problème » Blake Howard ? demandai-je. Le jeune qu'il a abattu d'une balle dans le dos, hier soir, pendant une opération ?

— Tu en es sûre ? demanda-t-il. Tu as une preuve ?

— Les images d'une caméra de surveillance. Elles ont été téléchargées avant qu'on ait pu les effacer à distance, depuis notre QG.

— Pour le moment, garde ça pour toi. Quand tu auras rapporté les infos, on en parlera à Alban. On mettra Meadows et les autres hors d'état de nuire.

— Je n'ai pas encore accepté.

— Tu me tues, jeune fille ! dit-il en levant les yeux au ciel. Tu iras chercher Liam. Tu rapporteras les infos. Je n'en doute pas. Parce que, chérie, tu ne veux pas qu'Alban apprenne que Liam est impliqué dans ce qui s'est vraiment passé, et que tu ne veux pas davantage lui donner de raison de prendre le projet de Meadows en considération. Et je persuaderai Alban de se consacrer à la libération des camps… *de la bonne façon*, celle que tu préconises dans ton rapport. C'est ce que tu veux depuis le début, hein ? C'est pour ça que tu as rassemblé toutes ces infos. Ce n'est sûrement pas pour donner à Meadows l'occasion de les retourner contre toi.

Tu peux le retrouver. Le désir prit le pas sur la partie la plus calme, la plus rationnelle de mon esprit. *Tu peux le revoir. Cette fois, tu pourras t'assurer qu'il rentrera bien chez lui. Et tu peux aider tous ces jeunes. Tous.*

— Si j'accepte, dis-je, tu dois me garantir que je ne serai pas sanctionnée à mon retour. Jure-le parce que, si tu ne tiens pas parole, je viderai ton esprit de toute pensée et tu ne seras plus qu'un légume. Pigé ?

— Parfait, chérie, dit Cole. Je vais m'arranger pour que tu participes à la prochaine opération dans l'Est. Tu devras trouver seule le moyen d'échapper au Mentor de la mission, mais je te fais confiance. L'adresse est : 1222 West Bucket Road, Wilmington, Caroline du Nord. Tu t'en souviendras ? Commence par là. Lee est prévisible ; il rentrera, dans l'espoir que notre beau-père ait laissé un indice sur sa destination.

Je pris une profonde inspiration. Mon corps était totalement immobile mais tout, en moi, semblait galoper : mon cœur, mes pensées, mes nerfs.

— Tu réussiras, ajouta Cole. J'en suis sûr. Et je protégerai tes arrières.

— Je n'ai pas besoin de ta protection, mais Jude si.

— Le grand échalas ? Bien sûr. Je garderai un œil sur lui.

— Sur Vida et Nico aussi.

— Tes désirs sont des ordres.

Cole s'inclina légèrement et sortit de la cabine. Je fermai les yeux pour ne plus voir ce sourire familier qui me gonflait le cœur.

— Travailler avec toi est un plaisir, ajouta-t-il.

— Hé ! m'exclamai-je soudain. As-tu entendu parler d'une opération appelée Tempête de neige ? Et d'un agent dont le nom de code est le Professeur ?

— Il me semble que Tempête de neige est un projet basé en Géorgie. Pourquoi ? Tu veux que je me renseigne ?

Je haussai les épaules.

— Si tu en as le temps.

— Pour toi, chérie, j'ai toujours tout mon temps. Tu peux me faire confiance.

Quand la porte du vestiaire claqua, je n'avais pas bougé et l'eau terminait de s'écouler.

Deux longues semaines éprouvantes avaient passé quand je trouvai un dossier rouge dans mon casier. Chaque jour avait été une épreuve rythmée par la routine : repas, entraînement, repas, sommeil. Je ne me faisais pas remarquer, mais je réfléchissais. Je n'osais pas regarder les autres en face de peur qu'ils ne lisent la culpabilité sur mon visage. Soulagée et paniquée, je faillis éclater en sanglots quand je trouvai le dossier de l'opération sur ma petite pile de livres.

À quelques mètres de moi, Vida éclata de rire. Je tournai la tête et tendis le cou pour jeter un coup d'œil dans son casier. Rien. Seulement une pile de chemises froissées. Elle ne participerait donc pas à l'opération. Je pourrais dire à Jude et à Nico de ne pas s'éloigner d'elle… personne n'oserait s'attaquer à eux en sa présence, pas même Jarvin. Elle était beaucoup trop dangereuse.

J'ouvris le dossier, le parcourus, cachée derrière la porte de mon casier. *S'il vous plaît, faites que ce soit la côte est,* pensai-je, *faites que ce soit la côte est*… Il me serait beaucoup plus facile d'atteindre la Caroline du Nord depuis le Connecticut que depuis le Texas ou le nord de la Californie.

Opération n° 349022
Début : 15 décembre, 13 h
Lieu : Boston, Massachusetts

Le Massachusetts. C'était un avantage. Quelques lignes de chemin de fer fonctionnaient encore.

Objectif : Sonder le docteur P. T. Fishburn, directeur administratif du Service de génétique et maladies complexes de la Faculté de médecine d'Harvard ; mettre le labo hors d'usage.

Mon estomac se noua. « Sonder » signifiait que je l'interrogerais dans une planque de Boston ou bien, s'il refusait de coopérer, à la base la plus proche. Mettre hors d'usage signifiait brûler, détruire. La tâche de l'équipe tactique.

Équipe tactique : Groupe Beta
***Psi* : Tangerine, Sunshine**
Mentor : TBD

— *Sunshine ?* Oh ! non…, soufflai-je, les mains soudain glacées.

Je laissai le dossier dans le casier, claquai la porte et nouai mes cheveux mouillés en un chignon grossier. Il était quinze heures… Si Cate n'était pas en réunion, elle serait dans sa chambre ou dans l'atrium.

Je sortis discrètement des vestiaires et m'engageai dans le couloir. Je fixai le plafond, pour éviter de croiser les regards d'un groupe d'agents, et me plaquai contre le mur pour les laisser passer.

Des pas retentirent derrière moi et mes cheveux se dressèrent sur ma nuque.

On me suivait.

Les pas lourds et la respiration rauque trahissaient un homme. Je levai la tête à l'approche d'une poutrelle métallique du plafond, mais mon suiveur resta à bonne distance et je ne pus apercevoir son reflet. Cependant je sentis sa présence. Perçus le dégoût émanant de lui dans le froid humide du couloir.

Ne regarde pas, pensai-je, les dents serrées, *continue d'avancer.* Ce n'était rien ; mon imagination me jouait des tours, comme d'habitude. *Ce n'est rien. Il n'y a personne.*

Mais je sentais bel et bien une présence derrière moi. Il me fut impossible de ralentir les battements de mon cœur. Je savais de quoi j'étais capable et que j'étais assez bien entraînée pour me défendre, mais je ne pouvais penser qu'à la chaussure de sport de Blake, suspendue à ses orteils.

Je poussai la porte de l'atrium et entrai, essoufflée.

Çà et là, des agents en sweat-shirt propre jouaient aux cartes, regardaient les informations à la télé ou, même, faisaient une partie d'échecs.

Cate entra par la porte opposée, exceptionnellement élégante en tailleur bleu marine. Ses cheveux étaient coiffés en chignon. Elle heurta un agent, en contournant une table, et s'excusa. Je ne compris qu'elle me cherchait qu'à l'instant où elle me regarda.

— Tu es là ! dit-elle en courant maladroitement avec ses chaussures à talon.

J'ouvris la bouche, mais elle leva la main pour me faire taire.

— Je sais. Je regrette. J'ai tout fait pour convaincre Alban de changer d'avis, mais il a refusé.

— Il n'a pas seize ans ! m'écriai-je. Il n'est pas prêt. Vous le savez ; tout le monde le sait. Vous voulez qu'il devienne le prochain Blake Howard ?

J'aurais aussi bien pu la gifler. Cate recula d'un pas, une expression horrifiée sur le visage.

— Ruby, je me suis battue pour qu'il ne participe pas à cette mission. J'ai chargé Vida de t'accompagner, mais quelqu'un a convaincu Alban que Jude devait être envoyé maintenant sur le terrain. Ils ont besoin d'un Jaune pour mettre le système de sécurité hors d'usage et, selon Alban, il était inutile de mobiliser deux équipes sur une opération simple.

On nous regardait. Cate me prit par le bras, m'entraîna jusqu'à une table inoccupée et me força à m'asseoir.

— Vous devez insister, dis-je.

Notre petit Sunshine ne réagissait pas bien sous la pression et avait tendance à se laisser guider par sa curiosité. Tout ce qu'il savait sur les armes à feu, c'était qu'il ne devait pas braquer l'extrémité avec un trou sur son propre visage.

— Il aura quinze ans dans quelques semaines, déclara Cate, une main sur la mienne. Je suis sûre… que tout se passera bien. C'est une opération ordinaire qui lui permettra de se faire la main.

— Je pourrais le faire moi-même. S'il s'agit de saboter du matériel électrique, je peux…

— J'ai les mains liées, Ruby. Si je continue de m'opposer à Alban, il me considérera comme un problème. Et…

Elle prit une profonde inspiration, lissa ses cheveux, puis sa jupe. Sa voix parut plus forte, quand elle reprit la parole, mais elle ne me regardait plus.

— Mon seul réconfort, dans cette affaire, c'est la certitude que tu pourras veiller sur lui. Tu le feras, n'est-ce pas ?

Sa peau était tendue, sur ses pommettes, comme si elle se remettait d'une longue maladie. Je remarquai que son maquillage s'accumulait dans de petites rides autour de ses yeux soulignés par des cernes foncés. Elle n'avait que vingt-huit ans, mais faisait déjà plus âgée que ma mère la dernière fois que je l'avais vue.

Parfois, il me semblait que c'était dans ces instants que je percevais la vraie Cate… pendant les silences. Je ne considérais pas notre relation comme « bonne », parce qu'elle reposait sur un mensonge, particulièrement cruel en plus. Ses paroles ne reflétaient presque jamais sa pensée. Mais, à cet instant, son visage me dit tout ce que j'avais besoin de savoir. Je vis qu'elle souffrait et compris que ses paroles suivantes seraient davantage destinées aux agents présents dans l'atrium qu'à moi.

— Je vais dans le nord, dit-elle. En mission.

« Le nord » signifiait les rues de Los Angeles. Il y avait donc un lien avec la Coalition fédérale. Cate était désormais un agent important. Elle avait gagné ses galons. Si on l'envoyait là-bas, c'était pour accomplir une tâche essentielle.

— Alors vous ne viendrez pas avec nous ? demandai-je.

Cate jeta un coup d'œil derrière elle et fit signe à quelqu'un. Mes cheveux étaient secs mais une goutte d'eau glacée coula sur ma nuque.

— Te voilà, dit Cate. J'étais sur le point de dire à Ruby qu'elle serait entre de bonnes mains pendant l'opération. Tu garderas un œil sur elle, hein ?

Toujours, depuis que j'avais fait sa connaissance, Rob avait évité de me toucher. Comme les autres, il se méfiait. Mais, quand je fixai ses mains aux phalanges hérissées de poils noirs, ma gorge se serra.

— Ce n'est pas ce que j'ai toujours fait ? répondit Rob avec un rire étouffé.

Cate se leva, son visage blanc luisant dans la lumière des néons.

— À plus.

C'était sa façon stupide, ridicule, de nous dire au revoir quand nous partions. Les autres se contentaient de répéter ces deux mots, mais Jude avait trouvé une réponse qui était devenue un signe de reconnaissance. D'une voix étranglée, je dis :

— À tout'.

Aussitôt après leur départ, je vis Cole assis à une table, un livre ouvert devant lui. L'expression sombre de son visage montrait qu'il avait suivi notre conversation.

Tu as promis de le protéger. Ne pouvais-je vraiment faire confiance à personne au sein de la Ligue ? Impossible de compter sur ces gens. Toutes leurs promesses se muaient en mensonges.

Cole secoua la tête et posa les mains, paumes vers le haut, sur la table. Il s'excusait sans prononcer un mot mais, au moins, il comprenait. Le déplacement d'une seule pièce sur l'échiquier suffisait à transformer le déroulement de la partie.

Six

On nous infiltra à Boston, Jude et moi, sur des strapontins, dans la soute d'un avion-cargo. Elle sentait si mauvais que Jude avait peut-être raison d'affirmer qu'on y avait transporté de la viande avariée.

Je fixai les énormes caisses maintenues en place par des sangles. Toutes portaient l'élégant cygne doré de Leda Corporation, comme un clin d'œil ironique. La partie rationnelle de moi-même savait que cela ne voulait rien dire… que ce n'était pas un mauvais présage. Nous prenions très souvent les avions de Leda Corps. La société avait des accords à la fois avec Gray et avec la Coalition fédérale, et jouissait donc d'un « privilège » lui permettant de livrer ses marchandises dans les deux États rivaux. Gray avait tenté d'affamer la Coalition fédérale, pour l'obliger à rendre la Californie, en interdisant les exportations et les importations… malheureusement pour lui, l'essentiel des produits frais venait de Californie et la Coalition pouvait accéder facilement au pétrole de l'Alaska.

Mais nous dépendions de la Coalition fédérale. Nous pouvions emprunter les vols tels que celui-ci si nous acceptions d'être son bras armé secret. Alban y voyait un « marché équitable » mais voulait davantage. Plus précisément : le respect, de l'argent et une place au sein du gouvernement après l'éviction de Gray.

De l'autre côté des caisses, les membres de l'Équipe Beta se tordaient de rire à la suite d'une blague que le grondement des moteurs avait couverte.

Je posai le dos de mes mains glacées sur mes yeux douloureux. J'avais très froid. Je me tassai sur mon siège et serrai ma parka sur ma poitrine dans la mesure où le permettait ma ceinture de sécurité.

— Inspirer, expirer, psalmodiait Jude. Inspirer, expirer. Tu n'es pas dans un avion ; tu flottes entre les nuages. Inspirer…

— Je crois qu'il faut vraiment inspirer pour que ça marche, et pas seulement le dire, lui fis-je remarquer.

L'avion descendit, puis remonta une seconde plus tard.

— C'est… normal ? demanda-t-il d'une voix altérée.

— Ce n'est qu'une petite turbulence, assurai-je. Il y en a pendant tous les vols.

Jude portait un casque appartenant à un membre de l'équipe tactique et des lunettes d'aviateur. Je n'eus pas le cœur de lui dire qu'une plaie à la tête serait le cadet de ses soucis si l'appareil s'écrasait au sol.

Bon sang ! Un simple trajet en avion suffisait à le *stresser* ?

C'était une erreur… j'aurais dû me battre davantage, argumenter, convaincre quelqu'un d'exclure Jude de cette opération. Au QG, la perspective de devoir l'emmener quand je partirais à la recherche de Liam m'avait mise en colère mais, maintenant, j'avais simplement peur. Comment supporterait-il la pression, au moment de fausser compagnie à Rob et à l'Équipe Beta, s'il ne pouvait pas rester assis cinq minutes sans bouger ?

Je pourrai peut-être trouver le moyen de le laisser avec Barton, pensai-je en me frottant le front. Mais comment être sûre que Barton ne comptait pas au nombre des agents soutenant le projet de Rob d'attaquer les camps ? Comment être sûre qu'un membre de son équipe ne logerait pas une balle dans la tête de Jude ?

Le dossier de Jude était maculé de taches de nourriture et il semblait lui-même un peu dépassé par les événements.

J'eus envie de hurler. *De hurler.* Je serais obligée de le protéger et de surveiller ses arrières. Mais quelle était l'alternative ?

Jude était un fardeau que je devrais porter, mais j'étais plus forte, maintenant. J'y arriverais. Je trouverais Liam et je les protégerais tous les deux…

— Quel est le rôle de Bartlett, d'après toi ? demanda Jude en feuilletant son dossier. Je connais les autres noms. Frances est sympa… J'aime bien Lebrowsky, Gold et Fillman. Ils sont cool. Ils m'ont appris à jouer au Solitaire. Et le Leader me plaît bien. Je suis heureux que Barton ait été promu. Mais qui est Bartlett ?

— Je ne sais pas et je m'en fiche, répondis-je, les yeux rivés sur les caisses de matériel médical.

En fait, je savais qui était Bartlett : un nouveau, muté de la base d'opérations de Géorgie. Dans le vestiaire, j'avais entendu une Verte dire que c'était un « beau spécimen », mais ses camarades et elle m'avaient repérée et avaient filé avant que j'aie pu en apprendre davantage.

Jude chantonnait et battait la mesure du pied. La boussole qu'il portait autour du cou était sortie de sous sa parka et se balançait. Nous volions depuis cinq heures et il n'avait pas cessé un instant de bouger.

— Bartlett a été formé à l'académie militaire de West Point… tu crois que ça veut dire qu'il est bon ?

— Si tu as mémorisé les dossiers du personnel, pourquoi me poser la question ?

— Parce que les gens ne sont pas seulement ce qu'on trouve dans un dossier. Je me fiche que la spécialité de Bartlett soit le combat au couteau… Bon, c'est un sacré truc, d'accord, mais j'aimerais mieux savoir pourquoi il a rejoint la Ligue et ce qu'il pense de cette opération. Quel est son plat préféré…

Je me tournai vers lui, ébahie.

— Tu crois que son plat préféré est plus important que la façon dont il risque de te tuer ?

— Ouais, c'est…

Je ne pus me contrôler et je ne sais pas pourquoi je me mis en colère.

— Tu veux tout savoir sur l'Équipe Beta ? m'emportai-je, le sang sifflant dans mes oreilles. Pendant les douze heures à venir, ce sont les seules personnes qui n'essaieront pas de te tuer. Mais elles ne sont pas obligées de te protéger, si ça risque de compromettre l'opération. Obéis aux ordres du Leader et tais-toi. C'est tout ce que tu as besoin de savoir.

— J'ai seulement envie de connaître les gens, dit-il. Qu'est-ce qu'il y a de mal à ça ?

— Désolée pour toi, soupirai-je, mais la majorité d'entre eux n'a pas envie de te connaître.

— Non, je pense…

Il agita les mains, comme pour démêler ce qu'il avait l'intention de dire, et reprit :

— Aujourd'hui, les gens ont vite fait de te réduire à quelques infos et à te télécharger dans le système, tu vois ? Et je crois qu'on ne peut connaître les autres que si on fait vraiment attention.

Il se tut, tendit son long cou pour jeter un coup d'œil autour de lui, mais le Mentor de notre opération jouait aux cartes avec Frances.

— Prends Rob, poursuivit-il. Son dossier est parfait. Il est allé à Harvard, il a été Ranger dans l'armée puis agent du FBI pendant quelque temps. Il fait exactement un mètre quatre-vingts et pèse quatre-vingts kilos. Il connaît bien les armes à feu et parle correctement l'espagnol. Et pourtant, rien n'indique qu'il… Je ne veux pas connaître seulement la façade de quelqu'un, mais aussi son ombre.

Avant la mort de Blake, Jude n'avait jamais perdu un proche. Il savait que des agents avaient été tués en mission, pendant un raid ou lors d'une explosion… mais la disparition d'un ami qu'on connaît bien ne fait pas le même effet.

— Ouais ? fis-je. Et tu connais mon « ombre » ?

Jude fixa ses rangers.

— Non, admit-il dans un souffle. Parfois, j'ai l'impression de ne même pas connaître ta façade.

Cela ne me vexa pas. Mes mains devinrent insensibles, mais seulement à cause du froid, pas en raison de l'atmosphère glaciale qui s'était installée entre nous en quelques secondes. Je serrai les dents pour qu'elles ne claquent pas, pas pour ravaler une réplique cinglante. Je n'avais pas besoin d'être appréciée, désirée ou défendue… je n'avais pas besoin d'amis, et certainement pas d'un jeune essayant de me culpabiliser pour que je devienne ce que je n'étais pas. J'allais très bien. J'avais juste un peu froid.

Je serrai ma parka un peu plus étroitement contre moi et, du coin de l'œil, le regardai s'agiter. Il se tordait les mains.

— L'Équipe Beta est un bon groupe, expliquai-je finalement. On est bien traité quand on obéit aux ordres. L'Équipe Alpha s'en fiche, alors il faut surveiller ses arrières. Farbinger dirige la Delta, et il aime bien les jeunes.

— Ah ouais ? fit Jude en fixant le tissu noir de son pantalon.

Puis il ajouta, à voix si basse que ce fut à peine si je l'entendis :

— Ruby, Rob m'a-t-il inclus dans cette opération pour pouvoir me tuer ?

J'avais fait la connaissance de Rob tout de suite après mon évasion de Thurmond. Cate et lui avaient rendez-vous dans une station-service abandonnée, en compagnie des jeunes qu'ils étaient parvenus à libérer. Il avait affirmé n'avoir pas pu faire évader les détenus dont il était responsable et avoir été obligé de prendre la fuite. Cate, très liée à lui, l'avait cru. Mais une erreur, un contact fortuit avec sa main, avait ouvert son esprit au mien. J'avais vu la vérité.

Les nuits où ce qui était peut-être arrivé à Liam, Chubs, Zu et mes camarades de détention ne me terrorisait pas, les souvenirs de Rob me revenaient en mémoire.

Je revoyais le jeune garçon cagoulé, sur le sol, ses convulsions quand Rob l'avait abattu à bout portant. Je revoyais la fille, ses lèvres implorant la pitié, et j'entendais le grincement du couvercle de la poubelle industrielle où Rob avait jeté son corps. Et la nausée me réveillait, pas seulement à cause des vies perdues, mais aussi parce que j'avais l'impression de les avoir tués. Connaître l'ombre de quelqu'un ? *Être* cette ombre, plutôt !

— Je ne peux pas m'empêcher de penser à Blake, dit Jude. Tout le temps. On aurait dû avertir quelqu'un. Jarvin et les autres auraient été renvoyés… La Ligue redeviendrait ce qu'elle était avant… avant tout ça. Ce sont les méchants. Si on se débarrasse d'eux…

Les infections ne fonctionnent pas ainsi. Elles sont parfois si profondes qu'une seule opération ne permet pas de les éliminer. Rob, Jarvin et les autres n'étaient peut-être que la partie émergée de l'iceberg. Je fus très tentée de rapporter à Jude tout ce que Cole m'avait confié, mais l'angoisser davantage pour prouver que j'avais raison était stupide. Pour que le plan marche, il devait tout en ignorer. S'il savait, il risquait de commettre une erreur et d'éveiller les soupçons de Rob et des autres.

— Tout ira bien, dis-je. Je ne te quitterai pas d'une semelle.

Il tremblait ; je crois qu'il ne m'entendait pas.

— Pourquoi agissent-ils ainsi ? Quel mal leur a-t-on fait ? Pourquoi nous haïssent-ils tellement ?

— Tu devrais dormir, dis-je. Il y a encore plusieurs heures de vol. Il est inutile que nous soyons fatigués tous les deux.

— D'accord, céda-t-il. Mais je voudrais…

— Qu'est-ce que tu voudrais ?

— Est-ce qu'on peut continuer de parler ? demanda-t-il, les yeux fixés sur ses genoux et posant les pieds sur son siège.

— Tu ne supportes vraiment pas le silence, hein ?

Avant de répondre, il resta un long moment sans dire un mot, comme pour me prouver que je me trompais.

— Non. Je n'aime pas ce que j'entends quand on ne parle pas avec moi.

Ne pose pas la question. Ne pose pas la question.

— Quoi, par exemple ?

— Le plus souvent, souffla-t-il, je les entends se disputer. Il crie et elle pleure. Mais c'est… derrière des portes fermées. Ma mère m'enfermait dans un placard, tu vois, parce qu'il était moins en colère quand il ne me voyait pas. Je ne me souviens de sa voix que dans ces moments-là.

Je hochai la tête.

— Ça m'arrive de temps en temps, admis-je.

— Tu ne trouves pas ça bizarre ? C'était il y a huit ans et je les entends encore ; je me souviens que c'était petit et sombre et j'ai l'impression de ne pas pouvoir respirer. Je les entends sans arrêt ; ils me poursuivent et c'est comme si je ne pouvais pas leur échapper, jamais. Ils ne veulent pas me lâcher.

Je compris qu'il était épuisé et je connaissais, par expérience, les conséquences de l'épuisement sur l'esprit. Les tours qu'il joue quand les défenses cèdent une à une. Ce ne sont pas les fantômes qui nous hantent… ce sont les souvenirs.

— Tu veux bien me parler jusqu'à ce que je m'endorme ? demanda-t-il. Seulement jusqu'à ce que je m'endorme.

— Bien sûr.

J'appuyai ma tête contre le dossier, me demandant ce que je pourrais bien lui raconter pour le calmer.

— C'est une histoire que j'aimais beaucoup quand j'étais petite, repris-je. À propos de lapins. Tu la connais peut-être…

Je commençai par le début : l'évasion. La fuite dans la forêt, la rencontre de dangers inconnus, le désespoir qu'on éprouve quand on tente de protéger tout le monde alors que c'est à peine si on peut s'occuper de soi-même. Le jeune garçon aux yeux noirs sans fond, la trahison, l'incendie, la fumée. Et quand je m'aperçus que je racontais ma propre histoire, Jude dormait profondément.

Même si des entreprises avaient prospéré, même si de grands hommes y avaient vu le jour, la Boston d'autrefois avait disparu.

Les immeubles en briques rouges étaient toujours debout, mais les fenêtres étaient brisées. L'herbe du Common, le plus grand parc de Boston, était morte par endroits, trop haute à d'autres, brûlée là où s'étaient dressés des arbres. Les villas élégantes étaient fermées : volets clos, glace et neige collant à la pierre sombre. Dans les rues, seul un étroit passage permettait aux voitures et aux vélos de progresser lentement entre les tentes où la population s'entassait.

Le spectacle d'abris bricolés avec des parapluies aux couleurs vives et des draps était insolite. Les plus démunis n'avaient qu'un sac de couchage ou un mur pour se protéger du froid.

— Je ne comprends pas, dit Jude, tourné vers la vitre teintée.

Les lampadaires ne fonctionnaient pas, mais de nombreux feux brûlaient et nous permettaient de voir ce spectacle – ainsi que les premiers flocons de neige – depuis l'arrière de l'ambulance prêtée par l'hôpital où nous avions livré le matériel de Leda Corporation.

— Quand les marchés se sont effondrés, expliquai-je en me forçant à la patience, beaucoup de gens ont perdu leur logement. Le gouvernement ne pouvait pas rembourser ses dettes. Les gens se sont retrouvés sans emploi et n'ont pas pu garder ce qu'ils possédaient.

— Mais si tout le monde, partout, est dans ce cas, pourquoi les banques n'ont-elles pas laissé les gens rester chez eux jusqu'à ce que ça s'arrange ? On ne peut rien faire ?

— Parce que ça ne marche pas comme ça, intervint Rob, qui conduisait.

Il portait un uniforme d'infirmier bleu marine et semblait trouver amusant de pouvoir allumer les gyrophares et utiliser la sirène quand les passants ne s'écartaient pas assez vite. Un membre de l'Équipe Beta, détaché sur notre partie de l'opération, était assis près de lui. Il s'appelait Reynolds, et au regard qu'il avait posé sur Jude quand nous l'avions rencontré, j'avais compris qu'il comptait au nombre des agents complotant contre nous.

Les sept autres membres de l'Équipe Beta, entassés dans un vieux pick-up, avaient un kilomètre d'avance sur nous. Ils étaient déguisés en manifestants : vêtements civils, cheveux en bataille, casquettes des Red Sox et épaisses parkas permettant de cacher des armes.

Le Professeur que nous cherchions habitait Cambridge, sur l'autre rive de la Charles. La faculté de médecine d'Harvard, où il poursuivait ses recherches, se trouvait dans le centre de Boston. Rob avait décidé de mener deux assauts simultanés. L'Équipe Beta mettrait le labo « hors d'usage » tandis que nous nous introduirions chez la cible, la capturerions et l'interrogerions.

Enfin, c'était ce que croyait Rob.

On franchit la rivière par le pont Longfellow, puis la voix de Barton retentit dans nos oreillettes.

— Ici Leader. En position. Prêt pour le lancement de l'opération à vingt-deux heures trente. Et toi, Mentor ?

— Je suis à cinq minutes de l'objectif, répondit Rob, qui accéléra.

Mon angoisse choisit cet instant pour se réveiller. Je me redressai, les genoux contre la poitrine, mes bras enserrant mes jambes.

— Sommes-nous en contact avec la base ? demanda Rob.

— *Ici la base. La ligne est sécurisée et nous suivons les deux unités. D'accord pour démarrer l'opération à vingt-deux heures trente. La liaison satellite indique un minimum d'interférences dans le secteur de la cible numéro un. Mentor, intense activité dans votre secteur.*

Je ne sais qui, de Rob ou de moi, était le plus écœuré par cette appellation de « Mentor ». Contrairement à Cate, il ne dirigeait pas une équipe de jeunes, mais ce titre s'appliquait à tous ceux qui nous commandaient pendant les opérations.

— Il y a une manifestation à Old Man's Yard, annonça Rob.

Je levai la tête et gagnai la vitre arrière à quatre pattes. Nous longions le parc bordé d'arbres de l'université. Indifférentes à l'averse de neige fondue, des centaines de personnes, peut-être des milliers, étaient rassemblées autour d'un énorme feu. Des pancartes et des tambours gisaient sur les plaques de neige, entre les manifestants et les policiers qui les encerclaient. Les gens semblaient hésiter, à la lisière d'un petit parc, comme s'ils cherchaient le moyen de franchir le cordon de policiers armés.

— Contre quoi manifestent-ils ? demanda Jude, son souffle couvrant la vitre de buée.

Je gardai le silence. Je comptai les pâtés de maisons : un, deux, trois, quatre, cinq.

L'ambulance s'arrêta près de la jolie petite villa blanche du Professeur. Rob ouvrit sa ceinture et nous rejoignit à l'arrière.

— On est en position, annonça-t-il, une main sur l'oreille.

Son regard passa sur moi, mais je ne quittai pas des yeux Jude, qui tremblait à nouveau.

Ce gamin va se faire tuer, pensai-je en me pinçant l'arête du nez.

— *Vous avez le feu vert*, dit le responsable du QG. *Début de l'opération.*

— *Bien reçu*, répondit Barton, et Rob fit de même.

Il semblait un peu fatigué et n'était pas rasé, mais son regard était vif.

— Ne dis pas un mot, ne t'énerve pas, suis mes ordres, puis reviens ici, ordonna Rob à Jude.

Il se tourna vers moi et ajouta :

— Tu sais ce que tu as à faire ?

Je le regardai droit dans les yeux.

— Oui.

Jude devait désactiver l'alarme pour permettre à Rob et à Reynolds d'entrer.

Rob ouvrit la porte arrière et un courant d'air glacial pénétra dans l'ambulance. Reynolds et lui sortirent le chariot ainsi qu'un sac de voyage. Jude se tordait à nouveau les mains.

Je saisis son bras alors qu'il allait descendre à la suite de Rob.

— Sois prudent, dis-je.

Jude acquiesça, les dents serrées, comme s'il se forçait à m'adresser un sourire rassurant… ou se retenait de vomir.

— À plus.

La portière claqua derrière eux. *À tout'*.

J'étais étrangement sereine. Quand j'avais échappé à Cate et à Rob, la peur me stimulait et je m'étais mise à courir sans réfléchir. Je ne savais pas où j'allais. Je m'enfuyais, tout simplement. Seule la chance m'avait conduite jusqu'à Zu et aux autres.

Cette fois, je ne pouvais pas compter sur la chance. Je n'avais pas le temps de redouter ce qui m'arriverait si je me faisais prendre. Calme, je me sentais forte. J'avais une tâche à accomplir, des gens à protéger et personne – surtout pas Rob Meadows – ne m'en empêcherait aussi longtemps que je respirerais.

La lampe du perron s'alluma quand les trois hommes passèrent dessous. Jude m'adressa un bref regard par-dessus son épaule, puis gagna le tableau électrique contrôlant l'alimentation de la maison.

Quand la lampe du porche s'éteignit, Rob se pencha sur la serrure et j'ôtai la lourde parka de la Ligue, prenant le couteau suisse et le briquet que j'y avais cachés. Je les glissai dans mes rangers. La veste en cuir de Liam n'était pas assez chaude, mais ne contenait pas d'émetteur permettant de suivre mes déplacements.

Je gagnai le siège du conducteur et j'ouvris la portière. Mes chaussures touchaient la neige quand Jude apparut à l'arrière de l'ambulance.

— Qu'est-ce que tu… ?

Je me jetai sur lui et plaquai une main sur sa bouche. La panique dilata ses yeux et je posai un doigt sur mes lèvres. Jude fut trop désorienté pour comprendre ce qui se passait. Je dus saisir son poignet et l'entraîner. L'ambulance nous cachait.

— *On est entré*, dit la voix rude de Rob dans mon oreille. *Statut, Leader ?*

— *Dans les temps, Mentor.*

Je jetai un coup d'œil sur la plaque de la rue – Garfield Street – pour m'orienter. Il fallait prendre le plus d'avance possible avant que Rob ne s'aperçoive de notre disparition ; je pouvais le distancer à pied… mais pas en voiture, surtout avec Jude. Si nous parvenions à rejoindre la manifestation, nous pourrions peut-être les semer, Reynolds et lui, dans la foule. Rob ne penserait peut-être pas à nous chercher là où nous risquions d'être arrêtés.

C'était une brute, et il était méchant, mais il n'avait pas d'imagination.

Essoufflé, Jude paraissait un peu décontenancé, mais semblait aller bien. Le vent faisait flotter nos bonnets. Je tirai le mien sur mes oreilles.

Le froid n'avait rien à voir avec celui de la Virginie. Intense, il griffait tous les centimètres carrés de peau nue. Je tentai de courir plus vite, battant des paupières pour refouler mes larmes et déloger les flocons, mais Jude avait du mal à suivre. Des plaques de glace cédaient sous mes pas et, entre les arbres séparant les maisons et les immeubles, des branches cachées sous la neige cassaient. Le sud… si je continuais en direction du sud, je trouverais Harvard Yard, les manifestants, et pourrais m'échapper.

— *Cible sous contrôle. Tangerine, le périmètre est-il sûr ?*

Jude, terrifié, se tourna vers moi, mais je secouai la tête.

Je contrôlai fermement ma voix et appuyai sur le bouton.

— Ouais. Rien à signaler.

Je perçus l'instant où Rob ouvrit la porte de l'ambulance et constata notre disparition. Il resta silencieux, alors que le QG et Barton lui demandaient un rapport. J'imaginai son visage : blême, puis rouge de colère. J'esquissai un sourire. Il ne pouvait pas m'appeler sans dévoiler qu'il ignorait où je me trouvais. Le travail du Mentor consistait principalement à contrôler les monstres placés sous ses ordres.

— *Tang…*, dit Reynolds, qui se tut brusquement.

— Hé ! Rob, fis-je d'une voix grave, calme.

J'aperçus le feu du parc, la lueur orangée du ciel. Jude saisit le bas de ma veste, ses longs doigts tordant le cuir, et s'efforça de me suivre. Il neigeait plus fort. Je mis la capuche du blouson en polaire que je portais sous ma veste, fourrai les mains dans mes poches et traversai la dernière rue.

— J'ai une question à te poser, ajoutai-je.

— Roo, souffla Jude, qu'est-ce qu'on fait ? Où on va ?

— *Tangerine, pas de commentaires ne concernant pas l'opération,* intervint Barton.

Bien. Je voulais qu'il entende. Je voulais qu'ils entendent tous.

Le cercle de Gardes nationaux s'était ouvert et les manifestants défilaient, brandissant leurs pancartes, au son des tambours. Une manifestation nocturne, mais j'ignorais pourquoi. Et, à en juger par la diversité des slogans, les manifestants ne le savaient pas vraiment eux-mêmes. La conscription qui les enrôlait de force dans les FSP ? Le refus du président Gray de négocier avec le gouvernement de la côte ouest ? La décrépitude du pays ?

Autour de nous, les visages étaient jeunes, mais pas ceux d'adolescents. Une bonne partie des universités du pays avaient fermé, faute de financement, mais si quelques-unes avaient encore de l'argent, Harvard en faisait sans doute partie.

NOUS SOMMES VOTRE POPULATION FATIGUÉE, PAUVRE, FRIGORIFIÉE, lus-je sur une pancarte.

Je laissai les manifestants prendre de l'avance et restai aussi loin que possible pour que mon micro ne transmette pas les slogans. J'attendis qu'ils soient sortis du parc pour appuyer sur le bouton.

— Je veux seulement savoir… comment s'appelaient-ils ?

— *Tangerine,* dit Rob d'une voix tendue, légèrement essoufflée, *je ne vois pas du tout…*

— *Tangerine, arrête…*

La femme du QG, elle aussi, semblait hostile.

— *Que se passe-t-il, Mentor ?*

Barton écoutait également.

— Les deux jeunes que tu as fait évader du camp, la veille de notre rencontre, dis-je. Le garçon et la fille. Je suis sûre que tu te souviens d'eux… il n'a sans doute pas été facile de les faire sortir du camp, puis de les ligoter.

Les sourcils froncés, Jude me regardait.

— Je ne comprends pas, poursuivis-je. Tu les as fait évader, puis tu les as tués et abandonnés dans cette ruelle… Pourquoi ? Pour quelle raison ? Qu'ont-ils fait ou dit pour te mettre dans une telle colère ? La fille te suppliait. Elle ne voulait pas mourir, mais tu l'as exécutée. Tu n'as même pas ôté la cagoule du garçon.

Mes mains tremblaient et je serrais les poings. Puis, soudain, la voix d'Alban retentit dans mon oreillette.

— *Que se passe-t-il ? Vous devez rejoindre le Leader. Si vous ne voulez pas rentrer au QG avec le Mentor…*

— Nous ne rentrerons pas au QG, coupai-je, tant que Rob n'en sera pas définitivement chassé.

C'était un pari risqué ; si Alban mordait à l'hameçon et le virait, il y avait de fortes chances pour que les potes assoiffés de sang de Rob se vengent sur les jeunes du QG. Mais – *mais* – comme Alban savait maintenant que Rob était un traître, les agents à qui lui et nous pouvions faire confiance seraient sur leurs gardes, du moins pendant quelques semaines. Quant à Jarvin et aux autres conspirateurs, Jude n'étant pas là pour les dénoncer, ils se sentiraient en sécurité. Et je n'avais pas besoin de beaucoup de temps… dans quelques semaines, je serais de retour et j'aurais de quoi les forcer à partir.

— Écoute, Rob, ajoutai-je, je veux seulement leurs noms. Je veux savoir si tu as pris la peine de le leur demander avant de les abattre.

— *Tu crois que c'est un jeu ? Arrête de mentir ! Quand je te retrouverai…*

— Tu ferais mieux de prier pour que je ne te retrouve jamais, coupai-je d'une voix glaciale.

Je n'eus pas besoin de fermer les yeux pour voir le visage de la fille. C'était comme si elle était à mes côtés, ses yeux à jamais rivés sur le pistolet et la main qui le tenait.

— Parce que ce que je te ferai, poursuivis-je, sera bien pire qu'une balle dans la tête.

Je n'attendis pas la réponse. J'ôtai le micro et l'oreillette, les jetai sur le sol, et les manifestants marchant derrière moi les piétinèrent. Je fis signe à Jude de me suivre et me mis à courir pour rattraper le gros de la manifestation. La foule nous entraîna sur Massachusetts Avenue. On me bousculait… les manifestants tendaient les bras, criaient et hurlaient, mais je ne m'étais pas sentie aussi en sécurité depuis des mois. Je surfais sur une vague de pouvoir et de contrôle. Je m'étais échappée et, maintenant, on ne nous cherchait même plus.

Jude, derrière moi, saisit l'ourlet de ma veste et je continuai d'avancer avec la foule. Devant, les tambours retentirent soudain sur un rythme effréné et la panique s'empara de moi. Il me sembla que quelqu'un m'appelait, derrière moi, mais la fureur qui bouillonnait dans mon esprit couvrait même les slogans des manifestants.

La foule paraissait de plus en plus excitée à mesure qu'elle avançait. Elle scandait : *plus, plus, plus !* Les manifestants n'avaient que cela en commun. C'était tout ce qu'ils voulaient : plus de nourriture, plus de liberté, plus d'argent… Plus.

Je m'aperçus que nous nous dirigions vers le centre de Boston. Le pont de Massachusetts Avenue se trouvait devant nous… de même que les gyrophares bleu et rouge familiers des voitures de police qui en barraient l'entrée.

Les manifestants ne s'arrêtèrent pas.

Il y avait des dizaines de policiers anti-émeute, des Gardes nationaux armés de fusils, mais les manifestants continuèrent d'avancer. Je voulus ralentir, mais la foule m'entraîna.

Le policier qui se tenait au centre du barrage, un homme aux cheveux gris, leva son mégaphone.

— Je suis le sergent Bowers, de la police de Boston. Vous enfreignez la loi du Massachusetts. Cette manifestation n'a pas été autorisée. Si vous ne vous dispersez pas immédiatement dans le calme, nous vous arrêterons. Il n'y aura pas d'autre avertissement.

Je ne vis pas qui lança la première pierre. Ni la deuxième, ni la troisième. Mais j'entendis les impacts sur les boucliers transparents des policiers.

— Feu ! cria quelqu'un. Feu ! Feu !

Autour de moi, des filles reprirent le mot. Puis d'autres hurlèrent :

— Tirez ! Tirez ! Tirez !

Je reculai, me frayant un chemin dans la foule à coups de coude. Ils voulaient que la police ouvre le feu sur eux ? Pour montrer leur détermination, ou bien…

Pour filmer la scène. Je vis les caméras entre leurs doigts raides et glacés. Les flocons tombaient sur les objectifs suivant les trajectoires des pierres, briques et boules de neige lancées sur les hommes et les femmes en uniforme. Je me baissai, les mains sur la tête, et me frayai un chemin vers l'arrière.

Je tendis la main derrière moi, saisis le bras de Jude tout en pivotant… mais une Asiatique de petite taille, à grosses lunettes noires, tenait le bas de ma veste.

— Désolée ! cria-t-elle. J'ai cru que tu étais mon ami…

Bon sang ! Je pivotai sur moi-même, scrutant la foule. *Où est-il ?*

Un coup de feu couvrit les slogans. On sursauta, la fille et moi, mais on fut rudement écartées par les gens qui avançaient toujours. Peut-être le policier ou le soldat avait-il cru que le danger amènerait la foule à se disperser, mais il avait gravement sous-estimé sa fureur.

Les manifestants des premiers rangs avaient visiblement l'habitude de ce type d'intimidation. Je jetai un coup d'œil par-dessus mon épaule : ils poussaient les boucliers transparents et hurlaient. Quelques malchanceux furent jetés à terre et tabassés à coups de matraque.

— Jude ! appelai-je. *Jude !*

La première grenade lacrymogène explosa mais ne fit pas reculer la foule, qui courut en direction des policiers. Quelqu'un tenta de m'entraîner, mais je me dégageai.

Mauvais plan, pensai-je, le souffle presque coupé par le gaz. *Très mauvais plan, Ruby*.

Par chance, au même instant, j'aperçus Jude ; j'étais en train de pivoter sur moi-même quand sa chevelure bouclée apparut à la limite de mon champ visuel.

Sa parka ouverte flottait au vent. Dressé sur la pointe des pieds, une main contre un lampadaire et l'autre en porte-voix, il criait :

— Ruby ! Roo !

Puis il disparut dans un nuage de gaz lacrymogène, parmi les gens qui, soudain, fuirent les fusils, la fumée, le pont. Tout le monde hurlait et les coups de feu n'avaient pas cessé. Maintenant, il y avait aussi d'autres bruits… un hélicoptère, dans le ciel, braquant un projecteur sur nous. Les pales dissipèrent une partie de la fumée et les Gardes nationaux chargèrent. Je m'aperçus à cet instant qu'il y avait aussi des uniformes noirs.

La nuit était claire : si les larmes ne m'avaient pas aveuglée, si j'avais pu entendre autre chose que les battements de mon cœur, j'aurais compris plus vite. L'air parut vibrer et, quand je sentis l'odeur de l'ozone, il était trop tard pour réagir.

— Jude, non !

Les lampadaires bordant la rue bourdonnèrent, leur lumière blanche devenant soudain orange, puis explosèrent, projetant un déluge d'éclats de verre et d'étincelles sur les manifestants terrifiés.

Soudain, toutes les fenêtres des immeubles voisins, noires depuis des années, s'éclairèrent.

Je rejoignis Jude une seconde avant un Garde national armé et lui donnai un coup d'épaule en pleine poitrine, nous projetant tous les deux sur le sol. Le souffle coupé par l'impact, je me redressai, m'interposant entre lui et la crosse du fusil du soldat. Un coup sur la tête me précipita dans les ténèbres.

Sept

Le sol vibrait sous ma joue, un grondement grave qui soulignait les élancements de mon cerveau. Lentement, je repris conscience. La langue sèche, un goût de fer dans la bouche, j'inspirai profondément. Mes cheveux étaient collés sur ma nuque. Je voulus les écarter, mais je m'aperçus que mes mains étaient attachées dans mon dos, le métal des menottes entaillant ma peau.

J'eus mal aux épaules quand je changeai de position sur le sol crasseux de la camionnette. Il faisait sombre, à l'arrière, mais, de temps en temps, un éclair de lumière franchissait la grille métallique séparant les sièges avant du reste du véhicule. Cela me permit de voir que le chauffeur et son compagnon étaient vêtus de noir.

Merde ! Le sang sifflait dans mes oreilles, mais je n'eus peur qu'à l'instant où je vis Jude assis sur un banc, bâillonné et les mains liées.

Les FSP m'avaient menottée mais, sans doute parce que j'étais inconsciente, avaient négligé de me bâillonner.

L'angoisse grandit à mesure que je me répétais : *pas encore, pas encore, je ne peux pas y retourner !*

Calme-toi, m'ordonnai-je. *Dans cet état, tu ne sers à rien. Reprends-toi.*

Je fus incapable de parler pour attirer l'attention de Jude. Quand il s'aperçut enfin que j'avais repris connaissance, il sursauta violemment. Il tenta en vain de frotter son bâillon sur son épaule pour s'en débarrasser. Je secouai la tête. Si nous agissions, il faudrait que ce soit en silence.

La peur de Jude était une créature vivante. Noire et inquiétante, elle flottait au-dessus de lui. Il se mit à trembler fortement. Il secoua la tête, incapable d'inspirer.

Il a une crise d'angoisse.

— Ça va aller, soufflai-je en espérant que la radio des types couvrirait ma voix. Jude, regarde-moi. Tu dois te calmer.

Il secoua la tête et je lus ses pensées aussi clairement que si j'avais pénétré dans son esprit. *Je ne peux pas, pas ici, pas maintenant, mon Dieu, mon Dieu.*

— Je suis là, ajoutai-je.

Ce fut douloureux, mais je parvins à glisser mes jambes entre mes bras, pour que mes mains soient devant moi.

— Inspire profondément par le nez, repris-je. Expire. Tu ne risques rien. Tout va bien. Il faut que tu te calmes.

Et il devait faire vite. Je tentai de me souvenir où se trouvait le camp le plus proche… dans l'État de New York ? N'y en avait-il pas un dans le Delaware, près d'une petite ville abandonnée ? Et où étions-nous ?

Mes yeux étaient restés rivés sur ceux de Jude.

— Calme-toi, répétai-je. Tu dois te concentrer. Il faut arrêter la voiture. Tu te souviens de Saratoga ?

Si les méthodes d'entraînement de la Ligue avaient un aspect positif, c'était la créativité des instructeurs. Ils semblaient connaître toutes les situations que nous risquions de rencontrer et ce scénario était l'une d'entre elles. Dans cette simulation on nous avait envoyés, Vida, Jude et moi, à Saratoga, sur un simulacre d'opération, et nous avions été pris en otages. Nous nous étions battues, Vida et moi, pour sortir de la camionnette et étions « mortes », tuées pendant notre fuite. L'instructeur Fiore avait ensuite expliqué comment nous aurions dû agir, faisant principalement remarquer que Jude n'aurait pas dû rester inactif.

Mon compagnon prit une profonde inspiration et hocha la tête.

Zu, quand je voyageais avec elle, avait beaucoup de mal à contrôler son aptitude de Jaune. Elle portait des gants en caoutchouc, pour éviter de court-circuiter les machines ou la voiture. Jude, cependant, était formé. Il dominait son aptitude. Avant ce qui s'était produit pendant la manifestation, je ne l'avais jamais vu commettre une aussi grosse erreur.

Il ferma les yeux et je me mis à genoux, pour ne pas perdre l'équilibre.

Je perçus la vague d'électricité. Des crépitements retentirent dans mes oreilles et l'air parut devenir brûlant.

La batterie de la voiture ne supporta pas. Le véhicule mourut sans même un frémissement ; ce fut comme s'il avait percuté un mur invisible. Je fus projetée en direction de la grille. Ébahis, les deux FSP jurèrent.

Je n'avais pas pris le temps de réfléchir. Les voitures étaient rares, sur la côte est, en raison du prix très élevé de l'essence. J'avais supposé que nous serions seuls sur la route, que la camionnette s'arrêterait et que je trouverais le moyen de mettre les FSP hors de combat.

Je vis la lumière des phares en même temps que les deux hommes. La puissance de l'impact, quand le semi-remorque percuta l'avant de notre camionnette, me plaqua sur le sol. Les airbags se gonflèrent avec une odeur de brûlé. Je heurtai le banc opposé à celui de Jude, qui fut projeté sur le plancher.

La camionnette fut soulevée, seules ses roues droites restant sur la chaussée et, pendant une fraction de seconde, je crus qu'elle allait faire un tonneau. Mais elle retomba. Le hurlement des pneus du semi-remorque, qui freina puis s'arrêta, couvrit les chuintements du moteur fumant et les appels d'un des FSP.

— Flowers, Flowers !

Je secouai la tête, parce que je voyais double, et cherchai Jude à tâtons. Je ne cessai que lorsqu'une de mes mains trouva une de ses chevilles. Il faisait si sombre que je ne pus voir s'il était blessé.

— Flowers, *bon sang* !

S'il ne s'était pas agi de FSP, j'aurais peut-être regretté d'avoir mis leur vie en danger. Un des hommes en uniforme – sans doute Flowers – était penché en avant et son airbag, qui se dégonflait, était taché de sang.

— Merde ! s'écria le chauffeur en abattant le poing sur le volant.

Il prit la radio, posée sur le tableau de bord tordu. Mais Jude avait fait son travail. Dans un rayon de quinze mètres, tous les appareils électroniques étaient hors d'usage. L'homme appuya plusieurs fois sur le bouton, répétant :

— Ici Moreno ; vous me recevez ?

Sans doute se souvint-il de la procédure. Il ouvrit la portière et descendit de la camionnette. Il devait s'assurer que nous étions toujours là et n'avions rien.

J'étais prête.

Mes jambes tremblaient comme celles d'un poulain quand je passai par-dessus Jude, toujours allongé, pour atteindre la porte avant le FSP. Il avait un pistolet dans une main, mais avait besoin de l'autre pour ouvrir. Je passai mes poignets menottés autour de son cou et posai les mains sur son visage sans lui laisser le temps de comprendre ce qui lui arrivait.

Moreno fut si étonné que son esprit n'opposa aucune résistance. J'en pris facilement le contrôle, sans ressentir la moindre douleur.

— Ouvre les menottes, ordonnai-je.

Quand il l'eut fait, je lui pris son arme. Jude poussa un long soupir de soulagement lorsque ses bracelets métalliques furent ouverts.

— Fais demi-tour et retourne à Boston, ordonnai-je à Moreno. Ne t'arrête qu'une fois au bord de la Charles, pigé ?

Je posai l'index sur la détente du pistolet.

— Retourne à Boston, répétai-je. Ne t'arrête qu'une fois au bord de la Charles.

Je sentis la présence de Jude, vacillant, derrière moi, mais gardai l'arme braquée sur la tête du FSP qui s'éloignait, disparaissant peu à peu dans les tourbillons de neige et l'obscurité. Mes bras se mirent à trembler, à cause du froid et parce que j'avais du mal à tenir debout.

Le chauffeur du camion apparut, près de la portière du conducteur, et frappa du poing contre la vitre.

— Tout le monde va bien ? J'ai appelé les secours.

Je fis signe à Jude de ne pas bouger. Malgré son uniforme noir et la nuit, le FSP était encore visible, sur la route. Le chauffeur du camion le vit. Il se lança à sa poursuite en criant :

— Hé ! où allez-vous ? *Hé !*

À cet instant, Jude lâcha ses menottes, qui tombèrent avec bruit. Quand le chauffeur du camion se retourna, je braquais le pistolet sur lui.

Le chauffeur, barbu, blêmit. Pendant quelques instants, on ne fit que se dévisager. Sa veste rouge vif était assortie au bonnet de laine couvrant ses oreilles. Il leva lentement les mains.

— Des mômes, dit-il d'une voix tremblante. Mon Dieu… est-ce que vous êtes… ?

Jude posa une main sur mon épaule.

— Roo…, fit-il, hésitant.

— Barre-toi, ordonnai-je au chauffeur en montrant l'arme du menton.

— Mais… La ville la plus proche est à des kilomètres !

Revenu de sa surprise, l'homme se détendit et baissa les bras. Il me croyait visiblement incapable de l'abattre. Je ne sais pas si cela me rassura ou me mit en colère.

— Où irez-vous ? reprit-il. Je peux vous conduire quelque part. Je n'ai pas beaucoup de nourriture, mais… mais vous serez au chaud et…

Peut-être le chauffeur était-il prêt à nous rendre service. Jude le crut. Je saisis le dos de sa veste pour l'empêcher de descendre de la camionnette.

Mais peut-être le chauffeur espérait-il toucher dix mille dollars par tête après nous avoir livrés.

— Barre-toi, répétai-je en ôtant la sécurité de l'arme. File !

Le chauffeur eut envie d'ajouter quelque chose, mais les mots restèrent coincés dans sa gorge. Il secoua la tête, puis acquiesça. Jude poussa un gémissement étranglé et tendit une main vers lui, comme pour l'obliger à rester. L'homme pivota lentement sur lui-même et s'éloigna.

La mince couche de glace couvrant la chaussée crissa quand je sautai hors de la camionnette, l'esprit soudain très vif. La nécessité de fuir était impérieuse et je n'avais pas le temps de donner des explications. La nuit était encore longue et la neige, dans les bois denses, épaisse. Il nous faudrait marcher vite et effacer les empreintes de nos pas.

— On se débrouille seuls, déclarai-je en entraînant Jude dans le noir.

J'avais espéré trouver une voiture abandonnée utilisable, mais nous n'avions croisé que des épaves. Courant dans les bois, de la neige jusqu'aux genoux, le long de la chaussée, on finit par apercevoir un panneau indiquant que Newton, Massachusetts, était à proximité et Providence, Rhode Island, à soixante kilomètres.

Je savais que l'État du Rhode Island se trouve au sud du Massachusetts. Nous devions donc aller à Providence.

Ensuite, je chercherais des panneaux indiquant Hartford, seule ville du Connecticut que je connaisse, puis le New Jersey.

— Attends, dit Jude, essoufflé. Attends, attends…

— Il faut accélérer, répondis-je.

J'étais obligée de le traîner mais, s'il le fallait, je le porterais.

— Ruby !

Il tomba à genoux et je faillis perdre l'équilibre.

— Allez ! dis-je sèchement. Debout !

— Non ! Pas tant que tu ne m'auras pas dit où on va. Barton est sûrement à notre recherche !

Des bois denses et des collines bordaient la route, mais nous étions encore beaucoup trop visibles. Je me crispais chaque fois que la lumière blanche des phares d'un camion nous éclairait.

Je pris une profonde inspiration.

— Tu as ton disque d'appel d'urgence ? demandai-je. Jude, regarde-moi. Tu l'as toujours ?

— Pourquoi ? s'enquit-il en tapotant les poches de son pantalon. Je crois. Mais…

— Jette-le.

Il fronça les sourcils. Son long nez, rougi par le froid, coulait. Il l'essuya sur la manche de son bras libre.

— Ruby, qu'est-ce qui se passe ? Je t'en prie, explique-moi.

— Jette-le, répétai-je. On ne rentre pas à L.A. Pas tout de suite.

— Quoi ? s'écria-t-il d'une voix étranglée. Tu es sérieuse ? On… s'évade ?

— On y retournera… plus tard. Mais il faut, d'abord, réaliser une opération spéciale. Et nous devons avancer pour distancer ceux qui nous recherchent.

— Qui est responsable de cette « opération spéciale » ? demanda Jude. Cate ?

— L'agent Stewart.

Jude ne parut pas convaincu, mais il s'était relevé.

— Je dois retrouver un de ses informateurs et récupérer des renseignements, expliquai-je en m'efforçant de lui faire croire que c'était très mystérieux et dangereux.

Et ça marcha. Sur son visage, la nervosité céda la place à l'intérêt. Et même à un peu d'enthousiasme.

— C'est une opération vitale pour la Ligue, mais je ne pouvais pas dire à Barton pourquoi je partais. Je devais m'assurer que Rob ne serait plus au QG lors de notre retour.

— Tu aurais dû m'avertir, dit Jude. Dès le début… J'aurais tenu le coup.

— C'est une mission secrète. Et dangereuse. Seuls les agents impliqués sont au courant.

— Alors pourquoi m'emmènes-tu ?

— Parce qu'ils te tueront, si tu rentres, comme ils ont abattu Blake.

J'eus honte… Je l'avais emmené sans lui laisser le choix, puis j'avais maquillé la vérité pour qu'il l'accepte plus facilement. N'avais-je pas haï Cate quand elle m'avait fait la même chose ?

Jude ralentit à nouveau et me regarda comme s'il ne m'avait jamais vue.

— J'avais raison, souffla-t-il. C'est pour ça qu'il m'a choisi. J'avais *raison*.

— Ouais, admis-je. Absolument.

Jude hocha la tête, parut sur le point de parler, puis y renonça. Finalement, il glissa la main dans une des poches de sa parka, en sortit le disque d'appel d'urgence et le jeta.

— De toute façon, marmonna-t-il, il est fichu. J'ai grillé cette voiture et tout ce qu'elle contenait.

Exact. Bien sûr. Les émetteurs de ses vêtements étaient hors d'usage, eux aussi.

— Très bien, ajouta-t-il, d'une voix plus ferme.

C'était le Jude que j'appréciais… persuadé que toutes les opérations seraient aussi cool que les jeux vidéo auxquels il jouait avec Blake et Nico.

Je tendis la main, époussetai la neige sur ses cheveux et ses épaules.

— Tu devras faire exactement ce que je te dirai, pigé ? On va disparaître et personne ne saura où nous sommes. Ni Cate, ni Vida, ni même Nico. Si on nous retrouve, l'opération aura échoué… la Ligue ne redeviendra pas un endroit sûr.

Aussi rapidement et simplement que possible, je lui exposai l'opération : notre destination et ce que projetaient Rob et les autres. Je lui confiai aussi une parcelle de vérité : j'avais voyagé avec Liam pendant quelque temps, mais nous nous étions séparés avant que Cate ne me retrouve et j'avais perdu sa trace.

Étonnée, je m'aperçus que j'avais envie de lui raconter les derniers instants, dans la planque. Mais… il était ridicule de tout compliquer en lui parlant de ces adieux. J'étais seule à vouloir les revivre, penser à eux, rêver d'eux. Et, pour qu'on réussisse, il fallait absolument qu'il me fasse confiance, plus que jamais. Si je lui racontais ce que j'avais fait à Liam, il redouterait sans cesse que je ne lui fasse la même chose.

Jude avait pris tous ses repas avec moi, alors que les autres membres de la Ligue n'osaient pas me regarder dans les yeux. Il ne se dégageait pas quand je le touchais ; il m'attendait, à mon retour d'opération, pour s'assurer que j'étais saine et sauve. Cela m'agaçait, sur le moment, mais qu'aurais-je éprouvé s'il n'avait pas été là ?

Jude m'écouta, étrangement calme. Il ne réagit pas quand je lui appris ce qu'il y avait sur la clé USB. Je crus tout d'abord qu'il n'écoutait plus mais, quand j'eus terminé, il dit simplement :

— Très bien.

— Qu'est-ce qui ne va pas ? demandai-je, tout à fait consciente de la stupidité de la question, alors que rien n'*allait*. Tu te sens bien ? Tu n'es pas blessé ?

— Euh, non, ça va, je suis en un seul morceau, répondit-il en se tapotant le sommet du crâne. C'est juste que, je me demandais…

— Quoi ?

— À propos d'avant. Enfin, d'*avant* avant, expliqua-t-il en se tournant vers moi. As-tu souvent affronté les FSP, au camp ? Tu étais… si calme ! Quand tu lui as dit *barre-toi*, c'était énorme mais, tu vois, tu ne semblais pas avoir peur.

Je levai les sourcils.

— Tu crois que je n'avais pas peur ?

— Moi non plus, s'empressa d'ajouter Jude. Mais je me suis demandé comment tu étais avant de venir au QG…

— Est-ce que tu es en train de me demander ce que je faisais avant que Cate ne m'y conduise ?

— Euh, ouais, admit Jude. On s'interrogeait tous… des bruits couraient, mais c'était difficile de les croire.

— Vraiment ?

— Vraiment.

Voyant que ses questions resteraient sans réponse, il changea maladroitement de sujet.

— Tu crois vraiment que les scientifiques ont trouvé la cause de la neurodégénérescence idio-truc…

— Neurodégénérescence idiopathique aiguë des adolescents, précisai-je.

À savoir : la raison pour laquelle la majorité d'entre nous étaient morts et les autres s'étaient transformés en monstres. Comment avait-il pu oublier ces mots ?

— Ouais, bon, fit Jude. Imagine ce que la Ligue pourrait faire de cette information !

L'espoir transparut dans sa voix et mon cœur se brisa. Comment aurais-je pu lui dire que retrouver Liam tiendrait du miracle et que la clé USB aurait sans doute disparu ?

— J'y réfléchis beaucoup, dit-il. Pas toi ? Je suis loin de tout comprendre, et Cate et les autres ne donnent pas vraiment de précisions, mais c'est comme si notre cerveau avait muté et je trouve ça cool.

J'y pensais beaucoup, moi aussi, à Thurmond, parce qu'il n'y avait pas d'autre sujet, hormis mon désespoir. Pendant des heures et des heures, je fixais le dessous de la couchette de Sam, me demandant pourquoi nous subissions tout cela. Pourquoi certains étaient Verts, d'autres Oranges, d'autres encore morts. Mais, à l'instant même où Cate m'avait fait évader, je m'étais forcée à ne plus y réfléchir. Il y avait des sujets plus importants : survivre, ne pas être capturée à nouveau, Liam, Chubs et Zu.

— Je sais que c'est stupide, reprit Jude, mais j'ai essayé de comprendre. Parfois, je crois vraiment que c'est un virus et, de temps en temps… bon, si c'était un virus ou une maladie, pourquoi ne se sont-ils pas répandus hors des États-Unis ? Et en quoi sommes-nous différents des autres, de ceux qui sont morts ?

De bonnes questions. Et des questions troublantes.

— Ne mettons pas la charrue avant les bœufs, dis-je. Il faut d'abord trouver le frère de Cole.

Jude hocha la tête.

— Bon sang, ça va être très… bizarre. De le rencontrer. Je me souviens de son départ. On ne s'est aperçu de sa disparition qu'au moment de l'appel, après la simulation.

Je me tournai vers lui.

— Tu connais Liam ?

Jude leva la tête, ses yeux couleur d'ambre légèrement dilatés.

— Non, pas personnellement. J'ai entendu parler de lui. Il s'entraînait au QG de Géorgie et je n'ai jamais quitté Los Angeles. Mais c'est à cause de Liam que la formation des *Psi* a été regroupée en Californie. Il est plus difficile de s'évader quand on vit sous terre, je suppose.

Exact. Évidemment. Liam n'avait pas séjourné en Californie. Bizarrement, l'idée que Liam n'ait pas été obligé de vivre dans ce sous-sol humide me fit plaisir.

— Est-ce que Liam est une des personnes que tu recherches, toutes les semaines, sur le réseau des FSP ?

demanda Jude. Nico m'en a parlé, un jour. Eux aussi, on va les chercher ?

Je perdis soudain patience.

— Ça ne te regarde pas ! dis-je sèchement. Tu ne serais pas ici si tu ne t'étais pas mis dans le pétrin !

— Je sais, d'accord ? Je *sais* ! s'écria Jude en levant les mains. Tu ne nous aimes pas, tu n'aimes pas la Ligue, tu ne veux pas être Leader, tu refuses de parler de toi, de Cate, de l'entraînement, de ton plat préféré, de ta famille et de tes amis. Très bien. *Très bien !* Eh ! Qu'est-ce que tu fais ?

Je croyais les avoir imaginées : ce n'étaient que des formes sombres, vagues, au loin. Mais, au pied de la colline suivante, les bois cédèrent la place à une rue bordée de maisons.

Jude s'arrêta au bord de la chaussée gelée quand il s'aperçut que les fenêtres étaient éclairées. Il y avait des voitures devant les garages et des ombres passaient derrière les rideaux.

Un homme, au volant d'un vieux pick-up, tentait de dégager la rue couverte d'une épaisse couche de neige. Je poussai Jude derrière moi, les yeux rivés sur la maison située juste en face. Une idée émergea de la brume de mon épuisement. Une petite voiture gris métallisé était garée devant le garage mais, surtout, j'avais aperçu une ombre derrière la vitre de la porte d'entrée de la maison.

Aussitôt après le passage du chasse-neige de fortune, une femme sortit et ferma à clé. Ses cheveux blond cendré étaient parsemés de mèches grises. Ils étaient visibles entre son bonnet de laine vert et le manteau noir ouvert qu'elle portait sur un uniforme de serveuse de restaurant.

Faisant tourner ses clés autour de son index, elle se dirigea vers la voiture. Je ne bougeai qu'après avoir entendu le *bip-bip* de l'ouverture des portières.

— Viens, dis-je à Jude en saisissant son bras.

La femme nous entendit. La panique crispa son dos quand elle vit le reflet de mon visage, près du sien, dans la vitre de la voiture. Je lus la surprise et la peur dans ses yeux et je saisis l'occasion, glissai une main sous la manche de son manteau et touchai sa peau nue, chaude. Ce fut un contact rapide, si bref que je ne perçus pas le flot de souvenirs. Je ne fus certaine de la tenir qu'à l'instant où elle se tourna vers moi et battit des paupières, les yeux vitreux.

— Monte dans la voiture, dis-je à Jude, debout derrière moi, la bouche ouverte. On a un chauffeur.

Contraindre la femme à conduire avait deux avantages : elle ne pouvait pas signaler le vol de la voiture et, surtout, elle pouvait régler les péages et franchir facilement les barrages de la Garde nationale. Après un instant de réflexion, je la forçai à nous conduire jusqu'à la gare la plus proche. Depuis la crise, seuls deux trains quotidiens reliaient les grandes villes de la côte est, transportant principalement les Gardes nationaux, les FSP et les sénateurs. On surnommait cette ligne l'Élite express et le prix des billets était à la mesure de ce nom.

Prendre le train était *beaucoup* plus risqué que voler une voiture, mais la perspective cauchemardesque de devoir m'arrêter tous les vingt kilomètres pour siphonner de l'essence était insupportable. Nous perdrions trop de temps. Peut-être aurions-nous la chance de prendre un train presque vide, du moins pendant une partie du trajet. Si ça devenait trop dangereux, ou si les yeux indésirables se faisaient trop nombreux, nous pourrions toujours descendre et disparaître dans la campagne.

— Allumez la radio, s'il vous plaît, dis-je. Une station d'informations.

Nous étions accroupis, Jude et moi, dans l'espace séparant les sièges avant de la banquette arrière. Il m'était difficile de maintenir le contact physique avec la femme. Je pris une profonde inspiration, éloignai lentement ma main, restant concentrée sur la ligne miroitante reliant nos esprits. C'était peut-être ainsi que Clancy avait appris à se passer de contact physique pour établir une connexion mentale… en le rompant chaque fois un peu plus longtemps.

La femme obéit et les haut-parleurs diffusèrent une publicité criarde.

Elle parcourut les chaînes et s'arrêta sur une voix d'homme monocorde.

— … *Le Sommet de l'unité se tiendra en terrain neutre, à Austin, au Texas. Le gouverneur de cet État, qui a récemment démenti avoir pris parti en faveur de la Coalition fédérale de Californie, présidera les pourparlers entre plusieurs membres importants de l'équipe du président Gray et la Coalition, en vue de trouver un terrain d'entente avant la fin de la construction du nouveau Capitole, à Washington, prévue pour Noël. À propos de cet événement historique, le président Gray a déclaré : « Après presque une décennie de tragédie et de souffrance, j'espère de tout cœur que nous parviendrons à nous entendre et à faire les premiers pas sur le chemin de la réunification. Au cours de ce sommet, mes conseillers présenteront des projets de relance économique, notamment des programmes visant à soutenir l'industrie et à rendre aux Américains les logements dont la catastrophe économique de ces dernières années les a dépouillés.* »

Catastrophe. Ouais !

— Tu crois que Gray renoncera enfin à la présidence s'ils se mettent d'accord ? demanda Jude.

Je secouai la tête. Je ne connaissais pas personnellement Gray, mais j'avais fréquenté son fils, Clancy. Et si le fils ressemblait au père, Gray avait sans doute une raison cachée de vouloir ce sommet. Il tenait absolument à garder le contrôle.

Clancy. Je me pinçai l'arête du nez, me forçant à ne plus penser à lui.

La gare la plus proche était en fait celle de Providence, Rhode Island. C'était un énorme bâtiment de béton qui avait peut-être été beau autrefois, quand il n'était pas vieux et couvert de graffitis. Je jetai un coup d'œil sur l'horloge de sa tour, mais l'heure, onze heures trente-deux, ne correspondait pas à celle de la montre du tableau de bord. Il y avait quelques voitures sur le parking et une trentaine de personnes descendirent de l'autobus arrêté devant les portes.

Je posai une main sur l'épaule de la femme, qui sursauta. Son esprit était paisible, d'un blanc aussi laiteux que le ciel.

— Il faut que vous achetiez deux billets pour la Caroline du Nord, aussi près que possible de Wilmington. Vous comprenez ?

Les joues tombantes de la femme frémirent quand elle acquiesça puis ouvrit sa ceinture. Je la regardai gagner d'un pas hésitant, dans la neige, les portes automatiques. Si ça marchait…

— Pourquoi prendre le train ? demanda Jude. Ce n'est pas dangereux ?

— Ça vaut le coup, répondis-je. On mettra deux fois plus de temps, en voiture, si on doit s'arrêter sans cesse pour trouver de l'essence.

— Et si quelqu'un nous voit ? S'il y a des FSP dans le train ?

La femme revint plus vite que prévu, les yeux rivés au sol. Elle ouvrit la portière, s'assit au volant et soupira.

— Merci, dis-je quand elle me tendit les billets.

Puis, lorsque Jude fut descendu, j'ajoutai :

— Je suis désolée.

Je ne jetai un dernier coup d'œil sur la voiture qu'à l'instant où j'entrai dans la gare. J'avais dit à la femme d'attendre deux minutes puis de rentrer chez elle. J'eus l'impression, quand des phares éclairèrent un instant le pare-brise, que des larmes brillaient sur ses joues.

Elle avait acheté des billets pour Fayetteville, qui se trouvait peut-être à l'opposé de Wilmington en Caroline du Nord. Pire encore, le train partait à sept heures quarante-cinq, dans dix heures. C'était une très longue attente.

L'intérieur de la gare n'était pas aussi impressionnant que l'extérieur. Je trouvai un banc dans un coin, face à une rangée de flippers ; on s'y installa et on ne bougea pas. Les trains de nuit passèrent, des gens firent les cent pas derrière nous, le tableau des départs et des arrivées cliqueta.

J'étais fatiguée et j'avais faim. Il y avait un stand de café encore ouvert, près du guichet, mais je n'avais pas d'argent et je n'étais pas affamée au point d'utiliser mon aptitude pour forcer le malheureux employé à me donner un sandwich.

Jude somnolait, la tête sur mon épaule. De temps en temps, les haut-parleurs annonçaient le retard des trains à l'arrivée. Au fil des heures, ma décision me parut de moins en moins bonne. Vers quatre heures, alors que j'étais sur le point de céder à l'épuisement, les doutes m'assaillirent. Liam serait-il toujours en Caroline du Nord à notre arrivée ? Il savait se débrouiller, quand il le fallait. Pendant notre trajet, il pourrait couvrir une grande distance.

Ce ne fut pas le bruit des portes automatiques qui attira mon attention, mais celui de pas lourds. De temps en temps, des gens entraient et sortaient de la gare et des sans-abri avaient été autorisés à dormir au chaud, dans un coin. Mais c'était un groupe nombreux dont les semelles en caoutchouc couinaient sur le dallage. Du coin de l'œil, je vis l'employé du guichet se redresser. Il me suffit d'un regard par-dessus l'épaule. Des uniformes noirs.

Je saisis Jude et le tirai sur le sol, plaçant le banc entre nous et la douzaine de FSP rassemblés au centre de la salle.

— Bon sang, marmonna Jude.

Je posai la main sur son épaule pour qu'il reste près de moi. Je savais ce qu'il pensait : les mêmes questions me traversaient l'esprit. *Comment nous ont-ils retrouvés ? Comment ont-ils appris qu'on était ici ? Comment fuir ?*

Bon, pour répondre à la dernière question, il fallait éviter de paniquer ; à cet instant, je fus reconnaissante à la Ligue de la formation qu'elle m'avait donnée, et je pris plusieurs profondes inspirations puis analysai la situation.

Onze FSP en uniforme s'assirent sur des bancs, près d'une des portes donnant sur les arrêts de bus. Il y avait deux femmes, qui allèrent regarder les écrans. La première portait une natte, la seconde était coiffée en arrière ; tous les hommes avaient les cheveux très courts. Mais, surtout, il y avait onze sacs de voyage et pas d'armes.

Un des hommes se leva en éclatant de rire et se dirigea vers les distributeurs automatiques. Les autres lui crièrent ce qu'ils voulaient. Ils n'examinaient pas la salle ; ils n'interrogeaient pas l'employé du guichet. Ils étaient en uniforme, mais pas en service.

— Ce sont des nouvelles recrues, dis-je à Jude. Ils vont prendre un autocar. Ils ne nous recherchent pas… Il faut simplement trouver un coin tranquille jusqu'à l'arrivée de notre train. D'accord ?

Je tournai le dos aux soldats, scrutai la salle à la recherche d'une porte ouverte ou d'un couloir. Je ne sentis pas Jude se crisper, mais il tira sur ma queue-de-cheval pour me faire tourner la tête vers les portes automatiques à l'instant où Vida, Barton et l'Équipe Beta les franchissaient. Ils étaient en civil. Ils jetèrent un coup d'œil sur les FSP, qui se désintéressèrent d'eux.

Qu'est-ce qui se passe ? Qu'est-ce qu'ils font ici ? Il était impossible… absolument impossible… qu'ils nous aient retrouvés.

— Bon sang, bon sang, souffla Jude, cramponné à mon bras.

Au moins, il comprenait qu'il serait en danger si on le ramenait au QG. Je n'avais pas besoin d'expliquer que Vida n'était pas venue nous aider. Je regardai les flippers, les guichets, la porte des toilettes pour femmes. C'était bien pire que tout ce que j'aurais pu imaginer. J'eus envie de m'asseoir par terre et de céder au désir de fondre en larmes.

Je ne pris pas le temps d'expliquer le plan à Jude, qui semblait sur le point de pleurer. En fait, je n'avais pas de plan. Je le traînai – au sens propre – vers les toilettes.

La porte grinça quand je la poussai de l'épaule. Pas de fenêtre et pas de conduit d'aération assez grand pour qu'on puisse s'y glisser. Il y avait une cuvette, un lavabo et pas d'issue. J'éteignis la lumière puis poussai le verrou. Moins d'une seconde plus tard, quelqu'un essaya d'ouvrir.

Je m'assis par terre, les genoux contre la poitrine, et tentai de calmer ma respiration. Jude se laissa tomber près de moi. Je posai l'index sur mes lèvres.

Nous ne pouvions pas rester cachés là indéfiniment… on finirait par s'apercevoir que la porte ne devrait pas être verrouillée et on irait chercher la clé. Je comptai. Je comptai quatre minutes, m'arrêtant puis recommençant chaque fois que des pas s'arrêtaient devant la porte.

— Viens, soufflai-je, forçant Jude à se lever. Il faut fuir.

On ne fit même pas un mètre.

Vida, adossée au mur, en face de nous, un pistolet à la main, leva les sourcils.

— Salut, les *amis*, dit-elle d'une voix douce. Je vous ai manqué ?

Huit

Le seul mot qui me traversa l'esprit avait cinq lettres. Je lui demandai finalement :

— Qu'est-ce que tu fais ici ?

Le sourire victorieux auquel je m'attendais n'apparut pas. Elle se contenta de me regarder de la tête aux pieds, une expression méprisante sur le visage.

— Et dire qu'on croyait avoir du mal à te retrouver !

Je sortis lentement le pistolet de sous ma ceinture et visai. Je déployai les mains invisibles de mon esprit, les imaginai se tendant vers elle, pénétrant dans son cerveau. Mais… rien. Rien du tout.

— Il est mignon, ironisa-t-elle. Moi aussi j'en ai un !

Pendant quelques secondes, on resta immobiles ; ses yeux noirs me fixèrent comme lorsque nous étions opposées l'une à l'autre pendant l'entraînement. Elle me jaugeait. Se demandait si je le ferais vraiment.

On ne le vit pas approcher ; tout à coup, Jude fut près de Vida, une main sur son épaule.

— Je suis vraiment désolé, dit-il.

Un arc électrique bleu jaillit de la radio que Vida portait à la ceinture, toucha sa peau, comme la langue d'un serpent. Vida comprit sans doute au même instant que moi ce qui se passait, mais elle n'eut pas le temps de réagir. Ses yeux se révulsèrent et elle tomba sur le sol.

— Bon sang ! m'écriai-je, m'agenouillant près d'elle et posant les doigts sur sa carotide.

— Ce n'était qu'une petite décharge affectueuse, dit Jude, les cheveux dressés sur la tête. Elle reviendra à elle dans une minute. Roo, dis-moi que j'ai bien fait. Je n'ai pas envie de la laisser ici. Je ne crois pas qu'on devrait partir sans elle, mais elle ne nous aurait pas aidés, et il faut trouver Liam, et elle nous aurait livrés et il est important de…

— Tu as bien fait, coupai-je. Merci, Jude. *Merci.*

— Et maintenant ? souffla Jude en me suivant, dans le couloir, jusqu'à une pièce réservée au personnel.

Un bref regard circulaire me permit de constater que l'équipe tactique s'était réparti les tâches : une moitié était à l'étage, visible derrière les vitres des bureaux, et l'autre se dirigeait vers le quai. Les FSP qui ne gisaient pas sur le dallage étaient ligotés.

On suivit le long corridor jusqu'au bout, évitant de peu un employé se rendant à la salle de repos. J'ouvris le battant droit de la porte aussi silencieusement que possible, faisant signe à Jude de me suivre. Il se referma avec un *clic* étouffé. Je ne compris pas tout de suite que je me trouvais sur le terminal des autocars et, presque aussitôt après, un vieil homme en uniforme bleu marine, une grosse tache de café sur le devant de sa veste, apparut au coin du bâtiment.

J'eus l'impression de me vider de mon sang et saisis le bras de Jude. L'homme s'arrêta face à nous et ses yeux effrayés se dilatèrent quand il nous regarda de la tête aux pieds. Pendant quelques instants terrifiants, pas un mot ne fut prononcé. On n'entendit que des coups de feu, dans la gare, et le hurlement de pneus sur le parking.

Machinalement, je tendis la main vers l'homme, mais Jude saisit mon bras.

— Ce sont…, dit l'homme d'une voix étranglée (son badge indiquait : Andy). Ce sont des soldats ?

— Ils veulent nous arrêter, expliqua Jude. S'il vous plaît, pouvez-vous nous aider ?

Et la réaction d'Andy me stupéfia.

Il acquiesça.

Andy nous cacha dans la soute à bagages. Il y faisait froid et c'était inconfortable parce que nous glissions sur le sol métallique à chaque virage. Jude passa le bras sous le mien et on se serra l'un contre l'autre pour se réchauffer.

Il marmonnait. Il secouait la tête et ses boucles caressaient mon épaule. Je finis par comprendre ce qu'il répétait.

— Elle ne nous pardonnera jamais.

— Qui ? demandai-je. Cate ?

— Non, Vida. On lui a fait la même chose que sa sœur. On l'a abandonnée. Elle va nous haïr jusqu'à la fin de ses jours.

— Qu'est-ce que tu racontes ?

Jude se tourna vers moi, frottant ses yeux du dos de la main.

— Tu sais que Cate travaillait au SPE, hein ?

Mon estomac se noua.

— Le Service de la protection de l'enfance. Bon, elle était assistante sociale et elle s'occupait de nous.

— Toi et Vida ?

— Ouais. Tu n'étais vraiment pas au courant ? Cate ne t'a jamais dit ce qu'elle faisait ?

Non, mais je ne le lui avais jamais demandé.

— Alors qu'est-ce qu'elle a fait ? Elle est allée vous chercher dans vos familles d'accueil et vous a conduits à la Ligue ?

— Plus ou moins.

Il s'adossa à la porte, glissa contre moi lors du virage suivant. Je dus tendre l'oreille pour l'entendre.

— Au début de la NIAA, des tas de jeunes ont été chassés de leur famille d'accueil... enfin, ceux qui ne sont pas morts. D'après Cate, beaucoup de ses collègues ne savaient pas ce qu'étaient devenus les jeunes dont ils avaient la charge. Elle m'a retrouvé avant qu'on ne m'ait livré en échange d'une prime ou arrêté pendant une rafle.

Les rafles étaient une série d'arrestations massives des survivants de la NIAA qui n'étaient pas déjà internés. Les parents estimant qu'ils ne pouvaient plus s'occuper de leurs enfants monstrueux, ou qui souhaitaient leur faire intégrer le programme de « réhabilitation » des camps, devaient simplement les envoyer à l'école, où les FSP les prenaient en charge. Ce fut la première étape. Ensuite, on les envoya dans les camps, que les parents le veuillent ou non.

— Ça devait être terrifiant, dis-je.

Il haussa les épaules mais répondit d'une voix étranglée.

— C'était… Bon, c'est terminé. De toute façon, c'était pire chez moi. Mon père était vraiment génial !

Je n'osai pas le regarder. Son enthousiasme forcé me brisa le cœur.

— Et Vida… ?

Ce fut comme si j'avais appuyé sur un bouton, ou peut-être était-il trop épuisé pour avoir encore la force de garder cela pour lui.

— Je ne sais pas ce qui se passait dans sa famille. Elle a une sœur plus âgée, Nadia, qui s'est occupée d'elle pendant quelque temps. Je crois qu'elles squattaient un appartement. Un matin, la sœur de Vida est partie et les FSP sont arrivés. Elle pense que sa sœur l'a livrée pour toucher la récompense.

— Comment Cate l'a-t-elle retrouvée ?

— Les FSP avaient mis une dizaine de jeunes dans un car et les conduisaient dans un camp du Wyoming, mais la Ligue les y attendait. Tu connais cette histoire, hein ?

Je la connaissais. Soudain responsable de cinq jeunes dont elle ne savait que faire, la Ligue avait créé son programme de formation. Je savais que Vida appartenait à la Ligue depuis longtemps, mais j'ignorais qu'elle était une des « Cinq du Wyoming ».

Je restai sans voix, mais finis par dire :

— Je suis désolée.

Jude grimaça.

— De quoi ? Tu n'as rien fait. En plus, ils ont eu de la chance. C'est Cate qui a le plus souffert. Je ne crois pas qu'elle se soit remise d'avoir perdu plusieurs jeunes. Surtout ceux qui sont morts dans l'incendie.

— Quoi ? soufflai-je.

— Elle était responsable d'un groupe, expliqua Jude. Des aptitudes *Psi* sont apparues chez plusieurs, et la personne qui s'occupait d'eux a paniqué. Cate ne sait pas si les jeunes ont accidentellement mis le feu ou si cette femme l'a fait… elle était très croyante… une fanatique. Après son arrestation, elle a dit à la police qu'elle avait accompli l'œuvre de Dieu.

— C'est…

Il n'y avait pas de mots et je me tus.

— Enfin, voilà l'histoire, conclut Jude en haussant les épaules. En tout cas, le début.

Je retins mon souffle quand le car s'arrêta, sans doute à un barrage, et que quelqu'un, probablement un FSP, y monta. On n'entendit pas la conversation mais, au-dessus de nos têtes, des pas lourds parcoururent toute la longueur du véhicule. Un soldat plus consciencieux aurait forcé le chauffeur à ouvrir la soute à bagages, mais l'autocar fut autorisé à repartir et, bientôt, il n'y eut plus que le bourdonnement de la route.

Puis le chauffeur s'arrêta pour nous faire sortir. J'avais l'intention d'effacer sa mémoire et de filer, mais il n'y avait pas de voitures… seulement de la neige et des arbres. J'avais le choix entre Andy et deux ou trois jours de marche dans la neige en compagnie de Jude.

— Vous êtes sûr que ça ne vous ennuie pas ? demanda Jude.

Nous étions assis juste derrière le chauffeur, pour voir la route.

— Est-ce qu'on peut vous rendre un service, en échange ? ajouta-t-il.

— Comprenez-moi bien, dit Andy. C'est un gaspillage *spectaculaire* de carburant mais j'aime bien, de temps en temps, faire un sale coup à mon patron. Il m'a supprimé tous mes avantages dès que la situation est devenue grave, et je n'ai pas de raison de le ménager. En plus, je dois aller à Richmond avec ou sans passagers. Dans l'autre sens, le car est souvent plein. Les gens semblent croire qu'il y a davantage de travail dans le nord, et presque personne n'a les moyens de prendre le train.

Jude avait fait plusieurs fois la preuve de sa naïveté, pendant la journée, et son imprudence n'aurait pas dû m'étonner. Au bout de quelques minutes, il s'endormit tranquillement. Comme s'il n'y avait aucun risque que le chauffeur nous dénonce par radio ou s'arrête au premier poste de police.

— Jeune fille, tu sembles tomber de sommeil, dit Andy en me regardant dans le rétroviseur. Tu devrais prendre exemple sur ton ami et te reposer.

Je sais que j'étais impolie, irrationnelle et agressive, mais, les yeux fixés sur la radio de l'autocar, je fronçai les sourcils. Andy suivit mon regard et rit.

— Tu es intelligente, admit-il. Il faut l'être, je suppose, par les temps qui courent, quand on voyage. Oh… un péage ; il vaudrait mieux que tu te caches.

Je me glissai entre la rambarde métallique et le siège, remontai la couverture sur Jude. Andy fit signe de la main à l'employé.

Finalement, je n'y tins plus.

— Pourquoi nous aidez-vous ? demandai-je.

Andy rit.

— À ton avis ?

— Franchement ? dis-je en me penchant. Je crois que vous voulez nous livrer pour toucher la récompense.

Le chauffeur siffla.

— Ça fait un beau paquet, je le reconnais. Bizarre que le gouvernement trouve de l'argent pour ça mais pas pour aider ceux qui n'ont pas à manger.

Il secoua la tête et ajouta :

— Non, ma jolie, j'ai un emploi. Je me débrouille. Je n'ai pas besoin des remords et de l'argent du sang.

— Alors pourquoi ? insistai-je.

De la main gauche, Andy prit un objet sur le tableau de bord. Il me le tendit.

Sur la surface glacée de la photo, un jeune garçon aux cheveux noirs luisants me sourit. Il avait dix ou douze ans. Je reconnus les couleurs pâles du fond : un portrait scolaire.

— C'est mon petit-fils, expliqua Andy. Il s'appelle Michael. On l'a arrêté à l'école il y a environ quatre ans. J'ai pris contact avec la police, le gouvernement, l'école, en vain. Même chose pour tout le monde. Je n'ai pas pu en parler sur l'Internet : on aurait supprimé mon accès. Je ne pouvais pas m'adresser à la télé ou aux journaux : Gray les contrôle. Mais, à son école, des parents ont entendu des FSP parler de Black Rock.

J'effaçai mes empreintes digitales avec ma manche, à la surface de la photo, et la lui rendis.

— Tu as raison, ajouta-t-il. Je ne suis pas complètement désintéressé. J'espérais que tu pourrais me donner quelques informations. Tu sais peut-être ce qu'est ce « Black Rock » et où il se trouve.

Je ne pus résister au ton suppliant de sa voix. Je ne pus m'empêcher de penser à ma grand-mère, qui ignorait ce que j'étais devenue. J'eus soudain du mal à respirer.

— Je sais ce que c'est. Black Rock est un camp dans le Dakota du Sud.

— Dans le Dakota du Sud ? répéta Andy, ébahi. Si loin ? Tu en es sûre ?

J'en étais absolument certaine. La Ligue possédait la liste des quinze camps où les jeunes *Psi* survivants étaient internés. Il y en avait de très petits… quelques dizaines de détenus seulement. D'autres étaient des écoles transformées pouvant en accueillir quelques centaines. Et il y avait ceux, comme Black Rock et Thurmond, qui, en raison de leur isolement, pouvaient en recevoir des milliers.

Le camp du Dakota du Sud intéressait tout particulièrement la Ligue à cause des rumeurs qui l'entouraient. Après la reconnaissance officielle de la NIAA, toutes les naissances ont dû obligatoirement être enregistrées dans une base de données. Ces enfants devaient voir tous les mois un médecin chargé de détecter les « anomalies ». Tout enfant manifestant des aptitudes avant l'âge de dix ans entrait dans un programme de recherche spécial à Black Rock. Les autres, s'ils survivaient à la NIAA et développaient leurs aptitudes à l'âge normal, étaient envoyés dans des camps de réhabilitation ordinaires.

— Il a peut-être été transféré, dis-je. Savez-vous ce qu'il est ?

— Comment ça ce qu'il est ? demanda Andy en se tournant vers moi. C'est mon petit-fils, voilà ce qu'il est !

Je voulais seulement savoir s'il était considéré comme dangereux... un Rouge ou un Orange, comme moi. Pour voir s'il risquait d'avoir été éliminé... définitivement.

— Ces camps..., dit Andy, une main au-dessus des yeux à cause des phares d'un camion. Tu sais ce qui s'y passe ? Tu en as vu un ?

Je jetai un coup d'œil sur Jude.

— Ouais.

— Et on t'a laissée sortir parce que tu es guérie ? demanda-t-il d'une voix si pleine d'espoir qu'elle me brisa le cœur. Tu vas mieux, maintenant ?

— On ne peut pas nous guérir. Les jeunes internés ne font que travailler et attendre. Je suis sortie parce qu'on m'a aidée à m'évader.

Andy hocha la tête, comme s'il avait deviné.

— C'est une époque terrible, soupira-t-il au bout d'un long moment. Et tu as raison de ne pas nous faire confiance. Ce que nous avons fait... ce que nous les avons laissés vous faire, c'est honteux. Honteux ! Et ça nous poursuivra jusqu'à la fin de nos jours. Mais tu dois savoir que, si certaines personnes sont prêtes à livrer des jeunes parce qu'elles ont peur ou sont cupides, il y en a des milliers qui se sont battues bec et ongles pour que leur famille ne soit pas dispersée.

— Je sais.

— Cela dit... les temps étaient durs et le gouvernement affirmait aux parents que leurs enfants mourraient comme tous les autres s'ils n'entraient pas dans les programmes. Personne n'avait le choix. Mais ils savaient qu'ils ne les reverraient jamais et ça me tue. Ça me tue.

— Les gens croyaient-ils vraiment que les programmes de réhabilitation auraient des résultats ? demandai-je.

— Je ne sais pas, jeune fille, répondit Andy, mais ils l'espéraient, ça c'est sûr. Quand on se retrouve sans rien – sans argent, sans emploi, sans logement –, il ne reste que l'espoir et même ça, c'est une denrée rare. Je doute qu'on croie encore à ces mensonges, mais… qu'est-ce qu'on peut faire ? Il n'y a pas d'informations, seulement des rumeurs.

Je compris à cet instant que récupérer la clé USB était tout aussi important que retrouver Liam. Jusqu'ici, je n'avais vu en elle qu'un petit appareil et n'avais guère réfléchi à son contenu. Pour moi, Liam comptait plus que tout, mais les informations de Cole… elles profiteraient à tout le monde. Elles permettraient de réunir les familles.

— Je ferai sortir tous les jeunes de tous les camps, déclarai-je. Je n'aurai pas de repos tant qu'ils ne seront pas tous rentrés chez eux.

Il n'y avait rien à ajouter et Andy alluma la radio. Je contemplai l'aube, le ciel rosissant à l'horizon. J'étais épuisée, mais incapable de dormir.

Je posai la veste de Liam sur moi comme une couverture et quelque chose s'échappa d'une des poches. Les deux billets de train tombèrent sur le sol, le premier à l'endroit, l'autre à l'envers.

SOYEZ

Ce mot avait été écrit plusieurs fois au dos d'un billet, d'une écriture de plus en plus nerveuse.

Je ramassai les deux morceaux de papier, retournai le second. PRUDENTS.

SOYEZ PRUDENTS

Mon emprise sur cette femme n'était apparemment pas aussi forte que je l'avais cru. Je n'avais pas de raison d'être inquiète et d'avoir peur, puisqu'elle se trouvait à des centaines de kilomètres, mais je ne pus m'empêcher d'envisager le pire. Elle aurait pu parler de nous à n'importe qui. Elle aurait pu entrer dans la gare, s'enfuir ou avertir des chasseurs de primes. Elle aurait pu toucher la récompense, satisfaite de nous savoir enfermés et d'être débarrassée de nous.

Mais elle avait fait *ça*. Et Andy aussi.

Je déchirai les billets sans réveiller Jude. Ces personnes n'étaient que de petites flammes isolées dans un océan de ténèbres et il ne fallait pas lui donner de faux espoirs.

Jude chantait toujours – au sens propre – les louanges d'Andy quand le premier panneau annonçant Wilmington apparut. Après nous avoir déposés, à Richmond, Andy nous avait indiqué les routes à éviter. J'étais trop nerveuse et inquiète, sur le moment, pour le remercier. Ensuite, les remords me poursuivirent sur toutes les routes désertes que j'empruntai au volant de notre petite voiture volée.

Wilmington s'étendait entre l'Atlantique et un fleuve. La région ressemblait beaucoup à la Virginie… même style de maisons, même disposition des quartiers. Même ciel gris, au-dessus des toits.

L'adresse donnée par Cole, 1222 West Bucket Road, Wilmington, Caroline du Nord, se trouvait à Dogwood Landing, un quartier proche de l'université. C'était une partie tranquille de la ville, entourée de bois glacés, parsemée de terrains vagues et de panneaux À VENDRE ternis par les intempéries. Je garai notre Volkswagen volée devant l'un d'entre eux.

— C'est ici ? demanda Jude en regardant la maison la plus proche.

— Non, c'est un peu plus loin.

Je pris une profonde inspiration, me demandant comment il était possible d'éprouver à la fois de l'enthousiasme et de la terreur.

— Il faut passer par-derrière, ajoutai-je, au cas où la maison serait surveillée.

C'était pour cette raison que Liam et les autres n'étaient pas venus directement ici après leur évasion de Caledonia. J'hésitai. Les conseillers d'Alban nous rappelaient sans cesse que les FSP manquaient cruellement de personnel, mais l'arrestation de Liam était une priorité. Neuf mois s'étaient écoulés. Était-il vraisemblable que le gouvernement fasse toujours surveiller ses parents ?

Bon sang. Les parents de Liam ! Qu'est-ce que je leur dirais ?

Faisant signe à Jude de me suivre, je pris le chemin de l'arrière d'une maison. Elles étaient presque toutes petites : en rez-de-chaussée, toit gris, façade en briques, fenêtres blanches. J'entraînai Jude, entre les arbres, sur un chemin de terre longeant les jardins.

La maison de Liam se trouvait dans un bosquet, un peu à l'écart des autres. Seuls ses volets bleus et la longue allée aboutissant au garage la distinguaient de ses voisines. Il fallait absolument que je voie la façade.

J'empêchai Jude d'avancer et le forçai à s'accroupir près de moi. On chercha du regard des caméras de surveillance, des empreintes de pas et de pneus, des FSP en civil passant sur le trottoir.

— Elle a l'air…, dit Jude, hésitant.

Vide, terminai-je intérieurement. Il n'y avait probablement personne et les gouttières pleines de feuilles semblaient indiquer qu'elle était inoccupée depuis longtemps.

— Ils sont peut-être allés faire des courses ? suggéra Jude.

— Un jeudi à quatre heures de l'après-midi ? Peu probable, dit quelqu'un, derrière nous.

Cette fille était un serpent. Sinon, comment expliquer qu'elle se soit approchée sans un bruit sur la couche de feuilles mortes ?

— Leader, dit Vida, hochant la tête et s'accroupissant près de nous. Judith.

Jude tomba à la renverse.

— Qu'est-ce que tu…, balbutiai-je. Comment as-tu…

Elle n'avait pas pu deviner où nous irions. Elle était forte, mais pas à ce point. Un émetteur avait dû m'échapper…

— Le col du T-shirt, dit Vida en montrant Jude de la tête. La prochaine fois que vous vous ferez la belle, détruisez *tous* les émetteurs.

— Jude a court-circuité la voiture, protestai-je, et tous les circuits électriques qu'elle contenait.

Dont, avais-je supposé, les émetteurs de ses vêtements.

— C'est pour ça que les Jaunes ont un émetteur à coque en caoutchouc, dit-elle en secouant la tête. Vous ne le saviez donc pas ?

Elle était visiblement fière, même si elle semblait très éprouvée. Ses cheveux bleus, mouillés, bouclaient.

J'ouvris la parka de Jude, glissai la main sous ses vêtements et palpai le col de son T-shirt. J'y trouvai effectivement un émetteur de la taille d'un grain de blé. Je coupai le tissu avec mon couteau suisse et l'ôtai. Sans lui laisser le temps de s'en emparer, je l'écrasai sous la poignée de mon canif.

— Ils… mettent des émetteurs dans nos vêtements ? s'écria Jude, incrédule. Pourquoi ? Ça ne peut pas être…

Vida parut sur le point d'éclater d'un rire cruel, mais son visage se figea. Elle regardait derrière nous. Soudain, elle se redressa et sortit son pistolet de son étui. Je me retournai, les cheveux dans les yeux et me mis à genoux.

Le monde bascula.

Je ne sais pas comment je parvins à me relever, et j'étais si ébahie que je ne me souciais pas d'être vue.

Puis je me mis à courir. Vida et Jude m'appelèrent, mais le vent et la pluie emportèrent leurs voix, et je n'entendais de toute façon que le bourdonnement du sang dans mes oreilles. Je descendis le flanc de la colline, traversai le bosquet, sautai par-dessus la clôture en mauvais état, le rejoignis.

Il sortait par une fenêtre, posant les pieds sur la boue. Ses cheveux étaient plus longs, les traits de son visage plus accentués. Il avait grandi, ou j'avais rapetissé, ou alors les souvenirs mentent… peu importe. Il m'entendit, se retourna et glissa une main sous son épaisse veste de camouflage, tendit l'autre vers la ceinture de son jean. Je vis l'instant où il m'aperçut… il se figea complètement.

Mais ses lèvres bougèrent, puis esquissèrent un sourire. Je ralentis, mais ne m'arrêtai pas.

J'étais essoufflée. Je posai une main sur mon cœur. L'épuisement, le soulagement… et la terreur que j'avais éprouvée le jour où je l'avais perdu m'assaillirent.

Je fondis en larmes.

— Oh ! pour l'amour de…, soupira Chubs.

Il secoua la tête et reprit sur un ton affectueux :

— Ce n'est que moi, idiote.

Et, sans ajouter un mot, il vint à ma rencontre et me serra dans ses bras.

Neuf

Le problème, quand je pleure, c'est que je ne peux plus m'arrêter. Je me laissai aller contre lui, pour m'assurer qu'il était bien réel et que c'était son cœur qui battait contre mon oreille. Chubs me tapota maladroitement le dos et, le visage contre sa veste, je m'effondrai complètement.

— Comment ? demandai-je d'une voix étranglée. Qu'est-ce que tu fais ici ?

Ce fut à peine si j'entendis les pas, entre les arbres, mais Chubs leva la tête et cria :

— Allez, Lee… je sais que toi aussi, tu as envie que je te serre dans mes bras.

Ce fut si rapide que je ne pus réagir. Chubs me lâcha et me poussa derrière lui, me faisant presque perdre l'équilibre. Il tira un long couteau de chasse de la ceinture de son pantalon. Vida braquait un pistolet sur lui.

— Qui êtes-vous ? s'enquit Chubs.

— Quelqu'un qui a une arme à feu, répondit Vida en agitant son pistolet.

— Attendez, attendez, intervint Jude en sortant d'entre les arbres.

Il descendit la pente boueuse, se plaça entre eux.

— Pas Liam, reprit-il en montrant Vida, puis lui-même. Ensuite il se tourna vers Chubs, ses épais sourcils froncés, le montra du doigt et conclut :

— Pas non plus Liam… ?

Vida se tourna vers lui.

— Tu vois bien qu'il ne ressemble pas *du tout* à Cole Stewart.

Sur la défensive, Jude répondit d'une voix stridente :

— Je ne sais pas ! Ça pourrait être des frères de deux mères différentes. Et l'adoption existe !

Chubs baissa son couteau. Je vis qu'il réfléchissait, passait d'une horrible possibilité à une autre tout en tenant compte des inconnus, de mes larmes et de l'absence de Liam.

— Mon Dieu ! s'écria-t-il, pâlissant, puis pressant un poing sur son estomac comme s'il allait vomir. Mon Dieu !

— Non, non, intervins-je. Il n'est pas mort !

À ta connaissance, souffla une petite voix dans ma tête.

— Pourquoi n'êtes-vous pas ensemble ? demanda-t-il.

Maintenant, il semblait lui-même au bord des larmes. De nouvelles lunettes à monture métallique donnaient un aspect plus adulte à son visage. Je ne le reconnus vraiment qu'à l'instant où la peur s'empara de lui… le Chubs que j'avais connu était ainsi : toujours entre deux crises de panique.

— Il ne t'aurait jamais abandonnée, jamais ! ajouta-t-il.

Je baissai la tête et fixai mes pieds dans la boue parsemée de flaques d'eau.

— Ruby..., continua Chubs d'une voix tendue. Que s'est-il passé ?

Je secouai la tête et posai mes mains glacées sur mon visage.

— Tu l'as abandonné ? supposa-t-il. Vous vous êtes disputés ? Vous vous êtes séparés pendant quelque temps ?

J'espérais atténuer un peu la cruauté de la vérité en expliquant à voix basse, mais ça n'eut pas l'effet escompté. Ébahi, Chubs fit un pas en arrière, les yeux pleins d'horreur.

— Tu n'as pas fait ça ! s'écria-t-il en saisissant mes épaules. Je croyais que tout s'arrangerait parce que vous resteriez ensemble !

— Qu'est-ce que je pouvais faire ? m'emportai-je. Tu étais... Tu étais mort, ils nous ont emmenés, j'ai passé un marché et j'ai compris qu'il ne partirait pas si je ne le faisais pas. Qu'est-ce que j'aurais pu faire d'autre ?

Chubs secoua la tête.

— Et ces jeunes appartiennent à la Ligue ? Tu es avec eux ?

— Ils sont..., commençai-je.

— Toujours là, coupa Vida, le visage fermé, et ils veulent savoir qui est ce type.

Mon esprit se remit enfin à fonctionner et une peur intense s'empara de moi.

Vida était là. Vida, chargée de nous retrouver et de nous ramener au sein de la Ligue. Vida, qui avait vu Chubs et pourrait l'identifier. Et la Ligue pourrait même, peut-être, essayer de le recruter.

Je me dégageai et tentai de le pousser derrière moi.

— C'est personne, dis-je. Ça ne vous regarde pas.

— Ah ouais ? Ça nous regarde s'il va avec nous à la recherche de Stewart, dit Vida.

— Quoi ? m'écriai-je.

— Fais fonctionner tes fichus neurones, dit Vida. Je ne suis pas venue pour te ramener ; je suis ici pour t'aider.

Elle se tourna vers Jude et ajouta :

— Et merci beaucoup de m'avoir électrocutée, crétin !

— Si tu n'étais pas avec l'Équipe Beta et Barton pour nous ramener au QG, alors pourquoi ? demandai-je.

Vida leva les yeux au ciel, mais finit par répondre, une expression satisfaite sur le visage :

— J'ai été informée de ta petite quête sentimentale. Le seul moyen de sortir sans éveiller les soupçons était de proposer de vous poursuivre, vu que je suis censée vous connaître super bien.

— Et l'Équipe Beta ? demanda Jude.

— Rappelée au QG. Elle a reçu l'ordre de ramener Rob… Votre petit numéro a fichu un sacré bordel, poursuivit Vida en rejetant ses cheveux en arrière. Alban m'a donné deux semaines pour vous retrouver. Alors partons à la recherche de Liam.

Je la fixai et secouai la tête.

— Tu ne doutes vraiment de rien ! Tu crois qu'on va te laisser nous accompagner ?

— Ouais, fit Vida. Et vous le ferez de gaieté de cœur, avec le sourire et sans protester, sinon Cole ne tiendra pas sa promesse de libérer les camps.

Donc c'était vrai… elle était bien là pour nous aider. Sinon, Cole ne l'aurait pas mise au courant. L'objectif était très important. Il ne me croyait pas capable de mener seule cette opération à bien et, bizarrement, cela me vexa.

Jude se tourna vers moi, totalement désorienté.

— Bon, *vamos* ! dit Vida en frappant dans ses mains. Si vous voulez fouiller la maison, faites vite.

— Je ne vais pas avec vous, intervint Chubs.

Je reconnus l'expression de son visage… je l'avais souvent vue quand Zu et Liam m'avaient autorisée à les accompagner et qu'il n'acceptait pas ma présence. Colère ou méfiance, Chubs n'était pas du genre à cacher ses sentiments. Liam et lui se ressemblaient, sur ce plan, mais c'était par nature chez le premier et par choix chez le second. Il ne voyait pas pourquoi il ne se présenterait pas tel qu'il était.

— Très bien, dis-je en prenant à nouveau Chubs par le bras, ses muscles se crispant sous mes doigts. Il faut qu'on parle. Je t'expliquerai tout.

Chubs se tourna vers moi, l'air contrarié.

— Seulement nous deux, alors. Je ne…

À cet instant, on entendit des portières claquer. Trois.

Je tirai Chubs contre la maison, fis signe à Jude de nous rejoindre, et vite. Vida contourna les arbres, marchant sans un bruit sur l'humus. Bientôt, sa chevelure bleue elle-même devint invisible.

Je me tournai vers la fenêtre par laquelle Chubs était sorti, touchai le grillage puis tendis la main vers le bois. Nous pouvions peut-être fuir. Peut-être. Tenter de nous cacher dans la nature et de les semer.

— Est-ce Barton ? souffla Jude.

Je lui fis signe de se taire. À l'arrière de la maison de Liam, il y avait cinq fenêtres et une porte condamnée par d'épaisses planches en contreplaqué. Une terrasse en brique partiellement envahie par l'herbe s'étendait devant cette porte.

Je me mis à quatre pattes et longeai la maison. Les voix se firent plus fortes. Je tendis l'oreille. Deux hommes, une femme.

Quand je me retournai pour le dire aux garçons, Vida était accroupie entre Chubs et Jude. Elle leva la tête et me fit signe de revenir.

— Ils sont quatre, souffla-t-elle. Une femme, trois hommes. On dirait des FSP.

Je posai la main sur la bouche de Jude.

— Ils sont armés ?

Elle hocha la tête.

— Ils le sont toujours. C'est quoi, cette maison ? Qu'est-ce qui justifie la présence de détecteurs de mouvement ?

— Des détecteurs ? répéta Chubs.

— Ils se trouvent sous l'avant-toit, aux quatre coins, précisa-t-elle, visiblement contrariée qu'il mette sa parole en doute.

Je me tournai vers Chubs et Jude éloigna ma main de sa bouche. Évidemment, il était logique que la maison soit surveillée. Liam et Cole étaient des objectifs prioritaires. Bizarre que Cole n'ait pas raconté à Vida ce qui était arrivé à son frère. Peut-être n'en avait-il pas eu le temps.

Les voix s'étaient tues, mais des pas lourds progressaient, dans le jardin à l'abandon, le long du pignon de la maison. Les FSP étaient maintenant trop proches pour qu'on puisse aller se cacher dans le bois sans être vus.

Chubs poussa un long soupir, se redressa et écarta le grillage de la fenêtre. La résignation voûtait ses épaules.

— Tu me fais confiance ? me demanda-t-il en scrutant mon visage.

— Évidemment.

Jude, derrière moi, protesta, mais je l'ignorai.

— Dis à tes amis d'entrer, reprit Chubs en montrant la fenêtre d'un signe de tête, et lève-toi. Je vais devoir te menotter.

Être en état de choc avait un avantage : je n'avais pas besoin de feindre d'être terrifiée. Je restai immobile, la bande de plastique coupant la circulation au niveau de mes poignets.

Qui est cette personne ? me demandai-je en regardant Chubs plus attentivement. Sous sa veste en tissu de camouflage, il portait un pull gris à col ras du cou, un jean délavé et poussiéreux. Un téléphone mobile et un étui en cuir étaient suspendus sur sa hanche. Quand nous étions ensemble, toutes ses affaires se trouvaient dans un vieil attaché-case en cuir. Cela correspondait mieux à sa personnalité que cet étrange… accoutrement de chasseur.

D'une main ferme, Chubs saisit mon menton, examina les coupures et les bleus de mon visage d'un regard désapprobateur. Les autres regardaient, derrière la fenêtre fermée, le visage de Jude touchant presque la vitre.

— Il vaudrait mieux que tu feignes d'être évanouie, chuchota Chubs.

Cette suggestion arriva à point nommé. Je venais de m'allonger sur le sol quand les FSP tournèrent au coin de la maison.

Quatre. Vida avait vu juste. La femme aux cheveux châtains était la plus grande : elle dépassait les hommes de plusieurs centimètres. Il y avait aussi un type âgé aux cheveux blond cendré. Les deux autres, plus jeunes, semblaient être frères. Tous avaient un fusil, des menottes… la totale.

— Que voulez-vous ? demanda Chubs, le visage impassible.

Les soldats furent étonnés, mais ne baissèrent pas leurs armes. Cependant, avant que Chubs reprenne la parole, j'avais compris.

— Vous allez essayer de me la prendre ? De partir avec elle sans me payer ?

Le soldat âgé fronça les sourcils.

— Vous êtes un chasseur de primes ?

Exactement ce que je pensais. Si telle était notre ruse, nous n'avions aucune chance. Chubs était à peu près aussi impressionnant qu'une plante verte.

— Tenez !

Il glissa la main dans son étui en cuir et tendit un objet au FSP. Une sorte de livret, à peu près de la taille d'un passeport.

L'homme avança, mais se tourna vers la femme.

— Jetez un coup d'œil aux alentours. Assurez-vous qu'il est seul.

Chubs agita le livret pendant que les trois soldats s'éloignaient. L'homme soupira, regardant alternativement Chubs et le document.

— Très bien, monsieur Lister, dit-il en le lui rendant. Avez-vous interrogé la banque de données ?

— Elle n'y figure pas, répondit Chubs. Elle se cache sans doute depuis trop longtemps. Elle n'a pas de dossier.

— L'avez-vous testée ? Si c'est une Bleue ou une Jaune, vous devez…

— C'est une Verte, coupa Chubs. Pourquoi ? Vous voulez une démonstration ?

— Nous pouvons nous charger d'elle, proposa l'homme. Ça vous évitera de la transporter.

— Je viens de vous dire qu'elle ne figure pas dans le système, répondit Chubs sur un ton hostile. Vous savez comment ça marche. Vous ne pouvez pas me payer si elle n'est pas enregistrée. Il faut que je remplisse les documents au poste le plus proche si je veux toucher la prime.

L'homme eut un bref rire ironique, mais ne contesta pas.

— La voiture garée dans la rue vous appartient ?

— Non, répondit Chubs en levant les yeux au ciel. Je suis arrivé sur un nuage et j'ai plongé en piqué sur cette gamine.

— Du calme, dit le FSP d'une voix bourrue. Si je décide de l'emmener, vous ne pourrez pas m'en empêcher. Alors, jeune homme, changez d'attitude.

Cette attitude, justement, me stupéfiait. Chubs n'était pas naturellement brave ; il faisait face quand ses amis étaient en danger, mais moins par bravoure que par témérité. Et cela ne lui ressemblait pas du tout.

Je ne sais pas combien de temps s'était écoulé – une minute ? – quand la radio du FSP bourdonna.

— *Ici Jacobson, vous me recevez ?*

L'homme prit le talkie-walkie suspendu à sa ceinture.

— Je vous reçois. Avez-vous trouvé quelque chose ?

— *Non, rien qui sorte de l'ordinaire. S'il y avait des empreintes de pas, la pluie les a effacées. Terminé.*

— Elle est seule, j'en suis sûr, intervint Chubs. Je la suivais.

— Très bien, dit l'homme.

Ses rangers s'enfoncèrent profondément dans l'herbe boueuse quand il se dirigea vers moi. Je me forçai à ne pas me crisper. Je ne voulais pas qu'il me touche. La panique s'empara de moi quand il me poussa du bout de sa chaussure.

Le cuir froid, mouillé, de son gant enserra mon bras et il me souleva, me tordant douloureusement l'épaule.

— Non, gronda Chubs. Ne touchez pas…

Le FSP ne relâcha pas son étreinte.

— Quand les jeunes sont blessés, poursuivit Chubs sur un ton neutre, le coût des soins est déduit du montant de la prime. Je me charge d'elle… monsieur.

— Voilà qui est mieux, dit le FSP en me lâchant. Relevez-la et barrez-vous. Vous êtes sur une propriété privée et, si je vous revois ici, je vous arrêterai.

La pluie s'accumulait dans mon oreille, coulait sur ma joue, trempait la veste de Liam. J'aurais voulu qu'elle emporte aussi ma peur dans les profondeurs de la terre, d'où elle ne pourrait plus m'atteindre. Je pris une profonde inspiration et retins mon souffle.

Au loin, une voiture démarra. J'ouvris les yeux et vis Chubs. Il s'agenouilla, écarta les cheveux mouillés couvrant mon visage. On n'avait pas prononcé un mot quand les pneus firent crisser le gravier de l'allée.

— Je suis désolé, dit finalement Chubs. Ça va ? Il t'a déboîté l'épaule ? Parce que s'il l'a fait…

— Je n'ai rien, mais… tu pourrais couper les menottes en plastique ?

Je fus horrifiée de constater à quel point ma voix tremblait mais, surtout, des souvenirs indésirables me traversèrent l'esprit. Le trajet en autocar jusqu'à Thurmond. Sam.

À l'instant même où Chubs coupa la bande de plastique, je me mis à genoux sans tenir compte de ma douleur à l'épaule droite.

On se regarda en silence. Finalement, je tendis la main et il y posa le livret noir.

La couverture était en faux cuir, et je ne m'étais pas vraiment trompée en croyant que c'était un passeport. Il en avait toutes les caractéristiques : papier bleu pâle, sceau des États-Unis.

AGENT DE RECHERCHE DE FUGITIFS. Bon sang, il y avait un titre officiel pour ça ?

— Joseph Lister, lus-je, vingt-quatre ans, un mètre quatre-vingts, soixante-dix kilos, né à Penn Hills, en Pennsylvanie.

Je le regardai. Son visage avait la même expression cynique que celle de sa photo officielle.

— C'est drôle, tu sais, poursuivis-je. Le moins vraisemblable, dans tout ça, c'est ton poids.

— Hilarant, s'écria-t-il, reprenant le document sans me laisser le temps de le feuilleter.

Ça ressemblait tellement au Chubs que je connaissais que je ne pus retenir un sourire. Il s'efforça de garder les lèvres serrées, mais n'y parvint pas complètement.

— Je t'ai vraiment cru mort, soufflai-je. Je n'aurais pas dû les laisser t'emmener.

Il porta la main à son épaule, appuya, comme si son esprit revenait sur cet instant.

— Tu as actionné le disque d'appel d'urgence, hein ?

J'acquiesçai.

— J'aurais fait pareil, reconnut-il. Exactement pareil.

Il se tut, réfléchit et reprit :

— J'aurais sans doute appuyé un peu plus fort sur la plaie, mais à part ça…

— Arrête tout de suite, dis-je sèchement, tu vas gâcher notre moment d'attendrissement.

La fenêtre s'ouvrit et la tignasse bouclée de Jude apparut.

— Ça va, Roo ? Vida ne voulait pas que je regarde. J'ai essayé de faire le tour par-devant, mais la porte est condamnée et il n'y a rien, à l'intérieur, alors…

Chubs m'aida à me redresser, et le regard qu'il m'adressa demandait clairement : *Qu'est-ce qu'il y a encore ?*

— Je te raconterai tout plus tard et tu feras pareil. Mais, pour le moment, il faut chercher des indices sur la direction que Lee a prise…

Chubs fronça les sourcils et baissa la voix.

— Lee ne t'a pas confié la procédure mise au point par son beau-père et lui pour se contacter ?

— Je savais qu'elle existait, mais je ne la connais pas. Il te l'a indiquée ?

Il acquiesça et tourna le dos à la fenêtre. Et, je m'en aperçus, à ceux qui étaient dans la maison.

— Il faut partir, dit-il. Tout de suite.

— Attends, protestai-je, mais il avait déjà glissé le bras sous le mien.

— La maison est surveillée ; il *faut* filer, insista-t-il. Et je regrette, mais j'aimerais autant ne pas voyager en compagnie de la Ligue.

Je me dégageai et reculai d'un pas.

— Je ne peux pas les abandonner.

— Tu n'appartiens pas à la Ligue, dit-il. Tu n'es pas avec elle. Tu es avec nous !

— Provisoirement, on peut travailler ensemble, argumentai-je. Tu ne seras pas obligé de nous accompagner en Californie quand on aura trouvé Liam ; tu peux simplement rester avec nous pour le moment.

Du coin de l'œil, j'aperçus la chevelure bleue de Vida derrière les vitres de la fenêtre.

— Autrefois, tu ne voulais pas que je reste, tu t'en souviens ? ajoutai-je.

— Ouais, mais c'était… différent, répondit-il. Et tu le sais.

— Mais, à cette époque, tu ne le savais pas.

J'avais correctement prévu sa réaction. Je le vis sur son visage, à la crispation de ses épaules.

— Tu m'as demandé si j'avais confiance en toi, soufflai-je. Et toi, tu me fais confiance ?

Il soupira, posa les mains sur les hanches.

— Absolument, répondit-il finalement. Mais j'ai confiance en *toi*, pas en eux. Je ne les connais pas.

Je me contentai de tendre la main et d'attendre qu'il la prenne. J'avais besoin de la pression de ses longs doigts sur les miens, je voulais cette ultime preuve que sa confiance en moi avait pris le dessus sur ses doutes.

J'attendis qu'il vienne avec moi, qu'il accepte que nous soyons à nouveau ensemble, qu'il admette que le temps, l'éloignement et l'insécurité n'avaient pas eu de prise sur moi.

Et il le fit.

Dix

Le 4 × 4 empestait le sapin synthétique. L'odeur du désodorisant était si forte que je dus baisser la vitre.

— Tu ne te plaindrais pas si tu pouvais encore sentir l'odeur de l'ancien propriétaire, fit remarquer Chubs en me donnant des lunettes de soleil. Boucle ta ceinture, s'il te plaît.

Vida et Jude étaient sur la banquette arrière, ceinture en place, mais avaient protesté énergiquement. Quand elle avait vu le grillage qui séparait l'avant de l'arrière, j'avais bien cru que Vida allait m'extirper du siège avant par les cheveux.

— Tu roules lentement parce que tu ne sais pas où tu vas ou parce que tu espères qu'on sautera en marche ? ironisa ma camarade préférée.

Inquiet, Jude se redressa. Nous connaissions ce ton. Vida provoquait quand elle s'ennuyait et se battait lorsqu'elle était sous pression.

— Ça rendrait service aux psychopathes qui vous tiennent en laisse, railla Chubs.

À cet instant, je fus ravie qu'un grillage nous sépare.

— Ce ne sont *pas* des psychopathes, protesta Vida. Et toi, tu es un crétin condescendant.

— Condescendant ? répéta Chubs. Tu sais vraiment ce que ça veut dire ?

— Espèce de…

— Roo, intervint Jude d'une voix aiguë, comment vous êtes-vous rencontrés, toi et Chubs ?

— Charles, corrigea ce dernier, les dents serrées. Je m'appelle Charles.

— Et tu trouves que c'est mieux ? se moqua Vida.

Chubs s'arrêta à un feu rouge et se tourna vers moi, les yeux brillants de colère derrière ses lunettes.

— Ouais, soupirai-je. Elle est toujours comme ça.

La tension devint palpable dans l'habitacle. Un mot ou un geste déplacés et la situation dégénérerait. Jude tambourina sur l'accoudoir du bout des doigts.

— Arrête ça, imbécile, ou je les coupe, gronda Vida.

— Imbécile ? répéta-t-il, vexé, d'une voix stridente. Rien ne t'oblige à être aussi méchante, tu sais.

Je posai une main sur mon front.

— Pourquoi en fais-tu toute une histoire ? demandai-je. Elle t'appelle Judith depuis des mois !

Chubs rit, mais cessa quand il vit mon regard.

— Ouais, bon, marmonna Jude, les genoux contre la poitrine. Je ne vois pas ce qu'un prénom de fille peut avoir d'insultant. Les vôtres ne vous empêchent pas de vous en prendre à moi ni de me traiter comme un gamin de cinq ans.

— Alors que tu as quel âge, en fait ? demanda Chubs en mettant le clignotant pour s'engager sur l'autoroute. Dix ans ?

— Pas de ça, intervins-je. Il a presque quinze ans.

— Merci, Roo, dit Jude, les yeux brillants.

— Tu étais aussi maigre que lui quand on s'est rencontrés, rappelai-je à Chubs en lui donnant un coup de poing sur l'épaule. Et tu avais dix-huit ans.

— C'est toi qui étais maigre, rectifia-t-il. Lee était téméraire, Zu était mignonne et j'étais sage.

Un coup fit vibrer la grille. Le visage de Jude flottait dans la pénombre, ses grands yeux marron rivés sur nous.

— Ce serait mieux, dit-il, si on savait de qui vous parlez. Qui est cette Zu ?

Chubs m'adressa un bref regard.

— Qu'est-ce que tu leur as raconté ?

— Rien, répondit Vida. Et si ça ne change pas, vous allez le regretter.

Je levai les yeux au ciel.

— Ouais. C'est ça !

Une chaleur familière picota le centre de ma poitrine, une main invisible me poussa et mon front heurta le tableau de bord.

Chubs freina brutalement et ma ceinture de sécurité se bloqua. Je fus projetée contre le dossier de mon siège, mon champ visuel grouillant d'explosions colorées.

— Non ! rugit Chubs en abattant la main sur le volant. Pas de ça ! On n'utilise pas nos aptitudes sur nos amis, bon sang ! *Ça ne se fait pas !*

— Calme-toi, Mémé, dit Vida. Tu vas avoir une attaque.

— Tu ne peux pas…, gronda Chubs, mais il renonça.

Jude eut un rire nerveux, mais je me contentai de poser la main sur mon front meurtri. J'avais compris.

— Zu était une amie, dis-je. On a voyagé ensemble pendant un moment.

— Je croyais que Cate t'avait fait évader, dit Jude. Vous avez été séparées ? C'est dangereux, de traîner comme ça, sur les routes…

— Ce n'est pas ça, dit Chubs. Après notre évasion…

Il aurait aussi bien pu dire qu'il était magicien. Vida elle-même, soudain intéressée, se pencha en avant.

— Toi ? s'écria-t-elle. Tu t'es évadé d'un camp ?

— Liam a tout préparé, admit-il. Mais, oui. Je me suis évadé.

— Est-ce que ce type se prend pour un spécialiste de la cavale ? marmonna Vida. Bon sang !

Les yeux de Jude brillaient.

— Comment c'était ? Tu avais ta chambre, comme une cellule de prison ? Est-ce que tu étais obligé de travailler ? Il paraît que…

Les jeunes de la Ligue étaient informés sur les camps… vaguement. Nous n'étions que quelques-uns à en avoir fait personnellement l'expérience, mais la règle implicite était de ne pas en parler. Tout le monde connaissait la vérité, mais la nôtre était issue de notre vécu. Ils avaient entendu parler du tri, des baraquements, mais leurs histoires étaient presque toutes complètement fausses. Ils n'étaient jamais restés des heures debout dans la cour. Ils n'avaient jamais eu peur des caméras suivant leurs moindres déplacements.

Je fus obligée de faire un effort pour me taire. Mes doigts serrèrent la ceinture de sécurité.

— Et toi, Roo, tu t'en souviens ? demanda Jude. Est-ce que tu n'y es restée que peu de temps… et est-ce que c'est pour ça que tu n'en parles pas… parce que tu n'as pas vu grand-chose ?

— À ta place, je la fermerais, conseilla Chubs.

— Allez, pleurnicha Jude. Si tu nous racontais…

— Quoi ? criai-je. Qu'est-ce que tu veux que je vous raconte ? Tu veux que je vous dise qu'ils nous ligotaient comme des animaux pour nous conduire au camp… ? Ou que je vous parle du jour où les FSP ont tabassé une fille si violemment qu'elle a perdu un œil ? Vous voulez savoir ce qu'on a ressenti quand on a été obligés de boire de l'eau croupie pendant tout un été en attendant l'installation d'une nouvelle tuyauterie ? Que je me suis endormie et réveillée la peur au ventre pendant six ans ? Bon sang, laissez-moi tranquille ! Vous ne pouvez pas vous empêcher d'insister et d'insister, alors que vous savez que je ne veux pas en parler !

Je regrettai ma sortie dès les premiers mots, mais ils continuèrent de jaillir, vils et faux. Chubs se contenta de fixer la montre du tableau de bord, puis la chaussée trempée. Sur la banquette arrière, Jude garda le silence, ouvrant et fermant la bouche.

— Je ne sais pas ce que vous en pensez, dit Vida en haussant les épaules, mais j'aimerais connaître la fin de l'histoire de la nana borgne.

— Tu es vraiment la pire personne que j'aie rencontrée, constata Chubs.

— Et c'est parce qu'il y a des gens comme toi que les bras d'honneur existent.

— S'il vous plaît…, intervins-je.

Cate m'avait dit, un jour, que le seul moyen d'échapper au passé consistait à fermer la porte après être entré dans une pièce plus lumineuse. J'avais peur. Telle était la vérité. J'étais terrifiée par la culpabilité et la honte que j'éprouverais si je revenais sur mes pas, ouvrais la porte et retrouvais la fille que j'avais abandonnée. Je n'avais pas envie de savoir ce que les ténèbres lui avaient fait, si elle s'apercevrait que mon visage était le sien.

Je n'avais pas envie de savoir ce que Chubs penserait de moi quand il aurait appris ce que j'avais fait pour la Ligue.

Je n'avais pas envie de savoir ce que Liam penserait de moi, pas envie de penser à l'odeur de fumée de mes cheveux, qui semblait ne jamais disparaître complètement.

— Raconte-nous au moins pourquoi tu as rompu avec Liam, dit Jude. Si vous voyagiez ensemble, pourquoi avez-vous… arrêté ? Cate est allée te chercher quand tu as actionné le disque d'appel d'urgence, je sais, mais Liam était-il déjà parti ? Et lui ?

Il montra Chubs.

Ces souvenirs n'étaient pas moins douloureux, mais ils étaient importants.

— Très bien, cédai-je. Vous savez qu'on voyageait ensemble… Liam, Chubs, Zu et moi. Mais vous ignorez qu'on cherchait un refuge : East River. Il faut que je commence par là pour que vous compreniez ce que j'ai fait et pourquoi Liam s'est retrouvé seul.

— Très bien, soupira Vida, s'appuyant contre le dossier de la banquette et se tournant vers la vitre.

Je leur racontai qu'East River avait été comme un rêve, au début, puis qu'on avait ouvert les yeux et compris qu'on était prisonniers d'un cauchemar. Je leur parlai de Clancy, et étonnamment, ça me fut très difficile. Je relatai notre fuite, la blessure par balle de Chubs, notre séjour à la planque. Jude fut sur le point de m'interrompre, les yeux dilatés par l'angoisse ou la confusion. La gorge serrée, je dus prendre sur moi pour passer à la suite : ma décision, le marché conclu avec Cate et ce que j'avais vu dans les souvenirs de Cole.

Bizarrement, je me sentis ensuite plus proche de Liam. Il était vivant et réel dans mon esprit. Liam, solide et chaleureux, portant ses lunettes noires, le soleil jouant sur sa chevelure. Il me sembla que, si je levais la tête, je le verrais au volant.

Personne ne prit la parole. Je n'eus pas la force de me retourner ; les sentiments contradictoires de Jude et Vida me semblaient presque palpables.

Quelque chose toucha légèrement mon épaule. Je tournai lentement la tête et vis que Jude avait glissé deux doigts à travers le grillage. Il mordait sa lèvre inférieure, qui était blanche. Mais il me fixait… sans peur. Seulement avec une profonde et sincère tristesse.

Il était encore capable de me regarder.

— Roo, souffla-t-il, je suis désolé.

— Puis-je poser une question ? demanda Chubs, la gorge serrée. Qu'est-ce que tu vas faire de la clé USB ?

— Je la donnerai à Cole, répondis-je. Nous avons conclu un marché : si je lui rapporte les infos, il pourra convaincre la Ligue de libérer les détenus des camps et de rendre publics les mensonges du gouvernement.

Chubs se frotta le front.

— Et tu le crois ? Liam racontait que son frère brûlait ses jouets quand il se mettait en colère.

— Je le crois. Il ne s'attaquera pas à nous. Contrairement à beaucoup d'autres, il ne veut pas nous éliminer.

— Nous éliminer ? répéta Chubs, inquiet.

Je laissai Jude expliquer ; ses éclaircissements hésitants, désordonnés, furent teintés d'une tristesse brute qui accentua l'horreur du récit.

— Non, non, non, protesta Chubs. Vous allez vraiment rentrer au QG avec la clé USB et espérer que la Ligue se débarrasse de toutes les brebis galeuses ?

— Pourquoi pas ? s'écria Jude. Ça va s'arranger. Rob a été chassé, hein ? Cate nous avertira quand nous pourrons rentrer.

— Vous serez en sécurité, Liam et toi, intervins-je. En tout cas, la Ligue ne s'en prendra pas à vous. Tu piges, hein ? Tu comprends pourquoi j'ai accepté la mission de Cole ?

— Ouais, je pige, répondit-il sur un ton si froid qu'il me glaça le sang.

Et, dans le silence qui suivit, je devinai la question qu'il avait envie de poser, parce qu'elle me tracassait depuis des jours.

Si ces infos étaient tellement importantes, pourquoi les donner à la Ligue ?

Ma formation, les opérations auxquelles j'avais participé, les explosions auxquelles j'avais assisté, rien de tout cela n'était aussi spectaculaire que ce que Chubs avait vécu.

On s'arrêta pour la nuit dans un camping abandonné proche d'Asheville, en Caroline du Nord. Nous avions roulé cinq heures, pendant lesquelles j'avais donné des explications, et j'étais vidée. Je ne protestai pas quand Chubs et Jude décidèrent de s'arrêter.

On fit une brève reconnaissance à pied, pour s'assurer que l'endroit était désert, avant d'ouvrir le coffre du 4 × 4 pour y prendre les provisions. Je sursautai quand le hayon se leva.

— Bon sang ! m'écriai-je.

C'était très impressionnant : rangées de boîtes en plastique et de tiroirs proprement étiquetés : PREMIERS SECOURS, VITAMINES, HAMEÇONS. Le soin et la réflexion nécessaires à cette organisation étaient exceptionnels, mais aussi un peu effrayants.

Jude regarda Chubs d'un air dubitatif.

— Le jour de la semaine était indiqué sur tes sous-vêtements quand tu étais petit, hein ?

Chubs remonta ses lunettes sur l'arête de son nez.

— Je ne vois pas en quoi ça te regarde.

Il me raconta toute l'histoire pendant qu'on montait la tente. Vida, qui avait un briquet, fit du feu.

— En réalité, je ne me souviens pas de tout, dit-il. La Ligue m'a conduit à l'hôpital le plus proche, celui d'Alexandria.

— Pas à celui de Fairfax ? demandai-je en repoussant une mèche de cheveux mouillés derrière mon oreille.

Jude et Vida feignaient de ne pas écouter.

Chubs haussa les épaules.

— Je me rappelle vaguement quelques visages mais… Je t'ai dit que je ressemblais à mon père, hein ?

J'acquiesçai.

— Un médecin, une femme, m'a reconnu. Elle avait travaillé avec mon père avant d'être mutée… Enfin, ce n'est pas important. On m'a stabilisé, puis cette femme et ses collègues ont compris que j'avais besoin d'un hôpital mieux équipé. Elle a téléphoné à mon père. Il devait nous retrouver au restaurant de ma tante, tu t'en souviens ?

— Tout à fait.

— Quand l'ambulance est arrivée à Fairfax, il l'attendait ; ils avaient créé une fausse identité et c'est sous ce nom que j'ai été admis. Je portais un masque à oxygène. Les vigiles ne se sont aperçus de rien.

— Les agents qui t'avaient transporté à Alexandria n'ont pas été avertis, dis-je. La Ligue ne savait pas ce que tu étais devenu. Dans les dossiers, tu es toujours porté disparu.

Chubs eut un bref rire ironique.

— Ils ont dit aux agents que mon cœur avait lâché et que j'étais mort, mais ils n'ont pas marché. Un jour, six personnes sont venues poser des questions à mon père, mais il n'a rien dit.

La ruse avait consisté à l'admettre sous un faux nom. L'hôpital avait appris à esquiver les demandes d'informations du gouvernement et plusieurs fois échappé de peu à la fermeture. Le docteur Meriwether avait eu l'idée de génie de cacher son fils, « Marcus Bell », dans une chambre de la maternité. Une fois rétabli, il quitta l'hôpital dans un sac à cadavre, à l'arrière d'un corbillard. Les agents de la Ligue parvinrent à se procurer les documents du transfert et tentèrent de remonter la piste, mais Chubs était devenu un fantôme dès son arrivée à l'hôpital de Fairfax.

Ensuite, il avait suffi de trouver un endroit où Chubs pourrait reprendre des forces.

— J'ai dû vivre quatre mois dans une vieille grange, au fin fond de l'État de New York. Je te laisse imaginer, reprit-il. Les odeurs de la paille et du fumier m'accompagneront jusqu'à la fin de mes jours.

La grange, dans les Adirondacks, appartenait à un ami de la famille… elle était isolée et glaciale. Ses parents ne purent lui rendre visite que deux fois sans éveiller les soupçons, mais la vieille propriétaire de la ferme voisine lui apportait à manger deux fois par jour. Cependant, il s'ennuyait à mourir.

— En général, je m'entends plutôt bien avec les personnes âgées, mais cette femme semblait sortir chaque matin de son cercueil.

— Ouais, pour t'apporter à manger et te soigner, lui rappelai-je.

— Les seuls livres qu'elle avait mettaient en scène une vieille fille résolvant des crimes dans son petit village, dit-il. J'ai le droit de ne pas avoir apprécié l'expérience.

— Comment t'y es-tu pris pour avoir… tout ça ? demanda Jude.

Chubs soupira.

— Je dois reconnaître que c'est grâce à Mme Berkshire. Sa réponse, quand je lui ai raconté comment j'avais quitté la Virginie : on ne cherche pas les personnes traquées parmi celles qui les traquent. Elle s'est endormie au milieu de la phrase, évidemment. J'ai dû attendre son réveil pour comprendre ce qu'elle voulait vraiment dire.

Je posai une main sur mes yeux.

— On ne m'a pas soupçonné une seule fois, ajouta-t-il, un peu trop satisfait de lui-même. Mes parents ont obtenu un faux acte de naissance… c'était le plus dur.

En fait, il n'est pas très difficile de devenir officiellement chasseur de primes. Il suffit de remplir les documents nécessaires.

Le feu crépita, notre petite pile de bois s'effondrant. Je me redressai, fis lever Chubs et l'entraînai. Jude voulut nous suivre, mais je l'en empêchai d'un geste.

— On va chercher à manger, dis-je. On revient tout de suite.

— Ne vous en faites pas, ironisa Vida d'une voix sucrée, en prenant Jude par les épaules. On a déjà survécu deux minutes sans vous.

Je fis tout mon possible pour ne pas gagner la voiture à grands pas.

— Je ne fais pas du tout confiance à cette fille, dit Chubs en jetant, par-dessus son épaule, un coup d'œil sur Vida. Les jeunes qui se teignent les cheveux ont toujours un complexe d'infériorité. Ou quelque chose à cacher.

Je levai un sourcil.

— Les jeunes ?

Il était si concentré sur elle qu'il faillit prendre le hayon en pleine figure. Il porta la main à son épaule gauche, comme pour la protéger.

— Montre-moi, dis-je sans lui laisser le temps de saisir la boîte étiquetée BARRES PROTÉINÉES.

Il soupira, glissa le bras hors de la manche de sa veste. Sa chemise, large, lui permit de tirer le col sur son épaule gauche, où une tache rose, fripée, de la taille d'une pièce de monnaie, tranchait sur sa peau sombre.

— Ils ont extrait la balle ? demandai-je, la gorge sèche.

Il remit sa chemise en place.

— Elle a traversé. En réalité, ce n'était pas si terrible.

Ce n'était pas si terrible. J'avalai ma salive pour éviter de pleurer. En vain.

— Oh, non, pas encore les grandes eaux ! dit-il. Je vais bien. Je suis en vie, d'accord ?

— Pourquoi es-tu revenu ici ? demandai-je d'une voix qui se brisa. Pourquoi n'es-tu pas resté dans le Nord, où tu étais en sécurité ?

La nourriture contre la poitrine, Chubs tendit un bras pour fermer le hayon.

— Et vous laisser tomber, toi et Liam ?

Il prit deux profondes inspirations, soufflant deux panaches de buée blanche.

— Je suis très fâché contre toi, reprit-il finalement d'une voix contenue. Je suis *furieux*. Je sais pourquoi tu t'es effacée de la mémoire de Liam, je comprends, mais je meurs d'envie de te forcer à retrouver la raison.

— Je sais, soufflai-je. Je sais, d'accord ?

— Vraiment ? Tu ne veux pas abandonner tes deux compagnons alors qu'ils pourraient nous dénoncer – et Lee aussi – à la Ligue. Tu t'es mise en danger, avec les gens les plus détestables, alors que personne ne pouvait protéger tes arrières. Comment réagira Lee, selon toi, quand il l'apprendra ?

Mon estomac se noua douloureusement. Il était furieux ; la force de la colère qui l'animait m'inquiéta : elle le rendait vulnérable.

— Il ne l'apprendra pas, affirmai-je. Je me contenterai de récupérer la clé USB et de m'assurer qu'il va bien. Je n'ai pas l'intention de… Je n'interviendrai pas.

— C'est la première fois que tu tiens des propos aussi stupides et lâches. Tu nous as menti sur ce que tu étais, et je m'en suis aperçu. Je comprends pourquoi tu l'as fait, mais aujourd'hui… tu es libre, on peut être à nouveau ensemble et tu choisis la seule solution qui nous séparera ? Liam te pardonnera peut-être ce que tu lui as fait, mais si tu retournes auprès d'eux, en Californie, *je* ne te pardonnerai jamais.

Il reprit le chemin du feu et de la tente vert foncé, mais se tourna vers moi.

— Tu te souviens qu'on s'est cachés dans le lac quand East River a été attaqué ? Pendant toute la nuit, je me suis dit qu'il ne pourrait rien m'arriver de pire. J'avais pensé la même chose quand on s'est évadés de Caledonia et qu'on a dû laisser nos camarades couverts de sang dans la neige. Et encore lorsque j'ai été blessé… mais je me trompais, Ruby… le pire a été mon séjour dans cette grange, en sécurité, pendant six mois, sans savoir ce que vous étiez devenus, Liam, Suzume et toi. Le pire, c'était de voir vos noms sur le réseau des chasseurs de primes, l'augmentation des récompenses, les endroits où on croyait vous avoir vus et l'impossibilité de vous rejoindre… pendant des mois.

Parfois… le plus souvent, en fait, chez Chubs, il était impossible de distinguer la colère de la peur. Elles se nourrissaient l'une de l'autre.

— Puis, soudain, poursuivit-il, on t'a vue partout : à Boston, dans une gare de Rhode Island… tu as vraiment été imprudente, tu sais.

Il m'adressa un regard désapprobateur et reprit :

— Liam l'était encore plus. Rien pendant des mois, puis sa présence annoncée à Philadelphie. J'ai dû trafiquer les données, sur le réseau, pour faire effacer cette information.

La Ligue pouvait accéder aux bases de données des FSP et des chasseurs de primes, mais les profils de Liam semblaient ne pas avoir été mis à jour depuis une éternité. Je le savais : je vérifiais deux fois par semaine.

— Qu'est-ce qui t'a conduit à venir à la maison ? demandai-je.

Le moment où il était arrivé ne pouvait pas être le fruit du hasard.

— Je savais qu'elle jouait un rôle dans la procédure mise au point par Harry pour leur permettre de se retrouver… Grâce aux signalements, j'ai pensé que tu irais sans doute voir si le beau-père de Liam y avait bien laissé des indications.

— Lesquelles ?

— Quand Cole et Liam ont rejoint la Ligue, Harry leur a dit qu'il laisserait des coordonnées sous l'appui de la fenêtre de la chambre de Liam, s'ils étaient obligés, sa femme et lui, de s'en aller.

— Et tu as ces coordonnées ? demandai-je.

— Non. Elles n'y étaient pas.

— C'est sans doute pour ça qu'il a rejoint Cole à Philadelphie… Pour voir si son frère savait quelque chose.

Chubs hocha la tête.

— C'est ce que j'ai cru, moi aussi. Mais ça ne nous avance à rien si Cole n'avait pas l'information.

— Je sais, admis-je. On avance à l'aveuglette, comme autrefois.

Chubs soupira et je posai le front contre son épaule.

— On va guetter les signalements sur le réseau des chasseurs de primes, dit-il en s'éloignant, serrant les boîtes de conserve contre sa poitrine. Il s'est déjà plusieurs fois fait repérer. Il va sûrement recommencer.

C'était une idée terrifiante. Peut-être pourrions-nous retrouver sa trace, mais il serait probablement trop loin pour que nous puissions le secourir s'il se faisait arrêter. Il avait beaucoup d'avance sur nous. Et c'était une perspective décourageante ; soudain, tout sembla plus compliqué que quelques minutes plus tôt. La situation paraissait désespérée.

— J'en ai assez, dis-je. Je sais que je n'en ai pas le droit ; je sais que je suis responsable de ce qui nous est arrivé, mais je n'ai plus envie de me battre. J'en ai marre de tout, de tout ça, d'être sûre que ça ne s'arrangera jamais… que je ne peux rien faire pour que ça change. Je n'en peux plus.

Chubs me dévisagea. Je ne pleurais pas, mais j'avais mal à la gorge et à la tête.

— Tu es simplement épuisée, dit-il. Dépression, angoisse, difficulté de concentration… c'est classique. Viens, tu te sentiras mieux quand tu auras mangé et dormi.

— Ça ne résoudra rien.

— Je sais. Mais c'est un début.

Je savais depuis longtemps qu'on peut être si épuisé qu'il est impossible de dormir. Mon estomac était noué, ma tête lourde mais, les muscles crispés, je guettais quelque chose. Je me concentrais sur un point de la tente, comptais les moutons, mais mon esprit revenait sans cesse sur la nuit que nous avions passée dans le supermarché abandonné. Sur notre conviction que les jeunes qui l'occupaient nous attaqueraient.

Je dus somnoler parce que, tout à coup, un courant d'air froid me réveilla. Lentement et en silence, Vida ouvrait la fermeture Éclair de la tente. Puis elle sortit. Les brumes du sommeil furent lentes à se dissiper, mais la méfiance finit par me réveiller complètement, même si j'avais très envie de retourner au pays des rêves.

Je comptai jusqu'à trente, puis jusqu'à soixante. Le bruit de ses pas décrut. Je guettai son retour.

Elle ne revint pas.

Qu'est-ce que tu trafiques ? pensai-je en gagnant la sortie. Si elle avait eu besoin d'air frais ou de satisfaire un besoin naturel, elle serait déjà revenue.

Malgré l'obscurité, je l'aperçus tout de suite. Elle frissonnait, frottait ses bras pour se réchauffer. Elle jeta un coup d'œil sur la tente et je reculai, espérant qu'elle ne verrait pas mon ombre derrière le mince tissu imperméable.

Vida fit deux fois le tour du Ford Explorer marron de Chubs avant de s'arrêter près de la portière du conducteur.

J'ai toujours eu raison de me méfier de toi, pensai-je, sans doute un peu plus satisfaite de moi-même que nécessaire. J'avais rappelé à Chubs de verrouiller les portières et, le pistolet se trouvant dans la boîte à gants, elle devrait briser une vitre avec une pierre… ce qui ferait forcément du bruit.

Je faillis la perdre de vue, dans le noir, quand elle prit le chemin aboutissant à la forêt. Je sortis, contournai la voiture, tentai de voir jusqu'où elle irait. La gelée blanche et la boue glaçaient mes orteils. Vida continua d'avancer et je la suivis des yeux jusqu'au moment où elle disparut complètement entre les arbres… mais la lueur bleu clair de l'appareil qu'elle tenait entre les mains resta visible.

Onze

A*ttends son retour*, conseilla mon esprit. *Prends-la par surprise ici.*

Mais, alors que cette idée n'avait pas complètement pris forme, je courais déjà. Un regard sur cette lumière étrange avait balayé ma raison, ma logique et tout ce que m'avait appris la Ligue. Si elle contactait Cole, pourquoi se cachait-elle ? Pourquoi avait-elle besoin de lui envoyer un message sans nous avertir ?

Parce qu'elle ne contactait pas Cole.

L'hiver avait dépouillé les arbres de leurs feuilles ; les branches nues fouettaient mon visage et mes bras. Les touffes d'herbe gelée piquaient mes pieds et ce n'était rien à côté de ce que m'infligeaient les buissons de bois mort.

Je ne me souciais pas du bruit. Je ne cherchais pas l'effet de surprise ; il était impossible de prendre Vida au dépourvu. Je voulais simplement avoir le plus d'élan possible pour la plaquer sur le sol.

L'appareil était toujours entre ses mains quand je baissai la tête et lui donnai un coup d'épaule. Vida eut le temps de lever un genou, qui m'atteignit à la poitrine. La force de l'impact nous projeta toutes les deux au sol.

J'immobilisai ses jambes avec une des miennes, elle leva les mains pour saisir mon cou et on ne lâcha prise ni l'une ni l'autre, même quand on roula sur la pente, écrasant les buissons, déplaçant les cailloux. On ne s'arrêta qu'à l'instant où on percuta un arbre dans un déluge de feuilles mortes.

Les coups et la glissade m'avaient donné le vertige, mais j'étais dessus et j'en profitai. Je sentis l'haleine brûlante de Vida. J'avais emprisonné sa taille entre mes jambes et tentais de la maintenir immobile tout en tendant une main vers l'appareil, échoué près de son cou.

Les yeux de Vida étaient pleins de terreur.

Elle se cambra, dégagea le bras coincé sous elle et me gifla si fort que j'en vis trente-six chandelles. Elle grogna et parvint à échapper à mon étreinte.

Elle se releva d'un bond et je me redressai. Je voyais double et ne pus déterminer lequel de ses pieds cherchait à atteindre mon ventre qu'à l'instant où il le frappa. Je levai les bras devant le visage pour parer le coup de pied suivant.

— Pourquoi as-tu… ? hoquetai-je.

Je saisis son poignet, mais elle se dégagea. Je voulus la frapper du poing, mais elle fut projetée à une bonne dizaine de mètres de moi avant que le coup ait pu l'atteindre.

— Stop ! *Stop !*

J'étais très essoufflée et mes jambes se dérobèrent. Je m'appuyai contre le tronc rugueux d'un arbre, puis tombai à genoux. Le sang rugissait dans mes oreilles. Je tournai la tête, vis Jude descendre la pente puis s'agenouiller près de Vida.

Chubs se tenait à quelque distance, les bras toujours tendus dans la direction où il avait projeté Vida.

— Qu'est-ce qui se passe ? cria-t-il.

— Elle… elle, bredouillai-je, levant une main tremblante et m'essuyant la bouche.

Il se dirigea vers moi, alluma sa lampe-torche et braqua le faisceau sur moi.

— Elle avait un appareil…, repris-je. Elle appelait…

Parvenu près de moi, il me prit par le bras. Je tentai d'échapper à la lumière aveuglante. Je m'éloignai et tombai.

— Tu le vois ? demandai-je. Tu le vois ? Donne-moi… la torche.

— C'est elle ! cria Vida. *Elle* m'a attaquée.

Chubs fit pivoter le faisceau vers l'endroit que je montrais.

Je cherchai à tâtons dans la boue, parmi les racines et les pierres. Je compris que j'avais trouvé à l'instant où mes doigts touchèrent la coque noire, lisse et chaude. L'appareil était tombé à l'envers, pendant la bagarre, et la lueur de l'écran n'était pas visible.

— Qu'est-ce que c'est ? demanda Chubs, accroupi près de moi. Un téléphone ?

Presque.

— Un Chatter, s'écria Jude, ébahi. D'où sort-il ?

Il se tenait derrière nous, soutenant Vida, qui vacillait. Non… il ne la soutenait pas. Il avait passé un bras autour de sa taille pour l'empêcher de me prendre à la gorge.

Stupide et brave, pensai-je pour la énième fois. Je reportai mon regard sur l'écran.

Je l'avais surprise pendant qu'elle tapait un message. Bien. J'approchai l'écran de mes yeux, scrutai une succession de lettres dépourvues de sens. Le curseur clignotait toujours.

JE LES TIENS // PHASE DEUX...

— Salope, dis-je en levant la tête. Tu croyais vraiment pouvoir nous tromper ? Nous livrer à la Ligue ? Qu'est-ce qu'Alban t'a promis... de te nommer Leader d'une équipe ?

J'étais aveuglée par la colère, trop furieuse pour lui laisser le temps de répondre. Je me levai, lançai l'appareil sur le sol. Vida et Jude reculèrent de deux pas. Je mourais d'envie de pénétrer dans l'esprit de Vida et de le mutiler, de le détruire. Ma colère stimula mes mains invisibles et j'eus vraiment la sensation qu'elles pourraient l'atteindre sans qu'il soit nécessaire de la toucher. Je pivotai sur moi-même, prête à les laisser faire.

Des doigts se refermèrent sur mon poignet et me forcèrent à reculer. Chubs était debout, les yeux rivés sur l'écran. Il appuya sur un bouton, puis le Chatter s'immobilisa devant mon visage et je lus un message antérieur.

PRENDS LA 40 EN DIRECTION DU SUD // ADRESSE CONFIRMÉE // EXPOSE NOUVEAUX PARAMÈTRES DE L'OPÉRATION DÈS LE PREMIER CONTACT // DIS-LUI QUE JE REGRETTE

— Dis-lui que je regrette ? répétai-je en regardant Vida qui me tourna le dos, le visage impassible. Qui est-ce ? Cole ?

Les lèvres enflées de Vida déformèrent ses mots et, quand elle prit la parole, ce fut d'une voix si basse que je dus tendre l'oreille. Sa réticence confirma la théorie qui prenait forme dans mon esprit… Il n'y avait, après tout, qu'une personne qu'elle protégeait de cette façon.

— Non, dit-elle, c'est Cate.

J'étais prête à tirer l'affaire au clair sur-le-champ, mais Chubs voulut rentrer au camp et faire du feu.

— Je préfère ne pas me geler, déclara-t-il, quand j'apprends des mauvaises nouvelles au milieu de la nuit.

Il me conduisit jusqu'au feu, puis se dirigea vers sa voiture. J'entendis vaguement le *bip* du déverrouillage centralisé, puis le claquement d'une portière. De retour près de moi, il nettoya les coupures de mon visage sans la moindre sympathie.

— Vous devriez vous expliquer, dit-il, et mon opinion sur tout ça risque de ne pas vous plaire. Surtout à une heure du matin.

Vida, les genoux contre la poitrine, leva les yeux au ciel. La partie droite de son visage était dans le noir.

Je tendis le Chatter dans la lumière du feu, le fis tourner entre mes doigts.

— Qui te l'a donné ? demandai-je. Nico ?

Elle resta si longtemps silencieuse que je crus qu'elle ne répondrait pas. Elle haussa les épaules. Elle griffa la terre, serra les poings.

— Cate et Cole travaillent ensemble ? insistai-je. Qui d'autre ?

Vida croisa les bras, fixa les ténèbres.

— Pourquoi nous l'avoir caché ? demanda Jude. C'était son idée ? C'est ridicule, et plus encore que tu refuses toujours d'en parler. Tu as été démasquée et, maintenant, l'opération est compromise. Qu'est-ce que tu dois faire dans ce cas ?

Acceptation, adaptation, action, rapidité. Ces mots étaient écrits sur un des murs de la salle d'entraînement. Ils auraient tout aussi bien pu être tatoués sur notre cerveau.

Elle est en colère, pensai-je. Vida était furieuse… contre elle-même. Le parfait petit soldat avait saboté son opération, la mission spéciale que Cate lui avait confiée. Entre ses dents serrées, sa respiration était sifflante. Cate était la personne qui comptait le plus pour elle, peut-être la seule qui comptait. Je croyais savoir pourquoi elle nous avait caché cette information, mais je voulais qu'elle l'admette.

— Cate et Cole ont projeté cette opération dès le retour du frère de Liam au QG, expliqua Vida. Ils se connaissent depuis longtemps. Elle l'a pris sous son aile lorsqu'il est entré à la Ligue et elle a participé à sa formation. Il lui a dit la vérité sur ton crétin de Prince charmant ainsi que sur la clé USB, et tu étais la solution qu'ils ont trouvée. Je ne comprends pas pourquoi, mais elle te fait confiance.

— Alors pourquoi est-ce Cole qui m'a mise au courant ?

— Elle est surveillée. Par Rob et les autres. Elle connaissait ses intentions depuis plusieurs mois, mais elle restait proche de lui pour qu'il ne s'en prenne pas à nous. Elle ne pouvait pas avertir Alban ou un des conseillers, parce qu'elle redoutait d'être mutée loin de nous sous prétexte qu'elle « posait des problèmes ». Nico nous a montré la vidéo du meurtre de Blake et Cate s'est mise dans une colère noire.

— Quand ?

— Juste après ton départ du QG, répondit Vida, remettant une mèche derrière une oreille et se tournant vers moi. Tu avais interdit à Nico de parler de la vidéo, mais ce que tu as dit à Cole l'a décidé à passer outre. Ils garderont le secret jusqu'à notre retour avec les infos.

Évidemment… parce que l'intégrité de la Ligue était l'essentiel. Pas la protection des jeunes. Pas l'éviction des psychopathes.

— Voyons si j'ai bien compris, intervint Chubs. Cate était dans le coup depuis le début, mais elle a gardé le silence ? Était-ce une mesure de sécurité ?

— Pas mal, Mémé, railla Vida. Selon Cole, le rôle de Cate devait rester un secret, même pour toi, Ruby. Si vous vous faisiez arrêter et si on vous interrogeait, il ne fallait pas que vous soyez en mesure de l'impliquer… Si Cole était démasqué, Cate serait toujours là pour prendre notre défense. Elle détestait cette idée, mais je lui ai dit qu'elle devait accepter sans quoi je ne t'aiderais pas. Elle n'a cédé qu'au moment où elle a compris qu'il serait impossible d'exclure Jude de la mission sans éveiller les soupçons. Rob avait exigé sa présence.

Jude semblait sur le point de vomir. La panique rougit ses joues.

Vida lui adressa un regard méprisant.

— D'après Cate, ajouta-t-elle, Rob a pris la fuite quand tu l'as dénoncé. Il a disparu avant que Barton ait pu le ramener pour l'interroger.

— Donc il ne sera pas au QG à notre retour, déduisit Jude avec un soupir de soulagement.

Non mais, à cause de moi, un monstre en colère était en liberté.

— C'est tout ce que je sais, conclut Vida. Mais je vous préviens : si vous parlez de Cate à qui que ce soit, vous aurez affaire à moi.

J'ouvris la bouche pour répliquer, mais renonçai. J'avais vite compris, peu après avoir rejoint la Ligue, que Vida l'adorait. Je venais d'entrevoir la vraie personnalité de Cate, cachée sous l'apparence impeccable. Mais, du coup, il était plus difficile de croire que nous la connaissions vraiment. Sa foi dans la Ligue m'avait toujours semblé naïve... selon moi, elle fermait les yeux sur ce qui se passait autour d'elle pour continuer de vivre dans un monde parfait n'existant que dans son esprit. Peut-être Jude avait-il raison, et la Ligue n'avait-elle plus rien à voir avec celle que Cate avait volontairement rejointe.

Mais alors, pourquoi ne se dévoilait-elle à moi que petit à petit ? Et pourquoi avais-je mis si longtemps à me faire une idée à peu près claire de sa personnalité ?

— Tu communiques directement avec Cate, je suppose ? demanda Chubs en me prenant le Chatter. Elle te guide depuis le début ?

— Ouais, admit Vida. Elle m'a envoyé l'itinéraire qui m'a conduite ici. Elle n'a pas pu localiser Liam. Nico lui-même n'a pas réussi.

L'écran s'éclaira et l'appareil émit un bourdonnement grave. Chubs leva les sourcils.

— Bon, dit-il, elle ne peut peut-être pas nous donner les coordonnées exactes, mais elle semble savoir où commencer les recherches.

Douze

CIBLE SIGNALÉE PRÈS DE NASHVILLE // TRIBU HOSTILE DE BLEUS DANS LES ENVIRONS // PRUDENCE

— Le signalement ne figure pas sur le réseau des chasseurs de primes, constata Chubs.

Il faisait défiler les informations du bout d'un doigt sur la tablette que j'avais sortie à sa demande de la boîte à gants.

— Mais ça n'a rien d'étonnant, poursuivit-il. Je suis resté plusieurs jours sans accès Internet et je n'ai pas pu télécharger les mises à jour.

— Quel est cet appareil ? demandai-je.

Le visage meurtri de Liam apparaissait en haut de l'écran… la photo avait sans doute été prise à son arrivée à Caledonia. Près de lui, figuraient les renseignements auxquels j'avais pu accéder sur le réseau des FSP… à ceci près que la récompense se montait maintenant à 200 000 dollars et qu'on venait de le signaler près de Richmond, en Virginie.

— Il permet d'accéder directement au réseau des chasseurs de primes, expliqua Chubs. On l'obtient une fois inscrit et reconnu par le gouvernement. Les informations sont très protégées… les FSP n'y ont pas accès, et ne peuvent donc pas s'approprier les arrestations éventuelles.

C'était un écran tactile facile à utiliser. Un certain P. Everton, chasseur de primes, avait signalé la présence de Liam à Richmond : *Stewart, au volant d'un pick-up Chevrolet rouge, plaques volées. Cible en jean et sweat-shirt à capuche noir. Perdu le véhicule de vue pendant la poursuite.*

— Pourquoi partagent-ils les informations, demandai-je, puisqu'un seul touchera la récompense ?

— Parce qu'on gagne des places quand un tuyau se révèle bon. Tous les jeunes ne rapportent pas seulement de l'argent, mais aussi des points, surtout quand la prime est grosse… on peut aussi obtenir des points en fournissant des informations ou en aidant les FSP à localiser un fugitif.

Chubs haussa les épaules et poursuivit :

— Le gouvernement fournit davantage de ravitaillement, du meilleur matériel et un accès Internet facile aux vingt premiers chasseurs de primes. Ça leur donne un avantage énorme. Beaucoup de jeunes ont été arrêtés parce que leur famille avait publié leur photo en ligne. C'est sans doute pour ça que les FSP m'ont trouvé, la première fois. Ma mère avait oublié que des clichés de notre maison de campagne figuraient encore sur un site Internet.

J'acquiesçai tout en continuant de faire défiler la liste. Il y avait environ un millier de fiches actives, beaucoup sans photo. C'étaient, supposai-je, ceux qui avaient eu de la chance. Ceux qui n'avaient pas été raflés et conduits dans les camps. Ils avaient trouvé une cachette sûre ou appris à vivre dans la clandestinité. Je continuai.

Dale, Andrea. Dale, George Ryan. Daley, Jacob Marcus. Daly, Ruby.

La photo était celle d'une gamine de dix ans, aux yeux écarquillés sous une tignasse mouillée. *C'est vrai*, pensai-je. *Il pleuvait le jour de mon arrivée au camp.*

— Quoi ? m'écriai-je en lui montrant l'écran. Quatre cent mille dollars de récompense ?

— Comment... ? Ah, ça, dit Chubs en prenant la tablette. Félicitations, tu es officiellement un gros gibier.

— Mais... Pourquoi ?

— Tu as vraiment besoin que je te l'explique ? soupira-t-il. Tu t'es évadée de Thurmond avec l'aide de la Ligue et tu es... une Orange.

— Et les signalements ? insistai-je. Je ne suis jamais allée dans le Maine, ni en Géorgie.

Il me rendit la tablette.

— Regarde de plus près.

Vue près de Marietta, en Géorgie, se dirigeant vers l'est. J. Lister.

Au moins cinq signalements émanaient de J. Lister, à savoir le jeune assis près de moi.

— J'aurais pu faire plus, mais on est pénalisé quand on publie de fausses informations sur le réseau. Je le fais tout de même pour Lee et toi, pour induire les chasseurs de primes en erreur.

— Et Zu ?

— Pareil, dit-il. Mais moins. Il faut éviter de ne donner des tuyaux que sur quelques jeunes et aussi tenir compte des distances. Je ne peux pas indiquer que je t'ai vue dans le Maine et, deux minutes plus tard, que j'ai aperçu Zu en Californie. Mais je ne l'ai pas laissée tomber. Les chasseurs de primes la croient en Floride.

— Tu penses que ses amis et elle sont arrivés en Californie ? demandai-je. Il n'y a pas de mise à jour sur le réseau des FSP. J'ai vérifié la semaine dernière : toujours rien.

Chubs s'éclaircit la gorge.

— Je... Je l'espère. Quand on aura trouvé Lee, on devra s'en assurer nous-mêmes.

Nous voyions les autres à travers le pare-brise. Vida tentait de démonter la tente ou, plutôt, de la soumettre. Allongé sur le dos, Jude fixait le ciel, sa boussole sur la poitrine. Il faisait froid, mais il y avait du soleil pour la première fois depuis des jours. Il le contemplait avec une sorte d'étonnement émerveillé.

— Qu'est-ce qu'il regarde ? demanda Chubs. Est-ce qu'il est... sain d'esprit ?

— À mon avis, son esprit est à dix mille kilomètres d'ici. Mais il est gentil. Hyperactif, incapable d'accepter la réalité, mais gentil.

— Si tu le dis, marmonna Chubs.

Vida jura en arrachant un des piquets de la tente. Elle poussa la structure tout entière sur le côté et la piétina.

— Pourquoi suis-je seule à travailler ? cria-t-elle. *Helloooo !*

Je n'avais pas ouvert ma portière que Chubs était déjà descendu de voiture.

— Pourrais-tu éviter de détruire ma tente, idiote incompétente ?

— C'est moi qui suis incompétente ? demanda Vida d'une voix rauque. Quel est le crétin qui a jeté le mode d'emploi ?

Après m'être assurée que Vida ne plongerait pas son piquet dans la poitrine de Chubs, je repris la tablette et l'allumai.

Pendant deux ou trois secondes, l'écran n'afficha qu'un cercle gris. Puis la page d'accueil apparut ; le menu proposait URGENCE, BASE DE DONNÉES, MISES À JOUR. Il y avait, au-dessus, une carte des États-Unis permettant d'établir des itinéraires.

Ce n'était pas pour cette raison que j'avais besoin de l'appareil.

L'angoisse nouait mon estomac, mais mes doigts ne tremblèrent pas quand je tapai le nom.

Gray, Clancy.

Je soupirai et la douleur s'estompa.

Aucune correspondance.

Il nous fallut quatre heures pour atteindre Nashville, Chubs et moi nous relayant au volant. Le voir sur le siège du passager et pas sur la banquette arrière était très étrange, mais son calme et son assurance semblaient faire de lui une autre personne.

Il réagissait vivement aux provocations et aux insultes de Vida, mais était plus apaisé… en apparence. De temps en temps, je me tournais vers lui et une ombre passait sur son visage anguleux. *Parle-moi*, pensais-je, mais les gros nuages s'éloignaient, le soleil illuminait la chaussée et il redevenait lui-même.

Autrefois, Chubs protestait et râlait quand l'un d'entre nous proposait de s'arrêter pour acheter à manger dans un restaurant ou une boutique. Liam s'en chargeait toujours, sans tenir compte des critiques de Chubs.

— Ne vous en faites pas, ça ira, dit-il après s'être arrêté sur le parking d'un restaurant.

Il me semblait de plus en plus évident qu'il considérait ses papiers de chasseur de primes comme un bouclier à l'épreuve des balles. Je me demandai si c'était un rôle qu'il avait pris l'habitude de jouer ou si quelque chose, en lui, avait profondément changé.

Tassés sur nos sièges, on attendit que Chubs soit allé aux toilettes, ait écumé les distributeurs automatiques et profité de l'air frais de l'automne.

— J'ai cru t'entendre dire que ce type était intelligent, ironisa Vida.

— Il l'est.

Je le regardais, au-delà de la courbe du tableau de bord.

— Dans ce cas, il est aussi vachement imprudent. Ou il cherche à nous faire arrêter.

Non… elle avait tort. Chubs avait plein de défauts mais n'était pas méchant, et jamais il ne tenterait de se débarrasser de ceux qui avaient besoin de son aide.

Vraiment ? demanda une petite voix, dans mon esprit. *N'est-ce pas précisément ce qu'il a essayé de te faire ?*

Je secouai la tête quand il remonta dans le 4 × 4, lançant sa provision de frites et de sucreries sur mes genoux. Il m'adressa un bref regard, puis un second, plus attentif.

— Qu'est-ce que tu fais ?

— À ton avis ? répondis-je. Je me cache. Des gens pourraient nous voir et nous dénoncer !

Chubs finit par comprendre et fronça les sourcils. Il se tourna vers les autres, toujours assis dans l'espace séparant la banquette du grillage ; Jude avait passé les bras autour de ses genoux.

— Ouais, constata Vida. Il est complètement idiot.

— C'est bon, intervint Jude avec une légèreté forcée. Ils ne nous auraient pas livrés. Personne, ici, n'a l'air d'un FSP ou d'un chasseur de primes.

Les chasseurs de primes n'avaient pas d'air particulier… Chubs en était la preuve. Je me demandai, en le regardant glisser brutalement la clé dans l'antivol, s'il avait eu conscience, avant cet instant, d'avoir été irresponsable.

Cela ne posa vraiment un problème qu'à l'approche de Nashville et du barrage routier de la Garde nationale.

— Ville interdite, annonça Jude, lisant un panneau aux lettres tracées à la bombe.

Il y en eut d'autres : Inondation, Ralentir, Ville interdite, Faites demi-tour, Accès réservé à la Garde nationale. Jude les lut d'une voix de plus en plus étouffée, mais le 4 × 4 prit de la vitesse. Le barrage, simple ligne noire à l'horizon de la route enneigée, devint un enchevêtrement de grillage et de fil de fer barbelé.

— Ralentis, dis-je à Chubs. Arrête-toi.

Il n'en tint pas compte.

Vida, qui tapait un message destiné à Cate sur le Chatter, leva la tête.

— Cate dit que la ville est interdite depuis l'été. La rivière a débordé et des émeutes ont éclaté parce que personne n'est venu au secours des habitants.

Je soupirai et plaquai mes mains sur mon visage.

— Cette information nous aurait été utile il y a vingt minutes, quand on discutait du meilleur moyen d'entrer dans la ville, soupirai-je.

Vida haussa les épaules.

— Un type se dirige vers nous, et à toute vitesse, annonça Jude, la voix altérée par la panique.

Un Garde national s'éloignait effectivement du grillage et des bidons jaunes barrant la chaussée. Il courait. Un frisson de panique me parcourut l'échine.

Le Garde national s'arrêta, la main posée sur le pistolet qu'il portait sur la hanche.

Puis Chubs demanda :

— Tout le monde a bouclé sa ceinture ?

— Tu plaisantes ? m'écriai-je.

C'était impossible. Jamais il ne ferait ça.

Vida, penchée sur le Chatter, leva la tête.

Jude ne put retenir un cri lorsque la voiture accéléra. Chubs avait appuyé à fond sur l'accélérateur.

Je tendis les mains et saisis le volant, le tournant brutalement à gauche. Chubs tenta de me repousser, mais je fis faire demi-tour au véhicule, évitant de peu le Garde national venu à notre rencontre. Chubs leva immédiatement le pied, mais nous roulions déjà dans la bonne direction... nous éloignant des soldats et du danger. Vida frappa le grillage du plat de la main et Chubs, affolé, mit à nouveau le pied au plancher.

Quand le barrage ne fut plus qu'un point dans le rétroviseur, Vida leva la main et Chubs freina brutalement. Nos ceintures de sécurité se bloquèrent.

— Je..., dis-je quand j'eus repris mon souffle. Pourquoi... ? Tu...

— Bon sang ! s'emporta Chubs en frappant le volant, si furieux que je me tassai sur moi-même. Tu n'avais pas le droit de faire ça ! Tu n'en avais pas le droit !

— Si vous voulez vous battre, descendez de voiture, intervint Vida. J'ai mal à la tête et aucune envie d'entendre papa et maman se disputer.

Très bien. J'ouvris ma ceinture et descendis, ignorant le grognement de Chubs.

— Qu'est-ce qu'il y a ? s'enquit-il en me rejoignant devant le 4 × 4.

— Qu'est-ce qui t'a pris ? demandai-je. Tu voulais vraiment forcer le barrage ?

Il haussa les épaules, comme si c'était sans importance, et je ne pus contenir ma fureur.

— Je n'y crois pas ! m'écriai-je. Réveille-toi ! *Réveille-toi !* Ça ne te ressemble pas du tout !

— Je n'aurais pas été obligé de le faire si tu ne m'avais pas imposé tes deux copains ridicules… Il aurait suffi que je présente mes papiers !

Il passa une main dans ses cheveux noirs et reprit :

— Et tu veux que je te dise ? Même si je l'avais fait, ils n'auraient jamais pu nous rattraper. Ne disiez-vous pas toujours, Lee et toi, qu'il faut prendre des risques pour s'en sortir ?

— Tu es *sérieux* ? demandai-je d'une voix étranglée. Des risques ? Qu'est-ce que tu as dans la tête ? Tu es beaucoup plus intelligent que ça !

Je criais et il se dressait sur la pointe des pieds pour me dominer de toute sa taille, mais je m'en fichais. Les deux autres nous regardaient à travers le pare-brise, mais je m'en fichais.

— On aurait sans doute forcé le barrage et réussi à leur échapper, mais ils auraient relevé ton numéro d'immatriculation et l'auraient transmis. Et peut-être qu'il y a un autre barrage, un peu plus loin ! Qu'est-ce que tu aurais fait ? Tu as des papiers, tu t'en serais tiré… mais ils m'auraient arrêtée. Jude et Vida aussi. Tu ne te le serais pas reproché jusqu'à la fin de tes jours ?

— Et Liam ? cria-t-il. Tu sais, le type dont tu as grillé le cerveau ? Qui a disparu, ou qui est mort parce que tu as décidé de trafiquer sa mémoire ? Tu te souviens de lui ?

J'eus la sensation d'être aussi nue et couverte de givre que les branches des arbres.

— Tu me le reproches ?

— À qui d'autre pourrais-je le reprocher ? C'est ta faute, bon sang ! Et, maintenant, tu me fais ça ? Tu agis comme si ces deux jeunes comptaient plus que nous ? Ouais, j'ai dû m'adapter. Et alors ? Je me suis très bien débrouillé. Tu te conduis comme si j'étais encore en train de perdre mon sang, mais je vais *bien* ! Mieux que *bien* ! C'est toi qui vas mal. Tu es…

Je n'avais pas entendu la portière, mais Vida fut soudain près de moi, son épaule contre la mienne.

— Ferme-la, ordonna-t-elle à Chubs en saisissant mon poignet. Tu ne veux pas de nous, bouffon ? On se tire !

Livide, Jude contourna l'arrière de la voiture.

— Je suis prêt, annonça-t-il d'une voix qui ne trahit pas la peur que je lus dans ses yeux. Allons-y.

Sans avoir vraiment réalisé ce qui se passait, je pris la veste en cuir que Jude me donna. Chubs la saisit.

— Qu'est-ce que tu fais ? demanda-t-il.

— Je crois, répondis-je, le visage figé, que t'accompagner était une mauvaise idée.

Non, hurla mon cerveau, *non, non, non !*

— Ruby ! s'écria-t-il, ébahi. Dis-moi que tu ne vas pas… *Ruby !*

— Tu crois qu'on ne vaut rien ? s'emporta Vida. Tu veux prouver que tu es brave ? Ne te gêne pas, va te faire tuer. On verra qui retrouvera Stewart !

Vida me prit par le bras et m'entraîna sur le bas-côté, puis dans la forêt enneigée.

— Crétin, marmonna-t-elle. Qu'il aille au diable ! Je déteste ce débile, je déteste sa façon de conduire… et il nous traite comme si on était stupides. *Crétin !*

Jude trottait pour rester à notre hauteur. Les branches me fouettaient le visage, se prenaient dans mes cheveux. Les rayons de soleil, entre les arbres, étaient déroutants – tantôt rouges, tantôt orange – et je ne pus m'empêcher de penser au feu. Je revis le visage de Chubs près du mien, sous le ponton d'East River, alors que tout brûlait autour de nous.

Soudain, je fus incapable d'aller plus loin. Mes jambes se dérobèrent et je dus m'appuyer contre un arbre pour ne pas tomber.

Qu'est-ce que tu fais ? pensai-je. *C'est Chubs. C'est toujours Chubs.*

Pendant plusieurs minutes très douloureuses, je n'entendis que mon souffle rauque. Je me sentais très mal, comme si j'allais vomir tripes et boyaux.

C'est Chubs. Qui tient des propos qu'il regrette, même quand ils sont vrais. Qui s'emporte facilement… surtout quand il a peur. Et tu l'as abandonné. Tu es partie. C'était Chubs et tu l'as abandonné.

Une main saisit la mienne. Jude se tenait près de moi.

— À mon avis, vous avez tort tous les deux, dit-il. Il ne te reproche pas ce qui est arrivé à Liam. Il se le reproche à lui-même.

— Alors pourquoi croit-il que c'est sa faute ? demandai-je.

— C'est un casse-cou, intervint Vida en jetant un coup d'œil par-dessus son épaule. Il a survécu à une blessure par balle. Il se croit invulnérable ; il est persuadé qu'il peut commettre des erreurs et s'en tirer. Il y a des tas de façons de voyager, mais il a décidé d'agir comme ces salauds de chiens enragés. S'il ne se déteste pas, c'est vraiment le dernier des idiots.

— Vous ne le connaissez pas ! protestai-je.

— Non, admit Jude. Mais on te connaît, toi.

— Et si tu crois que tu ne t'es pas comportée exactement comme lui ces six derniers mois, ajouta Vida, tu es la dernière des idiotes, toi aussi.

Vida me tourna vers la route, me poussa et reprit :

— Va lui parler. Si tu n'es pas de retour dans cinq minutes, on partira à la recherche de Stewart. Tu as dit que tu avais été *obligée* de rejoindre la Ligue ? Bon, félicitations. Maintenant, tu as le choix. Reviens ou pas. Je suis tout à fait capable de mener cette opération à bien toute seule.

C'était parfaitement clair.

— Je reviendrai, dis-je. Très vite, promis.

Je fis quelques pas hésitants, les yeux fixés sur nos empreintes de pas. Leurs regards, rivés sur mon dos, me mirent très mal à l'aise.

Je ne peux pas les abandonner. Aucun d'entre eux. Ni Vida, dangereusement entêtée. Ni Jude, qui ne supportait ni le silence ni le noir. Ni Chubs, après tout ce que nous avions vécu ensemble.

Le 4 × 4 était toujours sur le bas-côté. Chubs était à l'intérieur, le front sur le volant. Je contournai l'arrière du véhicule et regardai la route, pour m'assurer qu'il n'y avait personne, puis je serrai la veste de Liam autour de moi pour me donner du courage.

Il ne me vit pas. Ses épaules montaient et descendaient, mais je ne pus déterminer s'il était essoufflé ou pleurait. Je frappai à la vitre et Chubs – mon Chubs – fut si terrifié qu'il recula presque jusqu'au siège du passager.

Je suis désolée, mimai-je à travers la vitre.

Il avait pleuré. Mon estomac se noua quand il ouvrit la portière.

— Tu m'as fichu une peur *bleue* ! cria-t-il. Tu devrais savoir qu'on risque de trébucher et de se casser une cheville dans une forêt qu'on ne connaît pas ! Ou de tomber dans une rivière gelée ! Tu sais ce qui se passe en cas d'hypothermie ?

Je me penchai et le pris par les épaules.

— Je suis…, reprit-il, saisissant le dos de la veste de Liam pour m'empêcher de m'éloigner, je ne suis plus la même personne. Je le sais. Je n'aime pas ce que je suis devenu et ce que je suis obligé de faire, mais je ne veux pas qu'on se sépare. Ne fais pas ça ! Ne disparais pas ! Si tu es fâchée contre moi, frappe-moi… mais ne crois pas que je n'ai pas envie de rester avec toi. J'ai *toujours* envie de rester avec toi !

Je le serrai plus fort et pressai le visage contre son épaule.

— Toi aussi tu es différente, ajouta-t-il. Tout est différent. Je veux seulement que tout redevienne comme autrefois, dans ce monospace ridicule… Bon sang, tu vas parler ?

— Ne dis pas que Betty était ridicule.

Il éclata de rire ou, peut-être, en sanglots.

— Liam me manque, dit-il. Il me manque tellement… je sais que c'est stupide. Mais j'ai… peur…

— Il n'est pas mort, coupai-je. C'est impossible.

Chubs se dégagea, souleva ses lunettes et passa sa manche sur ses yeux.

— Ce n'est pas ce que je voulais dire. J'ai peur de sa réaction quand il apprendra… *ça*.

Il posa les mains sur le volant.

— Tout ça, ajouta-t-il.

— Il se moquera sans doute de toi, dis-je, et il te donnera un nouveau surnom stupide.

— Non, répondit-il d'une voix étranglée. Il devinera…

Je me figeai. La terreur s'empara de moi à l'instant où Chubs me tourna le dos.

— Je t'ai parlé des formulaires qu'il faut remplir pour devenir chasseur de primes, poursuivit-il. Mais ça ne suffit pas.

— Comment ça ?

Il hocha tristement la tête.

— Pour s'installer, il faut livrer un jeune. C'est le seul moyen de figurer sur les listes. On ne peut pas tromper le système. J'ai essayé, crois-moi.

Je mis très longtemps à assimiler ce qu'il venait de dire.

— Qui ? demandai-je finalement.

— Un Vert que j'ai croisé à New York.

Il avala sa salive et reprit :

— Il était… Il vivait à la dure depuis des années. Son apparence m'a permis de le comprendre. Le regard vide, tu sais ? Affamé. Il n'avait pratiquement que la peau sur les os. Je l'ai repéré parce qu'il tentait de briser un distributeur automatique dans un centre commercial. C'était le milieu de la journée. Les gens le regardaient, mais ne s'approchaient pas de lui.

— Que s'est-il passé ?

— Il… Je ne sais pas, il ne s'est même pas vraiment défendu, raconta Chubs d'une voix rauque. Il m'a regardé et j'ai compris qu'il avait renoncé. Je me suis dit qu'au moins, dans le camp, il mangerait. Il aurait un lit. C'était un Vert. Il ne serait pas maltraité s'il se tenait tranquille.

— Tu y étais obligé. C'était le seul moyen.

Que pouvais-je dire d'autre ?

— Et c'est ce que je devrai expliquer à Lee ? « Oh, désolé, ta vie était plus importante » ? Il ne comprendra pas.

Chubs s'éclaircit la gorge et reprit :

— En réalité, j'étais prêt à faire bien pire. J'étais prêt à tout pour vous retrouver. Ça me terrifie. Je ne sais pas ce que je ferais si j'étais livré à moi-même.

Je connaissais bien cette sensation… l'impression de tomber dans un abîme de ténèbres sans savoir quand on touchera le fond, ni même s'il y en a un.

— Ça n'aura pas d'importance, dis-je. Au bout du compte, ça n'en aura aucune. Quand j'aurai retrouvé Liam et récupéré les infos, je brûlerai tous ces camps jusqu'au dernier, tu peux me croire.

Il parut si dubitatif que ça me brisa le cœur.

— Il le faut, soufflai-je. Tu m'aideras ?

Quelques instants plus tard, Chubs hocha la tête puis s'éclaircit une nouvelle fois la gorge.

— Très bien. Où sont les autres ?

— Ils nous attendent.

— On continue à pied ? demanda-t-il. Il faut cacher la voiture.

Troublée, je le fixai pendant quelques instants. Puis je compris. *Il te laisse prendre les décisions.*

— Ouais, dis-je. Je crois qu'on devrait entrer dans la ville à pied.

Chubs acquiesça et cela mit un terme à la conversation. On roula jusqu'à une petite route. Quand le 4 × 4 fut dissimulé entre les arbres, on s'engagea dans les bois.

— Il y a un moment que je n'ai pas marché, dit Chubs en faisant passer le sac à dos de provisions et de trousses de premiers soins d'une épaule à l'autre.

Il esquissa un sourire.

— Je voudrais pouvoir dire la même chose, soupirai-je en posant une main sur son épaule pour enjamber le tronc d'un arbre mort.

— Où sont-ils ?

Je ne me rendis compte que j'étais de retour dans la clairière qu'à l'instant où je vis les empreintes de pas dans la boue et la neige. Ils avaient tenu parole. Ils étaient partis et il nous faudrait les rattraper.

Je me tournai vers Chubs pour l'avertir, mais il fixait la neige, les sourcils froncés.

Il y avait plus de trois paires d'empreintes. Puis je vis des traces de lutte à l'endroit où Vida s'était battue, de la terre sans neige là où elle était tombée. Un peu plus loin, des branches cassées jonchaient le sol… J'avançai, suivant la piste, et trouvai une tache de sang frais sur la neige.

La plainte grave du vent me parut soudain inquiétante. Ils n'avaient pas poursuivi leur chemin.

On les avait capturés.

Treize

Je me mis à courir sans chercher à savoir si Chubs pourrait me suivre. La piste du groupe était bien visible dans la boue et sur les plaques de glace. J'inspirai une grande goulée d'air sec, ne tenant pas compte de la neige tombant des branches que j'écartais. Mon pantalon et ma veste étaient trempés quand je m'arrêtai enfin. Les empreintes de pas, très nettes jusqu'ici, disparaissaient au bord d'une rivière.

Chubs me rejoignit, essoufflé, une main pressée sur son épaule. J'eus envie de prendre son sac de provisions, mais j'y renonçai. Celui qu'il m'avait confié était aussi lourd que le sien et je ne serais pas assez rapide si je portais les deux.

— Et maintenant ? hoqueta-t-il. Ils ont traversé ici ?

— Non, ce n'est pas possible, répondis-je en m'agenouillant pour tâter la glace. Ils devaient être une dizaine. Ils n'auraient pas pu tous traverser : la couche n'est pas assez épaisse.

Quand je me redressai, il plissa les yeux.

— Tu peux déduire ça de quelques empreintes de pas ?

— Non. Je ne sais pas exactement combien ils sont. Dix ou plus. S'ils avaient été moins nombreux, ils n'auraient pas pu capturer Vida.

Chubs parut sceptique, mais ne contesta pas.

Je longeai la rivière à la recherche d'empreintes. Ils ne pouvaient pas avoir disparu.

Chubs avala sa salive, transféra son sac d'une épaule à l'autre.

— Tu crois qu'ils ont été arrêtés par des soldats ? Une patrouille venue du barrage ?

Je secouai la tête.

— Les soldats auraient pris la route. On les aurait vus. Des chasseurs de primes, peut-être ?

Chubs rejeta cette idée.

— Dix ? dit-il, ses yeux se dilatant soudain quand il comprit à quoi je pensais. La tribu de Bleus dont Cate parlait dans son message ? Mais pourquoi auraient-ils résisté ?

Je refoulai mes larmes. *Jude devait être terrifié.*

— Ils ne connaissent pas le monde extérieur. Ils ont toujours vécu au sein de la Ligue… et on nous apprend à ne faire confiance qu'à nos compagnons.

Par chance, je me tournai vers la rivière à l'instant précis où le vent écartait les branches des sapins se dressant sur l'autre rive. Si je ne l'avais pas fait, je n'aurais pas vu le reflet du soleil sur le canon d'une arme.

Je me jetai sur Chubs, le plaquant sur le sol boueux, au moment où le premier coup de feu retentit. La balle transperça mon sac à dos puis toucha la terre en une petite explosion de neige et de feuilles mortes.

J'entraînai Chubs jusqu'aux arbres sous une pluie de projectiles.

— Baisse la tête ! lui soufflai-je en le poussant derrière les buissons.

Je sortis mon pistolet, que j'avais récupéré dans la boîte à gants de la voiture, de sous la ceinture de mon pantalon. Je tirai une fois en direction de l'endroit où j'avais cru apercevoir notre agresseur. Les coups de feu cessèrent.

L'air était pâle et immobile. Il avait une odeur âcre ; il ne tarderait pas à neiger.

— Ruby !

Derrière moi, une silhouette indistincte sauta d'un arbre. Je pivotai sans réfléchir, le coude levé. Ce qu'il percuta émit un craquement.

J'entendis un bref cri de douleur et un choc sourd. L'impact souleva un nuage de neige. Je me tournai vers Chubs, tendis la main vers lui dans la brume blanche, sentis des doigts se refermer sur mon avant-bras. La peau était pâle, les phalanges couvertes de plaies et de croûtes. Je reculai d'un pas, levant un genou pour repousser mon agresseur, mais il était trop tard. La pointe d'une lame s'enfonça dans mon dos. Je regardai Chubs par-dessus mon épaule. Il était livide et couvert de boue.

— Qui êtes-vous ? demandai-je, me retournant pour m'éloigner du poignard et pour faire face à mon assaillant.

— Nom de Dieu, marmonna-t-il.

À en juger par sa voix, il avait à peu près mon âge. Un ou deux ans de plus, peut-être.

Le jeune que j'avais frappé se redressa, essuya son nez ensanglanté avec la manche de son manteau élimé. L'autre recula mais ne rengaina pas son poignard.

Celui qui saignait du nez tendit la main pour s'emparer de mon pistolet. Je lâchai l'arme, saisis son poignet et pénétrai dans son esprit. Un violent frisson parcourut son corps. J'aperçus brièvement le visage terrifié de Jude et cela me suffit.

— Qu'est-ce que vous leur avez fait ? demandai-je. Au garçon et à la fille ? Où les avez-vous emmenés ?

Chubs me fixait, une expression étrange sur le visage, mais il garda le silence.

Le type qui saignait du nez répondit d'une voix nasillarde :

— Les gars… les gars les ont conduits jusqu'à l'Insaisissable.

Évidemment !

Ce fut le premier mot qui me traversa l'esprit. *Évidemment !* Le système de Clancy fonctionnait très bien… Pourquoi n'aurait-il pas recommencé ? *Évidemment !* Peu importait qui étaient les jeunes, s'ils acceptaient de combattre le président ou s'il pouvait les y obliger grâce à son aptitude.

Évidemment !

Je dus lâcher le jeune quand quatre combattants sortirent d'entre les arbres et nous encerclèrent. Je pouvais contrôler une personne, mais je n'étais pas Clancy ; et insister aurait risqué de dévoiler mon unique avantage. J'avançai, pour qu'ils voient que je n'étais pas armée, et fis signe à Chubs de m'imiter.

— On veut voir l'Insaisissable, dis-je. On ne tentera pas de fuir.

— Vraiment ? demanda l'un d'entre eux en jetant un coup d'œil sur celui qui gisait toujours à mes pieds. Tu as entendu, Michael, ou tu es toujours dans les vapes ?

Michael, qui saignait toujours du nez, secoua la tête, visiblement pour s'éclaircir les idées. Un coup au visage était propre à masquer ce que je lui avais fait, mais ses compagnons risquaient de se méfier s'il mettait trop longtemps à récupérer. Ils ne semblaient pas capables d'agir sans lui.

— On les emmène, décida Michael. Dépêchez-vous. Deux d'entre vous restent ici. J'enverrai quelqu'un vous chercher.

Ce type est le chef ? pensai-je. Ça semble logique : c'est un colosse.

Ils ramassèrent nos sacs et les hissèrent sur leurs épaules.

Sur le chemin de la rivière, je pris Chubs par la taille.

— Je n'en reviens pas, souffla-t-il.

Nous étions à nouveau à découvert au bord du cours d'eau gelé… et, surtout, dans la ligne de mire du tireur du sapin.

Des mains palpèrent mes vêtements. Je m'efforçai de ne pas réagir quand un jeune trouva le couteau suisse caché dans ma chaussure. L'air froid me piquait le visage, mais la perspective de ce qu'ils pourraient trouver dans les poches de Chubs me glaça jusqu'aux os.

Chubs lut sans doute la question sur mon visage, parce qu'il secoua très légèrement la tête. Le jeune qui le fouilla ne trouva que son poignard et des emballages de bonbons. Il avait eu la présence d'esprit de jeter ses papiers de chasseur de primes dans le bois, pendant l'attaque, ou de les laisser dans la voiture. Dieu merci !

Je me tournai vers la rivière, esquivant de peu les pieds de Chubs à l'instant où il fut soulevé.

Il se débattit dans le vide pendant la seconde qui suffit à un jeune, la main tendue, pour le projeter sur l'autre rive.

Une boule chaude apparut au creux de mon estomac et je reconnus la sensation. Sans avoir eu le temps de protester, je fus moi aussi transportée de l'autre côté et atterris brutalement sur Chubs.

Les jeunes éclatèrent de rire, se transférèrent mutuellement sur la berge opposée avec toute la douceur d'une brise d'été. Mais ils gardèrent le silence, ne donnèrent aucune indication sur notre destination.

On avança en silence. Il se mit à neiger, les flocons s'accrochant à mes cils et le froid s'insinuant sous la veste en cuir de Liam. Tendu, Chubs frottait machinalement son épaule blessée. Mon regard croisa le sien et je vis dans ses yeux le reflet de mon angoisse.

— Je n'arrive pas à y croire, dit-il. Encore lui !

— Je me charge de lui, soufflai-je en le prenant par le bras.

— Parce que ça a très bien marché la dernière fois ?

— Fermez-la ! intervint Michael en levant son pistolet.

On marcha si longtemps que je me demandai si on atteindrait un jour le campement. Je ne compris qu'on se dirigeait vers Nashville qu'à l'instant où une large rivière apparut.

Je vis tout de suite pourquoi la ville était interdite ; il y avait sans doute des mois que la rivière avait débordé, mais elle n'avait ni gelé ni regagné son lit. Les berges étaient boueuses. Le cours d'eau était un monstre de plus en plus énorme à mesure que nous approchions. Il nous séparait d'un vaste entrepôt blanc.

Trois radeaux constitués de caisses et de planches reliées par des cordes en vinyle bleu clair nous attendaient sur la rive. Sur chacun d'entre eux se tenait un jeune en blanc, armé d'une longue gaffe. Notre groupe fut réparti sur les trois radeaux, qui s'engagèrent sur l'eau boueuse et peu profonde.

Je serrai les poings. Un des quais de l'entrepôt approchait. Étonnamment stable, le radeau se dirigea vers la porte gris métallisé et la pièce noire sur laquelle elle donnait.

Les radeaux se rangèrent contre le quai. On me prit par la taille, on me souleva, puis on me déposa dans les bras d'un autre jeune. C'était une fille maigre, pâle, aux yeux verts et au visage plat. Elle eut une toux grasse venue du plus profond de sa poitrine, mais ne dit pas un mot quand elle me prit par le bras et me poussa à l'intérieur.

Les murs et le sol en béton fendillé étaient couverts de graffitis aux couleurs passées. L'entrepôt faisait à peu près la taille d'un gymnase. Des pancartes indiquaient l'emplacement de câbles et de fils. Le mur du fond, vers lequel nous nous dirigions, avait été peint en bleu mais on pouvait encore y lire, en grosses lettres noires : JOHNSON ELECTRIC.

Chubs me rejoignit et montra une ligne marron courant sur tous les murs, à peu près à mi-hauteur du plafond. L'eau était montée jusque-là ?

Mes pas, les voix, les gouttes tombant des fissures du plafond voûté, tout semblait produire un écho. Les bruits se répercutaient sur les murs nus et les fenêtres condamnées. Nous étions à l'abri de la neige et du vent, mais le bâtiment n'était pas isolé et il y faisait froid. Des feux brûlaient dans de vieilles poubelles métalliques, mais elles se trouvaient à l'extrémité opposée de l'entrepôt, loin des groupes de jeunes debout près de l'entrée que nous venions d'emprunter.

Ça ne ressemblait en rien à East River.

Et le garçon assis sur l'estrade au fond de l'entrepôt, entouré d'un halo de fumée de cigarette, n'était *pas* Clancy Gray.

— Qui es-tu ?

Un murmure s'était élevé, à notre approche, mais mes paroles le firent taire. Mon regard s'était arrêté sur le jeune qui semblait être le chef, et je ne remarquai ceux qui l'entouraient qu'à l'instant où ils avancèrent pour me regarder de plus près : des filles en T-shirt et short, qui frissonnaient, et des garçons qui riaient dans le nuage gris toxique des cigarettes.

Le chef devait avoir presque vingt ans. Une barbe roussâtre couvrait ses joues et une fille aux longs cheveux blond foncé était assise sur ses genoux. Elle tremblait, mais j'ignore si c'était de peur ou de froid. Quand elle se tourna vers moi, je m'aperçus qu'elle avait un bleu au coin des lèvres.

Les cheveux blonds du jeune étaient longs, mais soigneusement coiffés derrière ses oreilles. Ses rangers et sa veste noire d'uniforme de FSP étaient tachés de boue, mais semblaient neufs… trop neufs pour avoir été portés.

— Pardon ?

Accent du Sud.

— Qui es-tu ? répétai-je.

Tous ceux qui étaient assis sur l'estrade se tournèrent vers lui, mais son regard resta rivé sur moi. La boule chaude apparut, au creux de mon estomac, et Chubs tenta de me retenir, mais mes pieds glissèrent dans la direction du chef. Je faillis percuter l'estrade constituée de vieilles caisses et de plaques de contreplaqué voilées par l'humidité. Son fauteuil était une chaise métallique pliante drapée d'une couverture.

Il se leva, repoussant la fille. Quand elle cria de surprise, il lui tendit le bol qu'il tenait dans la main pour la faire taire. Je me forçai à ne pas chercher Vida et Jude du regard dans les coins sombres.

— Où les avez-vous trouvés ?

Il s'accroupit au bord de l'estrade pour me dévisager. Ses yeux étaient verts… mais il y avait une tache marron en haut de son iris droit.

— Au bord de la rivière, répondit Michael.

— Toi, dit le chef à une des filles de l'estrade, donne-lui ta couverture, tu vois bien qu'il gèle. Ce type est un roi, ce soir. Regarde ce qu'il a rapporté !

La fille parut avoir du mal à croire qu'il puisse lui donner un tel ordre. Elle fixa son dos, ébahie et muette, puis un garçon la prit par les cheveux et la poussa vers le bord de l'estrade. Sous la couverture, elle portait un T-shirt jaune taché et un vieux caleçon d'homme. Ni chaussures ni chaussettes.

Michael lui arracha la couverture. Un petit garçon lui donna sa bouteille d'eau, qu'il vida, écrasa dans son poing et lui lança. Puis il s'assit à la droite du chef, qui jeta sa cigarette allumée à nos pieds.

Il portait une veste de FSP neuve. J'en avais vu plein, dans l'atelier. Elle n'affichait pas d'insignes, pas même le drapeau américain. Sauf s'il les avait arrachés, ce qui aurait laissé des traces, le vêtement provenait sans doute d'un stock et n'avait pas été volé à un soldat.

Il se tourna vers Michael. Un sourire de requin étira ses lèvres.

— C'est lui qui t'a fait ça ? demanda-t-il en montrant Chubs.

Michael essuya sa lèvre supérieure ensanglantée avec la couverture. Il ouvrit la bouche, mais renonça à expliquer qu'une gamine deux fois plus petite que lui lui avait rectifié le portrait.

Le chef éclata de rire puis se tourna à nouveau vers moi.

— Le coude, le poing ou le pied ?

— Le coude, répondis-je. Je te ferai une démonstration, si tu veux.

Un murmure s'éleva, ponctué de quelques ricanements hostiles. *Calme-toi !* me dis-je. *Vois ce qu'il a dans le ventre.*

— Une combattante ? demanda-t-il en levant les sourcils. Quelle est ta couleur, chérie ?

Chubs vint se planter près de moi.

— C'est une Verte. Je suis un Bleu.

— Je suis Knox, répondit-il. L'Insaisissable, ça te dit quelque chose ?

— Si tu es l'Insaisissable, ironisa Chubs, je suis le père Noël. Et cet endroit serait East River ?

Knox se leva d'un bond et son sourire se durcit.

— Qu'est-ce que ça pourrait être d'autre, selon toi ?

— On les a trouvés là où on a pris les deux autres, près de la route, intervint Michael. La fille est aussi une Bleue. On pourrait organiser une initiation ce soir…

D'un regard, Knox le fit taire. La neige s'était transformée en pluie. L'eau coulait sur le toit métallique mais ne couvrait pas les murmures impatients des jeunes qui nous entouraient.

— Qu'est-ce que vous savez sur East River ? demanda Knox.

— Tout d'abord…, commença Chubs en croisant les bras.

— On a entendu dire que c'était en Virginie, coupai-je. On allait dans cette direction quand tes amis nous ont capturés.

Ce jeune arrogant n'était pas l'Insaisissable. Nous le savions. Knox le savait. Mais s'il apprenait que nous l'avions démasqué, il n'hésiterait pas à nous éliminer sans nous laisser le temps de trahir son secret. Le surnom était légendaire ; un jeune capable de réunir de si nombreux compagnons, de les commander… pourquoi ne serait-il pas l'Insaisissable ?

— Tu diriges une communauté impressionnante, continuai-je, me forçant à ne pas jeter un coup d'œil derrière moi.

Ni Jude ni Vida. Mais Cate nous avait mis en garde contre une tribu de Bleus et c'était logiquement celle-ci.

— Un abri confortable, ajoutai-je. Tout le monde est là ?

Knox eut un bref rire ironique puis fit signe d'approcher à un garçon de dix ou douze ans, qui rougit jusqu'à la racine des cheveux. Knox lui parla à l'oreille et le jeune acquiesça, sauta au pied de l'estrade et s'éloigna en courant. Je vis le dos taché de suie de sa veste bleue disparaître derrière une porte latérale.

— Je m'appelle Ruby, repris-je, montrant ensuite Chubs du pouce. Et voici Charles. Comme je l'ai dit, on ne faisait que passer. On va vers l'est.

Knox regagna sa chaise et la même fille se précipita, lui rendit le bol. De la soupe, à en juger par les éclaboussures qui tachèrent sa veste. Il se mit à manger et les jeunes qui l'entouraient suivirent attentivement du regard les allées et venues de sa cuiller.

Ne regarde pas Chubs, m'ordonnai-je. La fille légèrement vêtue n'avait que la peau sur les os.

Knox fit signe à Michael qui, avec l'aide d'un de ses compagnons, posa nos sacs à dos sur l'estrade. Les autres filles, plus jeunes que la première, passèrent à l'action. Elles les vidèrent. *Adieu, barres coupe-faim, adieu trousses de premiers soins, adieu bouteilles d'eau, couvertures et allumettes…*

J'avais de plus en plus de mal à contrôler ma fureur. Je regardai Knox en me disant que je serais heureuse de pouvoir entrer dans son esprit et le vider de toutes pensées. Ce serait facile, si je pouvais l'approcher.

Quand Knox leva la tête, son visage avait une expression tout à fait différente. Cupide, impatiente.

— Où avez-vous eu tout ça ?

— Dans une station-service abandonnée, répondis-je en avançant d'un pas. C'est à nous. On l'a trouvé.

— Ce qui est à toi est à moi, chérie. Ici, tout le monde doit gagner ce qu'il consomme.

Chubs marmonna des paroles que je ne compris pas.

— Emporte tout ça dans la réserve, ordonna Knox à Michael. Ensuite, toi et tes gars, vous pourrez manger. Tout ce que vous voudrez.

Michael sourit, serrant plus étroitement la couverture sur son manteau. Ses compagnons, fous de joie, se précipitèrent vers la porte empruntée quelques instants plus tôt par le petit garçon ; sauf un, qui resta en arrière. De taille moyenne, il portait un manteau kaki de l'armée, trop petit, qu'il ne pouvait boutonner. Ses cheveux étaient aussi longs que ceux de ses compagnons, mais un bonnet de chasseur les empêchait de couvrir son visage. À l'instant où la porte allait se fermer, quelque chose attira son attention et il s'arrêta puis s'adossa au mur.

— Étiez-vous avec les jeunes que mes gars ont capturés avant vous ? demanda Knox.

Je me tournai vers lui. Il se pencha et une grosse chaîne en or glissa hors de l'encolure de son T-shirt.

— La nana sexy et l'épouvantail ? précisa-t-il.

Bon… C'était une façon de les décrire.

— Non, répondis-je en avançant d'un pas, puis de deux. Je ne vois pas de quoi tu parles.

— Roo !

Toutes les têtes se tournèrent vers la porte latérale. Le soulagement me submergea… Vida et Jude se tenaient dans l'encadrement, un peu cabossés, mais en un seul morceau. Ils n'avaient plus de veste. Jude ne tentait pas de cacher qu'il gelait, mais Vida serrait les dents, les bras plaqués contre les flancs. Une lueur passa dans ses yeux, mais elle garda le silence. Pas Jude, malheureusement.

— Tu vois, dit-il à Vida en lui donnant un coup de poing sur l'épaule, je t'avais bien dit qu'ils viendraient !

Je soupirai et reportai mon regard sur Knox.

— Tu veux donner une autre réponse, ma jolie ? demanda-t-il froidement.

Je me contentai de hausser les épaules.

— Donc une Verte, un Jaune et deux Bleus pénètrent dans ma forêt..., reprit-il.

Il se leva et sauta au pied de l'estrade. Vida et Jude furent poussés dans notre direction.

Il fit les cent pas devant nous, ce qui amusa beaucoup les autres. Il était juste hors de ma portée.

— Bon, les deux Bleus... vous êtes les bienvenus mais, naturellement, il faudra voir lequel d'entre vous est assez fort pour rejoindre les groupes de chasseurs et, ça, l'initiation le déterminera.

L'initiation ?

— Je vais devoir me battre contre lui ? demanda Vida, irritée, en montrant Chubs. Je croyais t'avoir entendu dire que ce serait difficile.

Knox éclata de rire... et, quand Knox éclatait de rire, tout le monde suivait son exemple.

— Franchement, reprit-elle en poussant son abondante chevelure bleue derrière son épaule, tu devrais le laisser partir. Il n'est bon à rien... il va se retrouver à terre en trois secondes. Enfin, c'est à toi de voir.

Jude, visiblement troublé, ne comprit pas que Vida tentait d'éviter à Chubs un combat qu'il ne pourrait remporter. Je fus étonnée qu'elle ait pris cette peine.

— Elle ne ment pas, intervins-je. Le meilleur combattant, c'est elle. Sans conteste. Mais il est capable de donner les premiers soins. Il m'a soignée plus d'une fois.

Je montrai la cicatrice de mon front.

Knox ne mordit pas à l'hameçon et ne vint pas l'examiner de plus près. Il croisa les doigts sur sa nuque et parut réfléchir.

— En fait, je me demande surtout ce qu'on va faire de toi et du Jaune.

Le tour que prenait la conversation m'inquiéta. Et Jude aussi. Il se mit à trembler et je saisis son poignet.

— On n'accepte pas les faibles, poursuivit Knox. On n'est pas un asile ou un refuge pour les sans-abri. Je n'ai pas de raison de nourrir une *Verte* et un *Jaune*. Si personne ne peut répondre de vous, vous devrez prouver votre valeur… autrement.

Chubs se tourna vers lui, les poings serrés, mais une voix s'éleva sans lui laisser le temps de parler. Elle était hésitante, plus timide que dans mon souvenir, mais je la reconnus.

— Je peux répondre d'eux.

À East River, Clancy avait confié la responsabilité de la sécurité du campement à deux personnes : Hayes, brute à la carrure de colosse chargé de l'approvisionnement en produits alimentaires, et Olivia, qui supervisait la surveillance des accès. Dire que je fus soulagée de voir sa longue chevelure couleur de miel se frayer un chemin dans la foule ne décrit pas la réalité, mais son visage…

c'était comme si on l'avait démonté puis remonté sans soin. Et elle boitait.

Oui, c'était Olivia. Mais, en même temps, ce n'était pas elle.

Ses joues rondes, toujours rouges quand elle avait couru ou crié des ordres, étaient si creuses que ses yeux semblaient énormes. Le bronzage doré de sa peau avait cédé la place à une pâleur terne… et, quand elle se tourna vers moi, l'horreur me noua l'estomac. Presque tout le côté droit de son visage, de l'œil au maxillaire, n'était qu'une cicatrice rose. C'était comme si elle avait été griffée par un fauve ou brûlée.

— Olivia ! m'écriai-je. Mon Dieu !

Je savais qu'elle avait réussi à s'échapper. Liam nous l'avait dit. Quand le campement avait été livré aux flammes et aux FSP, les jeunes du service de sécurité, dont Olivia, avaient pu fuir.

— Bon sang, s'écria Chubs en se dirigeant vers elle. Tu…

— Ils étaient tous les quatre avec moi quand nous avons échappé au FSP, après la rafle, coupa-t-elle sans tenir compte de la main tendue de Chubs.

Du coin de l'œil, je vis le jeune en kaki fendre la foule et rejoindre Knox.

— On a été séparés quand on s'est enfuis dans la forêt, ajouta Olivia.

L'Olivia que je connaissais était tout feu tout flamme. Celle-ci se contentait de hocher humblement la tête.

— Ruby est à l'origine de notre évasion, conclut-elle.

— Ouais, intervint le jeune au manteau kaki en fourrant ses mains dans ses poches. J'avais l'impression de les avoir déjà vus. Plusieurs jeunes nous ont échappé, ce jour-là.

Olivia se tourna vers lui, étonnée ou troublée, les sourcils froncés. Mais son visage n'exprima pas la reconnaissance.

— Vraiment ? dit Knox d'une voix toujours neutre, mais en me regardant fixement. Et vous avez voyagé pendant plusieurs mois dans l'État ?

— On s'est fait oublier ; on a réuni du ravitaillement et cherché Olivia, répondis-je en jetant un coup d'œil discret sur le jeune au manteau kaki.

Que mijotait-il ?

— Brett, pourquoi n'en as-tu pas parlé à Michael ? demanda Knox. Pourquoi n'en as-tu pas parlé plus tôt ?

Brett haussa les épaules.

— Je viens de m'en apercevoir. Ses cheveux étaient plus courts, expliqua-t-il en me montrant, et l'autre était habillé différemment.

— Je pourrais avoir besoin d'eux, intervint Olivia, la tête toujours baissée. Du moins, jusqu'à ce qu'ils fassent leurs preuves.

Exaspéré, Knox soupira. Il se remit à faire les cent pas, le claquement de ses talons résonnant dans le silence de l'entrepôt.

— Bien, dit-il finalement. Prends le Jaune et la Verte. Charles aussi.

Et il s'éloigna, à nouveau hors de ma portée. J'étais incapable de nous faire évader.

— La nana sexy reste et nous distraira, ajouta Knox, souriant, en lissant ses cheveux.

Il se tourna vers les jeunes se tenant à sa gauche et ordonna :

— Prenez leurs vestes, tous leurs objets de valeur et conduisez-les dehors… c'est la place des déchets.

Quatorze

La porte latérale de l'entrepôt donnait sur un vaste parking. Plusieurs tentes sinistres, menaçant de s'effondrer sous le poids de poches d'eau de pluie, s'y dressaient. Elles étaient montées sur des palettes, qui les reliaient aussi entre elles en un cercle irrégulier. Je compris très vite pourquoi ces dernières étaient nécessaires… plusieurs centimètres d'eau sale couvraient la totalité du parking.

Des feux presque éteints dégageaient de la fumée dont l'odeur se mêlait à celle, amère, de l'eau stagnante. Je croisai les bras, toujours triste et furieuse d'avoir dû me séparer de la veste de Liam. À l'extrémité gauche du parking se dressaient deux petits bâtiments gris. Michael et son équipe sortirent de l'un d'entre eux, les bras chargés de pain et de chips. Ils croisèrent Brett sur le chemin de l'entrepôt, lui donnèrent des claques sur les épaules et tentèrent de le convaincre de les accompagner. Il leur fit simplement signe de continuer leur chemin et poursuivit le sien en direction du bâtiment qu'ils venaient de quitter et de son voisin, qui portait un X rouge peint à la bombe au-dessus de la porte. À en juger par les cadenas, personne n'entrait ni ne sortait.

Quand les chasseurs eurent pénétré dans l'entrepôt, Olivia pivota sur elle-même et saisit mes épaules.

— Mon Dieu, dit-elle d'une voix tremblante. Pas toi aussi... Il...

— Qu'est-ce qui t'est arrivé ? soufflai-je.

Chubs nous rejoignit, posa un bras sur les épaules d'Olivia.

— Que se passe-t-il, bon sang ? insistai-je.

— Une minute. Vous vous connaissez vraiment ? s'écria Jude.

Chubs le prit par le bras et le tira jusqu'à nous.

— Après avoir quitté East River, dit Olivia d'une voix où transparaissait la colère, j'étais... Enfin, bon. On a trouvé une voiture, moi et quelques autres, et on est allés jusqu'au Tennessee.

J'acquiesçai et attendis qu'elle poursuive.

— Évidemment, la voiture est tombée en panne. Les FSP nous pistaient depuis le début et on n'avait pas vraiment le choix. On s'est séparés et on a fui. Je suis entrée dans la forêt et un groupe de chasseurs de l'« Insaisissable » m'a capturée.

— Mais je croyais que Clancette était l'Insaisissable ? s'étonna Jude.

— Clancette ? demanda Olivia.

— C'est le surnom qu'il a donné à Clancy, soupirai-je.

Elle esquissa un sourire mais, aussitôt, son expression se fit douloureuse. Elle porta la main à son cou et appuya sur sa clavicule.

— Tu sais ce qui est arrivé, hein ? soufflai-je. Tu sais qu'il en était responsable.

Elle hocha la tête.

— Au début, je ne voulais pas y croire, admit-elle, mais le soir où vous avez voulu partir… j'ai compris qu'il nous manipulait. Qu'il nous contrôlait. Notre système de sécurité était presque parfait et on savait que Gray laisserait Clancy tranquille, pour cacher ce qu'il était. Ils ne pouvaient nous trouver que si on leur avait indiqué l'emplacement du campement, et la seule personne en mesure de le faire était… était…

Elle passa la main sur son cou.

À East River, je ne fréquentais pas Olivia. On ne se voyait qu'en présence de Liam ou de Clancy ; quand ils n'étaient pas là, on se saluait, sans plus. Elle était proche des deux garçons pour des raisons différentes. Il était facile de travailler avec Liam, qui la poussait à chercher le moyen de libérer les camps. Mais Clancy… elle voulait protéger Clancy, gagner son respect.

Comme pour tous les jeunes du campement, il était son sauveur.

— Clancette, ça lui va bien, dit-elle finalement en se dégageant.

On monta sur les palettes instables.

— Quand le groupe de chasseurs m'a trouvée, poursuivit-elle, je l'ai suivi de mon plein gré, parce que je voulais rejoindre Clancy. Je n'ai même pas trouvé bizarre qu'il ait créé un nouveau campement si vite ou qu'il soit parvenu à fuir. Je voulais lui demander pourquoi il nous avait fait ça. Je crois que je l'aurais tué.

— Une réaction tout à fait raisonnable, admit Chubs. Plus raisonnable encore si tu l'avais fait lentement, avec du feu et un pic à glace.

Olivia ne trouva pas ça drôle.

— Imaginez mon étonnement quand ils m'ont traînée devant ce péquenot, dit-elle. Ses premiers mots : « Tu ne quitteras notre tribu que si on décide de jeter ton cadavre dans la rivière. »

Je secouai la tête, tentant de me concentrer sur le présent et pas sur ce que je ferais à ce salopard.

— Quel est son passé ?

— Celui de Knox ? demanda Olivia en s'assurant d'un regard que personne ne pouvait nous entendre. Il n'est pas clair. Il aurait échappé aux FSP il y a plusieurs années et se serait caché dans divers quartiers de Nashville jusqu'à l'inondation. Je ne sais pas comment il a convaincu ses premiers compagnons de le rejoindre, mais je peux t'assurer que la majorité des jeunes qui sont ici n'ont pas choisi de rejoindre la tribu.

Jude fronça les sourcils.

— Pourquoi hait-il tellement les autres couleurs ? Que s'est-il passé ?

Olivia haussa les épaules.

— Qui sait ? Et personne n'ose poser la question, de peur de le mettre en colère.

— Quelque chose m'étonne, dis-je. Il ne semble pas bien traiter les Bleus. Est-ce qu'ils restent parce qu'ils ont peur ?

Du menton, elle montra les arbres bordant le parking.

— Si tu tentais de fuir, tu tomberais sur la patrouille, et ceux qui sont pris par la patrouille ne reviennent pas.

Non seulement il te prend tout et t'oblige à le « gagner » mais, si tu ne travailles pas assez dur, si tu n'es pas assez servile ou si tu ne le *distrais* pas, il t'échange.

— Il t'échange… ?

Olivia était au bord des larmes.

— Il… C'est comme ça qu'il se procure de la nourriture. Tu as vu les barrages aux entrées de la ville ? Les soldats ? Il leur livre les jeunes qu'il considère sans valeur en échange de clopes et de produits alimentaires. Mais, maintenant, ils exigent davantage de jeunes et donnent moins en retour. Je suis étonnée qu'ils ne nous aient pas attaqués, mais il est sans doute parvenu à garder le secret sur cet endroit.

Mes mains tremblaient.

Olivia se mordit la lèvre.

— Et naturellement, reprit-elle, *naturellement*, il livre les occupants de la tente blanche, ceux qui ne manqueront à personne. Il sait que je ne peux pas l'en empêcher et qu'ils sont incapables de se défendre. Quand je me suis opposée à lui, il en a livré deux au lieu d'un.

— Et ce… Brett ? demandai-je. Il a pris ta défense. Pourrais-tu…

— Ce n'est pas comme ça que ça marche. Il est différent de Michael, mais Michael est le lieutenant de Knox. Brett me donne de temps en temps ce qui manque aux jeunes, mais si Michael le surprenait… il serait le suivant.

La tente blanche était une structure de toile imperméable à l'écart des autres. Il en émanait une odeur pestilentielle. Olivia tira le bandana qu'elle portait au cou sur sa bouche et son nez. La puanteur d'excréments humains était si forte qu'il était presque impossible de respirer.

— Il faudra que vous l'emmeniez pendant qu'il a encore une chance de se rétablir, dit Olivia. Votre amie est dans l'entrepôt et vous ne pourrez pas la libérer. Mais lui, vous pouvez l'emmener. Je peux vous aider. Ensemble, vous parviendrez peut-être à vaincre la patrouille.

Jude saisit mon bras.

— Rassure-toi, dis-je. Ce n'est pas une solution envisageable. On n'abandonnera pas Vida.

Il acquiesça et l'inquiétude crispa son visage quand il jeta un coup d'œil sur l'entrepôt.

— Ils vont lui faire du mal ?

Je levai un sourcil.

— Ce qu'elle pourrait leur faire m'inquiète beaucoup plus.

— Olivia ? demanda Chubs. Ça va ?

Elle s'était arrêtée près de la tente et serrait la toile dans ses poings. Elle baissa la tête, posa le front contre le drap tendu devant l'entrée.

— Il est… Je suis désolée, j'ai essayé, j'ai fait tout ce que j'ai pu, dit Olivia d'une voix étranglée. Il n'y a que moi qui accepte de m'occuper d'eux. Il s'est battu, mais…

— Il, répétai-je, le cœur serré. Qui ?

Olivia, troublée, battit des paupières.

— Vous… Vous n'êtes pas venus chercher Liam ?

Je ne me souviens pas l'avoir écartée de mon chemin, mais je me souviens de mes mains repoussant le drap tendu devant l'entrée. À l'intérieur, l'odeur du moisi et de l'eau stagnante s'ajoutait à la puanteur. Je battis des paupières pendant que mes yeux s'accoutumaient à l'obscurité. Les palettes grincèrent sous mes pieds et une planche cassa.

Ils étaient nombreux… au moins vingt-cinq sur deux rangées. Quelques-uns étaient sur le flanc, les genoux sous le menton, d'autres gisaient sous un mince drap.

Et, parmi eux, Liam.

J'ai souvent menti.

À Cate. Aux autres. À moi-même. Tous les jours. Absolument tous les jours.

J'avais la vérité sous les yeux. Elle était là, déchirante, m'attirant vers le fond de la tente, m'arrachant un gémissement.

Je regrettai mes mensonges.

Face à son visage, à ses mains crevassées et meurtries croisées sur la couverture jaune pâle posée sur lui, je les regrettai si fort que j'eus envie de vomir.

Pendant des mois, je n'avais vu son sourire en coin que sur des écrans. Il était aussi gravé dans ma mémoire, mais je savais que les souvenirs se transforment et s'estompent avec le temps. Ce fut terriblement égoïste de ma part, horrible et écœurant mais, pendant quelques instants, je me dis que j'aurais dû le garder auprès de moi.

Il m'avait manqué… Mon Dieu, comme il m'avait manqué !

Le silence régnait dans la tente. Je passai un doigt sur le tissu feutré de la couverture. Liam ne portait qu'un T-shirt gris. Ses pieds nus, pâles et bleutés, n'étaient pas couverts. La dernière fois que je l'avais vu, nous venions de fuir East River et son visage était coupé, meurtri.

Mais c'était le visage dont je me souvenais, celui que j'avais vu le premier jour, dans le monospace. Celui qui ne pouvait rien cacher. Je regardai son front haut, la ligne de sa mâchoire. Sa lèvre inférieure pleine, gercée et crevassée par le froid. Ses cheveux sales et trop longs.

Sa respiration était sifflante, rauque. Je tendis le bras, tentant d'empêcher ma main de trembler quand je la posai sur sa poitrine. Je ne la touchai que légèrement, mais il ouvrit les yeux. Leur bleu vitreux tranchait sur son visage sale. Il les ferma et je suis sûre que ses lèvres esquissèrent un sourire.

Quand on a eu le cœur brisé, ça ne devrait pas pouvoir se reproduire. Mais les circonstances de nos retrouvailles étaient beaucoup plus horribles que tout ce que j'avais pu imaginer.

— Lee, dis-je en posant à nouveau la main sur sa poitrine.

De l'autre, je lui caressai la joue. C'était ce que je redoutais : elle n'était pas rougie par le froid. Elle était brûlante de fièvre.

— Liam, repris-je, ouvre les yeux.

— Tu es…, marmonna-t-il en changeant de position sous la couverture… tu es là. Peux-tu… les clés sont… je les ai laissées…

Tu es là. Je me crispai mais n'ôtai pas ma main.

— Lee, insistai-je, tu m'entends ? Tu comprends ce que je dis ?

Il ouvrit les yeux.

— J'ai besoin…

La palette grinça quand Chubs s'agenouilla près de moi.

— Salut mon pote, dit-il d'une voix étranglée en posant le dos d'une main sur le front de Liam. Tu t'es fichu dans un sacré pétrin.

Liam le regarda et, sur son visage, la joie remplaça la souffrance.

— Chubie ?

— Ouais, ouais, ne prends pas cet air stupide, dit Chubs sans se rendre compte que son visage avait la même expression.

Liam fronça les sourcils.

— Qu'est-ce que… ? Mais tu es… Ta famille ?

Chubs se tourna vers moi.

— Peux-tu m'aider à l'asseoir ?

On prit chacun un bras et on le redressa. La tête de Liam bascula et vint se poser sur mon épaule.

Passant les doigts sur sa poitrine, je sentis ses côtes. Il était très maigre ; je glissai une main sur les saillies de sa colonne vertébrale et eus toutes les peines du monde à ne pas fondre en larmes.

Chubs posa l'oreille contre la poitrine de Liam.

— Inspire profondément et souffle.

Liam leva lentement une main et tapota la joue de Chubs.

— Moi aussi je t'aime…

— Respire, insista Chubs. Profondément.

Liam inspira faiblement, puis souffla.

Chubs se redressa, remonta ses lunettes sur son nez et me fit signe de l'aider à l'allonger à nouveau. Liam marmonna quelques mots que je ne compris pas et Chubs m'écarta pour saisir son poignet et prendre son pouls.

— Depuis combien de temps est-il dans cet état ? demanda Chubs.

Je me tournai vers Olivia, qui se tenait derrière nous, le visage marbré de rouge par le froid et les cicatrices.

Jude était resté figé près de l'entrée, une expression horrifiée sur le visage.

— Il a été capturé il y a à peu près une semaine et il était déjà malade, répondit Olivia d'une voix tremblante. J'ai vu tout de suite qu'il allait mal. Je lui ai posé des questions sur vous, mais il était très désorienté. Puis sa température a augmenté et… voilà.

— Qu'est-ce qu'il a ? demanda Jude.

Soudain, Liam roula sur le flanc, le visage crispé, et toussa. Une toux grasse qui secoua tout son corps et l'essouffla. Je posai une main sur son estomac.

— Je crois qu'il a une pneumonie, dit Chubs. Je n'en suis pas certain, mais c'est le plus probable. Et tous les autres jeunes de cette tente ont sans doute la même maladie.

Il se leva, instable sur ses jambes, et demanda :

— Comment les soignes-tu ?

À l'instant où j'étais entrée dans la tente, l'état de Liam m'avait tellement stupéfiée et horrifiée que j'avais oublié ma colère. Mais je pris conscience de la réalité de ce qui m'entourait et la fureur s'empara à nouveau de moi.

— On ne fait rien, bredouilla Olivia. On n'a rien. Je dois mendier pour obtenir de la nourriture et je ne peux pas obtenir de produits frais.

— C'est bon, Liv, dit-il. On comprend que tu fais de ton mieux.

— Y a-t-il des médicaments dans la voiture ? demandai-je à Chubs.

— Rien d'assez fort. Pour le moment, il faut qu'ils aient chaud, qu'ils soient au sec et hydratés.

Olivia secoua la tête.

— J'ai très souvent posé la question, mais il refuse d'installer les malades dans l'entrepôt. La plupart d'entre eux ne sont pas des Bleus et ils sont dans cet état parce qu'il ne veut pas leur donner de travail… et, quand on ne travaille pas, on ne mange pas. On ne peut pas entrer dans l'entrepôt. À mon avis, il cache leur présence aux autres.

Bon, il ne pouvait pas me la cacher. Il ne pouvait cacher ce qu'il avait fait à Liam. Une fureur pure, inflexible, s'empara de moi. Même si je l'avais voulu, je n'aurais pas pu la refouler. Je me levai, me dirigeai à grands pas vers l'entrée, une seule pensée occupant mon esprit, démultipliant ma fureur.

— Où vas-tu ? demanda Jude en me barrant la route. Ruby !

— Je vais régler ce problème.

Ce fut la voix d'une inconnue. Calme, assurée.

— Il n'en est pas question, protesta Chubs. Et si quelqu'un s'aperçoit que tu l'influences ? Tu crois qu'on te laissera faire ?

— L'influencer ? Comme faisait Clancy ? demanda Olivia.

J'acquiesçai et ses yeux se dilatèrent.

— Oh. Je croyais…, reprit-elle. Je me demandais pourquoi il s'intéressait tellement à toi. Pourquoi il a tout fait pour t'empêcher de partir.

— Jude, aide Chubs, ordonnai-je. Trouvez le moyen de faire du feu sans incendier la tente. Vous y arriverez, hein ?

Il acquiesça, le visage toujours crispé par l'angoisse.

— Tu dois agir. Il faut l'arrêter, lui montrer que ce n'est pas bien. S'il te plaît.

— Ruby, cria Olivia, d'une voix claire et tranchante, détruis-le !

Mon esprit bourdonnait, comme au sortir d'un long sommeil. Je serrai le poing contre mon flanc, imaginant mes doigts se refermant autour du cou de Knox. Ce serait facile… il me suffisait de l'approcher.

Clancy n'aurait pas hésité. Selon lui, nous avions le droit d'utiliser nos aptitudes et elles ne nous avaient pas été données sans raison. Nous devions les employer, disait-il, pour maintenir les autres à leur place.

Sa voix onctueuse me revint en mémoire et je frémis. Ses yeux noirs brûlaient de conviction quand il avait prononcé ces paroles. À l'époque, ce qu'il était capable de faire – et avec quelle facilité ! – me terrifiait.

J'avais, moi aussi, cette aptitude. J'avais le pouvoir de débarrasser ces jeunes de Knox. Et Jude s'était tourné vers moi sans hésitation, me faisant totalement confiance. Comme s'il était tout naturel que je me charge de cette tâche. Je commençais à comprendre.

Détruis-le ! Je ne me contenterais pas de ça. Je l'humilierais, l'abaisserais plus bas que terre, ferais de lui une coquille vide ne contenant plus qu'un unique souvenir : mon visage. Je lui ferais regretter le moment où il avait décidé de laisser Liam mourir sous cette tente.

— Sois prudente, souffla Jude en s'écartant pour me laisser passer.

— Ne t'inquiète pas, dis-je. Vois si tu peux trouver une veste noire. Fouille les poches. Knox et ses gars n'ont peut-être pas trouvé la clé USB.

— À plus, fit-il.

— À tout', murmurai-je.

Je sentis le regard de Chubs sur mon dos, mais ne me retournai pas : je ne pouvais pas. Je redoutais de rester à jamais figée sur place si je jetais un dernier coup d'œil sur Liam.

Je suis ici, pensai-je en sortant sous la pluie. *Il est ici. Nous sommes tous ici.*

Et nous partirions ensemble. Aujourd'hui.

Quinze

Le garçon gardant la porte de l'entrepôt n'était pas plus âgé que moi, mais il était plus grand et plus baraqué. Quelques mois plus tôt, il aurait été un obstacle.

— Arrête-toi, m'ordonna-t-il alors que j'avançais sur lui. Tu n'as pas le droit d'entrer tant que Knox ne t'y autorisera pas.

Il avait une arme mais je vis, à sa façon de la tenir, qu'il ne savait pas s'en servir. Je tendis le bras et passai les doigts sur sa main. Je bloquai les souvenirs avant qu'ils puissent monter à la surface ; la colère rendait mon aptitude plus tranchante, plus efficace.

— Assieds-toi et ne bouge plus, ordonnai-je sèchement en poussant la porte.

Selon notre instructeur, lorsqu'on tente de résoudre un conflit sans violence, l'émotion la moins « productive » est la colère. On ne peut pas raisonner avec des gens aveuglés par la fureur. Mais c'était le moyen d'obtenir ce que je voulais. Le vent claqua la porte derrière moi.

Debout dans l'obscurité, je battis des paupières en attendant que mes yeux s'habituent. Un mouvement, près de moi, et une épaule apparut, m'empêchant d'avancer et me cachant ce qui se trouvait devant moi. Je reconnus le manteau kaki et le visage morose de Brett.

— Tu ne dois pas rester ici, souffla-t-il.

Il mit quelque chose entre mes mains et je baissai la tête. Il avait ôté son bonnet et l'avait empli de paquets de gâteaux secs.

— Prends ça et va-t'en avant qu'il voie...

Je venais de saisir son poignet quand je fus repérée.

— Ha ha..., cria Knox, regardez qui vient nous rendre une petite visite !

Je jetai un coup d'œil autour de moi, étonnée de constater que les jeunes, dans l'entrepôt, étaient deux fois plus nombreux. Presque tous étaient assis en cercle sur le sol, au pied de l'estrade, des sachets de chips et des boîtes de céréales devant eux. Ils étaient vêtus de gris et de noir... des chasseurs de retour de la chasse ? De l'autre côté de l'entrepôt, des garçons et des filles étaient allongés par terre, immobiles. Il n'y avait, près d'eux, ni feu ni nourriture.

J'inspirai profondément et souris. Je devais prendre mon temps, l'amener à baisser sa garde, pour réussir à l'approcher. Je mourais d'envie de me jeter sur lui. Je me répétais inlassablement : *maintenant, maintenant, maintenant.* Mais il y avait trop de monde entre nous. Trop d'armes.

Knox se pencha en avant.

— Tu as quelque chose à me dire ?

À cet instant, la chevelure bleue de Vida apparut au-dessus de l'épaule de Knox. Elle se déplaçait prudemment, souplement, parmi les jeunes installés sur l'estrade.

L'expression de son visage ne me laissa aucun doute. Si Knox se penchait en arrière, elle lui briserait la nuque.

Ça va ? mimai-je à son intention. Vida acquiesça, regarda Knox et reporta les yeux sur moi. Je compris ce qu'elle attendait de moi.

Michael, qui pelotait la poitrine d'une fille maigre, se leva et cacha Vida.

— Je me demandais comment te convaincre de me laisser participer aux chasses, dis-je, glissant les mains dans les poches revolver de mon pantalon et avançant vers l'estrade. De me laisser aller chercher des provisions pour tout le monde ?

Knox rejeta la tête en arrière et éclata de rire. Les jeunes garçons et filles qui l'entouraient se forcèrent à faire de même. J'eus la chair de poule ; on aurait dit des chiens enroués.

Quelqu'un approcha, derrière moi, mais je ne me retournai pas. Pour m'obliger à sortir, l'intimidation ne suffirait pas. Michael pouvait me frapper, Brett me traîner dehors de force, mais ce que je pouvais leur faire dépassait l'aspect physique.

— Toi ? ironisa Michael. Une *Verte* ?

— Pourquoi pas ? demandai-je. Aurais-tu peur que je ne prouve que les Bleus n'ont rien de spécial ? On raconte que vous avez de gros muscles, mais une petite cervelle.

Il n'avait pas l'habitude qu'on lui parle de cette façon. Cette brute fut à la fois fascinée et très, très en colère. Sans doute parce que tous ceux qui assistaient à la scène commençaient à se demander pourquoi on ne m'autoriserait pas à aller chercher les provisions dont ils avaient cruellement besoin.

Knox se leva lentement, secouant la cendre de sa cigarette sur le sol.

Approche, pensai-je. *Approche et qu'on en finisse.*

Je pouvais y arriver. Un pas de plus et je lui montrerais de quoi une Orange était capable !

Je le descendrais en flammes.

Les cheveux de Knox cachèrent son visage, et il les repoussa derrière ses oreilles.

— Si on faisait un marché ? proposai-je. Quand on ne travaille pas, on ne mange pas, c'est bien ça ? Laisse-moi entrer dans un groupe de chasseurs et je fournirai de quoi nourrir tout le monde pendant tout l'hiver.

Knox leva les yeux au ciel.

— Je ne mens pas, repris-je. Tu as vu ce que contenaient nos sacs à dos. Ce n'est que ce qu'on a pu emporter. Il y avait des tonnes de ravitaillement.

Étonnée, Vida ouvrit sa bouche aux lèvres pleines et roses.

Je mentais, évidemment. Elle le savait. *C'est ça*, pensai-je. Il serait obligé d'accepter. Les jeunes présents dans l'entrepôt commençaient à réfléchir. Une lueur d'espoir brillait dans leurs yeux.

— Il y avait des murs de conserves… et des centaines de litres d'eau minérale. Des vêtements, des couvertures, tout ce dont vous avez besoin. Tu pourrais faire des réserves.

Quand je me tus, le silence fut tel que j'entendis le bruit des gouttes tombant une à une d'une fissure du toit.

— Ah ouais ? Et où se trouve cette corne d'abondance ? Dans ton imagination ?

Knox faisait les cent pas sur l'estrade, derrière les jeunes assis au bord de celle-ci. S'il ne mordait pas rapidement, tant pis, j'y monterais.

— Pourquoi je te le dirais ? demandai-je. Alors que tu refuses de m'accorder ce que je veux ?

Telles étaient désormais les relations entre les gens. On ne fait rien pour les autres si on n'y trouve pas son compte. Knox, visiblement, l'avait compris.

Mais ça ne lui plaisait pas.

Allez, pensai-je, furieuse. *Allez !*

Il sauta soudain au pied de l'estrade et des mains invisibles me projetèrent sur le dos. Mes dents s'entrechoquèrent et je faillis me couper le bout de la langue. Michael éclata d'un rire tonitruant qui résonna dans tout l'entrepôt.

— Tu crois que j'ai besoin de te donner quelque chose ? cria Knox. Tu crois que je n'ai pas les moyens de vous faire parler, toi et tes amis ?

Mes mains reposaient à plat sur le béton et mes poignets me faisaient mal. Je n'avais pas prévu qu'il serait plus orgueilleux que cupide. Il ne comprenait même pas que davantage de provisions renforceraient son pouvoir. Tout ce qu'il voyait, c'était une gamine lui apportant la solution à un problème qu'il avait lui-même créé et amenant les membres de sa bande à s'interroger.

— C'est juste, évidemment, intervint Vida. Mais es-tu prêt à prendre le risque d'attendre que la Garde nationale vienne démanteler le camp ?

Elle s'était confortablement installée sur la chaise de Knox, et tous les jeunes présents étaient visiblement horrifiés.

Furieux, Michael pivota sur lui-même.

— Knox, tu vas la laisser faire ? s'écria-t-il.

— Ne me dis pas que quelques soldats te font peur, poursuivit Vida en examinant ses ongles cassés. C'est pour ça que tu essaies de prouver qu'elle a tort ? Parce que tu redoutes ce qui se passera si elle a raison ?

— Allons, intervint Brett, sur ma droite, il faut reconnaître que ça semble trop beau pour être vrai. On a parcouru la rivière mille fois, à la recherche de nourriture, et on n'a rien trouvé.

— Tu es prêt à laisser tomber cette opportunité ? dis-je. Alors que tu as vu la preuve de ce que j'affirme ?

Malgré ses airs de gros dur, Brett était capable de réfléchir.

— Je pourrais l'accompagner, proposa-t-il, m'assurer qu'elle n'essaie pas de nous jouer un mauvais tour. Ensuite, je pourrais retourner à cet endroit, avec une équipe, et rapporter les provisions.

— *Tu* pourrais ? s'emporta Michael. De quelle équipe parles-tu… de la mienne ? Tu crois que je ne te vois pas venir, crétin ? Que je n'ai pas compris que tu essaies de me piquer ma place… ?

Knox leva une main pour les empêcher de se battre.

— La réponse est non, dit-il. Ni maintenant ni plus tard.

— J'aurais dû m'en douter, soupirai-je en me relevant. Tu laisses les jeunes de la tente blanche mourir dans le froid. Pourquoi te soucierais-tu de fournir aux autres les provisions dont ils ont besoin ?

On peut appuyer plusieurs fois sur le même bouton, pour obtenir ce qu'on veut, mais il arrive un moment où le doigt glisse et où on presse le mauvais.

— Michael, dit Knox d'une voix étrangement contenue, conduis ces deux… jolies filles dehors.

— Knox, insista Brett. Et les provisions… ?

Rapide comme l'éclair, le poing de Knox l'atteignit au menton.

— Conduisez-les *dehors*. Si elles sont si pressées de rejoindre les chasseurs, elles pourront faire leurs preuves ce soir, pendant l'initiation, comme tout le monde.

Vida se leva et sauta au pied de l'estrade, près de Knox. Volontairement ou non, le regard de ce dernier s'attarda sur son visage et son corps, sur chaque centimètre visible de belle peau brune.

— Si vous réussissez, vous entrerez dans un groupe. Mais si je vous revois avant le moment où j'enverrai quelqu'un vous chercher, je vous tue.

— Marché conclu, dis-je en refoulant un sourire ironique.

Je tendis la main, imaginant ce que je ressentirais, comment je m'y prendrais pour le rabaisser comme il rabaissait ses compagnons.

Knox se dirigea vers moi, le visage figé et les dents serrées. Il leva la main et, à l'instant où ses doigts allaient toucher les miens, il saisit ma natte. Il fut simplement un peu plus rapide que moi. Il écrasa l'extrémité incandescente de sa cigarette sur ma paume, puis me repoussa.

La douleur fut intense et paralysante ; je ne criai pas, ne gémis même pas. Mais je compris, à l'instant où il me regarda par-dessus son épaule, un sourire satisfait aux lèvres, que je n'étais pas parvenue à pénétrer dans son esprit.

On nous conduisit à l'autre bout de l'entrepôt, dans une enceinte grillagée où se trouvaient des groupes électrogènes et des appareils de conditionnement d'air.

Après un bref coup d'œil sur notre nouvel environnement, Vida se débattit, tentant d'échapper aux types qui la tenaient. Elle poussa un long cri strident quand ils la soulevèrent et la lancèrent à l'intérieur. Je souffrais tellement qu'une légère poussée de mon geôlier suffit à me faire entrer dans la cage.

Quand ils eurent fermé les cadenas et se furent éloignés, je tombai à genoux. Je posai ma paume dans une flaque d'eau glacée et ravalai un gémissement. J'avais si mal que j'étais incapable de réfléchir.

Vida s'assit et s'adossa au grillage. Elle prit une profonde inspiration et ferma les yeux.

— Voyons si j'ai deviné, dit-elle. Le Prince charmant est dans la tente blanche ?

— Et vingt autres jeunes, répondis-je d'une voix tremblante qui me fit horreur.

J'avais l'impression que ma main était en feu. Je la secouai, mais cela parut accentuer la douleur.

— Montre, dit Vida, qui prit ma main et la retourna. Bon sang, je vais le tuer !

Elle reposa ma main dans la flaque.

— J'ai échoué, dis-je. Il était juste devant moi. À quelques centimètres. J'aurais dû… me servir de mon autre main ou…

— Allons ! Si tu avais récupéré assez vite pour agir, tu ne serais pas humaine.

— Qu'est-ce que je serais ?

Elle haussa les épaules.

— Un robot ? Une salope insensible, sans cœur, se nourrissant du malheur des autres et incapable de pleurer, sauf des larmes de sang ?

Je posai ma main indemne sur mes genoux.

— C'est ma réputation, au QG ?

— On te surnomme *Méduse*, répondit-elle. Un regard de travers et le cerveau se transforme en pierre.

Créatif. Et juste.

— Où sont les autres ? demanda-t-elle.

— Dans la tente blanche, répondis-je en m'adossant à un appareil de conditionnement d'air. Tous ses occupants sont très malades. Quelques-uns semblent déjà morts.

— C'est grave à ce point ? Stewart aussi ?

— Ouais.

— Merde, marmonna Vida. Je me demandais pourquoi tu avais l'air aussi furax.

— Ouais, admis-je, la colère s'emparant à nouveau de moi.

Il était à ma portée, juste devant moi… et j'avais été trop stupide ou trop lente pour en profiter.

— Hé, Ruby, dit-elle. Je suis dans le bain, maintenant, et tu peux me faire confiance : je sais manipuler les crétins. Si tu as besoin de soutien, tu peux compter sur moi. Arrête d'essayer de te convaincre que tu es seule.

Étonnée, je levai la tête.

— Mais sache, reprit-elle, que si on doit se battre pendant cette initiation, je te mettrai la tête au carré.

Seize

On resta enfermées si longtemps que la pâle lumière de l'hiver céda la place à la nuit. Si longtemps que la faim nous tenailla, si longtemps que la pluie se transforma en neige, si longtemps que Jude, inquiet, vint voir ce que nous étions devenues.

Les lampadaires du parking n'étaient pas alimentés en électricité et on ne distinguait que des formes. Je renonçai à chercher un visage bienveillant et reportai mon attention sur les jeunes debout au coin de l'entrepôt, à une centaine de mètres de notre cage. L'un d'entre eux racontait comment Knox avait tué un chien sauvage, et j'étais si fascinée que je ne vis pas Jude s'immobiliser près du grillage.

— Roo, souffla-t-il. *Roo !*

Vida pivota sur elle-même en cherchant de la main un pistolet absent.

— Comment as-tu… ?

— J'ai dû faire tout le tour du bâtiment pour éviter qu'ils ne me voient.

Je jetai un dernier coup d'œil sur nos « gardiens » et me tournai vers lui. Il eut la présence d'esprit de s'accroupir pour qu'on puisse, Vida et moi, le cacher.

— Que s'est-il passé ? demanda-t-il. J'ai cru que tu allais juste lui parler, mais tu es restée si longtemps absente… et qu'est-ce que vous faites ici, qu'est-ce que vous avez *fabriqué* ? Chubs était…

— Jude…, tentai-je de couper.

— … et j'ai dit : Roo ne prendrait pas de risques inutiles, mais Olivia s'est mise à raconter toutes les horreurs perpétrées par Knox, et Liam n'avait pas la clé USB sur lui, donc elle doit toujours être dans la veste, puis…

— Jude !

Il se tut.

— Quoi ?

— Il faut que tu ailles demander à Olivia où se trouvent les vêtements et les objets confisqués aux jeunes qu'ils recrutent.

— Pourquoi ? Pour trouver la veste de Liam ?

Vida fit claquer ses doigts, pour l'empêcher de se lancer dans une nouvelle tirade. Je lui adressai un regard reconnaissant.

— Non… non, on n'a pas le temps de toutes les examiner et quelqu'un la porte peut-être. Il faudra que Liam nous dise ce qu'elle est devenue. Il faut que tu retrouves celle que je portais… la veste en cuir, tu t'en souviens ? Le Chatter est dans la poche intérieure gauche. Tu dois le récupérer.

Il me fixa, visiblement ébahi.

— Le Chatter, répétai-je. Dans la poche intérieure gauche. Peux-tu aller le chercher ?

— Tu… Tu veux que je…

— Oui, dis-je, imitée par Vida.

Il hésita pendant une fraction de seconde et eut un large sourire stupide.

— D'accord, dit-il, cool ! Je peux, bien sûr. Mais tu crois que je devrai crocheter la serrure ? Parce que je n'ai pas réussi à ouvrir la porte, au QG, pendant le cours de l'instructeur Biglow… Une minute, ajouta-t-il en nous regardant successivement, Vida et moi, pourquoi êtes-vous dans une cage ?

Très vite, je lui racontai ce qui s'était passé.

— Tu ne pourras donc pas y aller tout de suite, pigé ? dis-je. Tu devras attendre le début de l'initiation.

— Qu'est-ce que c'est ? demanda-t-il. Un combat ?

— C'est sans importance. Fais ce que je te demande. C'est simple. Tous les yeux seront fixés sur nous et tu pourras t'éloigner discrètement. Ensuite, tu devras contacter Cate, qui chargera Nico de trouver un endroit où on pourra voler les médicaments dont Chubs a besoin. Dis-lui que c'est urgent. Et que cet endroit doit être proche. Tu t'en souviendras ?

Jude recula d'un pas, se hissa sur la pointe des pieds. Un sourire nerveux éclaira son visage.

— D'accord. Tu peux compter sur moi.

Sa main toucha machinalement sa poitrine, là où aurait dû se trouver la boussole.

— Où est-elle ? demandai-je, étonnée.

— Ils l'ont prise. Quand ils nous ont conduits ici. Ce n'est pas grave. Je la retrouverai. Elle est sans doute dans la même pièce que les vêtements.

— Comment vont les autres ? demandai-je. Liam ?

Il hésita, se mordilla la lèvre.

— Euh… Pas bien. Chubs ne dit rien, mais je crois qu'il est très inquiet. D'après lui, sans médicaments, Liam et les autres risquent de mourir. Ils vont mal, très mal.

Je posai une main sur mon front et fermai les yeux, tentant de ravaler la bile qui montait jusqu'à ma gorge. *Il était juste devant toi et tu n'as rien pu faire. Liam va mourir et tu n'as rien pu faire. Il va mourir et ce sera ta faute.*

Je glissai une main dans une déchirure du grillage, saisis la chemise de Jude et le tirai vers moi.

— Jude, dis-je, je suis sûre que tu y arriveras. Je te fais confiance. Mais si tu vois que tu risques de te faire prendre, laisse tomber, pigé ? On trouvera un autre moyen.

— D'accord, Roo, répondit-il. Je ne te décevrai pas.

Il recula, leva les pouces et je compris que la gravité de la situation lui échappait complètement. Je soupirai et le regardai s'éloigner dans les tourbillons de neige. Sa démarche était rapide et énergique.

J'étais sûre qu'il réussirait : l'entrée par effraction était la première simulation de notre formation. Et, à dire vrai, même si Jude était à peu près aussi discret que des cymbales tombant sur du carrelage, son absence passerait sans doute inaperçue. En tout cas pendant un moment.

— Cinq minutes maxi, dit Vida en s'appuyant contre le grillage, près de moi. S'il ne se fait pas repérer avant…

— Dans ce cas, répondis-je en fermant les yeux à cause de la neige, on a intérêt à faire le spectacle pour qu'il ait vraiment une chance de réussir.

Ils vinrent nous chercher en silence, comme des fantômes dans la nuit glaciale.

— Du calme, soufflai-je à Vida.

Les six jeunes qui nous escortaient, trois garçons et trois filles, ne prononcèrent pas un mot. Un vieux sac en toile couvrit ma tête.

— C'est bon, ajoutai-je. Ne t'éloigne pas de moi.

Mes membres et mes articulations étaient raides et ankylosés ; à chaque pas, des élancements douloureux crispaient mes épaules et mes hanches. On tourna en direction de l'entrepôt. L'eau du parking pénétra dans mes chaussures et je grimaçai. Au moins, à l'intérieur, le sol serait sec.

Mais la porte métallique ne grinça pas, ne s'ouvrit pas.

Sans doute Vida pensait-elle la même chose que moi, parce qu'elle marmonna :

— Ruby ?

— Reste près de moi, répétai-je.

Que pouvais-je dire d'autre ? « Ça va s'arranger » ?

Quand j'étais petite, mon père m'emmenait voir des matchs. Football américain, principalement, parfois base-ball. Il aimait ces sports mais, moi, j'aimais surtout le *regarder.* Son corps pivotant pour suivre la trajectoire d'une longue passe, son sourire quand le batteur envoyait la balle hors des limites du terrain. Et il n'était jamais avare d'acclamations.

C'est pourquoi je reconnus le grondement d'une foule impatiente. Les spectateurs frappant en rythme dans leurs mains. J'étais déjà tendue quand l'odeur de la fumée pénétra dans mes narines.

Je trébuchai plusieurs fois lorsque mes geôliers me poussèrent d'un trottoir sur de la terre meuble, puis sur une surface plus dure. De l'air brûlant rougit mes bras quand ils me firent franchir ce qui me sembla être un mur de feu.

Les hurlements de la foule couvrirent toutes mes pensées. Je crus, pendant une seconde, entendre Chubs crier mon nom, une voix de fille le répétant ensuite. *Ruby, Ruby, Ruby*…

On nous entraîna jusqu'à un groupe dont tous les membres parurent vouloir nous repousser.

Quand on m'eut ôté la cagoule, j'inspirai une grande goulée d'air chaud et tentai de me calmer. De trop nombreux visages m'entouraient : yeux dilatés, lèvres gercées, cicatrices. Leur présence, l'odeur de leurs corps et de vêtements sales, ajoutée à celle de la fumée, me donnèrent le vertige. Je tendis le cou, cherchant le visage de Chubs au-delà des mains tendues vers nous. Les flammes éclairaient la nuit.

Je finis par l'apercevoir, près d'Olivia. Jude n'était pas là, mais mon soulagement fut de courte durée : visiblement terrifiés, mes deux camarades tentaient de se frayer un chemin jusqu'au premier rang. Ma panique fut telle que mes oreilles bourdonnèrent.

Olivia, les mains en porte-voix, cria quelque chose. *Mort*, peut-être.

Nous étions dans un autre bâtiment, sans doute celui qui se dressait près de l'entrepôt. Une partie du toit et un des murs s'étaient effondrés et il nous fallut escalader des piles de gravats et de métal tordu. L'intérieur semblait avoir partiellement brûlé. Les murs et le sol en béton étaient nus. Un cercle de poubelles métalliques d'où jaillissaient des flammes occupait le centre de la pièce. Près du plafond, deux passerelles métalliques – des poutrelles, en fait – surplombaient le plancher.

De nombreux jeunes en blanc s'y trouvaient, Knox confortablement installé parmi eux. Michael, à sa droite, une boîte près de lui, nous regardait d'un air narquois. Leurs visages souriants réveillèrent la douleur de ma main blessée. Je la plaquai contre mon pantalon quand on nous poussa, Vida et moi, vers le centre du cercle de feu.

Bon sang ! Il faudrait vraiment qu'on se batte !

Je jetai un coup d'œil sur Vida, qui arracha sa cagoule et la lança dans le feu de la poubelle la plus proche. La colère faisait saillir les veines de son cou et elle semblait au bord des larmes. Ce fut à cet instant que la peur s'empara vraiment de moi. J'avais besoin de Vida… de son intuition aiguisée et de son refus, jusqu'à la dernière seconde, de perdre un combat.

— Reste près de moi, murmurai-je une nouvelle fois.

Elle ferma puis ouvrit les poings, comme pour tenter d'évacuer l'angoisse.

Puis une voix couvrit les autres.

— Bonsoir, les filles, cria Knox. Vous avez été sages ?

Les spectateurs restèrent à distance… même Chubs, que je distinguais à peine derrière les ondes de chaleur des flammes.

— Je pourrais le faire tomber à nos pieds, souffla Vida. Le prendre par surprise pour que tu puisses le toucher.

Je secouai la tête.

— Trop d'armes à feu.

Et toutes braquées sur nous. Trop de Bleus, aussi. Il nous faudrait attendre qu'il décide de descendre. Je laissai la fureur s'emparer de moi, se répandre dans mon sang, chasser toute pitié. J'eus la sensation d'être un prédateur prêt à jaillir de l'ombre.

— Les règles sont simples, annonça Knox. Si vous êtes poussées hors du cercle, vous avez perdu. Si vous êtes KO, vous avez perdu et je fais ce que je veux de vous. Vous ne pouvez pas abandonner. Vous ne pouvez que rester debout ou risquer de vous brûler en sortant du cercle. Pigé ? Oh… comment ai-je pu oublier ? Comme vous êtes deux, je change les règles. Pas d'aptitudes. Vous vous battrez à mains nues, les filles, alors ne retenez pas vos coups.

J'échangeai un rapide regard avec Vida. Je ne pus deviner ce qu'elle pensait, mais une seule idée occupait mon esprit : comment pourrait-elle me battre le plus vite possible sans tricher ? Refuser le combat mettrait un terme au marché, mais je n'avais pas la moindre envie que Vida me projette hors du cercle de feu.

— Et le marché ? criai-je. Des provisions si tu me laisses entrer dans un groupe de chasseurs ?

Le mot *provisions* crispa Knox… mais, surtout, ses compagnons se penchèrent en avant. Je venais de leur rappeler que leur chef ne leur disait pas tout.

— Tu es très agaçante, s'écria-t-il. Gagne et j'y réfléchirai peut-être.

Je reculai de quelques pas et fermai les yeux. Vida pourrait-elle me mettre KO d'un seul coup ?

— Faites-le entrer !

Voyant notre réaction, Knox éclata de rire.

— Vous avez vraiment cru que vous vous battriez l'une contre l'autre ? C'est hilarant !

Vida se tourna vers l'entrée du bâtiment. Pas moi ; je devinai, à l'expression de son visage, que c'était grave.

Un murmure s'éleva, bientôt couvert par d'autres bruits. Un gémissement, le bruit d'un objet lourd traînant sur le sol.

Des gouttes de sueur coulèrent sur ma colonne vertébrale quand j'entendis les grognements, le cri rauque, le tintement des chaînes.

L'esprit fonctionne bizarrement, surtout le mien. Il choisit ce dont il se souvient et plus soigneusement encore les souvenirs qui demeurent aussi tranchants qu'un éclat de verre. Ce sont ces derniers qu'un bruit ou une odeur font resurgir. J'avais oublié une grande partie de ma vie d'avant mon arrestation, mais j'étais incapable de bannir les souvenirs noirs du camp.

Le tri, l'examen médical.

L'expression du visage de Sam tandis que je m'effaçais dans sa mémoire.

La longue file de jeunes dangereux, enchaînés les uns aux autres, une muselière en cuir sur le visage.

— Qu'est-ce que... Qu'est-ce que c'est que ça ? souffla Vida, saisissant mon bras et me tirant derrière elle.

En pantalon de camouflage en lambeaux et chemise déchirée, il était aussi pâle que le ciel à l'aube. Au premier regard, je lui donnai le même âge que moi. Il était voûté et maigre mais son pantalon, retenu par un sac en plastique glissé dans les passants, laissait supposer qu'il avait été beaucoup plus robuste.

Il portait une cape et des chaînes. Un bâillon, sur sa bouche, passait entre ses dents jaunes et je pensai : *J'aurais préféré qu'ils lui bandent les yeux.*

Bordés de croûtes et entourés de bleus, ses yeux noirs sans fond scrutaient l'ombre. Il nous regardait, voyait à travers nous, en nous.

Je compris alors ce qu'Olivia m'avait crié. J'entendis clairement sa voix dans mon esprit.

Rouge, Ruby. Rouge.

Dix-sept

Tous les cauchemars ne se valent pas.

Le Rouge baissa la tête, d'épaisses boucles brunes tombant sur son front. Mais elles ne cachèrent pas ses yeux. Ils nous fixaient toujours, entre les mèches. Son corps fut violemment secoué, comme s'il avait des crampes, et il ferma les yeux. Quand il les rouvrit, ils étaient dilatés, vitreux… mais une nouvelle secousse crispa son corps et toute trace d'humanité disparut.

— Les filles, permettez-moi de vous présenter La Tremblote, dit Knox, que notre stupéfaction parut ravir. Je l'ai trouvé à Nashville, alors qu'il venait d'échapper aux FSP. Il errait, tremblant comme un drogué en manque. Je l'ai entraîné et il a fait de gros progrès.

Knox fit signe à un jeune qui, visiblement terrifié, alla ouvrir les cadenas des chaînes du Rouge.

— Je crois que vous allez vous entendre à merveille, ajouta Knox. Amusez-vous bien !

Le jeune s'enfuit à toutes jambes quand les chaînes furent tombées aux pieds de La Tremblote, qui avança et franchit le mur de flammes des poubelles. Un instant moins intense, le cercle de feu brilla ensuite d'un blanc aveuglant.

— Ce foutu salopard nous envoie une bombe incendiaire ! marmonna Vida en se tournant vers moi.

La Tremblote confirma son surnom. Il inclina la tête à droite, puis à gauche, dans un mouvement saccadé qui sembla douloureux. Pendant les quelques secondes séparant ces gestes, le seul changement notable fut une lueur de confusion dans son regard.

Knox porta les doigts à sa bouche et siffla. Ensuite, il ne fut plus question de réfléchir.

On plongea, Vida et moi, dans des directions opposées quand la première boule de feu jaillit d'une poubelle puis s'écrasa sur le béton, entre nous. Je me plaquai au sol, frappant sur la jambe droite de mon pantalon pour éteindre les flammes.

L'air, au-dessus de ma tête, devint brûlant, de plus en plus brûlant, me forçant à rouler sur moi-même. Le feu de la poubelle que j'avais percutée déborda et coula dans ma direction.

Le Rouge leva une main et fit claquer ses doigts. Ce geste créa une boule de feu qu'il lança sur moi.

Debout, debout, debout ! hurla mon esprit. Mes mains trempées de sueur glissèrent sur le béton. Je me redressai et cherchai Vida.

Elle courait en direction du Rouge.

— Non ! criai-je.

Les flammes des poubelles grandirent à nouveau, se déployèrent jusqu'au centre du cercle. Vida poussa un gémissement de douleur lorsqu'une langue de feu toucha ses omoplates.

Pendant un instant, je crus qu'elle allait plonger dans les bandes de feu la séparant du Rouge ; il n'y en avait que deux, mais elles brûlaient d'une intense lumière rougeoyante.

— Vi... !

Elle atterrit sur la hanche, glissa sur les quelques dizaines de centimètres la séparant des jambes du Rouge. Il tomba avec un rugissement inhumain que les jeunes des poutrelles reprirent. Je levai la tête.

Les poubelles brûlaient toujours, tout comme le béton, par endroits. Je me précipitai vers Vida.

La Tremblote se releva, repoussant Vida avec une haine féroce. J'arrivai à temps pour attraper ma camarade avant que son dos brûlé ne heurte le sol. Mon champ visuel s'obscurcit quand sa tête percuta ma mâchoire, mais je ne perdis pas l'équilibre. Je l'aidai à se redresser.

À l'entraînement, je n'avais été opposée qu'une fois à l'instructeur Johnson et le « combat » n'avait duré que quinze secondes. C'était au début de ma formation, quand il avait besoin d'« évaluer » mes compétences. J'avais boité pendant deux semaines et les bleus de mes bras avaient mis plus longtemps encore à disparaître.

Face à ce Rouge, l'instructeur Johnson n'aurait pas fait le poids.

La Tremblote ne tremblait plus. Ses gestes étaient vifs, précis, maîtrisés... Quelque chose, en lui, avait basculé. Encore et encore, on tourna autour de lui, esquivant ses coups de poing.

Et dire qu'il m'avait semblé faible !

— Allons, les filles, railla Knox. C'est très *ennuyeux*.

Je saisis le bras de Vida à l'instant où elle allait se jeter une nouvelle fois sur le Rouge, l'obligeai à reculer de quelques pas. La Tremblote ne suivit pas immédiatement, mais resta dans sa moitié du cercle et fit les cent pas comme une panthère, ses chaussures crissant sur le béton.

Ce fut le premier moment de répit de ce combat. Je tremblais de tous mes membres et j'avais mal. *Réfléchis !*

Il n'avait pas séjourné dans un camp, en tout cas pas récemment. Peut-être jamais… mais, alors, d'où provenaient ses vêtements ? La Tremblote ne semblait pas assez futé pour cambrioler une caserne de la Garde nationale. En réalité, il semblait incapable de réfléchir par lui-même. Donc…

Non, pensai-je. *Ce n'est pas possible.*

Mais, dans cette situation, qu'est-ce qui était impossible ?

— Jamboree, soufflai-je à Vida.

Elle battit des paupières.

— Sans blague ?

Vida connaissait l'opération Jamboree comme les enfants connaissent les histoires de fantômes : sous la forme de murmures dans les recoins les plus sombres de l'imagination. La Ligue savait que le président Gray avait formé et entraîné une armée secrète de Rouges ; elle avait tenté de rendre cette information publique, mais en vain. La Coalition fédérale la trouvait trop « ridicule » et les chiens de garde d'Internet bloquaient toute allusion à ce projet avant que la presse internationale puisse s'en emparer.

Ce que Vida ignorait, c'est que l'idée avait germé dans le cerveau malade de Clancy. C'était lui qui l'avait introduite dans l'esprit de Gray et de ses conseillers.

Ma mâchoire me faisait mal, à l'endroit où Vida l'avait heurtée, et ma lèvre saignait. Je crachai sur le sol et essuyai de l'avant-bras la sueur qui me piquait les yeux. Comment Clancy comptait-il les contrôler ? La Tremblote semblait alternativement animé d'une fureur aveugle, comme si son cerveau était détruit, et capable d'agir froidement, comme un soldat entraîné. Visiblement désorienté, il ne suivait que ses instincts… qui lui dictaient de tuer.

Bon sang, pensai-je, *qu'ont-ils fait à ces jeunes ?*

Pendant des années, j'avais été convaincue que les responsables des camps et les FSP éliminaient les jeunes les plus dangereux. J'avais été soulagée quand Clancy m'avait appris que ce n'était pas le cas. Mais maintenant… *maintenant*, je me demandais si la mort n'aurait pas été préférable. Au moins, ils ne seraient pas devenus des bêtes féroces. Ce jeune n'était plus lui-même.

— Hé, Ruby, dit Vida, les dents serrées, il faut qu'on l'attaque en même temps.

— Qu'est-ce que ça changera ?

— Il peut créer et contrôler le feu, mais cela lui demande beaucoup de concentration. Il se fige dès qu'on s'approche de lui, comme si son cerveau ne pouvait pas faire les deux en même temps.

Elle avait raison. Il pouvait faire beaucoup de dégâts, mais il était comme nous… l'utilisation de son aptitude exigeait un effort et de l'entraînement. Cependant il était si mal en point qu'il ne percevait plus clairement la réalité… l'influence de Clancy ou le conditionnement des responsables de l'opération Jamboree avaient réduit ses réactions à un seul comportement : l'attaque.

— Taisez-vous et battez-vous ! cria Knox.

— Distrais-le, ordonna Vida. Je vais en finir.

Knox nous avait seulement ordonné de ne pas sortir du cercle… il n'avait rien dit sur la forme du cercle lui-même.

Le public ne put retenir un cri quand je renversai la poubelle la plus proche d'un coup de pied. Les braises se déversèrent sur le sol, mais ne brûlèrent que pendant quelques secondes. La Tremblote s'immobilisa, troublé, les yeux fixés sur les flammes. J'étais déjà passée à la poubelle suivante. Avec un cri rauque, Vida se jeta une nouvelle fois sur le Rouge.

— Stop ! hurla Knox. *Pétasse !* Ta copine aura La Tremblote pour elle toute seule…

Un gémissement et je reportai mon attention sur Vida. Ses cheveux avaient pris feu et elle frappait les flammes du plat de la main. Elle tomba à genoux, essoufflée, jurant entre deux sanglots. Je me dirigeai vers elle mais les flammes des poubelles grandirent soudain, dégageant une chaleur et une lumière intenses.

— Non, Ruby ! hurla Vida.

La Tremblote serrait d'une main le cou de Vida et levait l'autre au-dessus de sa tête. Un tentacule de feu jaillit de la poubelle la plus proche, s'enroula comme un serpent autour de ses doigts et de son poignet. Les spectateurs criaient, sur les poutrelles, mais la voix que nous avions besoin d'entendre resta silencieuse. Knox n'arrêterait pas le Rouge.

Personne ne l'arrêtera. Je portai les doigts à ma bouche et tentai de siffler comme Knox, mais je n'avais pas assez de souffle. La fumée me piquait les yeux et me brûlait la gorge…

Il va la tuer, il va la tuer, il… Cette fois il n'y avait pas d'autre issue.

— Rouge ! appelai-je d'une voix rauque.

Il leva la tête et je m'emparai de lui.

Ce fut presque inconscient. Ce fut total et immédiat, comme souffler après avoir inspiré. Les doigts de mon esprit se déployèrent… la colère, la terreur et le désespoir divisèrent les fils de pouvoir et un point chaud apparut à l'arrière de mon crâne. Le mur de feu oscilla au rythme des spasmes frénétiques du Rouge. Knox se mit à hurler mais, maintenant, La Tremblote m'appartenait. J'étais entrée dans son esprit sans avoir eu besoin de le toucher.

Quand on pénètre dans un esprit, on a la sensation de plonger dans les pensées. Parfois c'est lent et de temps en temps, rapide. La coloration des pensées et la teinte des rêves m'apportaient de nombreuses informations.

La Tremblote était brisé. Complètement brisé.

Mais j'entrai brutalement, comme un poignard dans un tas de verre pilé. Ses souvenirs étaient pointus, petits et instables. Je vis une fille brune sur une balançoire, une femme penchée sur une cuisinière, des lézards en peluche verts, un nom en lettres majuscules sur une étagère. Puis tout s'accéléra… rangers noirs, grillage, faux cuir vert d'une banquette d'autocar. De la boue, des trous, un feu brûlant dans le noir. Je m'aperçus que j'avais oublié de respirer. L'air chaud brûla mes poumons.

Je trouvai, dans ce flot décousu d'images, le visage aux traits fins de Clancy derrière une cloison en verre.

Il apparut dans le noir, comme un cauchemar. Clancy parla et toutes les pensées blanchirent.

Les hurlements des spectateurs couvraient ma voix. Je ne comprenais pas ce qu'ils criaient. Mais je tenais ce Rouge ; je disposais de son pouvoir et c'était comme si du feu courait dans mes veines. Je me tournai vers Knox et les autres qui, en sécurité sur leur poutrelle, nous fixaient.

Vous n'êtes plus en sécurité, pensai-je en me tournant à nouveau vers le Rouge. Que ferait Knox quand je retournerais son esclave contre lui ? Que ferait-il quand sa peau s'enflammerait ?

La Tremblote me fixa, ses pupilles rétrécissant et se dilatant. Ses lèvres s'ouvrirent, laissèrent passer des plaintes, puis il fondit en larmes. Il attendait des instructions. Des ordres.

Mason.

C'était le nom que j'avais vu sur l'étagère, celui que sa mère murmurait affectueusement en lui disant bonne nuit.

Mes pensées tourbillonnaient et je tentai de comprendre ce qui venait de se passer. Il habitait une maison entourée d'une clôture bleue. Sa mère lui préparait le déjeuner tous les jours. Il avait des amis et un chien, dont il fut séparé quand une camionnette vint le chercher. Il s'appelait Mason et il avait une vie.

Je m'agenouillai, une main sur le front. Le souvenir fracturé qui traversa son esprit faillit rompre la connexion. Mason tomba près d'un tas de gravats. Pendant un instant, je n'entendis que mon souffle rauque et les battements de mon cœur. Puis il y eut un craquement écœurant.

— Stop ! cria Vida. Stop !

Mason frappait son propre crâne avec un morceau de béton, mais je ne compris pas ce qu'il faisait. Vida lui arracha la pierre. Le Rouge leva la tête, tendit le cou et frappa son visage sur le sol. Il ne cessa que lorsque j'eus glissé la main entre son front et le ciment.

— Aidez-moi, sanglota le jeune garçon. Je vous en prie, aidez-moi, je ne peux pas… je ne peux plus. Mon Dieu, mon Dieu ! Ils reviennent, je les vois, ils approchent dans le noir…

— Tout va bien, dis-je, penchée sur son oreille.

— Aide-moi, supplia-t-il. Je t'en prie.

— Ça va, Mason. Tout va bien ; tu ne risques rien.

Je pouvais plonger à nouveau dans ses pensées… j'avais de nombreuses possibilités. Je pouvais effacer sa mémoire, tout ce qu'il avait subi, tout ce qu'il avait vu, pour ne garder que les journées ensoleillées sur le terrain de jeu, le sourire tendre de sa mère. Seulement le bon. Il le méritait. Mason méritait d'être libéré.

— J'ai peur, souffla-t-il, les joues trempées de larmes et de sang. Je veux rentrer chez moi…

La balle entailla légèrement mon oreille. Malgré la douleur et le flot de sang, je me penchai sur Mason pour le protéger. Le coup de feu était venu des poutrelles… Vida hurla et je ne compris ce qui s'était passé qu'à l'instant où elle me prit par les épaules, m'éloigna du Rouge et me plaqua au sol, hors de la ligne de mire du tireur.

Sur ma poitrine, ma chemise était trempée et collait à ma peau. Puis je vis mes mains. Ébahie, je me demandai s'il était possible que mon oreille ait déjà autant saigné.

— Non ! s'écria Vida. Non, ce n'est pas possible !

Je me redressai et me tournai vers elle. Mes oreilles cessèrent de bourdonner et j'entendis les sanglots et les murmures des jeunes assis sur les poutrelles. Ils regardaient le Rouge ; le sang jaillissait de sa plaie à la gorge, ses mains griffaient le sol. Sa respiration se fit de plus en plus haletante, puis cessa dans un dernier râle rauque.

Je ne pouvais plus parler ; je n'entendais plus et je ne voyais que Mason. Je levai les mains, les yeux fixés sur la tache de sang qui grandit sur le béton et finit par atteindre mes genoux.

— Je t'ai ratée, constata Knox.

Je tournai la tête, le vis baisser légèrement le pistolet qu'il tenait à la main.

— Bah ! Ma mère me disait toujours qu'il fallait jeter les jouets cassés, ajouta-t-il.

La fureur brûlante qui s'empara de moi balaya mes dernières hésitations. Et je n'avais pas besoin de réfléchir : je n'avais plus le choix. Je me relevai et me tournai vers lui.

Quand nos regards se croisèrent, ma colère se mua en une attaque parfaite, imparable.

L'esprit de Knox se dilata dans le mien et finit par exploser, libérant un flot de souvenirs liquides. Je n'eus ni la patience ni le désir de les examiner. Je négligeai les images figées de poings, de coups, d'injures éclatant comme des bombes dans son monde obscur ; je dépassai l'école militaire, le crâne rasé, les passages à tabac… j'insistai jusqu'au moment où Knox baissa la tête.

Le temps parut s'arrêter. Vida se traîna jusqu'à moi, respirant avec difficulté. C'était comme si les visages tournaient en orbite autour de nous ; il n'y avait plus que Knox et moi.

— Knox… ?

Son voisin braquait toujours une arme sur moi, mais risqua un coup d'œil sur Knox. Comme nous tous, il le vit passer une main dans ses cheveux puis se balancer d'avant en arrière.

— Descends, ordonnai-je sur un ton glacial. Tout de suite.

Ses voisins tentèrent de le retenir, mais il se dégagea. Le pouvoir que j'exerçais sur lui m'emplit de joie… mon emprise était si forte qu'il aurait fait n'importe quoi pour me rejoindre. Il déroula l'échelle de corde fixée au bord de la poutrelle et descendit.

— Qu'est-ce qui se passe ? cria quelqu'un. Knox ! Qu'est-ce que tu fabriques ?

Knox passa près de Vida qui, toujours au sol, regardait la scène avec de grands yeux. Je ne sais pas si elle comprit à cet instant ou si elle saisit simplement l'occasion, mais elle le frappa du talon à la hauteur des genoux et il s'étala à mes pieds.

— Tu es content ? lui cria-t-elle, ainsi qu'aux jeunes qui nous entouraient. Le spectacle vous a plu ? On a réussi votre épreuve ridicule ?

Une seule personne, apparemment, pouvait décider de la réussite ou de l'échec, et elle gisait devant moi.

— Je veux que tu fasses des excuses, dis-je. Tout de suite. À Mason. À tes compagnons, que tu as maltraités, à qui tu ne donnais pas ce dont ils avaient besoin et ce qu'ils méritaient. Ceux que tu obligeais à se battre en leur faisant croire que c'est le seul moyen de survivre dans ce monde. Je veux que tu t'excuses d'avoir laissé des jeunes dehors, où ils mouraient… ceux qui n'avaient pas de valeur à tes yeux et que tu traitais comme s'ils étaient invisibles. Parce que, malheureusement pour toi, ils ne l'étaient pas pour moi.

— Je suis désolé.

Ce fut un murmure ténu, une ombre. Il y eut quelques cris étouffés, mais la majorité des jeunes resta sans voix. Cependant je lus, sur les visages, que ces quelques mots ne suffisaient pas. Loin de là.

— Dis-leur ton vrai nom, ordonnai-je.

Ses yeux brillèrent, comme s'il tentait d'échapper à mon contrôle. J'accentuai mon emprise et il se mit à trembler.

— Wes Truman.

— Es-tu l'Insaisissable, Wes ?

Il secoua la tête, fixant le sol.

— Explique-leur comment tu obtiens des provisions, ordonnai-je sur un ton glacial. Ce que deviennent les occupants de la tente blanche quand tu as besoin d'un paquet de cigarettes.

Des pas traînants retentirent sur les gravats du mur effondré, mais je ne quittai pas des yeux le jeune pitoyable, tassé sur lui-même devant moi.

— Je… je les échange.

— Aux FSP ? insistai-je.

Il se mordit la lèvre et acquiesça.

Des exclamations d'étonnement, des cris, rompirent le silence, et un mot inlassablement répété : *Orange*.

— Butez-la ! cria quelqu'un. Tirez ! Elle va faire la même chose à tout le monde…

— Vous savez maintenant ce que je suis, dis-je. Et vous savez aussi que tous les mots qui ont franchi ses lèvres étaient vrais. Il vous a menti, traités comme si vous étiez des idiots incapables de prendre des décisions, mais c'est terminé.

Je me tournai à nouveau vers Knox, qui fixait ses paumes.

— Je veux que tu partes ce soir, repris-je, et que tu ne reviennes jamais. Sauf si ça vous pose un problème ? ajoutai-je en me tournant vers les jeunes assis sur les poutrelles.

Beaucoup gardèrent le silence parce qu'ils avaient peur. Les garçons qui avaient protesté se turent, les mains crispées sur leurs armes, à l'instant où mon regard croisa les leurs. *Vous êtes tous d'accord*, pensai-je. *Et vous le serez toujours*.

Ce fut très simple. Tous acquiescèrent ; il m'avait suffi d'introduire quelques images dans leur esprit, passant de l'un à l'autre si vite qu'ils ne s'étaient aperçus de rien. Je reportai mon attention sur Knox, déversai des visions dans son esprit : il s'éloignait d'un pas lourd dans la neige et toussait, faible, incapable de se défendre, puis disparaissait à jamais. Je voulais que, comme Liam, il connaisse la solitude, la souffrance et la maladie. Je voulais que le monde qui l'avait créé l'engloutisse.

Je le regardai se lever. Il s'éloigna lentement en direction des jeunes réunis près du mur abattu. Pendant un bref instant, je crus qu'ils allaient lui faire rebrousser chemin et se retourner contre moi, mais Olivia, au premier rang, fit un pas sur le côté. Elle croisa les bras et le fixa sans ciller. Un murmure s'éleva parmi les autres… des huées, d'abord contenues. Puis les occupants des poutrelles les reprirent, évacuant des mois ou des années de colère, de peur et de désespoir. Ce fut d'une intensité étouffante ; je posai une main sur ma gorge. Mon pouls, sous mes doigts, était très rapide.

Puis Knox disparut. La fureur qui m'avait donné la force de l'affronter le suivit, s'éloigna comme un vieux souvenir, se dilua dans la nuit noire. J'envisageai de l'obliger à revenir. Il me sembla soudain que ce n'était pas assez. Il méritait bien pire. Pourquoi lui avais-je laissé une chance alors qu'il n'en avait accordé aucune à ses compagnons ?

Vida me rejoignit, les yeux pleins de méfiance. Les poings serrés, elle garda ses distances. Elle me dévisageait comme si elle ne m'avait jamais vue. J'étais sur le point de lui demander ce qu'elle voulait quand un bras glissa sous le mien et me fit pivoter.

Chubs serrait les lèvres et le reflet du feu sur ses lunettes cachait ses yeux. Malgré tout ce qui venait d'arriver, je trouvai la force de me dégager et de m'éloigner. Il tenta une nouvelle fois de saisir mon bras pour m'entraîner dehors, loin des yeux qui fixaient mon dos.

Mais je n'avais pas peur de ces jeunes, même s'ils savaient maintenant ce que j'étais. Si j'avais pu trouver les mots, je le lui aurais dit. Je lui aurais dit que je n'avais pas été assez forte, autrefois, pour protéger notre groupe. Que mon pouvoir était trop faible pour assurer sa sécurité et celle des autres face à un monde décidé à nous séparer. Mais que, maintenant, ce n'était plus le cas.

L'atmosphère avait changé… j'étais si proche de tous les jeunes présents dans cette salle que je perçus physiquement le soulagement. Je mis quelques instants à comprendre qu'ils attendaient que je fasse le premier pas.

Du coin de l'œil je vis Jude, essoufflé, se frayer un chemin dans la foule. Le Chatter, dans sa main, était allumé. Son large sourire fut la seule confirmation dont j'avais besoin.

Mais il tourna la tête et regarda les poubelles renversées, les feux brûlant encore sur le béton. Mason et son regard vide fixé sur quelque chose que nous ne pouvions voir.

— Ça va, dis-je. Tout va bien.

Et qu'ils m'aient crue ou pas, tous me suivirent dehors.

Dix-huit

Si vous entendez ceci, vous êtes des nôtres. Si vous êtes des nôtres, vous pouvez nous rejoindre. Lake Prince. Virginie.

Mes cheveux se dressèrent sur ma nuque quand j'entendis la voix de Clancy. Olivia avait posé le transistor au bord de l'estrade de Knox et Jude avait chargé les piles.

— Pourquoi est-ce toujours diffusé ? demandai-je. Je croyais que c'était émis depuis East River.

Olivia secoua la tête.

— Il y avait plusieurs relais, pour que le message puisse être capté jusqu'en Oklahoma. Il n'a sans doute pas jugé utile de tous les couper.

Nous étions réunis dans l'entrepôt et je pus enfin faire le compte. Cinquante et un jeunes se tenaient en demi-cercle autour du poste, fascinés par les mots de Clancy. Finalement, Olivia éteignit l'appareil. Des voix s'élevèrent, des questions furent posées. Ils demandèrent à qui appartenait la voix, d'où venait le transistor, pourquoi les occupants de la tente blanche avaient été transportés dans l'entrepôt et les braseros traînés près d'eux.

— Êtes-vous convaincus ? m'enquis-je. Knox n'était pas l'Insaisissable et ceci n'est pas East River.

J'étais contrariée d'avoir dû en arriver là ; la majorité des jeunes m'avait crue, la veille au soir, mais quelques réfractaires des groupes de chasseurs restaient obstinément fidèles à Knox. Ils redoutaient peut-être simplement de ne plus bénéficier d'un traitement de faveur, maintenant que Knox ne pouvait plus faire appliquer ses règles stupides.

Ou peut-être s'étaient-ils persuadés que cet endroit était East River.

J'étais assise près d'Olivia au bord de l'estrade. Je voyais, chez les jeunes réunis devant moi, les traces de la cruauté de Knox : brûlures, yeux dilatés par la faim, têtes rentrées dans les épaules quand le vent faisait claquer les tôles disjointes du toit.

— En avez-vous assez entendu ? demanda Olivia en se tournant vers le jeune debout près de l'appareil.

Brett n'était plus un des chiens de Knox.

— Encore une fois, dit-il.

L'assurance de la voix de Clancy captait l'attention de ses auditeurs.

— Qu'est-ce qui nous prouve que c'est bien l'Insaisissable ? demanda Brett.

Il était allé chercher les trois autres équipes de chasseurs et leurs chefs : Michael, Foster et Diego. Il avait aussi tenu à nous protéger quand nous avions enterré Mason. Cependant, il ne nous avait apporté ni assistance ni réconfort, même quand, à force d'enfoncer la pelle dans la terre gelée, mes paumes furent couvertes d'ampoules.

Mais je comprenais. Nous venions d'ailleurs. Nous avions fait voler le système en éclats. Je craignais même qu'il ne persuade les autres de ne pas participer à notre opération d'approvisionnement. Je le vis jeter, par-dessus l'épaule, un regard sur Chubs qui, à genoux, s'occupait des malades.

Brett jouait visiblement un rôle clé au sein de la communauté. S'il prenait notre parti, les autres suivraient. Mais le temps pressait. Chubs serrait les lèvres chaque fois qu'il prenait la température de Liam.

— Vous avez droit à la vérité, dit Olivia, et je vous la donnerai. Je me suis longtemps tue, persuadée qu'il changerait. Ce n'est pas arrivé. Il est devenu de plus en plus tyrannique et si Ruby ne l'avait pas chassé… je ne sais pas ce qu'il aurait fait, mais je suis sûre que les malades seraient tous morts.

— Knox échangeait vraiment ces jeunes ? D'après lui, ils avaient tenté de fuir et il les avait éliminés.

Ces propos furent tenus par la fille assise sur les genoux de Knox le jour de notre arrivée. Quand nous avions ouvert la réserve, je m'étais empressée de lui donner une couverture. Nous avions tout sorti de cette pièce étroite et l'avions transporté au centre de l'entrepôt, pour que tout le monde puisse voir ce qui restait. Plusieurs jeunes, surtout les plus âgés, avaient trouvé le courage de récupérer leurs affaires, mais la majorité nous avait fixés sans comprendre.

Un murmure s'éleva quand Olivia hocha la tête.

— Il en a échangé au moins onze depuis mon arrivée, confirma-t-elle.

— Il faisait ce qu'il fallait pour obtenir de la nourriture, protesta Michael. Des sacrifices sont nécessaires. C'était juste.

— Est-il juste de laisser mourir de faim ceux qui sont trop faibles pour travailler ? argumenta Olivia. S'ils ne mangent pas, ils ne pourront pas se rétablir !

Olivia se leva et repoussa ses cheveux blonds derrière une épaule.

— Écoutez, reprit-elle, ça peut être différent. J'ai séjourné à East River et j'ai vu ce qu'il est possible de faire. J'y ai passé des hivers, des étés, et je n'ai jamais eu faim. Je n'ai jamais eu peur… C'était… On y vivait bien parce qu'on s'entraidait.

J'attendis la chute, l'expression de leurs visages quand elle leur raconterait comment ce paradis avait disparu, que son créateur avait trahi tous ceux qui lui faisaient confiance. Mais Brett, qui avait visiblement eu du mal à assimiler et accepter tout cela, la fixait et finit par hocher la tête.

— Nous pouvons faire pareil ici, poursuivit-elle. J'en suis sûre. On peut cultiver des légumes, améliorer la sécurité. On peut créer notre East River à nous.

— Comment ? s'enquit Michael.

Il secoua la tête, le col déchiré de sa chemise s'ouvrant et dévoilant des cicatrices de brûlures sur son cou et une épaule. Du pouce, il montra la maigre pile de provisions et ajouta :

— Tu es aussi stupide que tu es laide.

— Pas d'insultes ! s'écria Brett en se dirigeant vers lui.

Michael ricana et recula.

— Commençons par soigner les malades, poursuivit Olivia. Ensuite, assurons-nous que nous survivrons à l'hiver. Si vous nous aidez, Ruby et moi, cette expédition nous permettra de manger pendant des mois. Nous sauverons la vie des malades et la nôtre.

— Et où se trouve ce pays de cocagne, hein ? insista Michael.

— C'est un hangar de l'aéroport John C. Tune, répondit Olivia en soutenant son regard. Quelqu'un sait où il se trouve ?

Brett leva la main.

— Il est à quelques kilomètres à l'ouest, je crois... une quinzaine tout au plus.

— Très bien, dit Olivia. C'est faisable.

Son jean flottait sur ses hanches, partiellement caché par la veste qu'elle s'était appropriée.

— Non, protesta Michael, c'est un piège. Et tous ceux qui prendront part à cette connerie mériteront ce qui leur arrive.

Les jeunes en blanc – les chasseurs – s'agitèrent. Mon esprit réagit. Je m'étais tournée vers Michael quand Olivia reprit la parole.

— Écoutez, si cette opération réussit – c'est possible et même probable –, il faudra que les choses changent. Nous ne pouvons pas rester une tribu de Bleus. Non... *non, écoutez-moi*, dit Olivia en élevant la voix pour couvrir les objections. Ce n'est pas une question de couleurs. Ça n'aurait jamais dû être le cas. Ici, nous ne devrons plus nous regrouper par couleurs. Nous devrons nous respecter. Si vous ne pouvez pas respecter les autres et leurs aptitudes, si vous n'êtes pas prêts à vous entraider, vous n'aurez pas votre place parmi nous.

— Et qu'est-ce qui te donne le droit de prendre cette décision ? insista Michael. Qu'est-ce qui justifie ton autorité ? Notre système marchait très bien. Tu veux qu'on devienne faibles ? On avait une bonne raison de n'accepter que les Bleus : les autres sont si pitoyables qu'ils ne peuvent rien faire, même pas se protéger !

Olivia hésita ; ses doutes sur elle-même frémissaient sous la surface de son esprit. Ils contaminèrent tous ceux qui se trouvaient près d'elle. Elle parut se tasser sur elle-même. La panique s'empara de moi. Nous n'avions pas rempli notre mission. J'avais besoin de son aide… j'avais besoin qu'elle soit forte.

— Le noir est la couleur, dis-je.

J'entendis ces mots dans la bouche de Liam, avec son accent du Sud, exactement tels qu'il les avait prononcés pour la première fois, il y avait des mois.

— La couleur, c'est le noir, ajoutai-je.

Olivia comprit. Je n'eus pas besoin d'expliquer et, en réalité, ces mots ne pouvaient exprimer vraiment ce qu'East River avait représenté pour nous. Nous y avions vécu ensemble, travaillé ensemble, survécu ensemble. East River n'était pas seulement un campement… c'était un idéal, un phare. Une croyance. Clancy était l'Insaisissable, mais tous les jeunes qui échappaient au système aussi. Ceux qui ne renonçaient pas. Ceux qui n'avaient pas honte de ce qu'ils étaient.

— Être intelligent, ce n'est pas être faible, poursuivis-je. Vous pouvez rester ou partir, mais n'oubliez pas… si vous vous en allez, vous serez seuls. Et, vous pouvez me croire, la route est longue et difficile.

— C'est exact, renchérit Olivia. Si vous voulez partir, faites-le maintenant. Mais sachez que vous ne cesserez jamais de fuir, jusqu'au jour où vous serez arrêtés. Jamais.

— C'est stupide ! cria Michael. Ce n'est pas comme ça que ça marche. Si tu crois que mes gars vont soutenir ce…

— Alors barrez-vous, coupa Olivia. Si ça ne vous plaît pas, partez ! Ça ne peut fonctionner que si vous avez envie de rester. Prenez ce dont vous avez besoin et débarrassez le plancher.

Je descendis de l'estrade et me dirigeai vers Michael. De loin, il semblait dur, inflexible mais, de près, je m'aperçus qu'il tremblait. Il me dépassait d'une tête, pesait plusieurs kilos de plus que moi, était armé… mais tout cela ne comptait pas. Je n'eus pas besoin d'entrer dans son esprit pour comprendre qu'il revivait la soirée de la veille. Qu'il pensait à ce que j'avais fait à Knox.

À ce que je ne peux pas lui faire.

Cette certitude me fit l'effet d'un coup de poing et me figea. Je pouvais l'influencer, aucun doute là-dessus. Mais il avait été si ouvertement hostile que tout le monde se méfierait s'il changeait tout à coup d'avis. Les autres comprendraient que j'avais pris le contrôle de son esprit. Ils auraient une bonne raison de s'en prendre à moi.

Michael me fixait, le souffle court. Olivia me rejoignit et croisa les bras. Il se passa la langue sur les lèvres et avança, le couteau de chasse qu'il portait sur la hanche se balançant.

— Viens, mec, dit un de ses compagnons en posant une main sur son épaule. On n'est pas obligés de rester.

Michael se dégagea et haussa les épaules. Il prit la direction de la porte, mais se tourna soudain vers Brett.

— Toi aussi, hein ?

— Quand il y a des problèmes, il faut les résoudre, répondit calmement Brett.

Seuls cinq des huit camarades de Michael le suivirent, sans un mot, sans prendre de provisions, sans répondre à ceux qui leur dirent au revoir. Un seul se retourna et me regarda.

Je vis le plan se déployer dans son esprit comme s'il avait ouvert un livre et tournait les pages. Revenir pendant la nuit, pénétrer dans l'entrepôt, tirer sur les jeunes dormant par petits groupes sous leurs couvertures, voler tout le ravitaillement que nous aurions rapporté.

Mon corps tout entier se crispa. Je secouai la tête, entrai dans son esprit et effaçai le plan.

— D'autres candidats au départ ? demanda Olivia en scrutant les visages. Non ? Très bien. Au travail !

Les occupants de la tente blanche avaient été installés près des provisions, dans un cercle de braseros. Penché sur les épaules de Vida, Chubs leva la tête à mon arrivée.

— Tu ne sais pas t'y prendre, gronda Vida. Contente-toi de nettoyer cette brûlure avec de l'eau !

Elle était assise en tailleur devant Chubs, les coudes sur les genoux et le visage dans les mains. Chaque fois que je la regardais, maintenant, je me souvenais de la soirée de la veille. À notre retour dans l'entrepôt, tout le monde avait bien vu que l'essentiel de la longue chevelure de Vida ne pouvait être sauvé. Elle avait réussi à éteindre les flammes avant qu'elles n'atteignent son crâne, heureusement, mais les extrémités bleues de ses cheveux avaient brûlé. Le regard dur, elle les avait coupées avec un couteau que Jude avait rapporté de la réserve. Ses cheveux frisés bouclaient maintenant sous ses oreilles et son menton.

— Je fais de mon mieux, marmonna Chubs. Mais je suppose que tu ne regrettes pas d'avoir encore de la peau sur les épaules.

Il passa la langue sur sa lèvre supérieure couverte de transpiration. Depuis une heure, il ôtait un à un les lambeaux de chemise restés collés sur la brûlure de Vida et tentait de désinfecter la plaie.

— Recule ! grogna-t-elle. Tu pues.

— Ça avance ? demandai-je en m'accroupissant près de lui.

— Plus ou moins, marmonna Chubs.

— Je vais te tuer, dit Vida d'une voix altérée par la douleur.

La pince à épiler de Chubs s'immobilisa. Il s'éclaircit la gorge mais, quand il parla, ce fut sur un ton neutre.

— Ne te gêne pas. Si ça peut me permettre de t'échapper, je serai heureux de te laisser faire.

— Chubs, dis-je en jetant un nouveau coup d'œil autour de moi, j'ai la liste de médicaments que tu as donnée à Jude. Est-ce que tu as besoin d'autre chose ?

Il trempa son chiffon dans l'eau.

— De la gaze stérile pour les brûlures de Vida, du désinfectant, de l'alcool par exemple… des trousses de premiers soins s'il y en a.

— D'autres médicaments ? insistai-je, en me forçant à ne pas regarder Liam, qui ne bougeait pas. Pour soigner les pneumonies ?

Chubs passa le dos d'une main sur son front.

— Rien de plus, en fait, et les médicaments ne feront effet que si les pneumonies sont bactériennes. Si elles sont virales, je ne suis pas sûr qu'une perfusion pourrait en venir à bout.

— Il n'y a rien d'autre… même dans ton livre ?

Il avait tenu à retourner à la voiture et en avait rapporté un ouvrage médical afin de vérifier la liste des médicaments indispensables.

Chubs secoua la tête.

Je refoulai un hurlement. *PAS LUI ! Pas Liam ! Je vous en prie, ne le prenez pas, lui aussi !* Je me demandai si c'était ce que les parents avaient ressenti à l'apparition de la NIAA, quand ils avaient compris que, quoi qu'ils fassent, 98 % des enfants mourraient.

— Quand partez-vous ? demanda Chubs. Qui participera ?

— Dans quelques heures, répondis-je. Les groupes de chasseurs, mais quelques gars resteront ici. Et Vida.

Ce que j'avais vu dans l'esprit de l'acolyte de Michael m'inquiétait : peut-être essaieraient-ils de reprendre l'entrepôt. Si ses compagnons et lui étaient assez stupides pour tenter une attaque, le comité d'accueil le leur ferait regretter.

— Et en quoi est-ce rassurant ? demanda Chubs.

Bien qu'il fût derrière elle, Vida tenta de le frapper.

— Terminé, dit Vida en s'éloignant.

Il essaya de la retenir et les bandes de tissu qu'il avait préparées pour panser sa plaie, posées sur ses genoux, tombèrent. On la regarda s'éloigner d'un pas incertain entre les braseros, Chubs plissant les yeux quand sa démarche se fit hésitante. Lorsqu'elle eut disparu, il se tourna vers moi.

— Oui, dis-je, tu dois aller la chercher.

Il leva les sourcils.

— Sa brûlure va s'infecter, ajoutai-je.

— Elle pousserait un saint au meurtre.

— Heureusement que tu n'es pas un saint.

Il se leva, avança une serviette et un seau d'eau tiède dans ma direction puis montra vaguement les malades.

— Je reviens dans cinq minutes. Rends-toi utile et essaie de les faire boire.

J'allai près des malades, les réveillai, portai un gobelet en plastique plein d'eau à leurs lèvres. Sauf à leur ouvrir la bouche de force et verser l'eau dans leur gorge, je ne pouvais pas les contraindre à avaler. Je fis de mon mieux, passant un chiffon mouillé sur leur visage, leur demandant s'ils souffraient et s'ils se sentaient plus mal que la veille.

Un seul malade parvint à répondre. « Oui », souffla-t-il.

J'entendis une toux sèche et me tournai vers une chevelure broussailleuse familière au-dessus d'une couverture bleu clair. Il tentait péniblement de se dresser sur les coudes. Sa respiration rapide m'inquiéta… et aussi les tremblements de ses bras.

— Arrête, dis-je en me dirigeant vers lui. S'il te plaît… Tout va bien. Allonge-toi…

Les yeux de Liam étaient dilatés, bordés de rouge et entourés de traces de coups. Ses bras cédèrent et, sans réfléchir, je saisis ses épaules puis le posai doucement. Il ne me quitta pas des yeux : ils étaient, bizarrement, plus bleus, brillants de fièvre.

Après avoir touché sa peau brûlante, mes mains me parurent glacées.

— Que se passe-t-il ? demanda Liam en avalant sa salive avec difficulté.

— Chubs est allé chercher quelque chose, répondis-je. Il va bientôt revenir.

Liam hocha la tête, ferma les yeux et soupira. J'étais sur le point d'écarter les mèches bouclées collées sur son front quand il se tourna vers moi et ouvrit les paupières.

— Tu es... très jolie... Comment t'appelles-tu ?

Sa voix était faible et sifflante, mais je fus si étonnée par sa lucidité que je mis quelques instants à répondre.

— Ruby, répéta-t-il avec son accent caressant du Sud. C'est joli.

Puis l'expression du visage de Lee changea complètement. Il fronça les sourcils, très concentré, ses lèvres formant inlassablement ce mot.

Ruby.

Je m'agenouillai près de lui et tirai le seau. Je posai une main sur le sol, près de la sienne.

— Ruby, répéta-t-il, les yeux troubles. Tu... Cole a dit... Il m'a dit qu'on ne se connaissait pas et j'ai pensé... j'ai cru que c'était un rêve.

Avec le chiffon, j'essuyai la poussière et la suie couvrant son visage. *Ça va*, me dis-je. *Je ne le touche pas vraiment.* Sa repousse de barbe crissa sous la caresse du tissu. Je me concentrai sur la petite cicatrice blanche, au coin de ses lèvres. Je me forçai à ne pas poser les miennes à cet endroit, même si j'avais l'impression de me perdre en lui.

— Un rêve ? insistai-je dans l'espoir qu'il continuerait de parler. Quel rêve ?

Ce n'était pas… Non, c'était impossible. Les gens étaient parfois désorientés quand j'altérais leurs souvenirs, un peu vagues sur les détails, mais je m'étais complètement effacée de la mémoire de Liam.

Il esquissa un sourire.

— Un beau rêve.

— Lee…

— Il faut… Est-ce que les clés… ? dit-il d'une voix plus douce. Il faut aller chercher… Je crois que Zu est… Elle est dans l'allée du supermarché avec… celle où…

L'allée du supermarché ?

— Il ne faut pas que ces types… les voient. Ils vont les attaquer… toutes les deux.

Je reculai, mais la main de Liam trouva la mienne et ses doigts glissèrent entre les miens, l'immobilisant.

— Quels types ? Zu ne risque rien ; personne ne l'attaquera.

— Le… supermarché de Roanoke… je lui ai dit… je lui ai dit d'aller avec… elle est partie avec… Non, où est-elle ? Où est Zu ?

— Elle est en sécurité, promis-je en tentant de dégager ma main.

Son étreinte était insistante, comme s'il essayait de me forcer à comprendre quelque chose, et plus il serrait, plus il avait du mal à respirer. Je posai ma main libre sur sa joue et me penchai sur lui.

— Liam, regarde-moi. Zu ne risque rien. Il faut… il faut que tu te calmes. Tout va s'arranger. Elle est en sécurité.

— En sécurité, répéta-t-il en fermant les yeux, comme si les mots n'avaient pas de sens. Ne recommence pas, souffla-t-il. Ne va pas… là où je ne peux pas te suivre, s'il te plaît, pas encore…

— Je ne bougerai pas d'ici, répondis-je en caressant sa pommette du pouce.

Ça ne peut pas durer. Il faut que tu partes. Tout de suite.

— Ne mens pas, marmonna-t-il, presque endormi. Ici… Ici, il est inutile…

Je me levai d'un bond, le sang me montant à la tête et brouillant ma vision. Je posai une main sur ma bouche et tentai de ne pas trébucher sur les malades allongés. Je savais ce qu'il avait tenté de dire. J'avais entendu ces mots, il les avait prononcés lui-même, mais c'était… c'était impossible.

Ici, il est inutile de mentir.

— Ruby ?

Près des braseros, Vida et Chubs me regardaient avec inquiétude. Depuis quand étaient-ils là ? Chubs fit un pas dans ma direction, mais je levai la main.

— Ça va, il…

Je m'accroupis, la tête entre les mains, et respirai profondément.

Impossible !

— Tu en es sûre ? insista Chubs d'une voix qui me parut froide. Tu as fini ?

Je hochai la tête sans quitter le sol des yeux. Mon estomac se noua. Liam changea de position sous sa couverture.

— Tu crois que c'est une bonne idée d'être gentille avec lui et de le désorienter encore plus ? poursuivit Chubs. Ton plan, c'est toujours de retrouver la clé USB et de nous laisser tomber pour rejoindre la Ligue, hein ? Qu'est-ce qui se passera à son réveil ?

— Elle fera comme si elle ne le connaissait pas, dit Vida en s'asseyant. Parce que c'est une simple opération de récupération. Elle le sait. Et elle a promis de ne pas se laisser influencer par les sentiments.

J'avalai ma salive.

— Je sais, dis-je. Peux-tu… est-ce que tu lui raconteras ce que nous sommes venus faire ici ?

— La vérité ? demanda Chubs d'une voix dure.

Cela débuta par une toux, mais je compris que c'était plus grave. Liam, qui avait beaucoup de mal à respirer, posa les mains sur sa gorge. Cherchant son souffle, il tenta de se tourner sur le flanc, mais en fut incapable. Impossible de dire qui réagit le premier. Quand j'arrivai près de Liam, Chubs redressait son ami pour qu'il puisse respirer plus librement.

— C'est bon, dit Chubs en le poussant en avant pour pouvoir lui tapoter le dos.

Il semblait calme, mais son front était couvert de sueur.

— Respire lentement, ajouta-t-il. Ça va. Tout va bien.

Il n'avait pas l'air d'aller bien. Il avait l'air…

Il va mourir. Je me tordis les mains. Après tout ce que nous avions vécu, il mourrait ici, comme ça, et je ne le reverrais jamais.

— De l'eau ? proposa Vida, une bouteille en plastique à la main.

La lueur dure de ses yeux, son jugement sur l'état de Liam et le regard chargé de pitié qu'elle m'adressa me firent horreur.

— Non, dit Chubs. Ça risque de provoquer une nouvelle quinte de toux. Ruby, *Ruby*… il va s'en tirer ;

je le forcerai à rester éveillé. J'ai besoin de médicaments, j'ai besoin de sirops, j'ai besoin de révulsif. Vite !

J'acquiesçai, les poings serrés en me forçant à respirer calmement.

— *Roo !*

La voix de Jude nous parvint alors qu'il n'avait pas encore franchi les braseros, une veste noire à la main.

— Je l'ai trouvée, cria-t-il. Je l'ai trouvée !

Je lui fis signe de parler moins fort.

— Approche, dis-je.

Je pris la veste. Je ne l'avais aperçue que brièvement, dans les souvenirs de Cole, mais il me sembla que c'était la bonne, même si elle n'était pas noire. Elle était gris foncé – toile imperméabilisée doublée de flanelle – et portait toujours son odeur. Pin, fumée de bois et transpiration. Chubs et Vida ne me quittèrent pas des yeux tandis que je palpai les ourlets jusqu'au moment où mes doigts touchèrent un objet rectangulaire.

— Elle est bien là, dis-je en donnant le vêtement à Vida. Laissons-la où elle est pour le moment. On la prendra quand on s'en ira.

Je reportai mon regard sur le visage blême de Liam. La toux suivante parut plus forte, comme si ce qui entravait la respiration avait disparu.

Jude se tenait derrière moi, regardant Liam. Son sourire fier s'estompa. Il saisit mon épaule pour ne pas perdre l'équilibre ou pour m'empêcher de tomber. Les deux, je suppose.

— Peux-tu dire à Olivia que je suis prête ? lui demandai-je. Et, ajoutai-je en saisissant le dos de sa chemise, trouve des vêtements chauds, d'accord ?

Il esquissa une parodie de salut militaire. Vida leva les sourcils et il me fut facile d'interpréter l'expression de son visage : *Jude sera une charge, pas un atout.* Peut-être qu'elle avait raison et que j'aurais dû le forcer à rester, mais nous ne savions pas à quel type de technologie nous serions confrontés. Il était incapable de toucher une cible à trente centimètres et de courir plus de dix mètres, mais c'était un Jaune formé, capable de mettre les serrures électroniques et les alarmes hors service.

J'aidai Chubs à allonger Liam, qui prit mes mains à l'instant où j'allais me redresser. Il regarda le visage pâle de son ami, puis le mien.

— Est-ce vraiment mieux que si vous étiez restés ensemble ? me demanda Chubs.

Je sursautai.

— Tu ne crois pas que tu as un peu surestimé son aptitude à se débrouiller sans nous ? expliqua-t-il.

Ce n'était pas mieux, mais ce n'était pas nécessairement pire. Liam, malade, était le reflet du monde cruel et dur dans lequel nous étions obligés de vivre mais, au moins, ce n'était pas le Liam violent, impitoyable, que la Ligue aurait créé.

— Tout ça ne me plaît pas, conclut Chubs.

— Je sais, soufflai-je.

Je me penchai et passai les bras autour du cou de Chubs. Si cette démonstration d'affection l'étonna, il n'en montra rien. Il me tapota le dos.

— Tu me rends dingue, dit-il, mais, s'il t'arrivait quelque chose, je perdrais complètement le nord. Tu es sûre à cent pour cent de savoir ce que tu fais ?

— Ouais. J'ai été formée, n'oublie pas.

Il eut un sourire sans joie.

— Et dire que, le jour où tu nous as rejoints…

Chubs n'eut pas besoin de terminer. Je savais ce que j'étais, le jour où ils m'avaient emmenée avec eux… une fille maigre, terrifiée, brisée. Je n'avais rien, personne, et je ne savais pas où aller. Peut-être resterais-je toujours brisée… mais maintenant, je me reconstruisais petit à petit.

Dix-neuf

On se mit en route aussitôt après le coucher du soleil. Je tentai vaguement de calculer combien de temps s'était écoulé depuis le jour où nous étions partis à la recherche de Liam. Deux semaines ? On était en décembre ; je me souvins du calendrier lumineux de la gare du Rhode Island. Je comptai.

— On a manqué ton anniversaire.

Nous traînions à l'arrière du groupe tandis qu'Olivia et Brett le conduisaient.

Jude, qui fredonnait une chanson de Bruce Springsteen, se tut.

— Quoi ?

— C'était la semaine dernière, dis-je en saisissant son bras pour l'aider à franchir un tronc. On est le 18 décembre.

— Ah bon ? s'étonna Jude en se frottant les bras. Pas étonnant qu'il fasse si froid.

— Quinze ans ! Tu ne rajeunis pas !

Je dénouai mon écharpe, mais il la refusa et prit de l'avance sur moi, sa parka crissant à chaque pas. Nous étions nombreux, mais nous progressions en silence dans les taillis. De toute façon, selon Brett, nous nous trouvions dans le parc naturel de Cheatham et ne risquions pas d'attirer l'attention.

— Tu l'as retrouvée ? demandai-je quand je vis un objet brillant dans la main de Jude.

Il le leva. Le clair de lune filtrant entre les branches le faisait briller. Je le pris et le posai au creux de ma main. Le verre de la boussole était fêlé en deux endroits.

— Ouais, dit-il en me la reprenant. Pendant une seconde, j'ai… Peu importe.

— *Peu importe ?* répétai-je, incrédule. Qu'est-ce qui ne va pas ?

— Pendant une seconde, j'ai été vraiment heureux de l'avoir retrouvée, tu vois ? Puis j'ai pensé que je ne devrais peut-être pas la reprendre.

— Pourquoi ?

— Parce que c'est Alban qui me l'a offerte. Quelques jours après mon arrivée au QG. Il m'a dit qu'il était très fier que je fasse partie de la Ligue, mais aujourd'hui… je ne suis plus certain d'en être fier.

Je soupirai, cherchai en vain des mots réconfortants. Jude haussa les épaules puis passa la chaîne autour de son cou. La boussole disparut sous sa parka et je pensai : *Voilà la différence.*

Il y avait une différence fondamentale entre nous. Après avoir pris conscience de la réalité, je ne pouvais retourner au rêve… mais Jude croyait encore que la Ligue pouvait changer.

Je n'étais pas fatiguée mais les montées, la boue, la faim et l'effort qu'il me fallait faire pour ne pas penser à Liam commençaient à peser. L'estomac de Jude avait grondé au moins quatre fois pendant la dernière demi-heure et si, contrairement à nous, il n'était pas de mauvaise humeur, son pas se faisait de plus en plus lourd.

— On y est presque, affirmai-je, les yeux rivés sur la nuque de Brett.

Ce n'était pas sa faute : nous n'avions pas assez de voitures. Nous avions envisagé de descendre la Cumberland mais, plusieurs mois après la crue, le courant était encore trop fort, selon Brett, et les radeaux ne résisteraient pas. C'est pourquoi on marchait.

On parcourut quinze kilomètres, seize, dix-sept. Mes doigts étaient gelés, engourdis ; glisser les mains sous les aisselles ne parvenait pas à y rétablir la circulation.

Les lèvres serrées, Jude remit sa casquette en place. Enfoncée sur ses boucles, elle appuyait sur ses oreilles, qui semblaient plus grandes. Pendant une seconde étrange, cela suscita en moi un élan de tendresse.

— De toute façon, dit Jude, roi du coq à l'âne, ça va être super. Vraiment super. On entrera en un clin d'œil, on prendra les médicaments, la nourriture, et terminé ! Ni vus ni connus. On sera des héros !

Mais nous ne savions pas qui contrôlait l'aéroport ni pourquoi des provisions y étaient stockées. J'avais posé la question à Cate et Nico, dans un message, mais ils n'avaient pas encore répondu au moment de notre départ.

Nous allions vers l'ouest, vers le centre de Nashville, mais la rivière ne coulait pas en ligne droite. Elle formait une nouvelle courbe, juste devant nous.

Je gagnai la tête du groupe. Je posai une main sur l'épaule d'Olivia, qui m'entraîna jusqu'au bord de la Cumberland.

— Waouh ! s'écria Jude.

Jusque-là, je n'avais pas compris pourquoi la ville était toujours interdite alors que le niveau de l'eau avait baissé depuis des mois. Mais les conséquences des catastrophes naturelles sont presque toujours plus graves que les catastrophes elles-mêmes. Pas étonnant que le sol soit devenu marécageux, pas étonnant que la rivière ne soit pas rentrée dans son lit. La violence des orages avait précipité des quartiers entiers dans le cours d'eau, fait chavirer des péniches énormes qui, échouées, rouillaient. L'eau ne pouvait plus s'écouler en direction de la ville et se répandait dans les prairies et les forêts voisines.

— C'est là-bas, déclara Brett en montrant du doigt des bâtiments blancs, au loin. Gray et ses gars avaient promis de tout remettre en état, mais ils n'en ont rien fait.

— On va y aller… à la nage ? demandai-je en m'efforçant de ne pas grimacer.

Olivia, tenant à la main la seule lampe-torche, se tourna vers moi et sourit.

— Non. On va jouer à saute-mouton.

Saute-mouton, en compagnie d'une bande de Bleus, signifiait qu'on allait devoir se résigner à être projetés comme des poupées de chiffon d'un objet flottant à un autre. Leur système était très au point, mais la rivière était trop large pour que les Bleus puissent transporter quelqu'un directement sur la rive opposée. Brett déposa donc Olivia sur la coque d'une péniche échouée. À son tour, elle projeta un autre Bleu sur ce qui semblait être le toit d'un mobile home. Quand trois d'entre eux furent en position, il leur fut facile de nous transporter sur l'autre rive, où j'atterris à genoux.

On traversa un bois dont on sortit couverts de boue et trempés, parce qu'il s'était mis à pleuvoir. De très nombreux avions, ainsi que des véhicules militaires vert et marron, occupaient la piste. L'aéroport n'était pas en service, après tout... et la présence des appareils et des camions indiquait que les infos de Cate et Nico étaient exactes, que des provisions étaient bien stockées dans les hangars.

La Garde nationale avait érigé un grillage autour de l'aéroport et des pancartes indiquaient : ENTRÉE INTERDITE et CLÔTURE ÉLECTRIFIÉE. Jude, dont j'avais saisi la chemise, se dégagea et rampa dans les hautes herbes.

— Hé ! soufflai-je. Jude !

Il toucha la clôture du bout d'un doigt, recommença puis nous rejoignit.

— Le courant est à peu près aussi fort que dans mes chaussures, murmura-t-il.

Ce n'est pas logique, pensai-je. S'ils contiennent des provisions, ces hangars devraient être protégés.

Je scrutai le pré et me souvins des propos de l'instructeur March : *Quand ça semble trop facile, ça ne l'est pas*. Et la simulation suivante, pendant laquelle j'avais attaqué un entrepôt en compagnie de Vida, l'avait démontré. Il n'y avait personne à l'extérieur. Les agents jouant le rôle de Gardes nationaux nous attendaient à l'intérieur.

— Roo, souffla Jude. Allons-y !

Il était impossible de se mettre à couvert, entre le bois et les hangars, mais ça n'empêcha pas Brett et quelques autres d'avancer. Olivia elle-même m'adressa un regard exaspéré, puis se leva et se mit à courir pour les rattraper.

— Très bien, dis-je à Jude. Reste près de moi…

Mais il était déjà loin, courant sur la piste entre les véhicules et les avions. Je finis par les rattraper à l'instant où ils s'arrêtaient et s'accroupissaient derrière la dernière file de véhicules.

— J'emmène Brett et Jude, dis-je en prenant la lampe-torche d'Olivia. Je l'allumerai deux fois s'il n'y a pas de danger, une seule si vous devez vous replier. Pigé ?

— Ruby, il n'y a *personne.*

— Et ça ne te semble pas bizarre ?

Tout autour de nous, il y avait des empreintes de pneus et de pas ; si elles avaient été anciennes, la pluie les aurait effacées.

Les parkings étaient déserts hormis quelques gros camions. L'aéroport tout entier était plongé dans le noir.

J'avais les nerfs à vif quand je rejoignis Brett après avoir fait le tour des bâtiments. Du menton, je montrai l'endroit où Jude attendait.

— C'est trop facile, finit par admettre Brett en faisant passer son vieux fusil d'une épaule à l'autre. Où sont-ils ?

Pas dans les hangars, je vous en prie, pensai-je. *Pas dans les hangars*. C'est moi qui avais eu l'idée de cette expédition… En cas de pépin, je serais responsable.

Cate ne nous aurait pas indiqué cet endroit s'il y avait eu du danger, pensai-je, *si nous risquions d'être arrêtés.*

— Appelle les autres, soufflai-je à Jude sans laisser à la panique le temps de s'installer.

Je les comptai une nouvelle fois pendant qu'ils nous rejoignaient. Vingt et un.

Le groupe de chasseurs s'accroupit au pied du hangar, le dos au mur, scrutant le noir. Le portail était verrouillé par de grosses chaînes qu'il nous serait impossible de scier mais, comme je l'avais prévu, il y avait une porte latérale équipée d'une serrure électronique.

— Éloigne-toi, dit Jude en me poussant. Le maître est là.

— Attention, l'avertis-je, si tu grilles complètement cette serrure, tu déclencheras sûrement une alarme.

— Franchement, dit-il en scrutant l'écran, qui s'alluma et afficha un pavé numérique, tu agis comme si je n'avais jamais fait ça !

— Tu ne l'as jamais fait, lui rappelai-je. En général, Nico désactive les alarmes à distance.

— Détails, détails.

Jude me fit signe de m'éloigner puis posa une main à plat sur l'écran.

— Silence pendant que le maître travaille ! ajouta-t-il.

Brett s'impatienta.

— Le maître peut-il activer un peu ? demanda-t-il.

— À trois, dit Jude, appuie sur la poignée de la porte. Prête ?

Je le contournai, saisis la barre métallique.

— Prête.

À trois, l'écran s'éteignit et, aussitôt après avoir entendu le mécanisme de la serrure, je poussai le battant de l'épaule. Quand le clavier numérique se ralluma, il jeta une étrange lueur rouge sur les flocons de neige.

J'attendis la plainte stridente de l'alarme, la lumière aveuglante des projecteurs. J'attendis l'instant où Jude, terrifié, se plaquerait contre le mur. Mais il ne se passa rien.

— OK, dit Jude, le système d'alarme croit que la porte est fermée… Si on la laisse ouverte, il n'y aura pas de problème.

— Bon travail, soufflai-je.

Les autres entrèrent, couvrant la rampe en béton de boue. On sentait tous le chien mouillé.

Souriant, Jude les suivit. Quelqu'un appuya sur un bouton et une intense lumière blanche éclaira la salle. Je posai une main sur mes yeux.

L'ambiance changea d'un seul coup ; la joie de Jude céda soudain la place à l'ébahissement. Ce fut si rapide, si brutal, que j'hésitai à regarder le hangar.

— Bon sang !

Des rangées d'étagères métalliques meublaient la pièce, un peu comme dans une bibliothèque. Des palettes et des piles de caisses occupaient les étagères. Beaucoup ne portaient pas d'étiquettes et beaucoup d'autres étaient enveloppées dans du plastique transparent.

— Quelle est cette langue ? demanda Olivia.

Elle frappa du pied la caisse la plus proche, qui dégagea un nuage de poussière. Sur un de ses flancs, le bois mince était enfoncé et fendu, comme si elle était tombée de très haut.

— Du chinois ? suggéra Jude. Du japonais ? Du coréen ?

Je ne pus identifier les caractères, mais je reconnus la croix rouge peinte près d'eux.

Selon la presse, la Croix-Rouge américaine s'était trouvée à court de fonds et de ravitaillement après la fermeture des frontières des États-Unis. Faute de financement, l'organisation avait dû cesser ses activités deux ans après l'effondrement de l'économie.

Alors qu'est-ce que c'était que ça ?

— Liv… Regarde ! cria un des gars.

Ses camarades et lui avaient coupé le plastique et faisaient flotter des caisses jusqu'au sol. L'une d'entre elles, ouverte, avait déversé son contenu rouge vif sur le plancher. Je pris un des paquets rectangulaires. Sous les mots RATION DE SURVIE étaient dessinés un homme portant de la nourriture à sa bouche et un drapeau.

— Ce sachet contient tous les aliments nécessaires à une personne pour une journée, lut Olivia.

— Contribution de la République populaire de Chine, terminai-je en lui rendant le paquet.

Mais les autres étaient déjà passés à l'étagère suivante et y prenaient des cartons sur lesquels était imprimé : DIX RATIONS DE SURVIE, CONFORME AUX NORMES DE L'OTAN.

— Ceci vient du Royaume-Uni, je crois.

Jude avait ouvert un carton et parcourait le tract qu'il y avait trouvé.

— Il y a… toutes sortes de trucs, reprit-il. Des allumettes, de la soupe, du *chocolat*… Bon sang, il y a même du thé !

— Prenez ce dont on a besoin, dis-je ; mais cherchez les médicaments. Vous en voyez ?

— Ces trucs viennent de Russie, cria Brett dans l'allée voisine.

— Ici, ça vient d'Allemagne, du Canada et, je crois, du Japon, dit Olivia.

— De France et d'Italie aussi, annonça une autre voix. Il n'y a que des rations de survie !

Je sortis de ma poche la feuille sur laquelle Chubs avait griffonné sa liste et la levai vers la lumière. Son écriture, comme toujours, était imprécise ; son stylo avait commencé à fuir quand il avait écrit *pénicilline*. Il avait ajouté les dérivés : *amoxicilline (Amoxil), ampicilline (Rimacilline), benzylpénicilline (Crystapen)*…

Je m'engageai dans les allées, scrutant les cartons et les caisses. Nourriture, sacs en plastique contenant des couvertures en laine, caisses portant des drapeaux que je ne connaissais pas. Il y avait, partout, des croix rouges. Elles étaient parfois tachées de boue. Toutes avaient séjourné dehors. Parachutées par des avions, peut-être ? D'après Cate, certaines parties du pays recevaient de l'aide humanitaire, mais il était impossible de confirmer ces rumeurs.

Mon cœur se mit à cogner dans ma poitrine et ma respiration se fit sifflante. Il y avait moins de bruit, ici, près des fûts en plastique empilés contre le mur du fond. Je me penchai, essuyai la poussière sur le flanc transparent de l'un d'entre eux. Encore des paquets rouges. Je passai au fût suivant, écoutant vaguement ce que disaient mes compagnons.

Je n'abandonnai mes recherches qu'après avoir trouvé le cygne doré de Leda Corporation. La liste de Chubs tomba sur le sol quand je me dressai sur la pointe des pieds pour tenter de voir ce que contenait le fût. Leda Corps produisait des médicaments ; grâce à mes nombreux voyages en avion-cargo, je le savais. Je saisis le couvercle en plastique et tirai. Jude m'appela, sa voix couvrant celles des autres.

— Allez, allez ! marmonnai-je, les muscles crispés.

Le fût se brisa en tombant sur le sol ; fouillant parmi les flacons et les seringues à usage unique, je reconnus le nom d'un antibiotique mentionné par Chubs. Je pris tout ce que je pus et le fourrai dans mon sac. VACCINS était indiqué sur un autre fût, mais celui qui se trouvait dessous contenait de la gaze, du coton hydrophile et de l'alcool.

— J'ai besoin d'aide ! criai-je.

Mon premier sac était plein et le second l'était presque. Il nous fallait davantage de médicaments. Liam en avait besoin.

Des pas lourds et précipités retentirent derrière moi. Quelqu'un s'arrêta, marmonnant des propos que je ne compris pas… jetant un coup d'œil par-dessus l'épaule, je vis la moitié de notre groupe, chargé de provisions, faire un dernier passage dans les allées.

— Ruby !

Ce ne fut pas l'intonation de la voix de Jude qui me fit tourner la tête, mais la puanteur de la fumée de cigarette.

Je ne fus pas assez rapide. Je m'écartai, dans l'intention de lever un bras pour parer le coup, mais le poignard me toucha un instant avant le poing qui s'abattit sur ma nuque.

La douleur fut intense. Je basculai en avant, mais une main saisit ma queue-de-cheval et me tira en arrière. Je ne pus reprendre mon équilibre. Je n'eus pas le temps de saisir le pistolet glissé sous la ceinture de mon pantalon et mon agresseur s'en empara.

Le souffle de Michael était rauque et précipité. Il fit pivoter la lame enfoncée dans le bas de mon dos et je hurlai. Le bras entourant ma poitrine monta jusqu'à ma gorge, la main serrant mon arme. Il plaqua le canon sous mon menton. Je ne pouvais plus respirer, je ne pouvais plus avaler ma salive, je ne pouvais plus bouger.

— Je t'ai manqué ? demanda-t-il.

Je tentai de rejeter la tête en arrière, de me retourner, dans l'espoir de me dégager. *Ça va*, me dis-je. *Il n'a pas touché la colonne vertébrale ni un rein, seulement…*

— Merci d'avoir trouvé cet endroit, ajouta-t-il en me plaquant contre les fûts.

Le coup d'épaule de Jude ne fut pas assez puissant pour éloigner Michael, mais me permit de me retourner et de lui donner un coup de genou dans le bas-ventre. Le poignard tomba sur le sol. Jude et Michael tentèrent de le ramasser. La douleur vrilla mon flanc droit quand je lui donnai un coup de pied au visage.

— Salope ! cria-t-il, puis je fus projetée contre des étagères.

Jude fut envoyé en direction de Brett et Olivia, qui venaient voir ce qui se passait. Un coup de feu retentit, puis un autre, et la lumière blanche devint rouge, clignotante ; ensuite, la pulsation stridente de l'alarme retentit.

Vingt

Je ne sais pas comment je suis allée du fond du hangar à la porte, seulement que, à l'instant où la brume noire ayant envahi mon cerveau se dissipa, la lumière prenant une intensité insupportable, Jude et Olivia me soutenaient et Michael, avec ses quatre compagnons, rassemblait nos armes et nos rations de survie.

Le regard fixe, tremblant comme une feuille, Knox se tenait près d'eux.

Michael et les autres étaient donc partis à la recherche de leur ancien chef. Mais je ne voyais pas quel avantage ils en tiraient. Knox marmonnait, se balançant d'avant en arrière et répétant toujours le même mot : *pars, pars, pars*…

— C'est votre faute ! cria Michael.

L'alarme s'était tue, mais la lumière clignotait toujours.

— Vous avez préféré des inconnus à Knox, poursuivit-il. À moi ! Vous voulez tout vous approprier et nous chasser ? On a trouvé ce fichu entrepôt ! On a tout organisé !

Jude tremblait… pas de peur ou de froid, mais de fureur.

— Et personne d'autre ne peut en profiter, c'est ça ? dit-il, son bras serrant ma taille. Tu veux que tout le monde soit aussi malheureux et minable que toi ?

— Je ne suis pas minable… on ne l'est pas ! Knox te le dirait lui-même si elle ne l'avait pas détruit ! Regardez-le. *Regardez !* Vous voulez qu'elle vous fasse la même chose ? Vous voulez une autre démonstration de son aptitude monstrueuse ?

— Crois-moi…, dis-je en secouant la tête parce que ma vision était floue, si tu ne lâches pas ces sacs et si tu ne te barres pas tout de suite, tu seras le prochain.

Il leva son arme, mais Olivia et Brett se placèrent devant moi.

Un bref mouvement sur ma gauche. Je tournai la tête à l'instant où un des camarades de Michael ouvrait la porte. Je compris alors qu'ils avaient dû la fermer. C'était pour cette raison que l'alarme s'était déclenchée.

— Il faut y aller, déclara-t-il. Ils arrivent !

Mon cœur se serra. C'était trop tard.

— Ne fais pas ça ! s'écria Brett.

Mais Michael prit Knox par le bras et suivit les autres dans la nuit.

Il y eut deux secondes de silence. Je fermai les yeux. Un coup de feu retentit. Cent répliquèrent.

— À terre ! ordonnai-je en poussant Jude sur le sol.

Presque toutes les balles rebondirent sur le portail du hangar, à droite de la porte par laquelle nous étions entrés, mais quelques-unes transpercèrent le mince métal et touchèrent les étagères.

Mon esprit était paralysé et mon dos blessé m'élançait. J'essuyai ma lèvre supérieure couverte de sueur. Je n'avais pas besoin de me lever ou de jeter un coup d'œil dehors. Je savais ce que je verrais… quatre morts et des soldats en uniforme noir prenant position.

— J'en compte trente, annonça un Bleu.

Je ne sais même pas comment tu t'appelles, pensai-je, *et tu nous as tout de même accompagnés. Tu vas te faire tuer et ce sera à cause de moi.*

Une violente envie de vomir s'empara de moi quand je me relevai. *Nous sommes morts. Et c'est ma faute.*

Brett s'éclaircit la gorge et se tourna vers le groupe.

— Ce sera du gâteau. Ils ont des armes, mais on a notre aptitude.

— On devrait pouvoir les repousser, admit Olivia. Je peux transporter la moitié d'entre nous de l'autre côté de la rivière, mais quelqu'un devra prendre la tête des autres et faire le tour.

Brett passa une main dans ses cheveux et rit.

— Et c'est moi, ce quelqu'un ? Tu es si pressée de te débarrasser de moi ?

Les Bleus se répartirent en deux groupes, derrière Olivia et Brett, et l'absurdité de ce que nous étions sur le point de faire – repousser les FSP puis tenter de courir plus vite que les balles – me pétrifia.

Je me sentais bizarrement étrangère à ce qui se passait autour de moi. Mais Jude se fraya un chemin jusqu'à l'armoire des fusibles.

— Prenez position près de la sortie, dit-il en cassant le cadenas d'un coup d'extincteur.

Il le lança derrière lui et ouvrit la porte grise. Il ôta son gant droit et posa sa main nue sur les fusibles. Les aiguilles des cadrans se mirent à tourner à toute vitesse.

— Repoussez-les et je leur donnerai le coup de grâce.

Il était calme… trop calme.

— Qu'est-ce que tu fais ? demandai-je.

L'air semblait plus chaud et chatouillait mon visage. La chevelure bouclée de Jude se mit à crépiter. Je reculai d'un pas mais ne vis les étincelles bleues parcourant ses mains et ses bras qu'à l'instant où la lumière s'éteignit.

— Ruby, il faudra que tu appuies sur le bouton de la porte, dit-il.

— Qu'est-ce que tu fais ? répétai-je.

Je battis des paupières, mais le halo lumineux qui l'entourait ne disparut pas.

— Ne crains rien, répondit-il d'une voix extraordinairement calme. Je sais ce que je fais.

Il compta à partir de trois, forçant les Bleus à s'aligner comme il l'avait ordonné. Il prit soin de ne toucher personne, au milieu de la file ; les autres, réagissant à sa charge et à son autorité, se placèrent derrière lui.

— Un ! cria Jude.

J'abattis la main sur le bouton.

La neige s'était muée en pluie. Elle tombait à verse, diffractant la lumière des projecteurs installés par les soldats. La lumière blanche éclaira nos pieds puis monta le long de nos jambes à mesure que le portail énorme se levait. Jude attendit qu'elle ait atteint sa poitrine et ferma les poings.

Je m'aperçus que ce n'étaient pas des projecteurs mais les phares des voitures arrêtées en demi-cercle devant le portail. Presque tous les soldats avaient pris position derrière les véhicules, le canon de leur arme appuyé sur le capot. Une douzaine d'autres étaient à genoux devant eux, l'arme levée.

Au-dessus de nous, le portail s'immobilisa dans un grincement.

Plusieurs soldats en noir baissèrent leur arme. Étonnés, je n'en doute pas, de se trouver face à un petit groupe de monstres. L'un d'entre eux se retourna et cria quelque chose, mais le bruit de la pluie couvrit ses paroles.

Un crépitement de parasites retentit. Un officier, à l'arrière, avait pris un mégaphone.

— Vous devez venir avec nous, dit-il, sur ordre de Joseph Taylor, commandant des Forces spéciales Psi. Si vous ne coopérez pas, nous emploierons la force.

— Ah ouais ? cria Brett. Vous pouvez dire à Joseph Taylor que, sur notre ordre, il peut aller se faire voir !

Ce fut le signal. Les Bleus avancèrent d'un pas et levèrent les bras. Les soldats comprirent ce qui se passait mais réagirent trop lentement. Le crépitement des armes automatiques fut couvert par les cris de surprise quand une puissante vague invisible projeta militaires et véhicules en arrière.

Puis Jude sortit sous la pluie.

Ce fut à la fois horrible et beau lorsque l'électricité accumulée dans le hangar se déploya autour de lui comme un soleil bleu. La lumière enfla et courut sur les flaques d'eau, blanche et aveuglante. Jude devint une ombre, une simple silhouette se découpant sur cette lumière qui grandit, devant lui, comme une explosion silencieuse.

La puanteur de la chair et des cheveux brûlés, les effluves écœurants du caoutchouc calciné remplacèrent l'odeur de la pluie. L'électricité crépitait. Elle enflammait les vêtements, la peau, les os, chauffait les bombes de gaz urticant, qui explosaient. Les soldats que les Bleus n'avaient pas projetés au loin se tordaient sur le sol.

Tremblant et frissonnant, Jude resta debout le plus longtemps possible. Enfin, il tomba à genoux puis à plat ventre, comme une masse, et je ne pus retenir un hurlement. J'écartai les autres pour le rejoindre.

Je le tournai sur le dos sans tenir compte des décharges qui me picotèrent les doigts. Malgré la pluie glacée, son visage était brûlant. Quand il était tombé, la charge avait fait de même et les derniers éclairs bleus s'évanouissaient comme de la vapeur d'eau.

Le groupe d'Olivia sortit et récupéra les armes des soldats.

— Olivia ! cria Brett.

Il sortait à la tête du deuxième groupe. Elle s'arrêta, ses pieds glissant sur le goudron mouillé. Il saisit son bras d'une main, plongea l'autre dans ses cheveux. Il se pencha et l'embrassa. Cela ne dura qu'une seconde. Un message ferme, précis.

— Maintenant file ! dit-il en la poussant vers les autres.

Je tentai en vain de soulever Jude. Brett m'écarta rudement, trop pressé pour attendre que mon ami reprenne connaissance. Il le hissa sur ses épaules.

— Par ici ! cria-t-il.

Courir fut beaucoup plus dur que je ne le redoutais. Derrière nous, des moteurs démarrèrent. Des voitures fonçaient sur la route, mais seules les deux dernières eurent le temps de quitter la chaussée et de s'engager dans le pré. Le terrain était accidenté et leurs phares éclairaient tantôt le ciel et tantôt l'herbe. Mais les arbres étaient devant nous…

Une main saisit mon poignet et me tira en arrière. Je tombai, mes pieds glissant sur la boue et la glace. Des points gris envahirent mon champ visuel quand ma tête heurta le sol.

Le soldat, une femme, braqua une lampe-torche sur moi, si près que je fus éblouie et dus fermer à nouveau les yeux. Elle posa un genou sur ma poitrine, chassant de mes poumons le peu d'air qu'ils contenaient encore. Incapable de retenir un cri de colère, je tentai de me dégager et donnai des coups de pied.

La lumière s'éloigna et je pus rouvrir les yeux. Elle était jeune… mais, surtout, elle était furieuse. Elle décrocha un objet orange de sa ceinture et le plaça devant mon visage. Elle cria des mots que je ne compris pas. La pluie emplit ma bouche, mon nez, mes yeux et mes oreilles. L'objet orange disparut dans un éclair de lumière blanche.

L'appareil avait affiché mon profil, je le compris aussitôt. Le visage de la FSP prit une expression horrifiée et elle me fixa.

Je tournai la tête et lui mordis le poignet. Elle poussa un cri strident, mais j'étais déjà dans son esprit. Les phares d'une voiture éclairèrent les silhouettes qui couraient en direction des arbres.

— Lâche-moi !

Je la frappai du pied, si fort que l'instructeur Johnson aurait sans doute approuvé.

La femme heurta durement la boue. Ses yeux vides étaient rivés sur moi. Elle attendait un ordre.

Je ne pris pas la peine de rétracter mes griffes plongées dans son esprit. Je m'en fichais. Mon corps tout entier me semblait lourd et lent. J'eus beaucoup de mal à atteindre les arbres et plus encore à me frayer un chemin parmi les buissons. Je perdis du terrain sur les autres.

Je courus. Je fis tout mon possible pour chasser la brume ayant envahi mon cerveau, et mes jambes se mirent à trembler de plus en plus fort. Je pensai à Liam, à Chubs, à Vida, à Jude. Il nous fallait avertir les autres ; ils devaient quitter l'entrepôt, au cas où les soldats suivraient notre piste.

— Jude…, marmonnai-je, tombant après avoir glissé. Jude… Vida… Chubs… Liam… Jude…

Brett l'avait emmené, n'est-ce pas ? S'il pouvait traverser cette forêt en le transportant sur son dos, je pouvais y arriver aussi. Je pouvais me relever.

C'est toi la responsable. Nous étions fichus. Ils nous arrêteraient et je ne reverrais jamais mes amis.

Je prononçai leurs noms jusqu'à en perdre le souffle. Je marchai jusqu'au moment où mes jambes furent incapables de me porter. Je regardai mes camarades disparaître au sommet d'une colline. Je ne me souviens pas d'être tombée. Il me sembla seulement, tout à coup, que j'avais perdu la partie inférieure de mon corps.

Je me tournai sur le dos, une main tâtant la ceinture de mon pantalon à la recherche d'une arme qui ne s'y trouvait pas. *Accepter, s'adapter, agir.* En sanglotant, je me redressai et m'adossai à un tronc. Je verrais venir d'éventuels agresseurs. Je pouvais me reposer.

Je regardai la pluie tomber entre les arbres nus. Et, bientôt, il n'y eut plus que le noir.

Vingt et un

Je suis née au cœur d'un hiver exceptionnellement rigoureux.

Selon mes parents et ma grand-mère. Quand je ne pouvais pas dormir ou lorsque je m'ennuyais pendant les repas de famille, mon père et ma mère aimaient raconter notre retour catastrophique de la maternité. Chaque fois, la tempête de neige me fascinait. Leurs mots évoquaient le danger, leurs mains montraient l'épaisseur de la couche de neige et je me laissais emporter. Désormais, il n'y avait plus qu'un énorme sentiment de gêne. J'avais cru être spéciale, parce que j'avais survécu, mais c'était complètement stupide. Et aussi d'y avoir vu la preuve que je devais vivre pour accomplir quelque chose.

— Le ciel était couleur de cendre et, à l'instant où j'ai quitté le parking, les nuages ont semblé tomber sur le sol, racontait mon père. J'aurais dû faire demi-tour, mais ta mère voulait rentrer chez nous pour y retrouver ta grand-mère. Elle avait préparé une fête de bienvenue.

Ils avaient roulé aussi longtemps que possible, mon père au volant, dans les tourbillons de neige, ma mère sur la banquette arrière avec moi, criant à son mari de s'arrêter avant de tomber dans un ravin.

Les phares n'étaient pas de taille face à la neige, mais il y avait quelques autres voitures sur la route. Mon père s'arrêta, mais un véhicule venant de la direction opposée traversa la chaussée et percuta l'avant du nôtre. Je ne sais pas pourquoi le conducteur roulait aussi vite malgré le vent et l'absence de visibilité, mais il mit notre voiture hors d'usage, nous poussant dans le fossé plein de neige. Le moteur fut détruit.

Il n'y avait pas de réseau. Ma mère racontait toujours cette partie de l'histoire d'une voix tendue, son imagination obsédée par ce qui aurait pu arriver si la tempête avait duré plus longtemps. Mes parents passèrent trois heures sur la banquette arrière, essayant de ne pas paniquer, serrés l'un contre l'autre pour avoir chaud. Je dormis tout le long.

Ma grand-mère aimait cette histoire, parce qu'elle en devenait l'héroïne. Elle persuada les voisins d'organiser des recherches et tira la voiture de mes parents hors du fossé avec son pick-up.

— C'est la vie, ma petite Bee, me dit-elle des années plus tard. Parfois tu te précipites, paniquée, tu n'es pas attentive, tu brises ce à quoi tu tiens. Et, de temps en temps, tu ne peux pas esquiver ce qui arrive. Ça te tombe dessus parce que tu dois prouver que tu as du cran.

Cette histoire me terrifiait quand j'étais enfant mais, en grandissant, je n'ai pas cessé d'aimer l'hiver ; le froid ne me gênait pas parce que, quelques mois ou quelques semaines plus tard, le printemps serait là.

Mais, cette nuit-là, le froid était si intense que j'étais glacée jusqu'aux os ; il me paralysait. Il était impossible de lui échapper.

Le sol glissa sous mon dos, les flaques de boue cédant la place à des plaques de glace, puis à des cailloux qui meurtrirent ma colonne vertébrale. J'entendis le craquement de feuilles gelées passant près de mes oreilles et quelque chose me tira les cheveux. Je tentai de saisir une racine, mais j'allais trop vite. Le soleil rougit mes paupières fermées, accentuant ma migraine. Je ne sentais plus ma jambe droite… en fait, tout mon côté droit était insensible. Je ne pus ouvrir les yeux que lorsque la lumière eut baissé, et je m'aperçus au même instant que je glissais sur le sol. Le ciel était bleu et parsemé de nuages blancs. Je le voyais entre les branches nues des arbres. Je fronçai les sourcils et perçus une mauvaise odeur. Un grognement retentit quand mon dos passa sur une surface rugueuse. Puis ce fut à nouveau la terre, un trou et, sans avertissement, une chute. Mon estomac se noua et je baissai la tête.

L'homme portait un anorak rouge élimé. L'ourlet était déchiré sur la hanche et la doublure blanche sortait par le trou. Son jean était trop petit. Il menaçait de craquer chaque fois qu'il changeait de position pour assurer sa prise sur ma jambe.

— Ne… ne…

Mais je ne pus continuer. Je tentai de lever l'autre jambe pour le frapper et me dégager, mais mes membres ne répondaient plus.

L'homme dut sentir la crispation de mes muscles et me regarda par-dessus l'épaule.

— Tu es réveillée, hein ?

Je le vis en double, en triple, en quadruple. *Concentre-toi*, me dis-je. Le type semblait à peu près aussi dangereux qu'un père Noël de grand magasin... Il avait une longue barbe mitée et du ventre. Dans les livres que mon père me lisait, le père Noël avait les yeux brillants de malice et les joues roses. Les yeux de celui-ci brillaient, sûr, mais de cupidité.

— Si tu ne te tiens pas tranquille, je te brise la nuque. Pigé ?

Agis ! Je tentai de trouver une pierre que je lancerais ensuite sur sa nuque, cherchai de la main mon couteau suisse, qui n'était plus dans ma chaussure. Mon corps ne réagissait pas. Je m'étais cogné la tête... La soirée de la veille était dans le brouillard. Je me souvenais du long trajet à pied, de Jude désactivant l'alarme, des caisses avec leurs drapeaux et leurs mots incompréhensibles. De Knox.

Un violent mal de tête me força à fermer les yeux. Le soleil brillait... Pourquoi avais-je si froid ?

— Il y a un type qui va être très content de te voir, poursuivit l'homme. Il est venu fouiner ce matin et il nous a demandé si on avait vu des jeunes. D'après lui, il y a eu un cambriolage à l'aéroport et quelques-uns ont réussi à prendre la fuite. Et je me suis dit : « Joe Hiddle, ce type peut être fou ou avoir raison. » Alors je suis parti à la chasse, comme tous les jours, et qu'est-ce que j'ai trouvé ?

Je baissai les hanches, dans la descente suivante, pour qu'il lui soit plus difficile de me traîner. Je ne pouvais pas me défendre, mais je n'avais pas l'intention de lui faciliter la tâche.

Dans la dernière descente, je tendis le cou pour voir où nous allions. Des tentes, très nombreuses. Blanches ou

portant sur leurs flancs : PROPRIÉTÉ DE L'ARMÉE DES ÉTATS-UNIS. La terreur s'empara de moi et je frappai du talon l'arrière du genou de mon ravisseur. La douleur enflammant mon flanc droit ne fut rien à côté du coup de pied que je reçus dans les côtes.

Je cessai de me débattre parce que j'y fus obligée. Mes dernières réserves d'énergie m'avaient abandonnée.

— Sandra ! cria l'homme. Sandy, le type est toujours là ?

Dès l'instant où on pénétra dans le campement, on fut entourés de visages et de pieds. D'odeurs aussi : viande fumée, vêtements sales, eau croupie. Il y avait de la boue partout mais j'aperçus, à l'intérieur des tentes, des tapis, des bougies et des piles de vieux matelas.

— Joe, c'est... ? demanda une femme.

— Bas les pattes, Ava, s'emporta Joe. C'est moi qui l'ai trouvée !

— Il vient de partir, dit une autre femme. Je vais voir si sa voiture est encore sur la route. Reste ici.

L'arrière de mon sweat-shirt avait glissé jusqu'à mes épaules et la boue était glaciale sous ma peau nue. Quelqu'un poussa ma main gauche du bout d'une chaussure.

— Est-ce que c'est... elle... ?

Une femme au visage rouge se pencha sur moi. Elle ôta un de ses gants dépareillés et posa le dos de la main sur mon front. Joe grogna et la força à reculer. Je fermai à nouveau les yeux et, quand je les rouvris, d'autres visages étaient penchés sur moi, exprimant toutes sortes d'émotions : peur, tristesse, curiosité.

— Elle tremble, dit un homme, dont je ne voyais que les chaussures de sport trouées. Je vais chercher une couverture.

— Elle est malade ? s'enquit une femme. Elle est très pâle. Bon sang, Joe, elle n'a sûrement pas plus de seize ans. Tu vas la livrer à ce type ?

Quand on a une arme, il est facile de se faire entendre. Celle de Joe était un revolver nickelé et personne ne chercha à savoir s'il y avait des cartouches dans le barillet.

— Rentrez chez vous, ordonna-t-il.

D'une voix stridente, celle qui devait être Sandra cria :

— Le voilà ! Le voilà !

J'entendis le grondement caractéristique d'un moteur de voiture, de plus en plus fort à mesure qu'il approchait.

Tout le monde s'écarta à l'arrivée du nouveau venu. Joe lâcha ma jambe.

— Je veux mon argent, dit-il. Je veux savoir combien Gray va me donner. Il n'a rien fait, ça c'est sûr, quand la rivière a emporté tout ce que j'avais.

— Ton nom figurera sur le réseau des chasseurs de primes. On saura où te trouver. Je suis seulement chargé du transport. Tiens-la !

La brume engourdissant mon cerveau se dissipa. Joe posa un pied sur mon poignet.

Je cherchai du regard un visage compatissant ou simplement hésitant… n'importe lequel, sauf celui de Rob Meadows.

Toutes les personnes présentes me regardaient et leur angoisse, intense, frémissait dans mon esprit. Mais leur silence était assourdissant.

Rob saisit ma queue-de-cheval, tira ma tête en arrière. Il sourit.

— Salut, *chérie*, gronda-t-il. Content de te revoir.

Je voulus crier *non*, mais j'en fus incapable.

— Tiens, reprit Rob en tendant une tablette à Joe. Tape ton nom et ton numéro d'assuré social… Soixante pour cent pour moi et quarante pour toi.

— Quarante ! bredouilla Joe. C'est… Bon sang, ce chiffre est exact ?

— Tenez-la ! ordonna Rob. Il faut l'attacher.

Des menottes se refermèrent sur mes poignets. Une chaîne tinta et, quand il souleva ma tête, je sentis une odeur de cuir.

Je hurlai. Ce fut un cri étranglé, rauque, qui irrita ma gorge.

— *Non !* suppliai-je, tournant la tête d'un côté et de l'autre.

Rob s'agenouilla sur ma poitrine.

— Tu te souviens de ça, hein ?

— Non, sanglotai-je. S'il te plaît…

Au bout du compte, ma formation ne me servit à rien. Mes côtes comprimèrent mes poumons. Le monde vacilla et les visages des spectateurs disparurent. Rob enfila une paire d'épais gants en caoutchouc, plaqua la muselière sur mon visage, attacha la courroie sur ma nuque et je redevins une petite fille. Un monstre.

Joe rendit la tablette à Rob et recula de plusieurs pas. Il se tourna vers la femme aux cheveux blancs debout près de lui.

— Bon sang, dit-il, si j'avais su… je ne l'aurais pas touchée.

Rob se pencha, saisit la chaîne reliant les menottes à la muselière pour me faire lever. Une fois à genoux, je fus incapable de me redresser. Rob jura, eut un grognement de dégoût puis me prit sous un bras et m'emporta, mes pieds traînant dans la boue. Je me débattis, essayai de frapper son bras musclé de la tête, mais cela le fit rire.

— Parfois, le destin te fait une fleur, dit-il. Ta tête, quand tu m'as vu ! Elle valait le détour, tu peux me croire !

Je tentai de me débattre quand il me poussa sur la banquette arrière de sa vieille Jeep rouge.

— J'étais sûr que tu déconnerais, ajouta-t-il, et que tu finirais par apparaître sur le réseau des chasseurs de primes. Que je pourrais te demander personnellement pourquoi tu t'es enfuie pendant l'opération… quel rôle Cole et Cate ont joué dans cette affaire. Je voulais être celui qui t'arrêterait, te reconduirait dans ton camp et regarderait les FSP te traîner jusqu'à un baraquement.

Je hurlai, sous la muselière, frappai le dossier du siège des pieds. Il sortit une longue bande de plastique de son sac à dos, pour attacher mes chevilles.

— Toi et moi, on va bien s'amuser pendant le trajet jusqu'en Virginie-Occidentale. Je ne réclamerai même pas la prime.

La portière claqua, cachant les adultes qui, devant leurs tentes, regardaient. Puis Rob s'assit au volant.

— Tu veux savoir pourquoi j'ai tué ces jeunes ? cria-t-il. Ce n'étaient pas des combattants. Vous ne savez pas vous battre, pourtant vous avez tout le pouvoir au sein de la Ligue. Vous êtes plus importants que nous, vous décidez des opérations, vous influencez Alban. Mais vous ne comprenez rien. Vous ne pigez pas ce que doit devenir ce monde si on veut survivre. Même les chasseurs de primes ne comprennent pas que notre pays se porterait beaucoup mieux si vous étiez tous morts.

Rob roulait pied au plancher, ZZ Top à fond sur la stéréo. Il cria que c'était parce qu'il en avait marre de m'entendre renifler et sangloter.

Je tentai en vain de me débarrasser de la muselière. Elle était très serrée et il l'avait renforcée avec une bande de plastique. Je grognai et changeai de position pour essayer d'accéder à ma chaussure.

Quelque chose céda, en bas de mon dos, et j'eus une sensation de déchirure. Je me mordis la lèvre et ne tins pas compte du liquide chaud qui trempa son jean.

Michael. J'avais oublié son attaque. J'avais vu la lame... elle était petite, à peu près de la taille de celle de mon couteau suisse. Il me fallait dépasser la douleur... profiter de l'adrénaline pour ne pas perdre connaissance.

L'espace était étroit, mais je pouvais me faire petite quand il le fallait. Je glissai les doigts sous le cuir... puis me souvins qu'il n'y avait rien dans ma chaussure... je n'avais pas récupéré mon couteau suisse. Je ne l'avais pas retrouvé. J'avalai ma salive. *Ça va, ça va, ne panique pas...*

La chanson finit enfin.

— *Les préparatifs du Sommet de l'Unité se poursuivent*, annonça la voix étrangement calme du président Gray. *Je suis impatient de rencontrer ces hommes, que je respecte beaucoup, et...*

Rob éteignit la radio.

— Marrant, hein, que le président soit soudain plus révolutionnaire qu'Alban ? lança-t-il. Qu'il veuille que ça change.

Ouais, pensai-je, *hilarant*. Alban avait eu la malchance de créer une organisation qui avait maintenant une deuxième tête, beaucoup plus féroce.

— Alban a mis un temps fou à comprendre qu'il avait eu tort de vous accueillir, pourtant il continuait de vous confier des missions que nous pouvions très bien remplir nous-mêmes. Il a fait ce qu'il voulait par le passé, mais je ne le laisserai pas détruire mon avenir.

Je cherchai des yeux un objet tranchant, autour de moi, pour couper la bande de plastique liant mes chevilles.

— Et *Conner* qui voulait te prendre sous son aile ! Mais tu n'as pas ta place parmi nous. Ta place est dans un camp ou six pieds sous terre. Tu piges ? cria-t-il. Je n'ai pas besoin de justifier ce que j'ai fait ! Je suis entré à la Ligue pour renverser Gray, pas pour m'associer à un type qui a peur de sortir de son trou. Alban croit qu'on l'a rejoint à cause de vous. Il se demande pourquoi on ne peut pas vous respecter. Mais il refuse de vous faire faire la seule chose qui nous serait utile.

Mourir pour les gens comme lui, pensai-je. *C'est ce qu'il veut dire.*

— Je ne regrette pas ce que j'ai fait et je recommencerai. Je le ferai à tous les fichus jeunes de la Ligue jusqu'à ce que les dirigeants retrouvent leurs esprits, et je commencerai par ton équipe.

J'étais partagée entre la colère et le dégoût.

Reste calme, me dis-je. *Il ne sait pas que je n'ai pas besoin de le toucher.* Rob pouvait me réduire au silence mais n'avait aucun pouvoir sur mon esprit.

— Tu crois que la clôture électrifiée de ton camp plairait à Jude, Ruby ? demanda-t-il. Que feront les gardiens à Vida, quand ils verront qu'elle est très jolie ? Et Nico… c'est une cible facile, hein ?

Je fermai les yeux. Je me forçai à me détendre, à me souvenir que c'était toujours moi, le prédateur. C'était ce que Clancy voulait dire quand il avait affirmé que je ne pourrais jamais dominer mon aptitude parce que j'avais trop peur de ce qu'elle ferait de moi. Je n'y parvenais pas, alors… pas parce que je ne le voulais pas ou ne travaillais pas assez, mais parce que je ne pouvais renoncer au désir de savoir où elle me conduirait.

Je n'avais pas eu besoin de toucher Mason et Knox pour entrer dans leur esprit. Je n'avais pas bridé mon aptitude et, en échange, elle m'avait donné ce que je voulais.

Et ce que je voulais, maintenant, c'était sortir de cette fichue voiture. Je voulais montrer à Rob qu'il avait pris une très mauvaise décision en m'arrêtant. En menaçant mes amis.

Je commençais à comprendre qu'il est plus facile d'entrer dans un esprit quand on y a déjà pénétré une fois. Il me suffit de canaliser le désir brûlant au centre de ma poitrine, de me représenter le visage de Rob, et les mains invisibles se déployèrent, glissèrent entre les sièges comme des traînées de fumée. Je le tenais ; j'entrai dans son esprit avec la grâce et la douceur d'une ancre plongeant dans l'eau.

La première fois, ses pensées et ses souvenirs s'étaient épanouis lentement. Cette fois, ils explosèrent comme un jaillissement de goudron chaud : un chaos de visages, de mains, d'armes.

Je me souvenais des deux jeunes qu'il avait tués… Il me suffit d'introduire leur image dans la voiture. La fille était près de lui, le garçon derrière elle.

— Quoi… ? Qu'est-ce que… ?

La fille le regarda, exactement comme avant qu'il n'appuie sur la détente. Rob jura et la voiture fit une embardée. Je me concentrai sur le garçon, le hissai à la surface de nos esprits.

Encore.

Ça ne suffisait pas, pas avec lui. Meurtrier, assassin, bête sauvage... un homme tirant un plaisir malsain de la traque, mais surtout de la mise à mort. J'avais vu son visage, ce soir-là, quand il avait tué les deux jeunes. Un sourire satisfait et une délectation que je ne compris qu'à cet instant. *Encore.*

Que ferait-il à Jude si je ne l'arrêtais pas ? L'abattrait-il, comme les autres ?

La fille tendit les mains vers lui et il revit tout, exactement comme je l'avais vu. L'orbite de son œil gauche s'était brisée quand la balle y avait pénétré. Un jet de sang l'éclaboussa, ainsi que le pare-brise, et l'hallucination fut si forte, si puissante, que la voiture fit une nouvelle embardée et que les essuie-glace se mirent en marche.

— Arrête ! cria-t-il. Nom de Dieu, arrête !

La fille tendit la main, la passa sur son bras, et il perçut ce contact. Il tenta de se dégager et la voiture obliqua à droite, puis à gauche. *Encore.*

Il avait tué ces jeunes, mais il n'y avait pas que ça. Il les avait d'abord fait évader. Il leur avait apporté l'espoir d'être libres, de revoir leurs parents. Et, ensuite, il avait détruit leurs rêves.

— Je sais ce que tu fais ! gronda-t-il. Je sais que c'est toi.

Son souffle devint rauque et j'éprouvai une intense satisfaction. Le garçon franchit le dossier du siège, s'assit sur l'accoudoir et prit Rob par le cou. Il se serra contre lui et tacha sa chemise de sang. Il fallait que Rob sente le liquide chaud, gluant, sur sa peau. Puis le garçon et la fille sanglotèrent, gémirent, se débattirent… j'y mis toute ma fureur, toute ma peur, tout mon désir de détruire.

Un coup de feu fit voler en éclats la vitre du côté passager ; Rob vida son chargeur sur la fille mais, à chaque coup de feu, elle se rapprochait. Enfin, elle posa la main sur l'arme, sur la sienne, et fit pivoter le pistolet vers sa poitrine.

Je peux en finir de cette façon, pensai-je. *Tué de sa propre main*. Ce serait juste. J'avais, maintenant, le pouvoir de punir. Il n'appartenait plus à l'homme armé, à l'assassin entraîné, aux gardiens patrouillant le long de la clôture électrifiée de Thurmond. Il m'appartenait. Cette idée m'enthousiasma ; je n'avais plus mal à la tête ni au dos. Je me sentais légère et libre. Je pouvais le forcer à se tirer une balle dans le cœur de sa propre main.

— Stop… *stop*, sanglota-t-il d'une voix d'enfant. Je t'en prie…

La terreur émanait de tous ses pores et son souffle était précipité. Une odeur amère de sueur emplit l'habitacle et j'accentuai mon emprise sur lui, fis approcher encore la fille, qui leva une main pâle, fantomatique, jusqu'à sa joue et y traça des motifs de sang.

Nous devons utiliser nos aptitudes pour maintenir les autres à leur place.

— Vous êtes… des monstres, dit Rob d'une voix étranglée. Vous allez nous détruire ; vous allez tout détruire. Soyez maudits, *maudits* !

L'arrière de la voiture fut violemment secoué et je fus projetée contre le siège. Puis une petite explosion retentit et le véhicule fit plusieurs tonneaux.

La puissance du choc fit voler la lunette arrière en éclats. J'entendis le dernier hurlement de Rob avant l'impact, puis le fracas du métal quand la voiture s'arrêta enfin dans un bosquet.

Je percutai le dossier du siège. Un coup au front noya toutes mes pensées dans un blanc aveuglant. Les images du garçon et de la fille s'évanouirent, le visage de Rob disparut et il n'y eut plus que moi... moi et ce que j'avais fait.

Mon Dieu ! Je tentai d'inspirer, mais la courroie s'était tendue et la muselière était plus étroitement plaquée sur mon visage. Ma tête heurta la moquette et un sanglot rauque s'échappa de ma gorge. *Mon Dieu, mon Dieu !*

Clancy aurait été fier de moi. De la façon dont je m'étais servie de ces jeunes pour détruire l'esprit de Rob. Clancy se serait reconnu en moi.

Nous devons utiliser nos aptitudes pour maintenir les autres à leur place.

J'eus un haut-le-cœur et ma bouche s'emplit de bile. J'avais envie de vomir, d'échapper à la noirceur grandissant en moi, j'avais besoin d'air, de m'éloigner de Rob, de ce qu'il avait fait de moi et de ce que j'avais fait.

Monstre, monstre, monstre ! Je frappai le hayon des pieds, brisant le plastique. Où était Rob ? Pourquoi gardait-il le silence ?

Une voiture s'arrêta et des portières claquèrent. Je frappai plus fort, *bang, bang, bang*, comme le rythme d'un vieux rock 'n' roll, comme des coups de feu dans la nuit.

Je sanglotais encore quand la porte arrière s'ouvrit enfin. Je tombai à plat ventre sur le sol. Même à l'air libre, la muselière m'asphyxiait ; je ne m'en débarrasserais jamais…

— Dure journée, ma vieille ?

Vida se tenait près de moi.

Mon souffle était précipité, mais je ne pouvais plus contrôler la panique qui s'était emparée de moi quand la Jeep avait percuté les arbres. Il ne fallait pas qu'elle me voie comme ça. *Va-t'en, je t'en prie, laisse-moi tranquille ; tu ne dois pas m'approcher, je t'en prie, laisse-moi ici…*

— Ruby, dit Vida en me retournant, ça va, ça va… je vais ôter…

Son couteau trancha la bande de plastique attachant mes chevilles, mais les courroies de la muselière étaient très serrées et elle hésita. Je hurlai et suppliai, *laisse-moi, laisse-moi*, mais ne pus émettre qu'un gémissement.

— Merde !

Elle dut couper le cuir avec son couteau. Une courroie puis l'autre, prudemment, et ma bouche s'emplit d'air froid sentant les gaz d'échappement.

— *Non !* criai-je, je ne peux pas… Tu dois… tu dois…

— Vida, appela Jude, au loin. Elle n'est pas blessée ?

De temps en temps, un voile gris obscurcissait mon champ visuel. Le froid était un serpent enserrant mes membres et ma poitrine. Des semelles crissèrent sur le gravier du bas-côté. Des mains se posèrent sur moi, un nouveau visage apparut.

— Va voir s'il a besoin de soins, dit Chubs à Vida.

— Avec joie, répondit-elle en contournant l'arrière de la Jeep.

— Tu peux te lever ? demanda Chubs, le visage au-dessus du mien, les mains sur mes joues. Tu as mal ? Tu peux parler ?

Je tentai de m'éloigner de lui, toussant, un goût amer dans la gorge.

— Ruby, reprit Chubs d'une voix enrouée, en saisissant mes épaules, tu vas bien. Promis. On est là, d'accord ? Respire profondément. Regarde-moi. Regarde-moi… Tu vas bien.

Je posai le front sur le sol, tentant de prononcer les mots. De l'avertir. Mon champ visuel était bordé de noir et il me semblait qu'on m'avait ouvert le crâne. Mes doigts s'enfoncèrent dans la terre, comme pour la creuser et m'enterrer. J'entendis des cris, près et loin, mais aussi la voix onctueuse de Clancy me murmurant à l'oreille : *Maintenant tu m'appartiens.*

— Alors ? s'enquit Chubs.

Je me tournai vers Vida, dont le visage avait blêmi. Elle passa le dos de la main sur sa bouche.

Ils m'aidèrent à me relever.

— Tu peux ouvrir les menottes ? demanda-t-elle à Chubs.

La chaîne était toujours reliée à la muselière.

— Sans importance… Tu sais conduire ?

— Comme un chef. Pourquoi ?

— *Non !* criai-je. Il faut… vous devez me laisser ici…

— Vida ! cria Jude. Qu'est-ce qu'elle a ?

— Ouvre la portière, ordonna Chubs. Non, pas toi, idiot… reste dans la voiture.

— Elle est saine et sauve ? Chubs ?

Liam… c'était Liam ! C'était sa voix, sa voix d'autrefois. Comment était-ce possible ? Les médicaments ?

La portière arrière s'ouvrit et Chubs monta puis me tira sur le siège. J'eus mal et serrai les dents, puis ma vision se troubla quand Jude monta et souleva mes jambes pour s'asseoir. Je voulus lever une main pour écarter les cheveux tombés sur mes yeux, mais je n'en eus pas la force.

Une nouvelle fois, je ne vis plus qu'un blanc aveuglant. La douleur, intense, prit le pas sur la culpabilité, le désespoir, même la peur. Et je compris que je perdais connaissance parce que Liam cria :

— Chubs !

La voix plaintive de Liam me fit autant souffrir que la quinte de toux qui suivit.

— Arrête, reprit-il. Tu lui fais mal.

— Pas question que tu ouvres cette portière ! cria Vida. Reste assis, Beau Blond, ou je t'assomme !

— Où ça ? demanda Chubs en lissant mes cheveux sur ma nuque.

Je ne compris de quoi il parlait qu'à l'instant où Jude répondit :

— Dans le dos… je ne sais pas si c'est grave, mais il l'a blessée.

La voiture recula en cahotant jusqu'à la chaussée, puis partit en trombe.

Chubs remonta mon sweat-shirt et mon pull. Il sursauta, mais ce fut peut-être moi. Ses doigts palpant les bords de la plaie me parurent glacés.

— Bon sang, s'écria Jude, les genoux contre la poitrine. Je suis désolé, Roo… je ne savais pas…

— Alors ? insista Liam. Elle va bien ?

Chubs ne mentait pas… enfin, il le faisait quand c'était nécessaire, pour nous protéger. Mais nous étions lucides, lui et moi, et regardions généralement la réalité en face. Ça devait être grave, parce qu'il garda le silence.

— Et le type ? demanda Chubs.

Ce qu'il posa sur mon dos fut glacé puis, aussitôt après, brûlant. *Il nettoie la plaie,* pensai-je, les yeux pleins de larmes.

— Il ne nous posera plus de problèmes, répondit Vida d'une voix rauque. Plus jamais.

— Qu'est-ce que tu veux dire ?

— Le pare-brise s'est transformé en œuvre de Jackson Pollock.

— Tu ne l'as pas…, dit Jude.

— Non, répondit-elle d'une voix teintée de regrets, les arbres et le volant se sont chargés de lui.

— Tu connais Jackson Pollock ? s'étonna Chubs.

— Surprise, crétin, ironisa-t-elle. Je sais lire.

— *Chubs !* insista Liam d'une voix si angoissée que mon cœur se serra. *Dis-moi qu'elle va bien !*

— Ça… va, soufflai-je.

J'eus soudain l'impression d'être emportée par une vague glacée ; mes mains, mes jambes, ma colonne vertébrale s'engourdirent. Et quand l'aiguille de Chubs piqua ma peau, la douleur me plongea dans les ténèbres.

Vingt-deux

À mon réveil, tout me parut à la fois familier et étranger. Comme si deux souvenirs s'étaient mélangés. Dur, plat, froid… j'étais sur le sol. De la terre compacte. L'odeur de l'humus mouillé et celle de corps humains emplissaient mes narines. Seul me parvenait le bruit de la respiration de mes quatre compagnons endormis.

Je sortis du sommeil comme on s'extrait de la vase épaisse d'un marécage. La douleur réapparut à l'instant où j'arrivai à la surface. Partie du bas de mon dos, elle se propagea dans tout mon côté droit, crispant muscles et tendons. D'un seul coup, le sol, les couvertures et le noir devinrent insupportables. Je sentis la pression du cuir sur ma nuque et un goût métallique emplit ma bouche. Je compris alors que les souvenirs peuvent faire le même effet qu'un garrot. L'odeur du cuir couvrit toutes les autres.

La tente de Chubs, pensai-je. C'était réel. Ils m'avaient trouvée.

Jude, Vida… Je me levai, ignorant mes muscles ankylosés et mon dos douloureux. Ils étaient là, endormis côte à côte. *Chubs. Liam.*

Je sortis. Un vent glacial pénétra sous mon sweat-shirt, mais je le trouvai plus agréable que l'air chaud et stagnant de la tente. Je me dis vaguement que j'avais besoin de mes chaussures, mais m'éloigner me parut beaucoup plus important. Trouver un endroit où je serais seule, où je pourrais pousser le hurlement que je sentais grandir en moi. Devant moi, au centre de la clairière – un ancien terrain de camping, peut-être – se trouvaient les braises du feu et un fil sur lequel étaient étendus des chemises et des sweat-shirts raidis par le gel.

Il semblait faire plus froid que lors de notre arrivée dans le Tennessee. La voiture était garée dans une clairière et je vis, en regardant autour de moi, des collines escarpées. Nous n'étions plus à Nashville.

Je respirai plusieurs fois par la bouche, profondément, puis contournai les cendres et les braises du feu de camp. Il y avait près de lui une gourde et une bouteille en plastique, mais elles étaient vides.

Mouillées et sales, mes chaussettes glissaient sur la boue. Je fis quelques pas hésitants, jurai quand mes jambes décidèrent de me trahir. Je mis longtemps à atteindre le 4 × 4, puis m'appuyai contre son flanc droit pour reprendre mon souffle. J'avais laissé une bouteille d'eau sous le siège. Je me souvins qu'elle heurtait mes talons quand Chubs prenait un virage serré. Je n'avais besoin que d'une gorgée d'eau. Une seule gorgée, pour chasser le goût écœurant que j'avais dans la bouche.

Les portières étaient verrouillées. M'éloignant de la voiture, je me dirigeai vers le feu. Une mince couverture grise gisait sur une souche. Je la pris et la posai sur mes épaules.

Ta place est dans un camp ou six pieds sous terre.

Je secouai la tête pour chasser cette voix, mes cheveux effleurant mes joues et mes épaules. Ils semblaient propres. Doux, même. Je sortis une main de sous la couverture et les touchai. Ni feuilles ni nœuds. On les avait brossés.

Bon sang, pensai-je en serrant la couverture plus étroitement autour de moi. Ce type… Il m'avait traînée sur le sol, traînée jusqu'à…

Ma gorge se serra. Mes oreilles bourdonnaient, mais j'entendis comme des parasites. Pendant une seconde terrifiante, je crus que Rob était revenu avec une sirène portative. Mais ce bruit était grave, lointain et pas du tout douloureux.

Je me dirigeai vers lui et, à la lisière de la clairière, trouvai un chemin. La neige qui le couvrait cachait les pierres et les trous. Je m'appuyai aux troncs des chênes et des érables.

Arrivée au bord de l'étang, je me trouvai stupide d'avoir cru que le bruit était celui, horrible et terrifiant, de la sirène.

Des cascades. Des cascades dans un petit canyon. Elles jaillissaient d'un surplomb de la falaise, se divisant de part et d'autre de la coulée principale. Les rochers noirs entourant l'étang s'inclinaient vers l'eau, presque comme on arrondit les épaules quand on a froid.

Le chemin aboutissait à un ponton en bois perpendiculaire à la berge. Je franchis un ruisseau se jetant dans l'étang, cassant la mince couche de glace bordant ses rives.

Le ponton était humide, parsemé de plaques de neige. J'en déblayai une et me postai face au déferlement d'eau bouillonnante, rugissante.

La cascade couvrait la surface scintillante de l'étang d'une fine brume. Je pris de l'eau glacée au creux de mes paumes et la passai sur mon visage.

Je glissai une main sous la couverture et mon sweat-shirt, cherchant l'origine de la douleur. La ligne de points de suture ne cessa de me faire souffrir qu'à l'instant où mes doigts glacés l'engourdirent.

Je crus, au début, que c'était la brume se condensant sur mes joues. Mais ma gorge était nouée et un sanglot me serra la poitrine. Personne ne pouvait me voir pleurer et je n'avais pas besoin de retenir mes larmes.

Je pressai mon visage contre la couverture, la serrai dans mon poing et l'appuyai contre ma bouche pour étouffer un cri. Après avoir commencé, après avoir ouvert cette porte, ce fut comme si je ne pouvais plus m'arrêter. Toutes les pensées qui me traversèrent l'esprit furent teintées de sang ; j'en sentais le goût au fond de ma gorge.

J'ai tué cet homme.

Non, ce n'était pas seulement cela. Je l'avais torturé. Il méritait d'être puni pour les crimes qu'il avait commis, mais rien ne m'obligeait à le faire de cette façon… Et ça m'avait plu. J'avais pris plaisir à saccager son esprit, à l'emplir d'horreurs jusqu'à sa dislocation.

J'avais détruit Knox à cause de ce qu'il avait fait à Liam, mais Liam n'aurait jamais approuvé une telle décision. L'envoyer dans le froid, où il mourrait, était-il plus pardonnable que priver ses camarades de nourriture, comme il le faisait ? Et Mason… j'aurais pu l'aider. J'aurais pu effacer ses souvenirs douloureux, mais ma première idée avait été de me servir de lui comme d'une arme. Comme s'il n'était pas humain et n'avait pas le droit de choisir.

Les responsables des camps avaient peut-être raison de traiter les jeunes dangereux comme ils le faisaient. Peut-être fallait-il les museler, les enchaîner, les conditionner…

Je ne valais pas mieux que Clancy. Que les Oranges qui torturaient les gardiens du camp en emplissant leur esprit d'images horribles.

Je n'étais pas différente d'eux. Depuis le début, je croyais que je reprendrais le pouvoir sur ma vie si je contrôlais mon aptitude. Mais il était tout à fait possible que l'impossibilité de la contrôler – et la peur qu'elle m'inspirait – m'ait empêchée de prendre plus tôt le même chemin que les autres Oranges.

Je compris à cet instant que la Ligue m'avait fait du bien. Elle m'avait apporté une discipline, un but et des directives sur l'usage de mon aptitude. Mais j'avais eu raison de dire à Cate que je ne devrais pas être Leader… que nous avions besoin de gens plus forts, encore capables de bonté. Ou, du moins, de gens que leur instinct ne risquait pas d'entraîner vers les ténèbres.

Meurtrière. Exactement comme les autres agents de la Ligue.

La couverture était trempée de larmes. Le visage et les poumons douloureux, je levai la tête, mais ça ne changea rien. Rien ne put effacer les images de Rob tel que Vida avait dû le voir. Rien ne put effacer les pensées ayant traversé son esprit juste avant sa mort : une jolie femme en robe à carreaux, une bicyclette rouge, un pré, le crépuscule sur Los Angeles…

Et j'avais mal. Partout : violente migraine, bleus et coupures sur mon dos. Mes poumons semblaient trop petits pour me fournir l'air nécessaire. Les sanglots étaient impuissants à atténuer ma tension.

Le bruit de l'eau couvrait tous les autres, y compris ceux des pas hésitants qui approchèrent sur le ponton. Mais je sentis sa présence.

— Salut, dit Liam d'une voix douce.

La brume des cascades passa entre nous, faisant tournoyer les gros flocons de neige. Quand la brise glaciale l'eut dissipée, il était toujours là, serrant mes chaussures contre sa poitrine, une expression douloureuse sur son visage amaigri, blême. Il ouvrit la bouche et avança d'un pas. Ses jambes étaient encore faibles, mais ce fut surtout sa façon de me regarder, de me dévisager, qui m'inquiéta.

Cependant il était en vie. Il pouvait marcher. Ses yeux n'étaient plus vitreux. Sa respiration n'était pas profonde, mais elle était régulière et ses quintes de toux étaient rares.

Il avait toujours été facile de lire sur le visage de Liam. Il ne pouvait cacher ses sentiments. Son visage était aussi ouvert que d'habitude, merveilleusement parfait malgré la souffrance qui crispait les coins de sa bouche. Ses yeux étaient… ils étaient si pâles, dans cette lumière… Et Liam fixait mes yeux, mon nez, ma bouche comme s'il ne m'avait jamais vue mais ne pouvait se lasser de me regarder. Une douleur, née au centre de ma poitrine, monta jusqu'à ma gorge et je dus finalement me forcer à tourner la tête.

— Je ne…, dit-il d'une voix où perçait le désespoir. Comment puis-je t'aider ? Qu'est-ce que… je peux faire pour que tu ne souffres plus ? Que tu te sentes mieux ?

Rien, Liam. Rien, cette fois. Bizarrement, il me sembla soudain que j'étais hors de moi-même, comme si je le regardais depuis le haut de la cascade.

— Ne dis rien aux autres, c'est tout, soufflai-je. S'il te plaît.

J'essuyai mes larmes. J'étais terriblement gênée qu'il m'ait trouvée dans cet état mais, en même temps, je fus soulagée que ce fût lui.

Du coin de l'œil, je le vis hocher la tête. Il comprenait, bien sûr… il s'était souvent éloigné de nous pour que nous ne le voyions pas craquer. Quand on est responsable des autres, on doit paraître brave, déterminé, pour qu'ils ne perdent pas confiance, eux aussi.

— Il y a sans doute quelque chose dans le sac, dit-il. Un produit qui t'aidera à te reposer… à…

Les médicaments étaient donc parvenus à l'entrepôt. L'amélioration de l'état de Liam montrait que notre expédition n'avait pas été un échec total… elle avait au moins permis de soigner les malades.

Je pris mes chaussures, quand il me les donna, et les mis. Mes orteils, mes chevilles, mes mollets étaient engourdis. J'étais terriblement fatiguée ; je souffrais beaucoup ; j'eus l'impression de glisser sous une plaque de glace et de ne pas avoir la force de me dégager. Je pris une profonde inspiration et inclinai la tête en arrière… comme si ça pouvait empêcher les larmes de couler.

— Dis quelque chose, supplia-t-il. Je ne peux pas… C'est… c'est trop.

Trop. Mon esprit s'empara de ce mot. *Trop, trop, trop...* Il s'agenouilla près de moi, sa pomme d'Adam montant puis descendant quand il avalait sa salive ; je ne parvins à le quitter des yeux qu'à l'instant où il tendit le bras et passa l'index sur la cicatrice de mon front. Je ne reculai pas et son doigt descendit, léger, sur ma joue. Sa main rugueuse et crevassée par le froid glissa dans mes cheveux, derrière mon oreille. Je fermai les yeux et son pouce chassa les flocons de neige pris dans mes cils.

Éloigne-toi, pensai-je en me forçant à ouvrir les yeux. *Éloigne-toi...* Parce qu'il ne le faisait pas. Il se pencha sur moi, approchant sa tête de la mienne, et je fis de même, levant mon visage vers le sien. Liam avait fermé les yeux et il me sembla, pendant un instant, qu'il était prisonnier d'un rêve. Je sentis son haleine chaude sur mes lèvres.

Le contact fut si assuré et je le désirais depuis si longtemps que j'oubliai presque ce que j'avais fait.

Qu'il n'était pas censé me connaître.

Trop.

— Qu'est-ce que tu fais ? murmurai-je.

Son corps tout entier parut se raidir et son visage exprima l'inquiétude. Il éloigna brusquement ses mains et perdit l'équilibre. Il tenta de se redresser, mais il était faible et il ne parvint qu'à tourner la tête tandis que ses oreilles devenaient rouge vif. Puis il réussit à se mettre debout.

Il marmonna quelque chose, glissant les mains sous ses bras et secouant la tête. Il recula, une expression d'intense désespoir sur le visage.

— Tout va bien, dis-je.

Mais c'était si loin de la vérité que j'aurais éclaté de rire si je n'avais pas été en train de pleurer. C'était stupéfiant… je n'aurais pas imaginé qu'on puisse continuer de couler après avoir touché le fond ténébreux de la vie. Mais le laisser venir si près de moi, le laisser me réconforter après ce que j'avais fait, seraient revenus à descendre plus bas encore.

Sans me laisser le temps de poursuivre, Liam reprit la parole, sur le même ton étrange, en secouant la tête :

— Ruby… tu es Ruby. Chubs affirme que vous l'avez aidé à me retrouver, toi, Vida et Jude. D'après lui, on ne se connaît pas, toi et moi, mais on s'est forcément déjà rencontrés, parce que ton visage m'est familier. Ta voix. Comment est-ce possible ?

— J'ai parlé avec toi quand tu étais malade, dis-je, la panique me nouant l'estomac. Dans l'entrepôt, à Nashville.

— Non… *non*…, marmonna-t-il, agité, faisant les cent pas sur l'étroit ponton. Ce n'est pas ça ; j'en suis sûr.

Finis-en tout de suite. Ne le torture pas plus longtemps. Un coup rapide et ce sera terminé.

— J'appartiens à la Ligue, bredouillai-je, certaine que cet aveu le dissuaderait d'approcher davantage… que la compassion, sur son visage, céderait la place au mépris le plus total.

— Tu… quoi ? Ce n'est pas… ce n'est pas possible.

Les camps. Il me fallait penser aux camps, que nous libérerions dès que j'aurais rapporté les infos à Cole et à Cate. Toutes les conséquences bénéfiques que cela entraînerait, malgré les flaques de sang à mes pieds, le sillage de feu et de fumée que je laissais derrière moi.

C'était mon avenir, maintenant. C'était tout ce qu'il me restait.

— Mais tu as raison, dis-je. On s'est croisés. Dans le Maryland. Je t'ai donné l'argent que ton frère avait laissé pour toi.

Il s'en souvint à cet instant. Je le vis sur son visage, à la façon dont il se redressa. Je gardai les yeux fixés sur les arbres, derrière lui, les bras croisés parce que j'avais froid. Il semblait à deux doigts de vomir.

— Mais tu as quitté la Ligue, hein ? dit Liam. Parce que Chubs m'aurait averti… Il ne m'aurait pas caché ça.

— Je suis toujours membre de la Ligue, comme Vida et Jude.

Je connaissais bien Chubs et je savais pourquoi il avait gardé cette information pour lui.

— Il te l'a caché, poursuivis-je, parce qu'il était sûr que tu partirais si tu l'apprenais. Mais on a un accord, lui et moi.

— Je… je ne comprends pas, bredouilla Liam d'une voix étranglée, reculant et passant une main sur son visage. Un accord ?

J'avais enfoncé la lame dans sa poitrine. Retourner le couteau dans la plaie mettrait un terme définitif à tout ça.

Non, souffla une petite voix. *Pas encore*.

Il me regarda fixement, tremblant de froid ou de colère. Je me dirigeai vers lui et il ne recula pas. Sa respiration était devenue plus laborieuse, sifflante, et je tendis la main vers l'ourlet de la veste de son frère, déchirai la couture.

La clé USB était un rectangle noir portant le cygne doré de Leda Corps.

Liam recula et trébucha, toutes ses pensées très claires sur son visage.

— Qu'est-ce que c'est ? demanda-t-il.

— Ton frère nous a envoyés à ta recherche, répondis-je. Tu as pris sa veste, à Philadelphie, quand tu as fui. Et tu as emporté ceci.

Je fermai la main et fourrai ce fichu truc dans ma poche avant d'avoir envie de faire une bêtise. Tout ça pour un morceau de plastique !

— Ce sont des informations secrètes, ajoutai-je en m'engageant sur le chemin. Obtenues par ton frère.

J'espérais vaguement qu'il ne me suivrait pas. Qu'il resterait là et que je pourrais rentrer, traverser notre camp puis les bois, disparaître. Mais rien, dans ma vie, n'était jamais facile. Il me dépassa d'un pas traînant, comme s'il avait de l'eau jusqu'aux genoux, instable sur ses jambes, toussant et crachant. Je tendis la main pour le soutenir, mais il écarta vivement son bras et poursuivit son chemin, appelant Chubs.

Ce dernier devait nous chercher. On se trouva face à lui juste avant d'arriver au camp. Ses yeux étaient ensommeillés et ses vêtements froissés ; sans doute son cerveau était-il encore embrumé parce qu'il n'avait pas pensé, malgré le froid, à mettre son manteau et ses chaussures.

— Qu'est-ce qui se passe ? demanda-t-il en nous dévisageant.

— Je ne peux même pas te faire confiance, dit Liam d'une voix rauque. Quel jeu joues-tu ?

Chubs battit des paupières.

— Qu'est-ce que tu… ?

— Je sais tout ! coupa Liam en avançant sur lui, le souffle court. Pendant combien de temps avais-tu l'intention de me cacher ça ? La Ligue ! *Vraiment !* Bon sang… Normalement, c'est toi le plus intelligent ! Tu as passé un accord avec *eux* ?

— Ah !

Chubs poussa un long soupir. J'avais à peu près trois secondes pour diriger à nouveau la colère de Liam sur moi avant que Chubs ne prononce des paroles qu'il regretterait amèrement.

Liam gagna le feu à grands pas. Il ne voulait plus me laisser l'approcher.

— Tu veux bien m'écouter ? dis-je. C'était mon idée. Ton frère nous a envoyés à la recherche de la clé USB et on a rencontré ton ami Chubs. On a accepté de ne donner aucune information sur toi à la Ligue s'il nous aidait à te retrouver. Et de te conduire en Californie pour que tu puisses rejoindre Zu.

Je crus tout d'abord que Chubs me fixait avec de grands yeux parce que ma capacité à mentir le scandalisait. Mais quelque chose, en moi, dut sentir que je m'étais pris les pieds dans le tapis.

— Comment sais-tu ça ? s'enquit Liam. Où as-tu rencontré Zu ?

J'avalai ma salive et croisai les bras, toutes sortes de mauvaises explications me traversant l'esprit.

— Réponds !

Je me tassai sur moi-même.

— Je… Chubs m'a parlé d'elle.

Rouge de colère, Liam se tourna vers son ami.

— Qu'est-ce que tu lui as raconté d'autre ?

— Rien ! Lee, calme-toi… s'il te plaît. Assieds-toi. *Écoute.*

— Je n'en reviens pas ! Tu ne te rends donc pas compte qu'ils ont les moyens de la localiser ? Tu veux qu'ils l'arrêtent ? Zu… on a promis de… je croyais…

— Il m'a seulement raconté que vous voyagiez ensemble, intervins-je calmement.

Liam nous protégeait tous, mais surtout Zu.

— Ne te mêle pas de ça, Verte ! s'emporta-t-il sans quitter Chubs des yeux. Qu'est-ce que tu lui as dit d'autre ?

Je reculai, complètement déstabilisée par un seul mot.

— Comment l'as-tu appelée ? demanda Chubs.

Ça ne lui avait pas échappé, évidemment.

— Et alors ? Je n'ai pas le droit d'utiliser son surnom ? ironisa-t-il. Comment veux-tu que je t'appelle ? Quel nom de code la Ligue lui a-t-elle donné ? Citrouille ? Tigre ? Tangerine ?

— Tu m'as appelée Verte.

— Non, dit-il. Ce serait ridicule. Je sais ce que tu es.

— C'est ce que tu as dit, insista Chubs. Tu l'as appelée Verte. Tu ne t'en souviens vraiment pas ?

Pendant le long silence qui suivit, mon cœur brisa sa gangue de glace et battit de plus en plus vite. La colère de Liam tomba d'un coup, cédant la place à la confusion et à la peur.

— C'est bon, dis-je en levant les mains dans l'espoir de l'apaiser, ça va. Tu peux m'appeler comme tu veux ; c'est sans importance…

— Est-ce que tu l'influences ? Est-ce que tu le forces à prendre ton parti ? demanda Liam.

Son visage était rouge et sa fureur teintée d'angoisse. Il ne voyait plus son ami, mais un inconnu.

Je ne supportais plus ses sautes d'humeur et je me demandai soudain s'il était utile de prendre la peine de le faire. Le souvenir de ce qui s'était passé lorsqu'il m'avait rejointe sur le ponton se dissipa comme la brume au soleil. Peut-être l'avais-je simplement imaginé.

— Tu te fiches de moi ? s'emporta Chubs. Après ce qui est arrivé à East River ? Ai-je besoin de te rappeler que Clancy Gray a pris possession de ton esprit mais n'a pas pu m'atteindre ?

— Je ne… Quoi ? s'écria Liam. Qu'est-ce que tu racontes ?

Bon sang !

Quand je m'étais effacée des souvenirs de Liam, j'avais dû en… bricoler quelques-uns, qui n'auraient pas eu de sens si je ne l'avais pas fait. Le soir où nous avions tenté de quitter East River en faisait partie, parce que la confiance que j'avais imprudemment accordée à Clancy était à l'origine de cet épisode terrifiant. C'était une partie cruciale de l'histoire.

Mais par quoi les avais-je remplacés ? Avais-je simplement effacé toute cette soirée ? Je me creusai la cervelle, tentant de retrouver les images que j'avais utilisées, mais il n'y avait que du noir, du noir, du noir…

Chubs se tourna vers moi et me foudroya du regard.

— Pourquoi la regardes-tu ? explosa Liam. Je ne sais même pas ce que tu fais ici, et avec eux en plus !

— On essayait de te trouver, répondit Chubs. On voulait simplement t'aider !

— Ho ! intervint Vida d'une voix aiguë, à l'intérieur de la tente. Vous ne pouvez pas la fermer et revenir vous coucher ? On a déjà entendu cette dispute cent fois et il n'est pas cinq heures du matin !

Jude tenta de la faire taire, mais il était trop tard.

— Tu… tu… je ne peux pas, bredouilla Chubs, trop furieux pour construire une phrase. Viens ici. *Tout de suite !*

— Viens me chercher, mon grand, répondit-elle. Je sais que je n'ai pas ce qu'il faut là où il faut, mais on pourra s'arranger.

— Un cerveau en état de marche, par exemple ? cria-t-il.

— Chubs ! protestai-je.

Il la connaissait… Il savait qu'il ne faisait que céder à la provocation.

— Vida, ajoutai-je, viens, s'il te plaît. Toi aussi, Jude.

Elle sortit de la tente une couverture sur les épaules, les cheveux en bataille. Jude avait de grands cernes marron sous les yeux. Il enfila sa parka et, d'un pas traînant, vint s'asseoir de l'autre côté du feu.

— Je ne changerai pas d'avis, dit Liam en croisant les bras. Inutile de m'expliquer que la Ligue est formidable et ses agents merveilleux. Dis à Cole d'aller se faire voir. Je me débrouille très bien sans lui… et sans toi !

— … dit le type qui était à l'article de la mort quand on l'a retrouvé, fit Vida en levant les yeux au ciel. Il n'y a pas de quoi, à propos.

— Je t'assure que nous voulons seulement récupérer la clé USB et accomplir notre mission, insistai-je.

Il était plus facile de lui parler comme si je ne le connaissais pas.

Ce n'est pas Liam, pensai-je. *Quelque chose ne va pas.*

— Vraiment ? dit froidement Liam. Je n'ai rien à voir avec tout ça et je ne veux rien devoir à quelqu'un comme toi.

Je ne compris pas tout de suite que cette vacherie m'était destinée.

— Une minute, coupa Jude. On essaie simplement de t'aider. Tu n'as pas de raison de nous le reprocher.

— Lee, tu exagères, dit Chubs.

— Et toi… sous prétexte que tu as des lunettes neuves, une voiture et des appareils électroniques, tu crois que tu peux te prendre pour Rambo. Je n'aurais jamais cru que tu accepterais ça.

— Il a confiance en toi, insista Jude. Pourquoi ne peux-tu pas lui faire confiance ?

— À la Ligue ? demanda Liam avec un rire sarcastique. Tu es vraiment stupide à ce point ?

Il leva la main pour empêcher Vida de parler.

— La Ligue, poursuivit-il, retient simplement les jeunes en otages. Elle prétend les aider à se défendre, puis leur tourne le dos et les envoie à la mort. Nous sommes dans les camps, au sein de la Ligue ou en fuite et nous n'avons pas le choix. Vous voulez savoir ce que je veux ? Je veux avoir le choix. Ne serait-ce qu'une fois. Et c'est ce que je fais. Vous acceptez peut-être de vous jeter dans les bras de ces meurtriers, mais je ne veux pas les fréquenter. *Vous* fréquenter.

Puis il pivota sur lui-même et reprit le chemin de la cascade. Chubs m'adressa un bref regard, mais je m'assis sur une souche et frottai machinalement la rangée de points de suture sans quitter Liam des yeux.

— Tu crois vraiment qu'il a envie que ce soit moi qui aille le chercher ? demandai-je.

Chubs soupira, frotta vigoureusement ses bras et suivit son ami. Ils n'allèrent pas loin. Liam s'adossa à un arbre. Chubs parut tout d'abord garder ses distances, pour ne pas provoquer à nouveau sa colère. Sans doute s'excusa-t-il parce qu'il s'approcha de lui et, un instant plus tard, posa une main sur son dos et nous montra.

— Je n'arrive pas à croire qu'il ait dit toutes ces conneries, railla Vida. Il est plus imprévisible qu'un gamin de cinq ans.

— Je ne m'étais pas rendu compte qu'il nous haïssait à ce point…, fit remarquer Jude.

— Il ne vous hait pas, protestai-je sans quitter les garçons des yeux. Il hait la Ligue. Il croit qu'elle ne devrait pas exister… que nous n'avons pas besoin d'elle.

— Ouais, mais il a eu besoin de nous quand il était sur le point de se noyer dans sa morve, affirma Vida.

Jude garda le silence. Je me forçai à m'asseoir sur une souche, le cerveau palpitant au rythme de mon pouls.

Chubs et Liam nous rejoignirent dix minutes plus tard. Chubs secouait la tête, visiblement contrarié. Liam fixait le sol et nous évita. Il était gêné et ses oreilles avaient rougi. Les mains dans les poches, il se dirigea d'un pas lourd vers la tente.

— Il accepte de rester, annonça Chubs. Pour le moment. Il veut rejoindre Zu en Californie, mais il ne veut pas que vous puissiez nous suivre… on devra sans doute se séparer à la frontière de l'État.

— N'oubliez pas de nous envoyer une carte postale quand vous aurez été arrêtés et internés dans un camp, dit Vida.

— J'essaierai encore de le convaincre, promit Chubs. Il faut qu'il se calme, c'est tout.

— Je sais, dis-je. Merci.

Mais j'étais sûre que ça ne suffirait pas.

Vingt-trois

Le parc naturel des Cascades se trouvait dans le nord-est de l'Oklahoma, dans les monts Ozark, où il fait un froid de canard en décembre. Chubs me fit visiter le camping avant de rejoindre les autres. Tables de pique-nique, places pour les camping-cars, chemins de randonnée. Il n'y avait personne et c'était l'essentiel.

— Tu as mal ? demanda-t-il en posant une branche sur le feu.

— Ça va. Mais je veux savoir ce qui s'est passé.

Je me poussai pour qu'il puisse s'asseoir près de moi, sur la souche, posai un pan de ma couverture sur ses épaules et le serrai contre moi. Il sentait encore vaguement la lessive et le savon, mais je percevais aussi des odeurs musquées trahissant de nombreuses nuits sous la tente et l'absence de douches.

— D'accord, dit-il en prenant une profonde inspiration.

Au retour du groupe d'Olivia, ils avaient tout de suite compris que l'expédition avait mal tourné. Ses compagnons et elle étaient indemnes et avaient rapporté la plus grande quantité possible de provisions. Brett était rentré deux heures plus tard, portant Jude toujours inconscient. Son groupe avait eu moins de chance : ils n'étaient que cinq et je n'en faisais pas partie.

— J'ai montré à Olivia comment administrer les médicaments aux malades et j'en ai fait prendre à Lee, qu'on a ensuite porté jusqu'à la voiture. On a roulé toute la nuit en essayant de nous connecter à Internet pour télécharger la mise à jour du réseau des chasseurs de primes. On était convaincus que les FSP t'avaient arrêtée.

— Presque, soufflai-je, mais il n'entendit pas.

Ils cherchaient toujours une liaison Internet quand Cate leur envoya un message sur le Chatter. Lorsqu'on était photographié par un profileur – l'appareil que la FSP avait placé devant mon visage –, non seulement on passait immédiatement en tête de liste sur les réseaux des FSP et des chasseurs de primes, mais l'heure et le lieu étaient aussi mis à jour automatiquement.

C'est de cette façon que Rob a appris ma présence dans la région, pensai-je.

— Mais comment avez-vous compris qu'il fallait chercher Rob ?

— On ne le savait pas au début, répondit Chubs en fixant ses mains croisées. Il utilisait un faux nom. Il a indiqué, sur le réseau des chasseurs de primes, que tu avais été *arrêtée*. Ensuite, j'ai pu accéder à son profil… voir quelle voiture il utilisait et quelle était son immatriculation. On n'était pas très loin, mais on a tout de même eu de la chance de te retrouver. Et puis, on est venus ici… on y est depuis presque quatre jours.

— Merci de ne pas m'avoir laissée tomber, dis-je après un bref silence.

— Tu as vraiment cru qu'on le ferait ? demanda-t-il. Qu'on ne tenterait pas l'impossible pour te retrouver ?

— Ce n'est pas ce que je voulais dire… Mais…

Il aurait peut-être mieux valu que vous le laissiez m'emmener. Mes oreilles se mirent à bourdonner et la panique s'empara de moi.

— Si notre présence contrarie Liam à ce point, repris-je, il faudrait peut-être qu'on se sépare.

— Non. Ce serait ridicule, protesta Chubs. Je ne supporte pas ses sautes d'humeur. Il a perdu les pédales quand on t'a retrouvée… complètement. Je ne l'avais jamais vu comme ça. Il avait peut-être deviné que vous faisiez partie de la Ligue… ça pourrait expliquer son comportement. Le Liam que j'ai connu n'abandonnerait jamais des compagnons s'il croyait pouvoir s'entendre avec eux… tu en es la preuve. Mais, depuis qu'il va mieux, il est nerveux, irritable.

— Il n'a pas de raison de nous faire confiance, dis-je. Je comprends pourquoi.

— Je ne choisirai pas, déclara Chubs. Je ne peux pas le laisser partir seul, mais je ne veux pas non plus vous abandonner. Tu dois trouver le moyen de t'entendre avec lui, pigé ? Le convaincre de te faire confiance. Attends… Pourquoi secoues-tu la tête ?

— Je ne lui ai pas dit toute la vérité, reconnus-je, mais je ne pouvais pas faire mieux. Je vous aiderai à aller où vous déciderez de vous rendre, mais je rejoindrai Cole et je remplirai ma mission.

Chubs me serra plus fort contre lui, mais sa stupéfaction et sa peur me nouèrent la gorge.

—Tu sais…, repris-je, tu *sais* que c'est très important. Si je ne vais pas jusqu'au bout, si je n'obtiens pas de certitude sur la cause de… *tout ça*… je ne me le pardonnerai jamais. Si je ne peux plus… voir Liam, j'aurai au moins fait ça pour lui. C'était son rêve, tu t'en souviens ?

— Non, souffla-t-il, je ne peux pas revivre ça… le départ de Zu, ces six derniers mois. Je sais que c'est égoïste, mais je dois être sûr que tu es en sécurité et, avec eux, tu ne le seras jamais. Réfléchis, d'accord ? Laisse-moi une chance de te faire changer d'avis.

Non, pensai-je en esquissant un sourire rassurant. Même si les yeux de Liam n'étaient pas pleins de haine, même s'il m'avait embrassée près de la cascade, ça n'aurait rien changé. J'étais une page blanche quand j'avais rencontré Liam, Chubs et Zu. J'avais honte de certains de mes actes, à l'époque, aucun doute là-dessus mais, depuis, je vivais dans un endroit que je ne pouvais quitter et je ne voulais pas les y entraîner.

— On verra, soupirai-je en serrant sa main. On verra.

Nous n'avions pas de carte et nous ne pouvions pas télécharger les mises à jour du réseau des chasseurs de primes, mais Chubs voulait qu'on s'en aille le plus tôt possible. Après une dernière nuit de repos, nous reprendrions la route.

C'était sans doute parce qu'il avait hâte d'arriver en Californie. Il ne supportait plus le froid. J'ignorais comment réagirait Vida si elle devait subir un cours de plus sur l'hypothermie, mais j'imaginais qu'elle n'hésiterait pas à l'assommer. Elle n'avait pas compris qu'il ne s'inquiétait pas pour lui-même. Le froid avait un effet catastrophique sur les poumons de Liam. Quand il tentait d'accélérer le pas, il s'essoufflait et toussait.

Assis près de Jude, il aidait ce dernier à entretenir le feu, tout en comparant les mérites de *Born in the USA* et de *Born to Run* de Bruce Springsteen.

Quand ils eurent terminé, ils allèrent chercher des vêtements supplémentaires sur la banquette arrière de la voiture. Sans hésitation, Liam saisit sa veste en cuir et l'enfila par-dessus celle qu'il portait déjà.

— Mais c'est celle de…, protesta Jude.

Je secouai la tête et m'éloignai sans laisser à Liam le temps de comprendre pourquoi Jude s'était interrompu. Ensuite, je l'évitai, allant à droite quand il allait à gauche, veillant à ce que le feu soit toujours entre nous. Lorsque Jude décréta qu'il était l'heure de dîner, Liam paraissait plus détendu. En tout cas, il esquissa un sourire quand Chubs trébucha et tomba, laissant échapper les provisions.

— Je me demandais ce qu'étaient devenus ces trucs, dis-je en l'aidant à ramasser les rations de survie emballées dans du papier d'aluminium.

— On n'a pas pu tout prendre, expliqua Chubs pendant qu'on rejoignait les autres, assis autour du feu. On a dû se contenter de ce que pouvaient contenir nos poches. Mais c'était suffisant… Bon, qui veut quoi ?

— Je prendrai une barre chinoise à la figue, s'il en reste, dit Jude.

— Le mélange français, demanda Vida. L'emballage argenté.

— A-t-on trouvé l'origine de ces produits ? m'enquis-je. Et pourquoi on les laissait se gâter dans un hangar ?

— On a décidé que le président était un sale cachottier et que le monde n'était pas aussi pourri qu'on le croyait, répondit Vida.

Depuis le début, dans ses allocutions hebdomadaires, le président Gray affirmait que les Américains tenaient le coup et s'entraidaient. Il n'oubliait jamais de reprocher aux Nations unies les sanctions économiques contre notre pays. Personne ne commerçait avec nous et nous ne commercerions donc avec personne. On ne nous aiderait pas financièrement et les rares Américains n'ayant pas perdu toute leur fortune lors de l'effondrement des marchés devraient subvenir aux besoins de leurs compatriotes. Les Américains aideraient les Américains.

Le Royaume-Uni, la France, le Japon, l'Allemagne… *ne comprennent rien aux mœurs américaines*, avait-il dit un jour. Ils n'étaient pas touchés par la NIAA ; ils ignoraient tout de nos souffrances. Je l'avais vu sur une des télés de l'atrium, au QG, le visage plus gris que la semaine précédente. Il semblait être dans le bureau Ovale, mais Nico m'avait montré que les bords de l'écran brillaient, trahissant l'utilisation d'un fond bleu. Malgré la protection dont il bénéficiait, il n'était pas retourné à Washington depuis les premiers attentats… À New York, il ne passait jamais deux nuits au même endroit.

— *Ils ne comprennent pas que, dans une telle période, certains sacrifices doivent être consentis*, avait poursuivi Gray. *Que le temps et le dévouement nous permettront de trouver une issue. Nous sommes américains et nous agirons à notre façon, comme nous l'avons toujours fait…*

Et plus il parlait, plus les mots se succédaient, plus ses propos me paraissaient dépourvus de sens.

— Et toi ? demandai-je à Liam. Tu as faim ?

Le temps, le silence et la gêne avaient un peu adouci Liam… tout d'abord vis-à-vis de Jude, qui le regardait comme s'il était son joueur de base-ball préféré. Puis vis-à-vis de Vida, dont la personnalité ne laissait personne indifférent. Je vis qu'il était toujours en colère contre Chubs, mais cela aussi s'estompait. Je fus heureuse que Vida et Jude puissent le voir tel qu'il était… sans l'armure étrange, cabossée, qu'il avait revêtue.

— Ouais… je prendrai n'importe lequel.

Il ne quitta pas des yeux le livret noir qu'il tenait dans la main droite.

Je me rassis près de Chubs. À ma droite, Jude construisait un petit bonhomme de neige en fredonnant une chanson de Springsteen.

— Josef Lister ? dit soudain Liam, rompant le silence. Vraiment ? *Lui ?*

Chubs se crispa.

— C'est un *héros* ! Un pionnier des recherches sur les infections et la stérilisation.

Liam fixa le faux cuir du livret de chasseur de primes puis choisit soigneusement ses mots.

— Tu n'aurais pas pu emprunter le nom de quelqu'un de plus cool ? Pas celui d'un vieux scientifique mort ?

— Son travail a réduit le nombre d'infections postopératoires et rendu les techniques chirurgicales plus sûres, affirma Chubs. Qu'est-ce que tu aurais choisi, Captain America ?

— Steve Rogers, son vrai nom, aurait été très bien, répondit Liam en lui rendant le livret. C'est… Je ne sais pas quoi te dire, Chubsie.

Dis que ça n'a pas d'importance, pensai-je en me souvenant de la peur de Chubs le jour où il m'avait avoué avoir livré un jeune. *Dis-lui que tu comprends qu'il ait été obligé de le faire, même si ce n'est pas vrai.*

— Quoi ? ironisa Chubs, sur un ton un peu trop léger. Pour une fois, tu ne sais pas quoi dire ?

Liam s'éclaircit la gorge.

— Non, je suis seulement… reconnaissant, je suppose, que tu sois venu me chercher, même si tu as été obligé de faire… *ça*. Je sais… que ça n'a pas dû être facile.

— Fermez-la et embrassez-vous, marmonna Vida en s'adossant à une souche. J'essaie de dormir.

Elle ne l'admettait pas, mais je savais que les brûlures de son dos la faisaient horriblement souffrir.

— Miss Vida, dit Liam, t'a-t-on déjà dit que tu es la chantilly sur la glace à la vanille de la vie ?

Elle le foudroya du regard.

— On t'a déjà dit que tu avais la tête en forme de crayon ?

— C'est physiquement impossible, railla Chubs. Il serait…

— En fait, admit Liam, Cole a essayé, un jour, de… Quoi ?

— Je suis désolé, dit Chubs, de t'avoir interrompu. Continue.

— En fait, tu n'as sûrement pas envie que je te raconte le jour où il a poussé ma tête entre deux barreaux de la clôture du voisin…

— Ça a beaucoup saigné ? demanda Vida, soudain intéressée. Tu as perdu une oreille ?

Liam toucha ses oreilles pour montrer qu'elles étaient toujours là.

— Alors non, décida Vida. Personne n'a envie d'entendre cette histoire.

La nuit tombait vite. Je suivis le coucher du soleil entre les arbres. Le gris succéda à une lueur orange et, bientôt, le froid nous contraignit à rentrer dans la tente.

Allongée sur le dos, Vida tenait le Chatter à bout de bras et l'inclinait d'un côté puis de l'autre dans l'espoir de capter un signal. Elle tentait d'envoyer : TOUT VA BIEN // OBJECTIF ATTEINT, en réponse à la demande de rapport transmise par Cate quelques jours plus tôt. Si Cate était aussi impatiente que Vida d'établir le contact, il y aurait dix autres messages quand l'appareil serait à nouveau connecté au réseau des Chatters.

— Rien ? demandai-je.

Elle laissa tomber l'appareil sur sa poitrine, poussa un soupir agacé et secoua la tête.

— Peut-être quand on ne sera plus dans les montagnes, dis-je, mais cette idée ne parut pas la réconforter.

Elle me regarda, les sourcils froncés.

— Depuis quand es-tu optimiste ?

Je grognai, posai la tête sur mes bras et un élancement douloureux parcourut mon dos.

— Tu as mal ? demanda Chubs.

Il posa une main sur mes omoplates, pour m'empêcher de bouger, et palpa ma plaie.

Je grognai à nouveau.

— Je vais la désinfecter une fois de plus, décida Chubs.

— Super.

Le silence qui s'installa contrasta avec le hurlement du vent. Quand il eut terminé, Chubs prit un livre, *Croc-blanc*, s'allongea sur sa couverture et lut. Je restai à plat ventre et j'essayai de dormir.

Jude revint avec la torche qu'on lui avait demandé d'aller chercher. Ses cheveux bouclés étaient couverts de neige, qu'il fit tomber sur nous. Il sourit, ce qui ne lui était pas arrivé depuis des jours. Ou des semaines ? Mais il baissa la tête, quand il s'aperçut que je le regardais, et alla s'asseoir près de Liam.

Plus le silence dura, plus la gêne grandit.

— Une idée vient de me traverser l'esprit, dit soudain Liam.

— Autant dire une traversée du désert, constata Chubs en tournant une page.

Liam leva les yeux au ciel.

— Il se fait tard et j'ai pensé qu'on pourrait prendre des tours de garde. Former des équipes. Ça vous va ?

J'acquiesçai.

— Jude et moi, on prendra le premier, reprit-il. Ruby et Chubs le deuxième et Vida le troisième.

J'eus envie de contester la composition des groupes, mais Liam semblait prêt à défendre sa décision et je n'en eus pas le courage.

Je me réveillai plusieurs fois, pendant la nuit, me tournant et me retournant sous mes couvertures.

À leur retour, Jude, épuisé, se laissa tomber à genoux entre Chubs et moi, puis nous secoua pour nous réveiller. Il s'allongea et se glissa sous les couvertures avec un soupir satisfait. Mais Liam fut plus lent, presque hésitant. Je sentis son regard sur moi. Chaleureux, intense.

Je m'assis et il s'allongea sous la couverture, aussi loin que possible de moi sans renoncer à la chaleur et au confort de la toile en polaire couvrant le sol.

Pour nous occuper et nous réchauffer, on fit rapidement le tour du campement, Chubs et moi, profitant d'une accalmie du vent et de la neige.

— Tu es arrivé par ici ? demandai-je en montrant un chemin plus large que les autres.

Chubs hocha la tête.

— Cette piste conduit à la route. J'espère que la neige commencera de fondre demain, sinon on ne pourra pas partir.

Quelques heures plus tard, juste avant l'aube, ce fut le tour de Vida. Elle se leva, s'ébroua et sortit dans la nuit glaciale. Je regardai l'espace étroit séparant Chubs de Liam, fis demi-tour et la suivis dehors.

Vida, qui scrutait la clairière, se tourna vers moi quand je m'assis près d'elle, mais ne parut pas étonnée.

— J'ai dormi trop longtemps dans la voiture, mentis-je en tendant les mains vers le feu. Je ne suis pas fatiguée.

— Hon-hon, fit-elle. Tu veux me dire ce que tu as sur le cœur ?

— Pourquoi ? Ça t'intéresse vraiment ?

— Pas si ça concerne le Prince charmant. Mais si tu as l'intention de te barrer avec Liam et Chubs en nous laissant, Jude et moi, terminer la mission, il faut que je le sache.

Je secouai la tête.

— Désolée de te décevoir, mais je n'ai pas l'intention de partir.

— Vraiment ? fit Vida, étonnée. Alors quel était le sujet de toutes tes messes basses avec Mémé ?

— Il m'a demandé de les accompagner, mais je ne peux pas.

— Tu ne peux pas ou tu ne veux pas ?

— Quelle est la différence ?

Vida se redressa.

— Quelque chose te tracasse ? demanda-t-elle.

Je haussai les épaules, tripotai le bord effiloché de la couverture posée sur mes épaules.

— Depuis qu'on t'a retrouvée, ajouta-t-elle, tu sembles morte de peur.

Je ne sais pas pourquoi il me fut facile de parler à Vida ni pourquoi j'en eus envie, alors que je n'avais pas pu me confier à Chubs. Peut-être parce qu'elle avait une si mauvaise opinion de moi qu'elle pouvait difficilement me détester davantage.

— Je suis allée trop loin, dis-je. Avec Knox, les jeunes de l'entrepôt… avec Rob.

— Comment ? Parce que tu n'as plus besoin de toucher les gens pour pénétrer dans leur esprit ?

— C'est compliqué, marmonnai-je. Tu ne comprendras pas.

— Pourquoi ? Parce que je suis stupide ? Réponds-moi franchement et si mon minuscule cerveau n'assimile pas, je poserai des questions.

— Ce n'est pas…

Je me tus. Il fallait que je cesse de m'opposer sans cesse à elle.

— Toi, tu acceptes ton aptitude, hein ? Enfin, dans la mesure du possible. Mais je hais mon pouvoir. Je le hais tous les jours, même si je le déteste moins depuis que je le contrôle…

Chaque minute avait été un cauchemar. Sans cesse, j'avais retenu mon souffle, redoutant l'instant d'inattention inévitable qui, une fois de plus, gâcherait tout.

— Ce n'est pas bien, ajoutai-je. J'en suis sûre. Je déteste obliger les gens à faire ce qu'ils n'auraient jamais accepté de faire sans mon intervention. Je n'aime pas voir leurs souvenirs, leurs pensées, ce qu'ils veulent garder secret.

Les yeux de Vida restèrent rivés aux miens.

— Je ne vois pas quel est le problème…

— Je… je suis allée trop loin. J'allais de plus en plus loin, mais peu m'importait. Je dominais. Je pouvais contraindre tout le monde à faire tout ce que je voulais. Je pouvais punir ceux qui m'avaient fait souffrir, *nous* avaient fait souffrir… et cela ne me suffisait pas. Quand il est devenu inutile de toucher les gens pour les influencer, le dernier obstacle a été franchi.

Elle soupira.

— Ça ne te tranquillisera peut-être pas, mais Knox a eu ce qu'il méritait.

— Il n'y a pas eu que lui, dis-je. Je suis entrée dans l'esprit de Mason et j'ai eu envie… vraiment envie de le retourner contre Knox. Ma première idée n'a pas été de l'aider. Puis, avec Rob…

Vida ne réagit pas quand je lui racontai exactement ce qui s'était passé dans la voiture, ce que j'avais fait. Je lui avouai tout, dans un flot de mots qui me libéra du fardeau pesant sur mes épaules depuis cet événement.

— Je ne veux pas être comme lui, Vida, repris-je. Je ne veux utiliser mon aptitude que si j'y suis obligée… mais comment me contrôler ?

— C'est pour ça que tu nous criais de t'abandonner ? demanda-t-elle. C'est hors de question. Tu me crois mauvaise à ce point ?

— Que se passera-t-il si je ne peux pas me dominer et si tu en souffres ? Ou Jude, Nico, Cate, Chubs, ou… *Liam*. Cette idée me noua l'estomac.

Le silence qui suivit m'étonna. Vida croisa les mains sur les genoux et les fixa.

— L'autre Orange, dit-elle, c'était un vrai salopard.

— Oui, admis-je. C'est juste. Il n'hésitait jamais à prendre ce qu'il voulait.

— Il me dégoûtait, marmonna-t-elle. Il entrait dans mon esprit et murmurait des cochonneries. Il essayait de m'obliger à faire… des choses.

— Je sais… Il…, commençai-je, avant de comprendre. Une minute… Qu'est-ce qu'il faisait ?

— Ce *Martin* ! souffla-t-elle. Je voulais le dire à Cate, mais il ne me laissait pas l'approcher.

Je ne sais pas ce que je ressentis… de l'étonnement, peut-être, parce que je n'avais jamais imaginé Martin au sein de mon équipe, parlant avec Nico, s'opposant à Vida, provoquant Jude. De la jalousie parce qu'il les avait commandés, même si ça n'avait duré que quelques semaines. De l'horreur, surtout, parce que Cate leur avait imposé ce monstre.

Notre trajet en voiture et ses tentatives pour entrer dans mon esprit provoquaient encore des cauchemars.

Il avait joué avec moi, planté ses griffes en moi, et je n'avais pas pu me défendre.

— J'ai pensé que tu serais comme lui, dit-elle en me regardant dans les yeux. Mais tu ne l'es pas… apparemment.

J'eus un rire sans joie.

— Merci.

— Et le fils du président était comme Martin, hein ? Bon sang…

— Une partie de moi comprend pourquoi ils agissent comme ça, et ça me fait peur. On nous a dépouillés de tout, tu sais ? Pourquoi ne le reprendrions-nous pas si nous avons le pouvoir de le faire ?

— Tu te fiches de moi ? demanda Vida. Tu poses ces questions parce que tu ne t'es jamais abaissée à leur niveau et que tu ne le feras sans doute jamais. Je comprends pourquoi tu as peur. Vraiment. Mais il y a une très grosse différence entre toi et ces deux types.

— Laquelle ?

— Tu n'es pas seule, même si tu as parfois l'impression de l'être. Il y a des gens qui tiennent beaucoup à toi. Pas parce que tu les forces à le faire, mais parce qu'ils en ont envie. Tu crois que ces deux crétins sont dans le même cas ? Tu crois qu'ils se seraient conduits aussi mal si leurs amis les avaient empêchés d'aller trop loin ?

— Je ne peux pas chasser de mes pensées les deux gamins de la ruelle, dis-je, les larmes me piquant les yeux.

— Bien. Tu dois te souvenir d'eux et de ce que tu as fait. Pardonne-toi, mais n'oublie pas.

— Et si ça ne suffit pas ?

— Je t'empêcherai d'aller trop loin, dit Vida, qui se leva et épousseta son pantalon. Ton aptitude ne me fait pas peur. En tout cas plus maintenant. Je vais faire le tour du campement. À mon retour, tu as intérêt à dormir, sinon je t'assomme.

— Merci, soufflai-je. D'avoir écouté.

— De rien.

Quand Vida se fut éloignée, je retournai dans la tente puis m'allongeai entre Liam et Chubs. J'étais si épuisée que je ne me demandai pas si c'était une mauvaise idée. Je m'installai et fermai les yeux. Mes pensées se firent plus lentes, puis se déversèrent dans un rêve bleu pâle.

Vingt-quatre

J'étais maintenant habituée à me réveiller plusieurs fois pendant la nuit, mais je ne compris pas tout de suite ce qui m'avait tirée du sommeil. En tout cas, ce n'était pas un bruit. Vida, de retour dans la tente, fredonnait une vieille chanson que je reconnus vaguement. Désorientée, je vis qu'elle déchirait des pages de *Croc-blanc*, en faisait des boulettes de papier qu'elle lançait dans la bouche ouverte de Chubs endormi.

Je m'assis et me frottai les yeux.

— Quelle heure est-il ?

Elle haussa les épaules.

— Peu importe. Rendors-toi.

— D'accord, dis-je en m'allongeant.

Les crissements des pages déchirées ponctuaient les ronflements de Chubs. Jude et lui dormaient sur le dos, épaule contre épaule. Je me tournai sur le côté, emportant la partie de couverture couvrant Liam.

Je me rassis, les membres engourdis, et me dégageai, libérant la moitié de couverture coincée sous moi. Je m'aperçus alors que Liam n'était plus là.

— Où est Lee ?

J'étais maintenant complètement réveillée.

— Dehors, répondit Vida sans lever la tête.

— Dehors ? répétai-je, un goût de sang dans la bouche. Où ?

— Faire un tour. Il ne pouvait pas dormir.

— Et tu l'as laissé partir seul ? demandai-je en mettant mes chaussures. Il y a combien de temps ?

— Qu'est-ce qui se passe ? marmonna Chubs.

— Liam est parti, dis-je.

— *Quoi ?*

Il tâtonna, trouva ses lunettes et les chaussa.

— Je vais le chercher, décidai-je en enfilant mon sweat-shirt et un caban trop grand, poussiéreux, qu'ils avaient emporté par erreur en quittant l'entrepôt de Nashville. Vida, demandai-je, il t'a dit où il allait ?

— Laisse-le tranquille, Ruby. C'est un grand garçon.

— Tu ne comprends pas, m'emportai-je. *Il ne reviendra pas !* Il est parti pour de bon !

Vida ouvrit la bouche et regarda autour d'elle, le souffle coupé.

— Bon… Tu as la clé USB, hein ? Ce n'est pas une catastrophe totale.

— Tu plaisantes ? criai-je.

Jude s'assit, battant des paupières, mais je ne lui laissai pas le temps de poser des questions.

— Où est-il allé ? repris-je. Il a besoin d'une voiture ou d'une moto… Est-ce qu'il vous a dit quelque chose ?

— Non, répondit Chubs. Je t'en aurais parlé.

— Absolument pas, intervint Jude. Il disait qu'on partirait tous ensemble demain. Il va peut-être revenir. Donnons-lui quelques minutes.

Admettons, pensai-je. Je me forçai à inspirer profondément. Mon cœur cognait et je posai une main sur ma poitrine. Il était peut-être allé à la cascade. Pourquoi pas ? Liam ne serait jamais parti sans Chubs ni sans…

Je remarquai, à cet instant, un morceau de papier dans la poche de la chemise de Chubs. Je tendis la main et m'en emparai.

Station-service au bord de la route, à 3 kilomètres en direction du sud. Viens à 6 heures.

Je froissai le mot et le lançai sur Chubs.

— Je n'étais pas au courant, protesta-t-il avant même de l'avoir lu. C'est vrai !

Nous avions deux armes, que nous portions, Vida et moi, Chubs et Liam s'y refusant pour des raisons morales. Le revolver se trouvait sur le sol, aux pieds de Vida, et le semi-automatique noir sur un sac à dos vide.

Évidemment, il était allé dans un endroit où il risquait d'être vu ! Qu'est-ce qu'il croyait ? Qu'il serait en sécurité de nuit ?

Je sortis de la tente en courant. Les épaisses semelles de mes chaussures martelèrent la neige.

— Attends-moi ! cria Vida. *Ruby !*

L'air glacial me fit l'effet d'un coup de poing. Il ne me fallut que quelques secondes pour m'orienter et prendre la direction de la piste indiquée par Chubs, mais de gros flocons s'étaient déjà pris dans mes cheveux et insinués sous le col de mon manteau. Cependant les empreintes des pas de Liam restaient bien visibles.

Dans les tourbillons de neige, je courus jusqu'à la route. La neige, sur la chaussée, n'était pas aussi épaisse que dans la forêt. Je perdis la trace de Liam sur le goudron glissant, les points de suture de mon dos soudain si douloureux que j'eus le souffle coupé. Le soleil se levait, à l'est, et il me fut facile de trouver le sud.

Vingt minutes plus tard – une éternité –, j'aperçus un petit centre commercial et la station-service.

L'asphalte céda la place à la boue, où je m'enfonçai jusqu'aux chevilles. Les six pompes gisaient sur le goudron crevassé.

Il y avait plusieurs véhicules derrière la station-service, dont un pick-up au capot ouvert, comme si on venait de jeter un coup d'œil sur le moteur. Si Liam avait détecté une panne, il était sans doute allé chercher une pièce dans le garage de la station-service. *Ou de la nourriture*, pensai-je en me tournant vers le bâtiment. *Des provisions avant de partir.*

La porte de derrière n'était pas verrouillée ; en fait, la serrure et la poignée avaient été arrachées. Elle grinça quand je la poussai et entrai.

La boutique était plus grande que je ne l'avais imaginée, mais en très mauvais état. Les pillards s'étaient servis, mais il restait de grands sachets de chips et le distributeur de soda était encore éclairé. Mon pistolet resta braqué sur les portes en verre, couvertes de graffitis, des rayons réfrigérés.

Je suivis une allée, passant devant la caisse et entre des cartons vides, jusqu'à la façade de la boutique et une partie neuve du bâtiment.

Le couloir reliant la boutique au garage était décoré de photos et d'affiches de vieilles voitures avec des femmes en bikini assises sur le capot. Pour me calmer, je pris une profonde inspiration. Odeurs de caoutchouc, d'essence et d'huile.

Une autre porte donnait directement sur l'extérieur. La pancarte, sur le battant vitré, indiquait : DE RETOUR DANS UN QUART D'HEURE. Mais pas trace de Liam.

La peur s'empara de moi et je poussai la porte du garage de l'épaule. Je pivotai, pour la retenir avant qu'elle ne claque, mais c'était une erreur… je le compris à l'instant où le conseil préféré de l'instructeur Johnson résonna à mes oreilles : *Ne tourne jamais le dos à ce que tu ne vois pas.*

Je reconnus trop tard le frisson qui me parcourut l'échine. Quelqu'un me poussa. Mon front heurta l'encadrement de la porte. Mon champ visuel s'obscurcit et je tombai. Le pistolet m'échappa et glissa sur le béton, hors de portée.

Puis une voix chaude, familière, teintée de peur :

— Mon Dieu ! Désolé… je croyais…

Pâle, Liam sortit de derrière la voiture occupant le centre du garage.

— Qu'est-ce que tu fais ici ? demanda-t-il.

— Qu'est-ce que *tu* fais ici ? Tu es venu seul, sans rien pour te défendre…

— Sans rien pour me défendre ? répéta-t-il en levant un sourcil.

— Tu me comprends.

Je m'accroupis, cherchai à tâtons sous la table métallique et finis par trouver mon arme. Je la lui montrai.

— Qu'est-ce que tu aurais fait face à ça ? demandai-je.

Les lèvres serrées, il retourna près de la voiture.

— Je n'ai pas eu de mal à te désarmer.

Je fus étonnée d'être aussi vexée. En silence, je le regardai lever le capot de la voiture, un outil à la main. Mais il posa simplement les mains sur la carrosserie. Ses épaules tendirent sa veste en cuir quand il se pencha en avant et baissa la tête. Je plaquai le dos à la porte, au cas où quelqu'un tenterait d'entrer.

— Alors tu m'as trouvé, dit-il d'une voix tendue. Je suppose que je dois remercier Chubs.

Plusieurs émotions se succédèrent sur son visage : colère, culpabilité, désespoir. Il me sembla que son esprit appelait le mien.

Je posai le dos de la main sur mon front. Mon aptitude était plus calme, plus apaisée, depuis que je l'avais acceptée et ne luttais plus contre elle. Ce n'était pas le moment de mettre cette trêve en péril.

— Je sais... que tu es capable de te défendre, dis-je en me passant la langue sur les lèvres. Mais on ignore tout de cette ville. On ne sait pas qui pourrait te voir et l'idée que tu sois seul ici...

— J'avais *envie* d'être seul, protesta-t-il sur un ton bourru. Je voulais... J'avais besoin de m'éclaircir les idées. Loin d'eux. Loin de *toi*.

Je le dévisageai, tentant de concilier ses propos et l'expression terriblement triste de son visage.

— Écoute, dis-je, je comprends. Tu ne m'apprécies pas, mais...

— Je ne t'apprécie pas ?

Il eut un rire grave, puis un autre, horrible, qui ne lui ressemblait pas du tout. Il me tourna le dos et secoua la tête. Sa respiration était si précipitée que j'eus l'impression qu'il sanglotait.

— Je ne t'apprécie pas ? répéta-t-il.

— Liam…, dis-je, inquiète.

— Je ne peux pas… je suis incapable de penser à quelqu'un d'autre, souffla-t-il en passant une main dans ses cheveux ébouriffés. Quand tu es là, je ne peux pas réfléchir. Je ne peux pas dormir. J'ai l'impression de ne pas pouvoir respirer.

— Liam, s'il te plaît, suppliai-je. Tu es fatigué. Tu n'es pas complètement rétabli. On… devrait rejoindre les autres.

— Je t'aime, souffla-t-il en se tournant vers moi, la même expression triste sur le visage. Je t'aime, je ne comprends pas pourquoi, et je ne peux pas m'en empêcher…

Il semblait tellement souffrir et sa douleur me cloua sur place.

— Je sais que je ne devrais pas, poursuivit-il, je le sens, jusqu'au plus profond de moi-même. Et j'ai l'impression d'être cinglé. Je m'efforce d'être bon, mais je ne peux pas. Je n'y arrive plus.

Que se passe-t-il ? Je ne pus interpréter l'expression de souffrance de son visage. Mon esprit n'était pas assez rapide.

Je serrai les poings dans les poches de mon caban. Je me plaquai plus étroitement contre la porte, dans l'espoir d'échapper à son expression, de calmer les battements de mon cœur. *Il est désorienté*, pensai-je. *Explique. Il est simplement désorienté.*

— Regarde-moi ! dit-il.

Je fus incapable de bouger ; je ne pouvais pas fuir. Il ne cachait plus ce qu'il éprouvait. Je pouvais percevoir ses sentiments tout autour de lui : flot de chaleur et de souffrance qui m'enveloppa quand il s'approcha de moi.

Mes mains restèrent dans mes poches, les siennes contre ses flancs. Nous ne nous touchions pas, pas vraiment. Il posa sa tête sur mon épaule, son haleine franchissant les couches de vêtements et chauffant ma peau. Il glissa un doigt sous un des passants de mon jean et m'attira plus près de lui. Son nez effleura mon cou, ma joue. Je fermai les yeux quand il appuya son front contre le mien.

— Regarde-moi ! répéta-t-il.

— Ne fais pas ça, soufflai-je.

— Je ne comprends pas ce qui m'arrive, murmura-t-il. J'ai l'impression de perdre la tête ; c'est comme si ton visage avait été gravé dans mon cœur, mais je ne me souviens pas quand et je ne comprends pas pourquoi, pourtant la plaie est là et refuse de guérir. Et tu ne me regardes même pas.

Je sortis mes mains de mes poches et saisis le cuir souple de sa veste. Il portait encore, dessous, celle de Cole.

— Tout va bien, fis-je d'une voix étranglée. On trouvera une solution.

— Je jure, dit-il, la bouche à quelques centimètres de la mienne, je jure… qu'on était sur une plage… tu portais une robe verte et on a parlé pendant des heures. Mais ce n'est pas possible. Cole m'a affirmé qu'on n'était pas allés dans cette région. Et… je vois ton visage dans la lumière du feu, je me souviens de plusieurs feux, de plusieurs sourires. Je me souviens de toi en robe verte, puis c'est un uniforme vert et c'est incompréhensible.

Robe verte… plage ? Virginia Beach ?

Une larme coula sur ma joue, puis une autre. C'était arrivé si vite ! J'avais dû agir très rapidement, dans cette chambre bleue. Ce qu'il venait de dire… n'était pas arrivé, pas vraiment, mais m'avait semblé *réel* quand il me l'avait raconté. Nous aurions pu nous rencontrer, sur cette plage, pendant cet été. Je devais penser à cela quand je m'étais effacée de ses pensées et de ses souvenirs. J'avais dû oublier cette toute petite partie de moi-même, ou l'avoir introduite dans son esprit, ou…

— C'est une torture, dit-il dans un murmure rauque. Je perds la tête… je ne sais pas ce qui se passe, mais, quand je te regarde, je t'aime plus que tout. Pas à cause de ce que tu dis ou fais. Je te regarde, je t'aime et ça me terrifie. Ce que je serais capable de faire pour toi me terrifie aussi. Je t'en prie… dis-moi que je ne suis pas fou. S'il te plaît, regarde-moi !

Je levai la tête et ce fut terminé.

Il m'embrassa, ses lèvres forçant les miennes à s'ouvrir. Ce baiser n'eut rien de tendre. La porte claqua contre son encadrement quand il changea de position et me pressa contre elle, prenant mon visage entre ses mains. Le désir grandit en moi, balayant toutes mes règles, abattant la dernière barrière. Je tentai une dernière fois de me dégager.

— Non, dit-il en posant à nouveau ses lèvres sur les miennes.

Ce fut exactement comme autrefois… je glissai les mains sous sa veste pour le serrer contre moi. Il gémit et ma peau devint brûlante.

Je me dégageai, le souffle court, et ce fut plus intense, plus tendre, plus doux quand je l'embrassai à nouveau.

Ce fut le baiser dont je me souvenais, celui qu'on échangeait quand on avait tout notre temps.

Je m'abandonnai à cette sensation, même si j'eus l'impression d'être faible, égoïste, stupide, horrible. Je me souvins de ce bref moment de paix chaleureuse, juste avant l'instant où je l'avais détruit, où j'avais semé la confusion dans son esprit. Il était maintenant empli de ténèbres ; les couloirs brillamment éclairés des souvenirs s'étaient effondrés. Je m'y frayai difficilement un chemin, déchirant de minces rideaux noirs et marron. Je m'y noyai, je me noyai en lui et ce fut si nouveau, si étrange, qu'il était trop tard quand je m'aperçus que j'étais dans son esprit.

Non, non, non !

Je le repoussai, rompant tout contact physique entre nous. Je trébuchai et tombai à genoux. Liam heurta un établi, des dizaines d'outils et de boulons s'éparpillant sur le sol à grand bruit et, dans le silence qui suivit, je sortis de son esprit.

Merde, pensai-je, essoufflée. J'avais le vertige et envie de vomir. Pendant quelques secondes terrifiantes, le cerveau en feu, je ne vis plus rien. J'avançai à quatre pattes, cherchant à tâtons le pistolet que j'avais lâché quand Liam m'avait embrassée. Je tentai de me redresser en m'accrochant à une étagère, mais elle céda et son contenu se déversa sur moi.

Je finis par renoncer et m'adossai au mur, les genoux contre la poitrine. La douleur apparue à l'arrière de mon crâne descendit peu à peu jusqu'au centre de ma poitrine. Je pressai mes paumes sur mes yeux et j'inspirai péniblement.

— Ruby.

Je levai la tête, cherchai son visage dans l'obscurité.

— Ruby, tu...

La voix de Liam était maintenant teintée de panique. Il tendit le bras et m'attira contre lui. Je me laissai faire, trop ébahie pour bouger quand il referma ses bras sur moi et enfouit le visage dans mes cheveux.

— Nous..., souffla-t-il. La planque...

Mon Dieu !

— Tu as fait quelque chose, poursuivit-il. Tu... Bon sang, *Chubs*, s'écria-t-il, reculant et prenant mon visage entre ses mains. Chubs a été blessé ! On l'a emmené, et nous aussi on nous a emmenés... On était dans une pièce et tu... Qu'est-ce que tu as fait ? Qu'est-ce que tu *m'as fait* ? Pourquoi je suis parti ? Pourquoi je suis parti *sans toi* ?

Mon visage blêmit. Une main dans ses cheveux, je le forçai à me regarder droit dans les yeux. Tous ses muscles tremblaient.

— Tout va bien, Liam, dis-je. Chubs s'est rétabli. On t'a retrouvé à Nashville, tu t'en souviens ?

Il me fixa et, pour la première fois depuis longtemps, son regard fut vif, lucide. L'instant où il comprit ce que je lui avais fait fut clairement visible. Il secoua la tête et ses cheveux cachèrent son visage ; il voulut parler, mais en fut incapable. Je ne pus me forcer à prononcer un mot.

Ce n'est pas possible !

Combien de souvenirs avais-je effacés ? Des dizaines ? Cent ? Et dès le début, face à l'expression terrifiée du visage de ma mère, j'avais compris que je ne pouvais pas revenir en arrière. Ce que j'avais fait à Sam me l'avait confirmé. Pénétrer dans son esprit pour tenter de réparer ce que j'avais fait avait simplement démontré que je ne *pouvais* rien faire. Il n'y avait plus aucune trace de moi.

Mais… je n'avais pas introduit les souvenirs dans l'esprit de Liam. Je connaissais cette sensation. Elle était différente. Et je m'étais retirée avant de faire des dégâts. Cela ne pouvait pas arriver. C'était impossible.

Il recula, s'éloigna de moi.

— Je peux expliquer, dis-je d'une voix tremblante.

Mais il ne voulut rien entendre. Il retourna près de la voiture, ramassa un sac à dos que je n'avais jamais vu et le hissa sur son épaule. Il gagna la porte. Je compris qu'il voulait constater par lui-même que Chubs allait bien. Que tout ce qui s'était passé depuis que nous l'avions retrouvé était véritablement arrivé.

— Attends ! criai-je en le suivant. *Lee !*

J'entendis ses pas sur le linoléum du bureau, son grognement quand il heurta un meuble.

Puis j'entendis les coups de feu. Deux détonations qui firent voler une cloison vitrée en éclats.

Vingt-cinq

Le pistolet à la main, je traversai le bureau en courant. Liam était dans la boutique, allongé sur le dos. Il était couvert d'éclats de verre.

Je fus soudain calme et lucide. La terreur qui avait failli me couper les jambes céda la place à l'efficacité et à la froideur cultivées par la Ligue.

Panique contrôlée.

J'eus envie de me précipiter dans la boutique mais de très nombreuses simulations m'avaient appris qu'il ne fallait pas. Je me contentai d'y jeter un coup d'œil pour voir quels distributeurs de boissons avaient été fracassés. Seulement le dernier, le plus proche de moi.

Le tireur se trouvait sans doute près de la porte de derrière… il avait dû voir une silhouette et tirer.

Je me tournai vers Liam, constatai que sa poitrine montait et descendait. Vivant.

Où était le tireur ?

Je ravalai ma colère et serrai la crosse de mon arme tout en cherchant une surface réfléchissante sur le mur opposé. Un miroir antivol rond était fixé au-dessus de la caisse ; il était crasseux, mais ça ne m'empêcha pas de la voir. La femme était grosse et avait une soixantaine d'années. Des mèches de cheveux gris étaient visibles entre son bonnet et le col de sa veste de chasse.

Elle tremblait ; elle jura quand elle fit tomber ses cartouches en essayant de recharger, disparut derrière une étagère pour les ramasser. Je pris position près de Liam et braquai mon arme sur l'espace séparant deux distributeurs. Quand la femme se redressa, j'étais prête… je tirai deux balles qui se logèrent dans le mur, derrière elle.

Elle tira une dernière fois avant de prendre la fuite. Je me baissai, même si elle m'avait manifestement manquée. La balle brisa la vitrine de la boutique.

Liam, à mes pieds, gémit. Je m'accroupis, balayai les éclats de verre couvrant sa poitrine. Je glissai les mains sous sa veste, cherchant du sang. Je n'en trouvai pas. Indemne. Je l'aidai à s'asseoir. Visiblement abasourdi, il s'adossa à un distributeur. Ses oreilles devaient terriblement bourdonner.

Rassurée, je pris son visage entre mes mains, l'embrassai sur le front, la joue.

— Ça va ? soufflai-je.

Il acquiesça, posa une main sur la mienne. La chute lui avait coupé le souffle.

— Ça va.

Dehors, un moteur rugit. Je ramassai le pistolet et me relevai.

— Ruby ! cria Liam, mais je courais déjà, ouvrant la porte de derrière d'un coup d'épaule.

La femme s'en allait, les feux arrière rouges devenant de plus en plus petits. Je la poursuivis aussi longtemps que possible, la colère me donnant des forces. Elle avait failli le tuer !

Je m'arrêtai, les jambes écartées, levai le pistolet et visai le pneu arrière gauche. Si elle signalait notre présence…

Non. Je laissai retomber mon bras. Même si elle nous avait vus, même si elle avait deviné ce que nous étions, nous nous trouvions en rase campagne. Il n'y avait pas de ville et sûrement pas de chasseurs de primes ou de FSP dans les environs. Elle pourrait appeler, mais personne ne viendrait avant plusieurs heures, peut-être plusieurs jours.

Du poignet, j'essuyai mon front trempé de sueur. Bon sang ! Cette femme cherchait sans doute de la nourriture, peut-être un abri. Elle ne savait pas se servir de son arme et avait sans doute tiré les deux premiers coups de feu par erreur. Nous faisions du bruit, Liam et moi, dans le garage. Peut-être nous avait-elle entendus et avait-elle paniqué à l'idée d'être surprise en train de voler.

Tenter de comprendre ne servait à rien et je n'en avais pas la force.

Je pivotai lentement sur moi-même et repris le chemin de la station-service, où Liam m'attendait. Le soleil montait dans le ciel, derrière lui, et son visage était dans l'ombre. Il y avait encore des éclats de verre sur ses épaules, mais mes yeux restèrent rivés sur le sac à dos qu'il tenait à la main. Sur ses phalanges gercées.

L'arête de son nez était entaillée et une coupure, sur son menton, saignait, mais un regard me suffit pour comprendre que ce que je lui avais fait l'avait beaucoup plus grièvement blessé.

Il attendit que je le rejoigne. La honte s'empara de moi, me serrant la gorge et me piquant les yeux. Il rougit jusqu'au bout des oreilles. Il me dévisagea, le désir bien visible sur son visage ; je compris qu'il luttait contre lui de toutes ses forces, parce que j'avais moi-même toutes les peines du monde à ne pas prendre sa main. Ce qui nous liait était insupportable. J'aurais voulu pouvoir me persuader que nous n'avions rien partagé avant cet instant.

— Est-ce que…, dit Liam.

Il posa un poing sur ses lèvres, chercha ses mots puis reprit :

— … Tu en avais assez de moi ?

Ce fut presque insupportable.

— Comment peux-tu croire ça ?

— Que pourrais-je penser d'autre ? J'ai l'impression d'avoir été… sous l'eau. Je suis incapable de réfléchir, mais je me souviens de la planque. On était ensemble et tout pouvait s'arranger.

— Tu sais bien que non, protestai-je. Je ne pouvais rien faire d'autre. Ils n'acceptaient de te laisser partir qu'à cette condition et il ne fallait pas que tu restes.

Presque dès le début nous avions senti, Liam et moi, que nous n'avions pas besoin de parler pour nous comprendre, que les regards et les sentiments suffisaient. Je comprenais instinctivement les raisons de ses actes et il n'avait aucun mal à deviner ce que je ressentais. Je n'aurais jamais imaginé que cet instant viendrait, mais pas davantage qu'il ne comprendrait pas pourquoi j'avais pris cette décision.

— Tu ne regrettes même pas, souffla-t-il.

— Non, répondis-je d'une voix étranglée. Parce que l'idée qu'ils te briseraient jour après jour, te dépouilleraient de ta personnalité, puis te confieraient une mission dont tu ne reviendrais pas était plus insupportable que ton absence.

— Mais c'est ce qu'ils t'ont fait ! protesta Liam. Et, maintenant, je suis obligé d'accepter ? Tu as décidé à ma place, Ruby… Pourquoi ? Parce que tu ne me croyais pas assez fort pour résister à la Ligue ?

— Parce que *je* n'aurais pas supporté que tu appartiennes à la Ligue. Parce que je voulais que tu puisses retrouver tes parents et vivre ta vie.

— Mais c'était *toi* que je voulais ! s'écria-t-il, saisissant mes bras et serrant, comme si la douleur pouvait me faire partager sa souffrance. Plus que tout ! Et tu… tu es entrée dans mon esprit, tu as tout effacé, comme si tu en avais le droit, comme si je n'avais pas *besoin* de toi. Ce qui me tue, c'est que j'avais confiance en toi… et j'étais absolument certain que tu le savais. Il ne me serait rien arrivé, parce qu'on aurait été ensemble !

Combien de fois m'étais-je dit cela ? Mais l'entendre… c'était un couteau sur la gorge.

— J'ai l'esprit si embrumé que je ne comprends plus rien, poursuivit-il, faisant un pas en arrière et s'accroupissant. Chubs a été blessé, je ne sais pas où est Zu, East River a brûlé et… ensuite, tout est un cauchemar. Et toi… tu as passé tout ce temps avec ces gens ! S'il t'était arrivé malheur, je n'aurais pas été au courant. Tu sais ce que ça me fait ?

Je m'agenouillai devant lui, si brutalement que les larmes accrochées à mes cils tombèrent. J'étais épuisée, vide.

— Je ne peux rien faire, dis-je. Je sais que j'ai tout gâché et qu'il est impossible de revenir en arrière, d'accord ? Mais ta vie comptait beaucoup plus que ce que je voulais, et je n'ai pas trouvé d'autre moyen de m'assurer que tu n'irais pas à ma recherche.

— Qu'est-ce qui te dit que je l'aurais fait ?

Je compris qu'il avait voulu me blesser, qu'il voulait que je souffre autant que lui, mais le ton de sa voix ne fut pas assez cruel. Il n'en était tout simplement pas capable.

— J'aurais parcouru le pays de long en large pour te retrouver, soufflai-je. Tu serais peut-être vraiment parti sans te retourner. Peut-être que je n'ai rien compris. Mais si tu ressentais le quart de ce que j'éprouvais…

Ma voix se brisa.

— Je me demandais sans cesse, repris-je, si tu avais eu pitié de moi, le jour où je t'ai rencontré. Ou si tu avais simplement besoin de protéger quelqu'un.

— Et tu n'as pas envisagé d'autres raisons ? souffla-t-il sur un ton agressif. C'était peut-être parce que je respectais ta volonté indomptable de survivre. Parce que je savais que tu avais bon cœur. Ou que tu étais si drôle, brave, forte que j'avais l'impression de l'être, moi aussi.

— Liam…

— Je ne sais pas quoi dire ni quoi faire, soupira-t-il en secouant la tête. Pour moi, ce n'est pas terminé. Tu comprends ? Je ne peux pas oublier que c'est arrivé. Je ne peux pas te haïr… je ne peux pas parce que j'ai tout le temps envie de t'embrasser.

Puis, d'une voix si étranglée que j'eus du mal à comprendre, il ajouta :

— Pourquoi n'as-tu pas tout effacé ? Pas seulement les souvenirs, mais aussi les sentiments ?

Je le fixai, l'esprit vide.

— Faire la connaissance de quelqu'un et éprouver un sentiment si intense que le cœur s'arrête est terrifiant… *terrifiant*. Ce sentiment est toujours là et c'est comme s'il griffait l'intérieur de ma poitrine pour sortir. En ce moment, alors que je ne fais que te regarder, il me semble qu'il m'écrase, tellement j'ai envie de toi, besoin de toi, tellement je t'aime. Mais toi, tu ne regrettes même pas d'avoir renoncé à ta vie pour sauver la mienne et tu veux que j'accepte cela !

Le monde était si loin de notre îlot de souffrance que j'avais oublié que nous étions au bord d'une route, dans le froid glacial, et bien visibles. Le moteur d'une voiture et un coup de klaxon me ramenèrent à la réalité.

J'aidai Liam à se lever et sortis le pistolet de ma poche… mais je m'aperçus que c'était le 4 × 4 poussiéreux de Chubs. La voiture s'arrêta à quelques mètres de nous et Chubs descendit sans couper le moteur.

— Dieu merci ! Je vous ai vus à terre et j'ai cru que vous vous étiez entretués.

Je lui tournai le dos, essuyant mes joues avec la manche de mon caban. Chubs, derrière moi, inspira profondément, mais ce fut Liam qui prit la parole d'une voix terriblement calme.

— Accompagne-moi dans la boutique. Il y a de la nourriture.

Je n'avais envie ni de les suivre ni de monter dans la voiture. J'étais paralysée ; notre dispute, si ce mot convenait, m'avait vidée à tel point que je vis Jude en double quand il sortit du 4 × 4 et se dirigea vers moi.

— Ruby ? fit-il d'une voix effrayée.

Je secouai la tête pour m'éclaircir les idées.

— Ça va.

— Que s'est-il passé ? demanda-t-il en posant une main sur mon dos. Vous vous êtes disputés ?

— Non, répondis-je. Il se souvient maintenant.

Je me tournai vers Chubs, que Liam entraînait vers la station-service. Il me fixa, les yeux dilatés, quand Liam ouvrit la porte d'un coup de pied. Le bruit fut si fort, lorsque le battant heurta le mur en parpaings, que Vida descendit à son tour de la voiture.

Quelques secondes plus tard, les premiers cris retentirent. Les deux garçons étaient dans la boutique et nous ne comprenions pas vraiment ce qu'ils disaient ; de temps en temps, quelques mots nous parvenaient : *Comment as-tu osé ? Pourquoi ?* Et : *elle, elle, elle !*

— Bon sang, dit Vida en se tournant vers moi, les mains sur les hanches. Je t'avais bien dit de le laisser tranquille. Qu'est-ce que tu lui as fait ?

Je rougis et me retins de fondre en larmes.

— … le dernier des idiots, cria Liam. Parce que j'ai l'impression d'être totalement ridicule !

— Il sait ? demanda Vida. Tu le lui as dit ?

— Non… Je crois qu'il se souvient. Je ne sais pas comment, mais j'ai dû défaire ce que j'ai fait. Ou bien je ne l'ai pas vraiment fait. Il refuse de me parler. Il ne me parlera plus jamais.

— Je ne crois pas, intervint Jude. Il est sans doute désorienté. Il semble que…

— Que quoi ? demanda Vida.

— Qu'une partie de lui se rappelait Ruby. Il était bouleversé quand on l'a retrouvée, et il croyait qu'elle allait mourir, tu t'en souviens ? Il savait qu'elle appartenait à la Ligue, mais il ne l'a pas traitée comme nous, d'accord ? Sa présence l'a peut-être déstabilisé… Son esprit lui disait une chose et son instinct une autre ?

C'était l'explication que donnait Liam mais c'était, de mon point de vue, impossible. Mes parents et Sam… Ils s'étaient montrés très froids, une fois dépouillés de tout souvenir de moi. J'étais très jeune, à l'époque, et j'avais imaginé qu'une partie d'eux-mêmes percevait ce que j'étais et me haïssait.

Peut-être que je n'avais pas complètement tort. Mais si j'avais effacé leurs souvenirs et non leurs sentiments, ressentaient-ils la même chose que Liam ? Avaient-ils peur et se sentaient-ils étrangers à ce qu'ils éprouvaient ? Ma mère n'était pas très stable… elle faisait une crise d'angoisse quand je rentrais de l'école avec quelques minutes de retard. Ma présence, ce matin-là, lui avait peut-être fait perdre la tête. Et mon père… calme, raisonnable… peut-être m'avait-il interdit de rentrer parce qu'il redoutait sa réaction.

À eux aussi je pourrais peut-être rendre la mémoire, me souffla une toute petite voix.

Je laissai les autres m'entraîner jusqu'à la voiture et m'assis sur la banquette arrière. Ils avaient levé le camp avant de nous rejoindre, non seulement parce qu'ils étaient inquiets mais aussi parce que Vida avait enfin pu envoyer un message à Cate.

Et avait reçu une réponse.

Vida ne s'assit pas à l'avant, mais près de moi. Quand Jude voulut monter à son tour, elle le repoussa du pied.

— Va chercher Mémé et dis-lui de se magner.

Jude voulut protester, mais Vida fermait déjà la portière.

— Qu'y a-t-il ? demandai-je. Que dit-elle ?

— Quelque chose cloche. Lis.

La lumière bleue de l'appareil emplit l'habitacle quand je fis défiler les derniers messages.

HEUREUSE QUE VOUS SOYEZ SAINS ET SAUFS // RÉUNION NÉCESSAIRE DÈS QUE POSSIBLE // VOTRE POSITION ?

Vida avait répondu :

POSITION ACTUELLE OK // POUVONS ÊTRE EN CALIFORNIE DEMAIN.

La réponse fut immédiate.

IRAI À VOTRE RENCONTRE ET VOUS ESCORTERAI // PUEBLO, COLORADO // DÉBARRASSEZ-VOUS DE CIBLE

Je savais que les Chatters ne servaient qu'à transmettre des informations ou des documents le plus vite possible. Mais « débarrassez-vous de cible » me parut très abrupt. Et pourquoi Cate – ou Cole – quitteraient-ils le QG au risque d'attirer l'attention sur eux ?

CIBLE DOIT IGNORER POINT DE RENDEZ-VOUS

Une adresse était indiquée dessous.

— Tu crois qu'il s'est passé quelque chose ? insista Vida. Pourquoi prendrait-elle le risque de quitter le QG alors que ça peut faire échouer toute l'opération ?

— Elle croit peut-être qu'on ne pourra pas franchir la frontière de la Californie sans aide ?

C'était une explication peu probable, mais plausible.

— Vida, demandai-je, t'a-t-elle donné le Chatter en personne ?

— Ouais. Nico a établi le contact entre les deux appareils.

Ses yeux se dilatèrent quand elle arriva à la même conclusion que moi.

— Tu crois qu'on lui a pris le Chatter ? ajouta-t-elle. Qu'il lui est arrivé malheur ?

—Le contact entre nos appareils pourrait avoir été piraté, et tous nos messages interceptés, supposai-je.

— Impossible, protesta Vida. Théoriquement, la ligne est absolument sûre. On peut faire un test ?

Les dents serrées, je tapai les mots.

PRENDRONS CONTACT À NOTRE ARRIVÉE // À PLUS

Les secondes passèrent et la luminosité de l'écran diminua, mais je ne l'éteignis pas et Vida ne le quitta pas des yeux jusqu'à l'instant où la réponse arriva.

BIEN // À PLUS

Dix minutes plus tard, les garçons sortirent de la boutique. Chubs avait un paquet de rouleaux de papier toilette, Jude des sachets de chips et Liam dix bouteilles de soda.

— Du calme, Ruby, dit Vida. Reste cool. Il faut aller au Colorado, c'est tout.

Et mentir jusqu'à notre arrivée, pensai-je, posant le front contre la vitre de la portière. Nous n'avions pas le choix. Si le message venait de Cate, très bien. Nous pouvions parfaitement nous séparer des garçons à Pueblo. Comme disait Vida : inutile de t'attacher à eux, tu devras couper le cordon tôt ou tard.

De l'air froid entra dans l'habitacle quand ils ouvrirent le coffre pour y déposer les provisions. Jude s'assit près de Vida, frottant ses mains glacées l'une contre l'autre.

Chubs s'installa au volant. Mon regard croisa celui de Liam quand il ouvrit la portière du passager et monta dans la voiture.

Le silence avait bien duré cinq minutes quand Liam prit la parole.

— Est-ce qu'on peut faire comme si la situation n'était pas terriblement gênante, juste quelques minutes, et quelqu'un pourrait-il m'expliquer ce qui se passe vraiment ?

Chubs desserra le frein à main.

— Plus tard. Je ne peux conduire en toute sécurité que dans le silence.

— Mémé, railla Vida, c'est pitoyable. Tu veux laisser le volant à un des grands ?

— Je vais conduire ! proposa Jude. J'ai pris plusieurs leçons au QG.

— Une leçon, précisai-je, et tu as percuté trois voitures en te garant.

— Ce n'était pas ma faute !

Sans tenir compte de nous, Chubs regagna la route et s'y engagea prudemment, comme d'habitude. J'expliquai une fois de plus, de mon mieux, ce que Cole avait l'intention de faire de la clé USB, quand il l'aurait. Je racontai tout : la mort de Blake, notre fuite à Boston, la rencontre avec Chubs, notre arrivée à Nashville, où nous l'avions retrouvé. Liam m'interrogea sur la façon dont Cole et Cate utiliseraient les infos de la clé pour remettre la Ligue dans le droit chemin.

— D'accord, marmonna-t-il quand j'eus terminé. D'accord… mais j'ai encore une question. Tu étais prête à risquer ta peau pour me retrouver, mais qu'est-ce que tu avais à y gagner ?

N'était-ce pas évident ?

— Je te l'ai dit. Cole a affirmé qu'Alban lui accorderait tout ce qu'il voudrait si je rapportais la clé USB. Y compris préparer la libération des camps. Et, en même temps, je pourrais m'assurer que tu ne risquerais rien et qu'Alban ne te rechercherait pas pour te ramener au sein de la Ligue.

Quand Liam reprit la parole, après un long silence, ce fut d'une voix rauque :

— Tu n'espérais pas qu'ils renonceraient au marché que tu as passé avec eux… qu'ils te rendraient ta liberté une fois la mission terminée ?

Il comprit que mon silence signifiait *non*.

— As-tu au moins pensé à poser la question ? souffla-t-il d'une voix teintée de colère. Tu vas rentrer tranquillement… comme si ces agents n'étaient pas résolus à tuer des jeunes !

— Je dois mener cette mission à bien.

— Ouais, et qui te protégera ? Tu vas leur donner les infos et espérer que tout se passera bien, *espérer* qu'ils ne reviendront pas sur leur promesse ou ne te tueront pas ? Pourquoi leur donner ces infos alors qu'on pourrait les utiliser à notre profit ? Si Cole a dit vrai, si on a vraiment découvert la cause de la maladie, ces informations ne nous appartiennent-elles pas ? N'avons-nous pas le droit de décider de leur utilisation ?

Il était si sérieux, si passionné que j'eus l'impression de le retrouver tel qu'il était autrefois. Ses joues rougirent même un peu.

— La décision est prise, dis-je. Je regrette, mais nous devons être réalistes. Autrefois… autrefois, nous croyions pouvoir y arriver seuls, par nous-mêmes… et regarde ce qui s'est passé. Nous avons besoin d'aide. Nous ne pouvons pas atteindre notre but tout seuls.

— Et tu crois que la Ligue nous aidera ? ironisa Liam.

— Les tribus sont éparpillées et il nous est impossible de les rassembler pour constituer une force digne de ce nom… et, même si on y arrivait, on ne ferait pas le poids face aux FSP. Je sais que tu détestes cette idée, que ce n'est pas ce que tu déciderais, mais que pourrions-nous vraiment faire de ces infos ? Les rendre publiques dans le monde entier ? Tu disposes de la technologie nécessaire ? Des ressources matérielles ? Moi, je m'efforce de réfléchir dans l'intérêt des jeunes internés dans les camps…

— Non, coupa-t-il d'une voix glaciale. Tu ne réfléchis pas…

— Le sujet est clos, Liam, coupai-je. Ils reviendront peut-être sur leur parole, mais je ne reviendrai pas sur la mienne. Les enjeux sont trop importants. Si… si tu veux nous quitter maintenant, avant d'arriver au Colorado, je comprendrai. Ça ne posera aucun problème.

— Le Colorado ? demandèrent Chubs et Liam en chœur.

— On a enfin reçu un message de Cate, expliquai-je en montrant le Chatter. Elle veut qu'on se retrouve à Pueblo, dans le Colorado.

— Ah bon ? intervint Jude. Mais pourquoi…

— Quand aviez-vous l'intention de nous avertir ? demanda Chubs.

— Vous voulez qu'on vous abandonne là-bas ? demanda Liam. Alors qu'on devait rester ensemble jusqu'en Californie ?

— Elle vient sans doute nous chercher pour nous aider à franchir la frontière, mentis-je, me détestant de l'avoir fait. Elle voudra sûrement qu'on prenne l'avion. Je suis sûre qu'elle vous autorisera à nous accompagner…

— D'accord, d'accord, *d'accord*, cria Chubs en tournant brutalement à droite. Bon sang, est-ce qu'on peut la fermer juste cinq minutes et ne pas oublier qu'on est amis, qu'on s'apprécie et qu'on ne veut pas s'étrangler mutuellement ? Parce que ce serait une excellente idée !

Après un long silence gênant, Vida constata :

— Bizarrement, c'est pire.

Liam fut sans doute du même avis, parce qu'il alluma la radio, marmonna des paroles incompréhensibles tout en zappant les parasites et les stations en espagnol, s'arrêtant finalement sur la voix grave d'une femme.

— *La Ligue des enfants a publié un communiqué à propos du Sommet de l'Unité…*

Jude plaqua le visage contre le grillage et, à l'instant où les haut-parleurs diffusèrent la voix d'Alban, Vida fit de même.

— *« Nous croyons que la paix proposée par Gray ne sert que ses intérêts. Si cette réunion a lieu, elle remettra en cause le travail effectué par les citoyens américains pour reconstruire leurs vies détruites. Nous ne resterons pas inactifs pendant que le président enfouira la vérité sous ses mensonges. Il faut agir maintenant et nous le ferons. »*

C'était un joli petit discours. Écrit, sans doute, par Lèvres de crapaud, qui rédigeait toutes les interventions publiques d'Alban. Je n'eus même pas besoin de fermer les yeux pour imaginer son crâne chauve penché sur ses fiches manuscrites, les projecteurs des caméras jetant une lueur bleue sur sa peau fine.

— *Quand on lui a demandé sa réaction, le porte-parole du gouvernement a déclaré : « Tous les propos d'un terroriste visent à accroître la peur et l'incertitude. John Alban parle aujourd'hui parce qu'il redoute que les Américains ne tolèrent plus ses actes de violence et son comportement antipatriotique lorsque la paix aura été restaurée. »*

— Il n'a pas peur, s'écria Vida. C'est eux qui devraient être terrifiés !

D'un geste de la main, Jude la fit taire.

— *J'ai en ligne Bob Newport, conseiller politique de Joanne Freedmont, sénatrice de l'Oregon, à qui je vais demander dans quel état d'esprit la Coalition fédérale abordera le Sommet de l'Unité… M'entendez-vous, Bob ?*

La ligne crépita et, pendant de longues secondes, je n'entendis que le bourdonnement de nos pneus sur l'asphalte.

— *Bonjour, oui… Mary ? Désolé. La force du signal, en Californie, n'est pas…*

La voix disparut puis réapparut, plus forte.

— *… Depuis quelques mois.*

— Ces derniers temps, expliquai-je aux garçons, en Californie, les antennes-relais et les satellites ne fonctionnent pas très bien. Alban croit que c'est Gray qui provoque les pannes.

— *Bob, pouvez-vous nous dire comment la Coalition fédérale compte aborder cette conférence ? Pouvez-vous nous indiquer de quels points la sénatrice Freedmont et les autres espèrent pouvoir débattre ?*

— *Bien sûr. Je ne peux pas entrer dans les détails* (la ligne faiblit à nouveau)... *demanderons que la Coalition fédérale soit reconnue en tant que parti national et, bien entendu, nous insisterons pour obtenir plusieurs élections au printemps prochain.*

Mary, la présentatrice, rit.

— *Et comment, à votre avis, le président réagira-t-il à la perspective d'abréger son mandat ?*

Bob rit à son tour.

— *Nous verrons. Naturellement, il faudra aussi parler de la conscription. Nous voulons savoir si le président projette de la supprimer, notamment le programme des Forces spéciales Psi qui, je le sais, soulève beaucoup d'opposition dans le pays...*

On se pencha vers la radio. Jude saisit mon bras.

— *Aborderez-vous aussi la question des programmes de réhabilitation ? Depuis quelque temps, peu d'informations sont publiées sur ces programmes et les enfants qui leur sont confiés. Par exemple, le gouvernement n'envoie plus aux parents inscrits les lettres récapitulant les progrès de leur enfant. Cela présage-t-il, à votre avis, d'une transformation du système ?*

— Ils envoyaient vraiment des lettres ? demandai-je.

Je n'avais jamais entendu parler de cela.

— Au début... un formulaire : *votre enfant progresse et ne pose pas de problème*, dit Liam. Le même pour tout le monde.

— *Pour le moment, nous voulons concentrer notre attention sur les projets que le président* Gray *compte mettre en œuvre pour relancer l'économie et reprendre contact avec nos anciens partenaires étrangers.*

— *Mais revenons aux problèmes des* Psi…

La voix de Mary tremblait, maintenant, aiguë et geignarde.

— Arrête-toi, ordonna Vida à Chubs, ou on va perdre le signal.

— … *Lui demanderez-vous d'indiquer enfin clairement,* insista Mary, *quels programmes de recherche sont en cours et s'ils permettront de découvrir rapidement la cause de la NIAA ? En tant que mère d'un jeune garçon, je voudrais savoir si mon fils, qui passe déjà des visites médicales hebdomadaires, devra intégrer un programme spécialisé. Les hommes politiques des deux camps peuvent sûrement comprendre l'inquiétude de parents restés sans informations… parfois pendant des années. Je crois exprimer l'opinion générale quand je dis que c'est inacceptable. Je crois que la Coalition voudrait modifier… le programme…*

Nouveaux parasites. Mais ils ne pouvaient masquer la gêne de Bob.

— … *Nous voudrions que les enfants de cinq ans soient suivis dans nos installations pendant un an, mais si les effets néfastes de la NIAA ne sont pas détectés… ils seront renvoyés dans leurs foyers, et non transférés systématiquement dans les camps…*

La ligne fut brutalement coupée. La présentatrice répéta *Bob, Bob* à plusieurs reprises, mais en vain.

Vingt-six

Quand on quitta enfin l'ouest de l'Oklahoma pour le Kansas, le paysage resta le même : hautes herbes brunes couvertes de glace et de neige, petites villes désertes, voitures et motos rouillées au bord de la route, ciel immense.

Je connaissais le désert de la Californie du Sud, mais ces vastes étendues plates semblaient interminables ; le ciel lui-même paraissait s'abaisser jusqu'à la chaussée. On s'arrêta deux fois pour siphonner l'essence de voitures abandonnées au bord de la route.

Il y avait peu de circulation. Un véhicule de patrouille de la police de la route nous doubla à toute vitesse. Chubs conduisit pendant les cinq premières heures, les mains crispées sur le volant. Quand on s'arrêta pour aller aux toilettes, Vida prit sa place et verrouilla la portière, le forçant à prendre le siège du passager et contraignant Liam à s'installer à l'arrière, près de moi.

Des montagnes apparurent à l'horizon, annonçant notre arrivée au Colorado. Pueblo se trouvait encore à des heures de route, mais mon estomac se noua. Des lignes de lumières, devant nous, devinrent des villes. J'étais trop angoissée pour dormir. Une main dans la poche, je serrais le Chatter et la clé USB, m'efforçant de rester concentrée sur notre rendez-vous, passant en revue tous les scénarios possibles.

Accompagnée de Vida, j'irais en reconnaissance ; s'il n'y avait qu'une personne, Jarvin ou un autre agent, nous pourrions facilement la maîtriser. Vida l'attaquerait à sa façon et moi à la mienne. Si un groupe d'agents nous attendait, nous partirions discrètement. Ça marcherait. *Ça marchera*, me dis-je. La seule vraie question était : que ferions-nous s'il était impossible de rapporter la clé USB au QG ? Si Cate ou Cole étaient en fuite ? Ou morts ?

Liam avait les yeux fermés et sa respiration était régulière. De temps en temps, les phares d'un camion venant en sens inverse éclairaient sa chevelure blonde. Pendant ces quelques secondes, les entailles et les bleus de son visage étaient invisibles. Tout comme les cernes de ses yeux.

À la radio, une chanson des Beatles céda la place à la guitare de Fleetwood Mac, puis aux riffs entraînants du début de *Wouldn't It Be Nice*, des Beach Boys.

Avant cet instant, je n'avais pas vraiment compris que c'était la fin. Que dans quelques kilomètres, quelques heures, je descendrais de cette voiture et fermerais la portière pour la dernière fois. J'avais eu beaucoup de mal à me remettre de notre première séparation, et maintenant… Peut-être était-ce la vraie punition de mes mauvaises actions : être prise au piège d'un monde où je devais les quitter sans cesse…

Alors, je n'eus pas honte de pleurer. Autant le faire pendant que les autres dormaient et que Vida se concentrait sur la route. Pour une fois, je cédai à la douleur. Je me demandai pourquoi tout cela m'était arrivé – nous était arrivé – et je serrai la clé USB si fort qu'elle laissa une marque sur ma paume.

Au moins, maintenant, nous saurions bientôt qui était responsable. Je pourrais reprocher le désastre qu'était ma vie à quelqu'un d'autre que moi.

Et cette chanson n'en finissait pas. Ces voix joyeuses ridicules et ces accords pleins d'entrain promettant un avenir qui ne serait jamais le mien !

Le contact fut si hésitant, au début, que je crus qu'il dormait et rêvait. La main de Liam se posa sur le siège, près de la mienne, puis ses doigts, tendres et timides, touchèrent un à un les miens. Je me mordis la lèvre, laissai sa main chaude saisir la mienne.

Ses yeux étaient toujours fermés et on resta ainsi, même quand je vis qu'il avait du mal à avaler sa salive. Il n'y avait plus rien à dire. Il leva nos mains réunies jusqu'à sa poitrine et elles restèrent là jusqu'à la fin de la chanson, jusqu'à la fin du voyage, jusqu'à la fin du monde.

Pueblo était presque abandonnée, mais pas assez déserte pour me rassurer : quelques lampadaires éclairaient encore les avenues. La ville ressemblait à celles que nous connaissions, à ceci près qu'elle s'étendait dans une vallée entourée de montagnes. Je m'étais toujours imaginé cet État sous la forme d'une montagne géante couverte de conifères saupoudrés de neige. Il y avait effectivement de la neige, mais au loin, sur les sommets des Rocheuses, et aucun arbre dans la ville.

Vida gara le 4 × 4 en face de l'adresse indiquée par Cate.

— Tu es sûre que c'est ici ? demanda Chubs en jetant un nouveau coup d'œil sur sa tablette.

Il avait raison de poser cette question. Nous fixer rendez-vous dans un fast-food *Dairy Queen* désert avait quelque chose d'étrange… mais correspondait à ce que je connaissais du sens de l'humour de Cole.

— Je ne vois personne à l'intérieur, ajouta Chubs. On devrait peut-être faire encore une fois le tour du pâté de maisons ?

Vida s'impatienta.

— Calme-toi, Mémé… tu vas me donner un ulcère, fit-elle en serrant le frein à main. Cate nous attend sans doute dans une de ces voitures.

— Ouais, admit Liam, mais laquelle ?

C'étaient des véhicules de marques et de couleurs différentes. Ils avaient un point commun, en plus de leur peinture ternie par le soleil : ils étaient couverts de poussière. Toits, vitres, capots. La seule exception était un 4 × 4 blanc… Les roues et le bas de la carrosserie étaient tachés de boue, mais le reste était propre. Il n'était pas là depuis longtemps.

— Elle nous a donné rendez-vous *à l'intérieur*, dis-je en ouvrant ma ceinture. On va commencer par là.

— Attendez, intervint Chubs d'une voix teintée de panique, on ne pourrait pas… attendre quelques minutes de plus ?

— Il ne faut pas que nous soyons en retard, protesta Jude. Elle est sûrement morte d'inquiétude.

Mon regard croisa celui de Vida dans le rétroviseur.

— Restez ici et préparez un sac de provisions, proposai-je sur un ton neutre. On va la rejoindre, Vida et moi. On verra quels sont ses projets et si vous pourrez nous accompagner.

— D'accord, approuva Jude. Je vous rejoins dans une seconde !

— Prends ton temps, conseillai-je en passant par-dessus ses longues jambes. Réfléchis à ce dont on aura besoin.

— Mais Cate aura sûrement tout ce qu'il nous faut, protesta-t-il. Et, de toute façon, j'ai envie de la voir. J'ai l'impression que ça fait une éternité.

Vida ouvrit également sa ceinture.

Je fermai la portière, veillant à ne pas regarder le visage de Liam quand je contournai l'arrière de la voiture pour rejoindre Vida. Un *clic* étouffé retentit quand elle vérifia le chargeur de son pistolet.

— On n'entrera qu'une fois sûres de ne pas nous trouver face à des armes, pigé ? dit-elle. Dans combien de temps Judith perdra-t-il patience et nous rejoindra-t-il ?

— Dix minutes maxi.

On resta dans l'ombre, à couvert entre les voitures. La nervosité ne me gagna qu'à l'instant où je crus apercevoir un mouvement derrière une des vitrines. Mais Vida saisit mon bras et m'entraîna au-delà d'énormes bennes à ordures dont le contenu pourrissait. Une petite pierre maintenait la porte de derrière entrouverte. Vida m'adressa un bref regard, puis on entra dans la cuisine obscure du *Dairy Queen*. La porte se referma derrière nous et je tournai la clé dans la serrure aussi silencieusement que possible.

Sur la surface du réfrigérateur en acier inoxydable se trouvant de l'autre côté de la pièce, je vis le reflet de Vida s'accroupir puis longer les friteuses et les étagères vides. Je la rejoignis près de la porte donnant sur la salle du restaurant.

Ôtant la sécurité de mon arme, je me baissai et longeai le comptoir jusqu'à l'endroit où auraient dû se trouver les présentoirs des glaces.

Le seul occupant de la salle n'était pas Cate.

Assis à une table en plastique blanc, à l'écart de la vitrine, il feuilletait un gros livre de poche crasseux intitulé : *Œuvres complètes de Friedrich Nietzsche*. Il portait un pantalon kaki, un pull gris et une chemise blanche. Ses cheveux bruns étaient un peu plus longs que dans mon souvenir ; ils tombaient sur ses yeux quand il se penchait pour tourner une page. Mais le plus étrange, dans cette image de Clancy Gray, n'était pas sa présence ici, dans un *Dairy Queen* désert, sous une publicité passée pour un cornet de glace… c'était le calme qu'il affichait, les pieds posés sur la chaise d'en face.

Il savait que j'étais là – forcément – mais il ne bougea pas quand j'allai me placer derrière lui et appuyai le canon de mon arme sur sa tête.

— Tu ne pourrais pas attendre que j'aie fini mon chapitre ? demanda-t-il.

Sa voix était toujours aussi agréable, mais mon estomac se noua. Je perçus aussi un frémissement familier sur ma nuque.

— Pose cette arme, Ruby, ajouta Clancy en fermant le livre.

J'eus envie d'éclater de rire. Il croyait vraiment que ça marcherait ? Je laissai les doigts invisibles de son esprit effleurer le mien pendant une seconde, puis dressai une muraille impénétrable devant eux. Cette fois, Clancy bougea… il se pencha en avant, poussant un cri de douleur, et se tourna vers moi.

— Bien essayé, dis-je, d'une voix aussi ferme que ma main. Si tu ne m'as pas dit, dans trente secondes, ce que tu fais ici et comment tu as piraté le Chatter, je ferai ce que j'aurais dû faire il y a des mois.

— Visiblement, tu ne sais pas négocier, constata-t-il. Tu fermes toutes les portes. Je meurs si je réponds et je meurs si je ne réponds pas. Ce n'est pas très motivant.

Clancy m'adressa son meilleur sourire de politicien et la colère bouillonna en moi. Je voulais qu'il ait peur avant de mourir. Je voulais qu'il soit aussi terrifié que nous l'avions été cette nuit-là.

Stop, pensai-je. *Calme-toi. Tu ne peux pas recommencer. Contrôle-toi.*

— Il y a une troisième option, beaucoup plus déplaisante, dis-je.

— Laquelle ? Me livrer aux FSP ?

— Non. Te faire oublier qui tu es. Et ce que tu es capable de faire.

Clancy esquissa un sourire.

— Tes menaces en l'air m'ont manqué. Tu m'as manqué. Mais je me suis tenu au courant de tes activités. Elles ont été fascinantes, pendant ces derniers mois.

— Je n'en doute pas, répondis-je en serrant la crosse de mon arme.

Il s'appuya contre le dossier de la chaise.

— Je me tiens informé sur tous mes amis. Olivia, Stewart, Charles, Mike, Hayes. Toi surtout.

— Tu sais vraiment flatter les filles !

— Mais… pourquoi avez-vous rompu, Stewart et toi ? J'ai lu le rapport sur le serveur de la Ligue. Elle vous a récupérés tous les deux, mais elle n'explique pas pourquoi elle l'a laissé partir.

Je gardai le silence. Clancy croisa les mains sur la table, un sourire entendu aux lèvres.

— Tu as dû prendre une décision très difficile, reprit-il. C'est ce que ton Mentor indique dans ton dossier, tu sais ? C'est pour cette raison qu'elle t'a nommée Leader de ta petite équipe minable. *Ruby est très protectrice ; elle possède la volonté et la résilience nécessaires pour prendre des décisions très difficiles.* Ça m'a plu. Très poétique.

Il se leva, les mains devant la poitrine, comme s'il capitulait. Une attitude à peu près aussi sincère que son sourire.

— Ruby, reprit-il d'une voix douce, baissant les mains comme si j'étais sur le point de le prendre dans mes bras, je suis si heureux de te revoir…

— Ne bouge pas, dis-je en levant mon arme.

— Tu ne m'abattras pas, affirma Clancy de la voix onctueuse qu'il employait lorsqu'il tentait d'influencer quelqu'un.

Je frissonnai et mes mains devinrent moites. Je le haïssais… à cause de ce qu'il avait fait, mais surtout parce qu'il avait raison.

Mon visage me trahit sans doute, parce qu'il avança, les mains tendues vers mon arme.

Un coup de feu retentit ; la balle le toucha au bras. Clancy hurla de douleur et tomba à genoux. Il posa la main gauche à l'endroit où le projectile avait entaillé son bras droit.

Jude frappa à la porte de la cuisine et cria, mais ce fut Vida qui entra dans mon champ visuel. Elle se redressa, derrière le comptoir, son pistolet braqué sur la tête de Clancy.

— Elle t'a ordonné de ne pas bouger, dit-elle en venant se placer près de moi. La prochaine fois, ce seront tes noix.

Je pris conscience du danger deux secondes trop tard, quand Clancy leva la tête…

— Non… !

Vida hoqueta et l'intrusion de Clancy crispa son visage. Elle frissonna, lutta… je le lus dans ses yeux juste avant qu'ils ne deviennent vitreux. Son bras trembla quand elle leva à nouveau son pistolet puis le braqua sur moi.

— Pose ton arme et écoute-moi, m'ordonna Clancy.

Il s'était redressé et, assis au bord de la table, regardait la tache de sang grandissant sur son pull. Je ne bronchai pas, faisant tout mon possible pour ne pas l'abattre sur-le-champ et en finir une fois pour toutes. Vida tremblait ; le canon du pistolet vint se poser sur ma tempe.

Je n'avais peur que de ce qui pourrait arriver à Vida, et cela m'étonna. Si Clancy avait pris la peine de venir ici, de pirater la ligne de notre Chatter, il avait un but. Il ne pourrait pas parler avec moi si j'étais morte.

— Ah ! fit-il comme si j'avais pensé à haute voix.

Clancy se tourna vers Vida. Le pistolet s'éloigna de ma tête puis se posa sur la tempe de Vida.

— Tu n'oseras pas, soufflai-je.

— Tu veux vraiment prendre le risque ?

Mais il se contenta de lever les sourcils, puis me montra une chaise, de l'autre côté de la table. Je restai debout, mais remis la sécurité de mon arme, que je glissai sous la ceinture de mon pantalon.

Je peux interrompre la connexion, pensai-je en projetant mon esprit vers celui de Vida.

Mais les pensées de Vida semblaient entourées d'une plaque d'acier impénétrable.

— Tu as fait beaucoup de progrès, constata Clancy. Mais tu crois vraiment pouvoir briser mon emprise avant que j'aie pu l'obliger à tirer ?

Non, pensai-je, espérant que mes yeux montreraient à Vida que je regrettais mais ne renonçais pas.

— Depuis combien de temps pirates-tu notre ligne de Chatter ? demandai-je en me tournant vers Clancy.

— Tu ne devineras jamais quand j'ai commencé à répondre à la place de Cate Conner.

Il tambourina sur la table du bout des doigts et la main de Vida devint plus ferme, son index se crispant sur la détente. Je serrai les poings, mais m'assis face à lui sans prendre la peine de cacher mon dégoût.

— Elle se fait beaucoup de souci. Elle a compris que je n'étais pas vous avant que vous ne vous aperceviez que je n'étais pas elle, je dois le reconnaître. Et, surtout, elle vous a envoyés à Nashville. Je suppose que vous avez fait la connaissance de ce petit imposteur ? Vous êtes-vous occupés de lui ?

Je ne compris pas immédiatement qu'il parlait de Knox.

— Tu as dû être ulcéré quand tu as appris qu'un *Bleu* s'était approprié l'identité que tu avais construite, dis-je. Savais-tu qu'il avait un de tes Rouges ?

— J'en ai entendu parler, répondit Clancy avec un geste méprisant de la main. Si ce Rouge n'avait pas été mal en point, je serais allé le chercher. Il m'aurait été très utile, mais je n'avais pas le temps d'annuler son conditionnement psychologique puis de le reconstituer.

— Ils l'ont détruit… *tu* l'as détruit, en suggérant ce programme à ton père. Il était… comme un animal.

— Et quelle autre issue s'offre à eux ? demanda Clancy. Aurais-je dû laisser les hommes de mon père les tuer tous, comme ils ont éliminé les Oranges ? Qu'est-ce qui vaut mieux ? Être plus monstrueux que le monstre ou se laisser dévorer en silence ?

Il tripota son livre et ajouta :

— Une question posée par Nietzsche. Je sais comment j'y réponds. Et toi ?

J'ignorais tout de Nietzsche et m'en fichais, mais je ne le laisserais pas détourner la conversation.

— Dis-moi ce que tu viens faire ici, demandai-je. Est-ce encore à propos des Rouges ? Ou en as-tu assez de jouer de sales tours aux gens ? Avec ton ego pour seule compagnie, tu dois te sentir seul !

Clancy éclata de rire.

— Je suis prêt à reconnaître que mon projet, à East River, était puéril. Il n'était pas assez élaboré pour réussir. J'ai voulu aller trop vite. Non. Je suis venu parce que je voulais te voir.

Une terreur glacée paralysa toutes mes articulations.

Son attaque fut comme un coup de poignard ; le seul avertissement fut une étrange sensation de picotement sur la nuque. Mais j'étais rapide, moi aussi. C'était exactement ce que disait l'instructeur Johnson… l'agresseur ne baisse la garde qu'au moment où il frappe. Alors j'agis ; je savais ce que je faisais, maintenant. Mon assaut bloqua le sien et je plongeai dans les profondeurs de son esprit.

Images et sensations. Je me concentrai sur l'image qui revenait sans cesse – le visage d'une femme blonde –, m'en emparai, la hissai à la surface de son esprit.

La scène se déploya autour de moi, vacillante et grise au début, puis de plus en plus nette. De plus en plus détaillée. La pièce obscure tremblota, puis un cercle de tables métalliques apparut. Aussitôt, ces tables se couvrirent de machines et de microscopes.

La femme devint une personne. Son visage était calme, mais elle levait les mains en un geste de conciliation et je pensai qu'elle tentait d'apaiser quelqu'un ou de se défendre.

La femme recula, trébucha et tomba à la renverse dans un déluge d'éclats de verre. Je me penchai sur elle, vis une petite éclaboussure de sang sur sa blouse blanche, et ses lèvres articulèrent : *Clancy, non, je t'en prie Clancy…*

Je ne sais pas comment on se retrouva sur le dallage, Clancy et moi, nous éloignant l'un de l'autre à quatre pattes. Dehors, Jude cria une nouvelle fois mon nom et tambourina à la porte. Clancy secouait la tête… incrédule, peut-être, ou pour s'éclaircir les idées. Pendant un long moment horrible, on se dévisagea.

— Je suppose que c'est Stewart, ton toutou, qui frappe à la porte pour que tu lui ouvres ? ironisa-t-il.

— Non, répondis-je, les dents serrées. Il est parti. Ils nous ont quittés à notre arrivée ici.

Clancy se tourna vers Vida et j'entendis une plainte.

— C'est la vérité, insistai-je. Tu crois que je l'aurais laissé prendre des risques ? Il est parti. *Parti*.

Vaguement amusé et visiblement contrarié, il scruta mon visage.

La porte d'entrée du restaurant vola en éclats. Ses yeux noirs brillant de colère, Clancy se tourna vers Vida. Je ne pensai même pas à me demander qui venait d'enfoncer la porte… mon corps réagit plus vite que mon esprit. Sans laisser à Clancy le temps d'intervenir, je plongeai vers les jambes de Vida, la jetai sur le sol et lui arrachai son pistolet.

Je roulai sur le dos, braquant les deux armes sur Clancy. Vida jura, la brume de l'emprise de Clancy se dissipant, mais je ne quittai pas le fils du président des yeux… il regardait les garçons, qui se précipitèrent si vite à l'intérieur qu'ils glissèrent sur des éclats de verre. *Non !* pensai-je. *Non, pas ici !*

— Il est parti, marmonna Clancy, imitant mal ma voix. Parti !

Liam me regarda et se tourna vers Clancy, qui leva les yeux au ciel. Puis il avança, le visage crispé par la fureur. Je perçus sa résolution dans la façon dont il leva le poing. Clancy aussi.

— Non ! criai-je.

Liam s'immobilisa, tous les muscles tétanisés, lorsque Clancy pénétra dans son esprit. Il tomba sans même pouvoir amortir sa chute.

Je me redressai pendant que le fils du président, les bras croisés, dévisageait Liam. Sa blessure saignait et quelques gouttes tombèrent sur la veste en cuir de mon ami. Le visage de Liam se crispa, grimaça, rougit et je compris que c'était différent ; le sourire de Clancy, qui le regardait, était beaucoup plus terrifiant qu'à East River.

— Arrête ! dis-je en me plaçant entre eux.

Je posai le canon d'une arme sous le menton de Clancy, le forçant à reculer.

— *Clancy*…, repris-je, libère-le !

Je ne sais pas pourquoi il céda. Sans doute lut-il la détermination dans mes yeux et comprit-il, tout comme moi à cet instant, que je ne le tuerais pas pour me protéger, mais que je le ferais pour sauver mes amis. Et s'il ne pouvait plus pénétrer dans mon esprit, il ne pouvait plus me contrôler qu'à travers eux. La colère assombrit son regard mais il recula, les mâchoires serrées.

Je le forçai à s'asseoir. Mes mains tremblèrent, pas sous l'effet de la peur, mais parce que les battements de mon cœur s'accélérèrent soudain. La sensation de pouvoir que j'éprouvai, en le voyant se tasser sur lui-même alors que nous n'avions pas échangé un mot, fut enivrante. Je n'hésiterais pas… S'il tentait à nouveau de s'emparer de l'esprit de mes amis, je le tuerais et la dernière chose qu'il verrait serait mon sourire. Il fallait qu'on s'en aille. Pendant qu'on avait encore la clé USB et l'avantage.

Une lueur passa dans les yeux de Clancy et il sembla se détendre, comme s'il venait de trouver ce qu'il lui fallait dire pour sauver sa peau.

— Si tu m'abats, tu ne sauras pas ce qui va arriver à tes amis, en Californie. En tout cas pas avant leur mort.

Vingt-sept

Jude fut le premier à réagir, d'une voix faible, en saisissant sa boussole.

— Qu'est-ce que tu racontes ?

J'approchai le canon du pistolet du visage de Clancy.

— Réponds !

Je compris à cet instant que Clancy ne s'était encore jamais trouvé dans une situation qu'il ne pouvait tourner à son avantage. La contrariété et la colère étaient visibles sur son visage.

— Selon mon informateur au sein de la Ligue, le projet de transformer les jeunes en bombes humaines va être mis à exécution. Si vous me tuez, vous ne saurez ni quand ni comment.

Je secouai la tête, mais mon cœur se serra.

— Qui est ton informateur ? Tu pourrais avoir appris l'existence de ce projet sur le réseau.

Son sourire satisfait me donna envie d'appuyer sur la détente.

— Notre relation commune. Nico.

— Non ! s'écria Jude. Non ! Ruby, il ment…

— On se connaît depuis longtemps, Nico et moi, coupa Clancy en regardant Liam, qui se redressait péniblement et toussait.

— Est-ce qu'il t'arrive de dire la vérité ? demandai-je. Tu ne peux pas avoir connu Nico. Il a fait partie du programme d'étude de Leda Corporation jusqu'au jour où la Ligue l'a libéré, et il n'a pas quitté le QG depuis.

Clancy me fixa comme si j'étais stupide.

— Ruby. *Réfléchis*. Où était-il avant ? Tu ne le sais vraiment pas ?

— Je sais que je vais t'arracher les yeux, gronda Vida, qui peinait à se redresser.

Elle le foudroya du regard, se drapant dans sa fureur comme dans une armure.

— Excellente idée, murmura Chubs.

— Quoi ? dit Jude, s'arrêtant derrière moi. Qu'est-ce qu'il raconte ?

Je me sentis si faible qu'il me fallut presque m'asseoir à nouveau.

— Nico était à Thurmond ? En même temps que toi ?

— Elle a enfin pigé ! s'écria Clancy en applaudissant. On était des cobayes… Ils comparaient nos cerveaux… étudiaient des jeunes de toutes les couleurs. On est même arrivés au camp le même jour.

Je tentai désespérément de comprendre pourquoi je l'ignorais, de me souvenir si Nico y avait fait allusion. Mais je n'étais pas sûre de lui avoir confié que j'avais été internée à Thurmond. Cate l'avait-elle fait ?

— Tu veux dire que ton vieux a accepté qu'on fasse des expériences sur toi ? demanda Liam d'une voix rude, en venant se placer derrière moi.

Clancy tambourina sur la table du bout des doigts. Il n'en avait pas la preuve. Son père y avait consenti à condition que les chercheurs ne laissent pas de cicatrices.

— Après avoir quitté le camp, raconta Clancy, je me suis demandé ce qu'étaient devenus les autres… j'ai supposé que les autorités avaient déménagé les laboratoires après avoir agrandi le camp pour y interner des jeunes tels que notre amie Ruby. Il m'a fallu du temps pour découvrir que les expériences se déroulaient dans les locaux de Leda Corporation, à Philadelphie.

Mon estomac se noua. L'image de Nico – malingre, effrayé – attaché sur un lit d'hôpital prit le pas sur toutes mes autres pensées.

— Quand j'ai décidé de fonder East River, poursuivit Clancy en croisant les mains sur la table, j'ai cru que seuls mes compagnons d'alors pourraient comprendre ce que je tentais de réaliser. Je pensais qu'ils me seraient utiles. Mais quand je les ai retrouvés, dans les locaux de Leda Corporation, Nicolas était le seul survivant dont le cerveau n'avait pas été détruit.

— Et il t'a suffi d'attendre que la Ligue le libère parce qu'il lui serait *utile*, dis-je, écœurée. Tu projetais de le convaincre de s'enfuir pour te rejoindre à East River ?

— Ça n'était pas la peine. Qui, à ton avis, a informé la Ligue de ce qui se passait dans ce labo ? Qui lui a suggéré le moyen de libérer ces jeunes ? Mais j'ai dû être patient et attendre qu'il soit arrivé en Californie pour le contacter. Et… non, je n'ai jamais eu l'intention de le faire venir à East River. Il m'était plus utile là-bas, où il pouvait me fournir des infos sur la Ligue.

— Non, dit Jude en passant une main dans ses cheveux. Non, il n'aurait pas…

— Vous vous êtes trompés sur lui. Vous l'avez sous-estimé. Personne ne l'a soupçonné, même quand je lui demandais de faire des recherches.

Les yeux fixés sur le pistolet, Clancy poursuivit :

— C'est lui qui m'a appris que la Ligue était sur le point de transformer les jeunes en bombes humaines. C'est pour cette raison qu'il a piraté la ligne de Chatter. Pour qu'on puisse se rencontrer.

— Il t'a parlé de la clé USB, dis-je. En fait, c'est pour ça que tu es ici, hein ?

Il leva les sourcils et sa bouche s'entrouvrit. Une lueur de convoitise apparut dans son regard.

— Une clé USB ? Qu'y a-t-il dessus ? Quelque chose qui me plairait ?

— Espèce de…

La gorge nouée, je ne pus continuer. Clancy nous regarda comme s'il se demandait quel esprit investir. Lequel lui permettrait d'accéder facilement à la vérité. J'agitai mon arme pour le forcer à se tourner vers moi.

— Il m'a dit que vous cherchiez Stewart parce qu'il était en danger, expliqua Clancy. J'étais seulement chargé de vous attirer ici et de vous dire ce qui s'est passé. Mais il y a autre chose.

— Parle, ordonnai-je. Raconte-moi tout et je te laisserai peut-être la vie sauve.

Clancy soupira.

— Il y a deux jours, des agents se sont rebellés, ont tué Alban et pris le contrôle de l'organisation. Ceux qui se sont opposés à eux ont été emprisonnés ou abattus.

Il adressa un bref regard à Liam et esquissa un sourire.

Cole. Cate. Tous les instructeurs. Alban. Je revis tous leurs visages.

Une fois le choc passé, Liam se mit à trembler et je posai une main sur son bras. Mais j'aurais dû m'occuper de Vida. Elle frappa Clancy au visage. Chubs la prit par la taille et ils tombèrent sur le sol quand il tenta de la faire pivoter. Elle hurlait tout en se débattant, lui donnant des coups de pied pour échapper à son étreinte.

Liam avait été choqué par l'annonce de la mort probable de son frère et Vida avait laissé exploser sa colère. Mais Jude… avait succombé à un profond chagrin que seules pouvaient exprimer les larmes silencieuses.

— Quel est leur plan ? demandai-je. Précisément !

— Ils leur feront quitter Los Angeles demain à six heures.

Je reculai d'un pas, ébahie, et la terreur fut palpable. Une sueur glacée couvrit ma peau. *Si vite !* Je tentai de calculer le temps que nous prendrait le trajet.

— Les autres ne savent pas ce qui se passe, d'après Nico. Apparemment, votre chère Cate n'a pu avertir que lui avant d'être capturée.

Bizarrement, ce fut la nouvelle la plus éprouvante.

— Où l'ont-ils emmenée ? demanda Vida. Réponds, salopard, ou je t'arrache…

— Pourquoi six heures demain ? intervint Chubs, qui s'efforçait toujours d'immobiliser les bras de Vida.

— Parce que c'est Noël, répondit Clancy comme si c'était évident. À cause du Sommet de l'Unité organisé par mon père. Pourquoi ne profiteraient-ils pas de la lumière des projecteurs ? Pourquoi ne saperaient-ils pas tout ce que la Coalition fédérale sera forcée d'accepter ?

Non, non, non, suppliai-je, comme si ça pouvait changer la situation et chasser la terreur courant dans mes veines.

— Bon courage, ajouta Clancy d'une voix lourde de méchanceté. Savez-vous combien de temps il m'a fallu pour trouver un avion et le carburant permettant de venir ici ? Des jours. Presque une semaine, et une journée de plus pour engager un pilote. Même si vous pouviez couvrir la distance en six heures, il vous faudrait encore franchir les barrages installés de part et d'autre de la frontière par mon père et la Coalition fédérale. Ça fait mal, hein ? Savoir que vous auriez pu sauver vos camarades si vous aviez eu quelques heures de plus ?

J'étais certaine qu'il y avait un terme naturel à ma haine pour Clancy et que je l'atteindrais un jour… pas quand je lui pardonnerais, mais lorsque j'accepterais ce qui s'était passé et poursuivrais mon chemin. Je me trompais ; je m'en aperçus à cet instant. Je ne me débarrasserais jamais de cette haine. Elle grandirait, grandirait, et finirait par m'écraser.

Je n'accordai pas aux autres l'occasion de donner leur avis. Je ne voulais pas qu'ils me persuadent de renoncer alors qu'on était sur le point, en Californie, d'envoyer vingt jeunes à la mort et que le temps pressait. Je regardai Jude assis au pied d'un mur, le visage si déformé par le chagrin que je dus me forcer à ne pas céder, moi aussi, au découragement.

Je laissai libre cours à ma colère. Je frappai Clancy au visage avec mon pistolet puis je saisis le col de sa chemise. *C'est le seul moyen*, me dis-je en le faisant lever. Il saignait du nez et cela semblait l'étonner.

— En route, dis-je. Tu vas nous donner les heures dont on a besoin.

— Est-ce que quelqu'un s'apercevra que l'avion n'est plus là ?

Je me tournai vers Chubs, qui montait derrière moi dans l'appareil.

— Sans doute.

L'aéroport semblait réservé aux appareils privés. Pourquoi Clancy voyagerait-il comme tout le monde quand il pouvait obtenir ce qu'il voulait de n'importe qui ?

L'appareil était très beau : moquette épaisse et énormes fauteuils en cuir beige. Grands hublots ovales et petites lampes d'ambiance. Les parois étaient habillées de faux bois luxueux et luisant. Un bar occupait l'espace séparant les toilettes, au fond.

— À qui l'as-tu volé ? demandai-je à Clancy, posant mon pistolet sur ses reins et le poussant à l'intérieur.

— Qu'est-ce que ça peut faire ? grogna-t-il.

Il se laissa tomber sur le siège le plus proche, leva ses poignets attachés par une bande de plastique fournie par Chubs et demanda :

— Peux-tu couper ça, maintenant ?

— Il est en état de voler ? m'enquis-je en montrant le pilote du pouce.

Les gens pouvaient à peine se souvenir de leur nom quand j'étais dans leur esprit, alors piloter un avion…

Clancy croisa les bras.

— Quand il nous regarde, il voit six adultes en voyage d'affaires, qui l'ont grassement payé pour préparer ce vol. Inutile de me remercier.

Le regard de Liam, qui entra à la suite des autres, croisa le mien.

— Quand se débarrassera-t-on de lui ? demanda-t-il.

C'était la première fois qu'il m'adressait la parole depuis notre départ du restaurant. Je n'avais même pas osé le regarder dans les yeux, de peur d'y lire la déception. Liam se serait opposé à ma décision, si je l'avais laissé faire, tout comme je me serais battue pour que Chubs et lui restent au Colorado, loin du combat imminent.

Mais nous savions tous les deux, je crois, que cela n'aurait servi à rien.

— Au-dessus du désert ? suggéra Chubs.

Vida s'installa sur le siège voisin du mien sans laisser à Liam le temps de le faire.

— On ne va pas se débarrasser de lui pour le moment, hein, Ruby ? demanda-t-elle.

Elle savait exactement ce que je pensais. Quand on capturait une personnalité importante, la Ligue recommandait de la ramener au QG, de lui soutirer des informations, puis de l'échanger contre quelqu'un de plus utile. Je secouai la tête, lus l'inquiétude dans les yeux noirs de Clancy et me retins de sourire.

— Non, pas tout de suite, répondis-je à Vida.

Le regard que Clancy m'adressa me fit frissonner. Mais que pouvait-il faire ? J'étais plus forte que lui, maintenant.

Je ne desserrai mon étreinte sur mon arme que lorsqu'on survola les Rocheuses. Chubs s'était endormi cinq minutes après le décollage. Quand je me tournai vers lui, il glissa lentement sur la droite puis se réveilla en sursaut. Les autres avaient incliné le dossier de leur siège et étendu sur eux les couvertures trouvées dans un compartiment de stockage.

Clancy ouvrit sa ceinture et se leva.

— Où vas-tu ? demandai-je.

— Aux toilettes, répondit-il sèchement. Tu veux m'y accompagner ?

Non. Mais je le suivis tout de même à l'arrière et l'avertis du regard quand il claqua puis verrouilla la porte.

Je m'adossai aux étagères du bar. Je regardai Liam, Vida, Chubs et enfin Jude, assis près de moi. Il n'avait pas dit un mot, depuis notre départ, et je l'avais cru endormi.

— Salut, soufflai-je.

Il regardait par le hublot et ne se tourna pas vers moi, même quand je posai une main sur son épaule. Jude, qui haïssait le silence, qui était hanté par son passé, ne dit rien.

Je m'assis sur l'accoudoir de son siège, m'assurai d'un coup d'œil que Liam et Chubs dormaient. J'avais vu Jude inquiet, terrifié, extatique, mais je ne connaissais pas cet aspect de sa personnalité.

— Qu'est-ce qu'il y a ? demandai-je.

Jude fondit en larmes.

— Allons, dis-je en saisissant son épaule, je sais que c'est difficile à croire, mais ça va s'arranger.

Je mis plusieurs minutes à le calmer. Son visage était couvert de taches rouges et son nez coulait. Il l'essuya sur la manche de sa parka.

— J'aurais dû rester là-bas, avec eux. J'aurais pu… J'aurais pu les aider… Cate et Alban. Ils avaient besoin de moi et je n'étais pas là.

— Heureusement. Tu serais pris au piège, comme les autres.

Ou mort. C'était si horrible que je refusai d'y penser.

Je le pris par les épaules et il s'appuya contre moi puis se remit à pleurer.

— Bon sang, marmonna-t-il, je ne devrais pas. Mais… j'ai vraiment très peur que Cate ne soit morte, elle aussi. Qu'ils ne le soient tous. C'est comme la mort de Blake et je suis tout aussi responsable. Tout cela serait-il arrivé si j'avais été moins stupide ? Si Rob et Jarvin ne m'avaient pas surpris, ce jour-là ?

Je soupirai et frottai son bras.

— Ce n'est pas ta faute, dis-je. Tu n'es pas responsable de ce que font les autres, que ce soit bien ou mal. Chacun prend ses décisions en fonction de ses intérêts.

Il acquiesça et essuya ses yeux du dos de sa main. Pendant un long moment, il n'y eut d'autre bruit que la plainte des moteurs et les ronflements de Chubs.

— Mais j'aurais pu agir, souffla Jude. J'aurais pu me battre. Je…

— Non, coupai-je. Je regrette. Je te comprends, mais il est inutile de penser à ce qu'on aurait pu ou dû faire quand on ne peut rien changer. Ce qui compte le plus, c'est ta vie, pigé ?

Il acquiesça, un peu plus calme, me sembla-t-il.

— Mais ce n'est pas juste, insista-t-il quelques instants plus tard. Rien de tout ça n'est juste.

— La vie n'est pas juste. J'ai mis un moment à le comprendre. Elle s'arrange toujours pour te décevoir. Tu as des projets et elle te pousse dans une autre direction. Tu aimes des gens et elle te les enlève, même si tu te bats de toutes tes forces pour les garder. Tu espères quelque chose et tu ne l'obtiens pas. Il ne faut pas essayer de trouver un sens à tout ça. Il faut seulement accepter qu'on ne contrôle pas tout et prendre soin de soi. C'est ça ton boulot.

Il acquiesça. Il prit une profonde inspiration, se calma un peu et je me levai puis ébouriffai sa tignasse en bataille. J'étais certaine qu'il protesterait ou éloignerait ma main, mais il la prit.

— Ruby…, dit-il, les traits creusés par la fatigue, si on ne peut rien changer, à quoi bon agir ?

Je glissai mes doigts entre les siens et serrai sa main.

— Je ne sais pas. Mais quand j'aurai compris, je te le dirai.

Vingt-huit

Alors que nous filions vers les gratte-ciel du centre de Los Angeles, je fus étonnée d'être heureuse de revoir les autoroutes mal entretenues de Californie. La chaussée était défoncée et l'air empestant l'essence, qui entrait par les bouches d'aération, couvrait l'agaçante odeur de neuf des sièges en cuir. Mais nous nous en fichions.

À l'aéroport, un gros 4 × 4 noir nous attendait sur la piste. Je déliai les poignets de Clancy pour qu'il puisse prendre les clés que lui tendit un homme en costume, mais le gardai sous la menace de mon arme pour qu'il ne puisse pas s'enfuir.

— On a besoin d'un plan, dis-je, dans la voiture, à des kilomètres de l'aéroport.

Il était un peu plus de dix-neuf heures. Si tout était normal, au QG, les cours de la soirée commenceraient. Deux heures plus tard, ce serait l'extinction des feux, et les agents disposeraient encore d'une heure avant de rejoindre leurs quartiers. Il serait plus facile et moins risqué de réunir les jeunes au même endroit – les dortoirs du deuxième niveau – mais il y avait des caméras partout.

Et la réussite dépendait de trois si : *si* nous y parvenions, *si* nous trouvions l'entrée et *si* nous ne nous faisions pas prendre.

— Et il faudrait savoir s'ils appliquent l'emploi du temps normal, ajoutai-je. Nico t'a donné des infos là-dessus ? demandai-je à Clancy en saisissant le col déchiré de sa chemise. Je te pose une question !

Clancy serra les dents.

— Il n'a pas répondu à mes derniers messages. Je suppose que les Chatters ont été confisqués pour que la nouvelle ne s'ébruite pas.

— Ils appliqueront l'emploi du temps habituel, intervint Vida, qui conduisait. Ils doivent cacher la mort d'Alban aux jeunes. Ça risquerait de provoquer la panique. Et ils les laisseront dans l'ignorance du véritable objectif.

— Comment placer les bombes sur eux sans qu'ils s'en aperçoivent ? demanda Liam. Une ceinture d'explosifs éveillerait la méfiance.

— C'est simple, expliqua Clancy. On les répartit en groupes de deux ou trois, on place les explosifs dans la doublure de leur veste et on installe un détonateur qu'on peut déclencher à distance. Il suffit de leur donner leur veste au dernier moment.

Il dit cela tranquillement, sans le moindre dégoût… comme s'il admirait ce plan.

— Le temps de préparation, au QG, sera donc minime. S'ils emmènent les jeunes à six heures, le réveil sera à cinq… On entre à trois heures ou à quatre ? demandai-je en me tournant vers Vida.

— À quatre, répondit-elle.

— À quatre ? répéta Clancy, comme s'il n'avait jamais rien entendu de plus stupide. Seulement si tu as vraiment envie de te faire prendre.

— Coupures de courant, expliquai-je aux autres sans tenir compte de lui. La Californie économise l'énergie. Dans notre quartier, l'électricité est coupée toutes les nuits entre trois et cinq heures. Le groupe électrogène alimente le système de sécurité et les caméras, mais il fera noir dans les couloirs.

— Une fois à l'intérieur, intervint Vida, je m'occuperai des agents de la salle de contrôle. On n'aura pas besoin de couper le système. Combien de temps, d'après toi, entre le moment où on entrera et celui où on sortira ?

— Je ne sais pas. Je n'ai jamais pris ce tunnel. J'ai seulement vu des gens en sortir et y entrer.

— Où est-ce qu'il aboutit ? demanda Jude. Et pourquoi je ne le connais pas ?

Je regardai mes mains et répondis sur un ton aussi léger que possible :

— Les traîtres et les prisonniers qu'on interrogeait arrivaient… et partaient par là.

— On t'a fait torturer des gens ? demanda Vida, intriguée mais aussi impressionnée. Où ?

— Je ne les torturais pas, protestai-je faiblement. Je les interrogeais. Énergiquement.

Liam resta tourné vers la vitre, mais je perçus sa tension.

— C'est la porte fermée à clé du troisième niveau, hein ? demanda Jude. Juste après le labo d'informatique.

— Alban m'a dit un jour que ce passage conduisait sous le pont de la Septième rue, dis-je.

— Bon, dit Liam, passons sur l'existence d'un cachot secret où la Ligue torture. Sommes-nous sûrs que le tunnel ne sera pas bloqué ?

— « Nous » ? fit Clancy. Vous n'espérez tout de même pas que je vous accompagnerai dans ce trou à rats ?

— Tu es le seul à ne pas avoir le choix, dis-je. Dommage. Tu veux savoir ce qui se passe au sein de la Ligue ? Tu veux revoir ton ami Nico ? Accordé. Tu seras même aux premières loges.

Il devait se douter de cela depuis le début, mais il ne parut pas effrayé. Peut-être n'était-il pas convaincu de mon intention de le livrer sur un plateau à la Ligue et de la laisser faire ce qu'elle voudrait de lui. Peut-être savait-il que j'étais prête à l'échanger contre mes camarades. Mais il tenterait de s'échapper à la première occasion.

Il me faudrait donc le surveiller de près.

— Que se passera-t-il si on ne peut pas les faire sortir sans être repérés ?

— Ils devront faire ce à quoi ils ont été formés, répondis-je, et se battre.

La Los Angeles River est un canal bétonné de soixante-quinze kilomètres de long. Sans doute, autrefois, ce cours d'eau avait-il été un vrai fleuve… mais l'humanité l'avait transformé en chenal de béton courant, dans les faubourgs de la ville, entre des voies de chemin de fer.

Cate me l'avait montré un jour, pendant une opération, racontant qu'on y tournait autrefois les poursuites en voiture. Mais, désormais, dans cette tranchée généralement sèche, on ne trouvait que les couleurs électriques des graffitis et des clochards en quête d'un abri pour la nuit. Quand il pleuvait, ce qui est rare en Californie du Sud, les égouts y déversaient de grandes quantités d'eau charriant toutes sortes de déchets : chariots de supermarché, poubelles, ballons crevés, animaux en peluche et, de temps en temps, un cadavre…

— Je ne vois rien, marmonna Chubs en éclairant à nouveau le pilier du pont pour que je puisse l'examiner. Tu es sûre…

— Ici ! cria Vida depuis l'autre côté du chenal.

Liam agita sa lampe-torche pour nous indiquer où ils se trouvaient. Les lampadaires étaient éteints et, dans la ville plongée dans le noir, on ne voyait qu'à quelques dizaines de centimètres devant soi.

Je pris Chubs par le bras et l'entraînai sur l'autre rive, où le dessous du pont reposait sur la berge. J'obligeai Clancy à me précéder.

Jude, pensai-je, m'assurant ensuite de la présence des autres : *Liam, Vida, Chubs.*

— Je crois que c'est ici.

Vida recula, sa torche braquée sur un énorme graffiti. Une étoile bleue en occupait le centre, mais c'était l'aspect de la peinture qui trahissait la présence de la porte… elle était plus épaisse, presque poisseuse. Je cherchai une poignée, puis poussai de l'épaule. Le panneau de béton pivota, frottant sur des gravats. On se pencha, Liam, Vida et moi, nos torches éclairant un escalier métallique.

Je saisis Clancy par l'épaule et le poussai devant moi.

— À toi l'honneur !

Ce tunnel était plus rudimentaire que celui que nous empruntions ordinairement pour gagner le QG. Il était aussi plus long et plus sale.

Clancy, devant moi, trébucha et jura. Large au début, le passage était devenu étroit et nous devions avancer en file indienne. La respiration laborieuse de Liam, derrière moi, m'inquiétait.

Je ralentis, pour qu'il puisse me rattraper.

— Ça va, assura-t-il. Continue.

La boue sur laquelle nous marchions avait commencé à sécher.

Je me demandai combien de prisonniers étaient arrivés par ce chemin, et combien de cadavres étaient sortis. Je refoulai un frisson. Je m'efforçai de ne pas imaginer Jarvin et les autres emportant Alban… Cate, Cole, vers l'extérieur, leurs yeux ouverts, sans vie, fixant le plafond.

— Il faudra qu'on se lave au détergent, fit remarquer Chubs. Et qu'on brûle nos vêtements. J'essaie de comprendre pourquoi ça sent le soufre, mais ce n'est sans doute pas la peine d'y réfléchir.

— Bonne idée, marmonna Clancy.

Son visage était blême, dans le faisceau de ma lampe, et ses sourcils, ainsi que ses yeux, semblaient plus noirs.

— Combien de tunnels la Ligue a-t-elle creusés ? demanda-t-il.

— Plusieurs, répondis-je. Pourquoi ? Tu projettes déjà de t'enfuir ?

Il eut un bref rire ironique.

— Quelle heure est-il ? demandai-je.

— Trois heures cinquante-trois, répondit Vida. Tu vois la sortie ?

Non. Un frisson de panique me parcourut l'échine. Non, je ne la voyais pas. Nous marchions depuis presque une demi-heure et il me semblait que nous n'avions pas avancé. Mêmes parois en béton, même boue… et, de temps en temps, dans la lumière des lampes, un rat prenant la fuite ou disparaissant dans un trou. Le tunnel semblait nous attirer dans ses ténèbres. Parfois, le plafond était si bas que nous devions baisser la tête.

Combien de temps encore ? Une demi-heure ? Une heure ? N'aurions-nous vraiment que quelques dizaines de minutes pour trouver nos camarades et les faire sortir ?

— C'est ici ? s'enquit Liam, prenant mon bras et braquant sa torche sur l'extrémité du tunnel, où se dressait une grande porte métallique.

Rassurée, j'acquiesçai et me tournai vers les autres.

— Bien, dis-je. On est arrivés. Vida, mets le chronomètre en marche. Quinze minutes pour entrer, libérer nos camarades et nous replier. Tout le monde sait ce qu'il doit faire ?

Jude se fraya un chemin jusqu'à la serrure électronique, dont le panneau de commande s'éclaira.

Je scrutai les parois et le plafond à la recherche de caméras, mais ne fus pas vraiment étonnée de ne pas en trouver. Intéressant. Alban tenait à garder le secret sur l'existence des cellules, ou ne voulait pas que des images prouvent que des prisonniers y entraient ou en sortaient. Sans doute les deux.

Bien. Un souci de moins.

Je venais d'éteindre ma lampe quand une main chaude saisit mon bras. Je pivotai et Liam me serra contre lui.

Le baiser fut bref mais si violent, si plein d'impatience et de désir, que mon sang se mit à courir dans mes veines. Je n'avais pas eu le temps de reprendre mon souffle quand il s'éloigna, tenant mon visage entre ses mains, ses lèvres si près des miennes que je sentis son souffle précipité.

Puis il me lâcha et fit un pas en arrière. Sa voix fut grave, rauque :

— Ne leur laisse aucune chance, chérie.

— Et cette fois, ajouta Vida, ne te fais pas poignarder !

J'aurais souri si je n'avais pas entendu le rire étouffé de Clancy.

— Si tu tentes quoi que ce soit, je n'hésiterai pas, dis-je en posant le canon du pistolet sur son crâne. J'abandonnerai ton cadavre ici et les rats le dévoreront.

— Pigé, répondit Clancy de sa voix onctueuse. Et si je suis sage j'aurai un baiser, moi aussi ?

Je saisis le col de sa chemise et le poussai devant moi.

— Je suis paré, annonça Jude en posant la main sur le tableau de commande. Leader, on est prêts à te suivre.

Dans le couloir bordé de cellules, l'air était tout aussi nauséabond que dans le tunnel. La puanteur familière du vomi et de la crasse m'assaillit quand je franchis la porte et descendis l'escalier. J'avais ma torche dans une main et mon pistolet dans l'autre, tous les deux braqués sur l'extrémité opposée du couloir. Il n'y avait personne et je fis signe aux autres de me suivre.

— Je suis derrière toi, annonça Vida, marchant à la même vitesse que moi.

Les autres, qui nous suivaient, regardaient dans les cellules, par les judas des portes, à la recherche de prisonniers… de Cole.

Arrivée à la porte, je fis signe à Jude de se placer derrière moi. Comme la Ligue me l'avait appris, j'entrouvris la porte et scrutai le couloir, mon arme à la main, avant de sortir.

Le sang sifflait dans mes oreilles quand je m'engageai dans le corridor, tirant Jude derrière moi.

Vida nous quitta lorsqu'on atteignit le premier escalier. *Un niveau*, pensai-je. *Cinquième porte à droite. C'est elle qui a la tâche la plus difficile, pas toi. Tu dois monter un étage ; elle doit en gravir deux pour gagner la salle de surveillance.*

Du bruit sur ma gauche. Je m'arrêtai et Jude me percuta. Le cœur battant à tout rompre, je me tournai vers Clancy, qui se tenait un peu plus loin, presque invisible dans l'obscurité. Je lui fis signe d'avancer.

Plaqués contre le mur, on gagna l'escalier suivant. Les machines ne bourdonnaient pas, dans le labo d'informatique, et j'eus l'impression de ne jamais y avoir mis les pieds. Logique peut-être, dans ces conditions, que le premier visage hostile que je vis, en haut de l'escalier, me soit inconnu.

Il y avait des dizaines d'agents de la Ligue au QG du Kansas, plus encore en Géorgie. J'aurais dû prévoir que Jarvin et les autres rassembleraient tous leurs partisans pour éliminer Alban.

Il sentait l'alcool et le plat épicé de son dîner. Il devait se diriger vers les quartiers des agents, au premier niveau, mais notre présence suffit à lui faire oublier où il se rendait. Il sursauta et ses cheveux blonds en bataille tombèrent sur ses yeux. Son sourire stupide céda la place à une grimace hostile.

— Qu'est-ce que vous fichez hors de votre dortoir ? s'enquit-il en tendant la main vers moi.

Je fus plus rapide, le frappai au visage avec la crosse de mon pistolet et le tirai dans la cage d'escalier. Jude retint la porte pour l'empêcher de claquer, la maintint entrouverte pour surveiller l'extérieur.

Entrer dans son esprit alcoolisé fut facile. La seule difficulté fut de trouver ce que je cherchais dans un enchevêtrement de pensées semblant se chevaucher.

— Roo ! souffla Jude. Allons-y !

Si je pouvais me fier à la mémoire de l'homme, il y avait d'autres agents sur ce niveau, principalement à l'infirmerie, et un devant les portes des dortoirs.

Je tirai l'agent contre un mur, près de l'endroit où Clancy se tenait, silencieux. Je l'assis dans un coin et pris le couteau glissé dans l'une de ses poches.

— Reste derrière moi, dis-je à Jude en remarquant que Clancy semblait disparaître dans les ombres. Et n'en bouge pas.

L'électricité était toujours coupée et le couloir dans le noir. Il y avait du ruban adhésif phosphorescent au pied des murs, sur les poignées et les tableaux de commande des portes, mais je regrettai de ne pas pouvoir allumer ma torche.

Je comptai les poignées de porte : *Une, deux, trois…*

Ça va marcher.

Quatre, cinq…

Faites que ça marche.

L'agent en faction devant les dortoirs – l'agent Clarkson – ne m'était pas inconnu. C'était une grande femme maigre, au visage fermé, championne du combat au poignard depuis des années. Malgré ses efforts, elle n'avait pas été nommée agent responsable et elle répercutait sa frustration sur ses inférieurs : nous. Elle était le contraire de Cate.

— Andrea, appelai-je. Andrea.

— Chelle ? répondit-elle. Déjà ? Je croyais que le réveil était à cinq heures.

Quelque chose bougea, environ deux mètres devant moi, sur ma gauche. Je ne pouvais voir ses yeux et la contrôler de cette façon, mais à l'instant où je perçus une odeur de détergent et le souffle chaud de son haleine, je frappai, l'atteignant en pleine poitrine.

Son arme fit beaucoup de bruit quand elle tomba sur le dallage, mais la femme resta silencieuse quand j'introduisis dans son esprit une image d'elle-même plongeant dans un profond sommeil. Elle s'affaissa contre moi et je l'allongeai par terre.

Jude gagna la porte du dortoir des garçons. Je posai la main sur la poignée de celui des filles, entrai et fermai silencieusement derrière Clancy. J'allumai ma torche.

— Debout…, dis-je en la braquant sur la couchette la plus proche.

La pièce n'était pas grande. Il n'y avait que douze filles, même si une couchette supplémentaire était installée contre un mur, au cas où la Ligue libérerait quelqu'un.

Ma couchette et celle de Vida, dans le coin droit, étaient proprement faites : draps soigneusement tendus sur le matelas. Les autres aussi. Presque comme si…

Comme si personne n'avait dormi là.

Trop tard.

— Ne dis rien, ordonnai-je à Clancy. Pas un mot !

Il fixa les couchettes vides, le visage sans expression, mais se tut.

Mon cœur se serra et mes genoux tremblèrent. *Trop tard.*

Toutes les filles étaient… elles étaient…

Je posai mes paumes sur mon front. Je le frappai plusieurs fois, étouffant un cri de douleur. *Mon Dieu ! Toutes !*

Trop tard.

Je rouvris la porte, poussai Clancy devant moi jusqu'au dortoir des garçons.

Le dortoir des filles était froid et obscur, mais celui-ci était éclairé par des lampes-torches et des lanternes, et il y faisait chaud parce que vingt jeunes, habillés, s'y trouvaient.

Je regardai les visages, puis le petit tas d'armes aux pieds de Nico et Jude.

— Non, non, *non*, s'écria Nico. Qu'est-ce que vous faites ici ?

— Je te l'ai dit, répondit Jude. On vient vous chercher. Qu'est-ce qui se passe ?

— Je croyais que tu connaissais leurs projets, intervins-je. À propos des bombes et des camps. Tu n'as pas pensé qu'on viendrait vous libérer après avoir appris, par ton *ami*, ce qui se passait ici ?

Clancy regardait la pièce, le visage toujours aussi inexpressif.

— J'étais au courant, évidemment, gémit Nico. On communiquait par Chatter. Vous deviez rester à l'écart ! Je lui ai demandé de vous convaincre de ne revenir que lorsqu'il n'y aurait plus de danger. *Demain !*

— Quoi ? m'écriai-je en me tournant vers Clancy. Pourquoi n'as-tu rien dit ?

Les visages, autour de moi, exprimèrent l'étonnement.

— À qui parles-tu ? demanda Jude.

— À lui, répliquai-je, exaspérée, tendant le bras vers Clancy pour l'empêcher de s'enfuir. À qui d'autre ?

— Roo…, dit Jude, les yeux dilatés, il n'y a personne.

— Clancy est…

— Clancy ? s'écria Nico. Il est ici ? Il est venu ?

— Il est *là* ! affirmai-je en saisissant son bras.

Mes doigts se refermèrent sur le vide. Son image vacilla. *Il a…* La panique paralysa mon esprit.

— Je ne l'ai pas vu partir, dit Jude. Est-ce que Vida l'a emmené pour qu'il mette les caméras hors service ? Ruby… ?

— Les caméras ne fonctionnent plus, intervint Nico. On a piraté le programme il y a plusieurs heures.

— Nous devons rester ici, intervint un autre jeune. On nous a dit de nous rassembler dans une pièce et d'attendre que ce soit fini. Vous arrivez trop tôt.

— Que quoi soit fini ? demanda Jude. Que se passera-t-il à six heures ?

Nico baissa la tête et prit une profonde inspiration.

— Cate et les autres viendront nous chercher.

Vingt-neuf

C'était une illusion.

— Bon…, dis-je en tentant d'attraper une des idées qui me traversaient l'esprit et de la traduire en mots. Bon… on va…

Il était présent. Dans le tunnel, il était présent. Il y était entré avec nous. S'il voulait nous échapper, pourquoi ne l'avait-il pas fait avant ? Clancy pouvait influencer plus d'une personne à la fois. Il aurait très bien pu ne pas descendre de l'avion. Mais il l'avait fait. Je l'avais traîné moi-même jusqu'au pied de la passerelle ; je l'avais poussé dans l'escalier aboutissant au tunnel. Pourquoi ne pas avoir pris la fuite à ce moment-là ? Il faisait noir dehors…

— Qu'est-ce qu'on va faire ? demanda Jude.

Parce qu'il avait besoin que je le conduise ici. Avant le retour de Cate et des autres.

— Vous devez rester ici. Vous y serez en sécurité, dit Nico. Si vous sortez…

Il s'est encore servi de moi.

— Ruby… Roo ! cria Jude, saisissant mon épaule et me forçant à me tourner vers lui.

Ses cheveux étaient en bataille et ses yeux dilatés. Il était tendu, mais il n'avait pas peur. Il pourrait m'être utile.

— Descends chercher Liam et Chubs et ramène-les ici, dis-je, mais fais demi-tour si tu crois que tu risques de te faire prendre. Pigé ?

Il acquiesça.

— Vida va arriver dans quelques minutes, annonçai-je aux autres.

Et sûrement dans une fureur noire parce qu'elle se sera aperçue que je l'avais envoyée sans raison mettre les caméras hors service.

— Quand ils seront tous là, barricadez la porte avec les couchettes, ajoutai-je. Personne d'autre ne doit entrer.

— Et toi ? demanda Nico.

— Je dois aller m'occuper de *ton ami*, répondis-je.

J'espérai que le ton de ma voix ne laisserait planer aucun doute sur le pétrin dans lequel sa trahison nous avait mis.

— Je devrais t'accompagner…, souffla Nico. Il est vraiment là ?

J'avais vu cette expression cent fois, mille, à East River… L'adoration de ceux qui ignoraient la duplicité de Clancy ou étaient trop dérangés pour s'en soucier. Je pensai à Olivia. J'entretenais ma colère contre Nico depuis l'instant où Clancy nous avait appris qu'il lui fournissait des informations. Mais, à cet instant, j'oubliai tout cela. Il ne resta que la tristesse pour ce que Nico avait subi. Sa paranoïa, sa nervosité, ses silences. Clancy était forcément son héros. Il l'avait sauvé d'un enfer plus terrifiant que les cauchemars.

— Est-ce qu'il t'a posé des questions sur le QG récemment ? demandai-je. Sur des dossiers ou des gens… ?

Nico serra les lèvres et il me parut probable que sa fidélité à son ami l'emporterait sur la trahison de Clancy, qui nous avait conduits ici malgré l'avertissement qu'il lui avait donné.

— Il m'a transmis une liste de mots et de personnes, répondit Nico. Il y en avait beaucoup… L'un d'entre eux a fait son apparition dans le système il y a quelques semaines. Un agent : le Professeur.

Je me crispai.

— Le Professeur ? Tu en es sûr ?

— Cet agent faisait des recherches au QG de Géorgie… son nom est apparu soudain sur le serveur secret il y a quelques semaines. Clancy savait sans doute qui c'était, parce qu'il m'a demandé où se trouvait ce QG.

Qu'avait dit le conseiller en entrant dans le bureau d'Alban, avant mon départ en opération ? N'avait-il pas évoqué la situation en Géorgie et le Professeur… ainsi qu'un projet : Tempête de neige ?

— Et des informations sur notre QG ?

— Il m'a interrogé sur les tunnels et les coupures de courant…, répondit Nico d'une voix hésitante.

— Quoi d'autre ? insistai-je.

Je savais que le temps pressait, même s'il semblait l'ignorer.

— Si les coupures de courant affectaient les tableaux de commande des serrures et les scanners de reconnaissance rétinienne…

Je pivotai sur moi-même, repoussai Jude, ouvris la porte et sortis dans le couloir. Mes yeux mirent quelques instants à se réhabituer à l'obscurité. Je courus, comptant les poignées de porte. Je restai à l'extérieur de la courbe, ne quittant pas des yeux les fenêtres obscures de l'infirmerie, à ma droite. Les rideaux étaient tirés et aucune lumière ne filtrait.

En fait, il n'y avait pas d'autre lumière que celle de la torche que Clancy tenait dans sa bouche tout en fouillant les classeurs du bureau d'Alban.

Le tableau de commande de la serrure et le scanner de reconnaissance rétinienne étaient normalement alimentés par le groupe électrogène et auraient dû empêcher Clancy d'entrer s'ils avaient toujours été fixés à la porte… On les avait arrachés avec une barre à mine, une hache ou une petite charge explosive.

J'avançai, poussai la porte et sortis mon pistolet de sous la ceinture de mon jean.

Clancy tira un gros dossier rouge d'un tiroir et poussa un cri de joie. Il le feuilleta en se tournant vers la table de travail d'Alban. Le bureau avait été saccagé et elle gisait sur le flanc. Il posa le dossier sur un des larges pieds pour pouvoir prendre sa torche dans une main. Son visage exprimait une telle impatience que je m'inquiétai.

— Tu as trouvé ce que tu cherchais ?

Clancy leva la tête et poussa le dossier dans la poubelle métallique. Pendant quelques instants, la colère et l'exaspération se succédèrent sur son visage mais, les yeux fixés sur le canon du pistolet, il m'adressa un grand sourire charmeur.

— Oui, mais… des événements plus graves méritent ton attention. Des gens plus importants que moi.

De la tête, il montra le côté opposé de la table de travail d'Alban et, avant même que j'aie pivoté sur moi-même, l'odeur métallique du sang frais emplit mes narines. Ils gisaient à la limite de mon champ visuel. Chubs était recroquevillé, comme une feuille d'automne juste avant l'instant où elle tombe. Liam était allongé sur lui le visage couleur de glace. Il fixait sur moi ses yeux bleus, devenus d'un gris terne, qui ne cillaient pas. Son bras était posé sur Chubs, comme s'il avait tenté de le protéger, et ses mains baignaient dans une flaque de liquide sombre grandissant sur le béton du sol.

Je lâchai mon arme.

Clancy contourna la table de travail d'Alban, les yeux rivés sur moi, esquissant un sourire. Il laissa tomber un briquet dans la poubelle.

Pas réel. Je me forçai à penser ces mots. Pas mes amis. Je me contraignis à regarder à nouveau. À regarder vraiment, même si le spectacle était horrible. La monture des lunettes de Chubs était dorée, pas argentée. Les cheveux de Liam étaient trop longs… et Clancy avait oublié que leurs extrémités bouclaient.

L'illusion était presque parfaite. Mais ce n'était pas eux.

Clancy s'immobilisa près de moi et je lui laissai croire pendant trois secondes qu'il avait réussi à m'abuser. Il murmurait d'une voix rauque. Il était si près que je sentais son haleine chaude sur ma joue… assez près pour que je puisse le frapper à la gorge.

Tout en lui assenant ce coup, je plongeai mon esprit dans le sien comme un poignard, déchirant l'image de Chubs et Liam. Clancy sortit dans le couloir en trébuchant, les mains sur la tête, le souffle court. L'image de la femme en blouse blanche réapparut, mais je me forçai à la repousser. De la fumée s'échappait de la poubelle ; je la renversai, éparpillant les pages en feu sur le sol, piétinant les flammes. S'il voulait faire disparaître ces documents, c'est qu'ils étaient assez importants pour que je les voie.

Bon sang ! Il était essoufflé, quand je le rejoignis dans le couloir, et il tomba à genoux. Un lien effiloché unissait encore nos esprits. Je m'en emparai avant qu'il ne casse complètement et introduisis une illusion de chaleur dans son cerveau. Dans le noir, je ne le voyais pas, mais je l'entendais frapper ses bras et ses jambes… membres qui, selon son esprit, brûlaient.

Puis il s'immobilisa.

— Tu… tu veux vraiment jouer à ça ? demanda Clancy.

Un baiser de métal froid sur ma nuque, si soudainement que je crus encore à une illusion créée par Clancy ! Mais les autres sens deviennent plus aiguisés quand on ne voit plus. Je perçus une haleine chaude, le couinement de semelles, une odeur de sueur. Des agents… ils nous avaient trouvés.

Clancy tenta de fuir ; je ne vis rien, mais j'entendis le choc sourd d'un objet s'abattant sur son crâne et le jetant sur le sol.

Dans le noir, Jarvin dit :

— J'étais sûr que tu reviendrais.

Sa main saisit ma nuque et me força à m'agenouiller. Le canon descendit jusqu'à la jonction de mon cou et de ma colonne vertébrale.

— Rob nous a avertis qu'il suffisait d'attendre, ajouta-t-il.

Vêtus de leur tenue de camouflage, les agents étaient à peine visibles dans le noir.

Il ôta la sécurité de l'arme.

— À ta place, je renoncerais, dis-je pendant que les mains invisibles de mon esprit se déployaient.

J'étais inquiète, mais je n'avais pas peur.

— Tu as raison, admit Jarvin, j'ai mieux.

Un clic étouffé retentit… et le hurlement de la sirène emplit le couloir.

On peut oublier ce genre de souffrance, après tout.

Pendant les premiers mois de mon séjour à Thurmond, la sirène retentissait presque tous les jours. À cette époque, il fallait contrôler les Rouges, punir les Oranges, et les FSP ne manquaient pas une occasion d'appeler la Tour par radio. Peut-être m'y étais-je habituée et l'impact s'était-il atténué avec le temps.

Mais je ne l'avais pas entendue depuis des mois et la douleur me noua l'estomac au point que j'eus envie de vomir. Je m'effondrai, si proche de Clancy que je vis l'entaille de son front. Toutes sortes d'idées me traversèrent l'esprit ; une voix murmura : *Tu es plus forte que Jarvin, tu es plus forte que Jarvin, tu peux le détruire…* mais les vagues du hurlement de la sirène la couvrirent, m'écrasèrent la poitrine.

Tout ce dont nous étions capables, tous nos pouvoirs, ne signifiaient rien. N'étaient rien.

Je sentis que je m'évanouissais. Je ne pouvais dégager mes bras coincés sous ma poitrine. Mes jambes étaient insensibles. Enfin, voyant que je ne pouvais même plus lever la tête, Jarvin arrêta sa sirène. Mes oreilles sifflaient. Puis ce fut le noir.

Quand je repris connaissance, une main serrait mon bras. Je n'entendis Jarvin s'adresser aux autres que parce qu'il cria.

— Allumez la lumière ! Débrouillez-vous comme vous voulez, mais allumez ! Il se passe quelque chose. On a besoin de *lumière*.

Une voix chaude, à l'accent du Sud, lui répondit :

— Bien sûr, mon pote. Voilà !

Un claquement retentit et une petite flamme apparut dans le noir, éclairant le visage furieux de Cole Stewart. Je crus tout d'abord qu'il avait gratté une allumette mais le feu, au bout de ses doigts, grandit, enveloppa sa main, puis le bras qu'il tendit en direction du visage de Jarvin. Il y eut des hurlements ; les flammes, autour de nous, se déployèrent, atteignirent les soldats, se muèrent en une boule de chaleur qui les mit en fuite mais finit par les rattraper. L'odeur de la chair brûlée me souleva le cœur.

— Bon sang, tu es…, s'écria un agent.

… *comme nous*, terminai-je intérieurement, regardant Cole lancer une boule de feu sur l'homme qui venait de parler, lequel hurla et ne fut bientôt plus qu'une silhouette noire dans les flammes.

Un Rouge.

Non… non, il était… Cole était trop âgé, il ne pouvait pas…

— Ruby… *Ruby* !

Il n'y avait plus de feu, mais les mains de Cole étaient encore chaudes quand il m'aida à me redresser. Mes jambes se dérobèrent. Il me tapota les joues.

— Allez… tu peux y arriver, j'en suis sûr.

— Tu…, commençai-je, tu viens de…

Rassuré, il soupira. Il me hissa sur son épaule et, irrité, frappa l'arrière de mes cuisses.

— Bon sang, chérie, je me faisais un sang d'encre. J'étais dans le couloir quand j'ai entendu la sirène, mais j'ai dû attendre qu'il la coupe. Je suis désolé, absolument désolé.

Il ouvrit la porte du bureau d'Alban d'un coup de pied, me déposa derrière la table de travail, m'aida à m'asseoir et mit un de ses pistolets dans ma main.

Puis il serra mon visage entre ses paumes.

— Tu gardes le secret, pigé ? Personne ne doit savoir, pas même Liam… surtout pas lui… d'accord ? Hoche la tête.

Liam n'était pas au courant ? Personne ne savait ?

— Toi, moi, Cate et Alban, reprit Cole comme s'il avait lu mes pensées. C'est tout. Si tu parles, je suis fichu.

J'acquiesçai.

— L'autre…, dis-je en montrant le couloir de la tête.

Cole grogna.

— Je sauve les jeunes filles en détresse, pas les mecs.

Je le foudroyai du regard. Il soupira, se leva et gonfla la poitrine, comme faisait Liam quand il avait pris une décision. Cole alla chercher Clancy, qu'il déposa ensuite près de moi.

— Les Verts nous ont avertis de votre présence et on a décidé de passer à l'action sans attendre, expliqua-t-il. Tu n'as pas pu résister à l'envie de revoir ma belle gueule, hein ?

La gorge nouée, je toussai.

— Ne prends pas de risques. Reste ici, reprit-il. Si tu sors de cette pièce avant d'en avoir reçu l'autorisation, je t'écorche !

Quand il se dirigea vers la porte, il avait retrouvé son calme et son assurance. Sa démarche était souple, énergique.

Je ne sais pas combien de temps s'était écoulé quand les premiers coups de feu retentirent... cinq minutes, peut-être quinze. J'avais des fourmis dans les bras et les jambes, mais préférais cette douleur à la paralysie. Quand j'en fus capable, je me mis à genoux et poussai la table de travail d'Alban contre la porte. Je savais qu'elle ne m'offrirait qu'une faible protection et n'empêcherait pas d'entrer ceux qui pourraient décider de le faire, mais c'était mieux que rien.

Ils vont bien, ils vont bien, ils vont bien... À quatre pattes, je gagnai les classeurs et m'assis, les genoux contre la poitrine et les bras autour des jambes.

Ils sont sains et saufs.

Clancy bougea et une mèche de cheveux noirs tomba sur ses yeux. On passait beaucoup de temps ensemble, à East River, mais je ne l'avais jamais vu dormir... Je compris à cet instant qu'il ne supportait la présence de personne quand il était vulnérable.

Je regardai la poubelle renversée et les documents répandus près d'elle. Je m'en approchai à quatre pattes, ramassant la torche que Clancy avait laissée tomber. Des cris retentissaient, hors de cette pièce obscure, mais je ne comprenais pas les mots.

Je pris une profonde inspiration quand la fusillade diminua d'intensité, les portes du couloir claquant à plusieurs reprises. *Ils sont sains et saufs, ils sont sains et saufs.*

Je braquai ma torche sur les documents. Un quart d'entre eux, environ, était illisible... des photos et des feuilles étaient partiellement brûlées. Malgré les taches de suie et de fumée, les pages du bas de la pile étaient en meilleur état. Elles contenaient principalement des tableaux, des courbes et des commentaires dans un vocabulaire scientifique sur lequel Chubs lui-même aurait buté. Çà et là, quelques lignes étaient claires.

Le sujet A ne présente aucun symptôme à la suite de la procédure et des analyses...
Manifestations de passivité...
Résultats définitifs à venir...

Mais je reconnus les mots imprimés en gras en haut de chaque feuille : **Projet Tempête de neige.**

Je cessai de lire quand j'arrivai à la photo d'un visage de femme.

Les longues années d'internement dans un camp sans accès aux médias avaient une conséquence inattendue. Les visages vus à la télévision ou dans les journaux semblaient plus ou moins familiers, mais le nom de ces personnes demeurait un mystère. C'est ce que j'éprouvai face à cette femme blonde.

Le cliché lui-même était étrange : elle regardait pardessus son épaule. Derrière elle se dressait un immeuble en brique mal entretenu contrastant avec son élégant ensemble bleu marine. Son visage exprimait moins la peur que la nervosité et je me demandai si elle croyait à juste titre qu'on la suivait. La photo suivante était partiellement déchirée, comme si Alban s'était ravisé. Sur ce cliché, elle se tenait entre l'ancien chef de la Ligue et le président Gray.

Quand je fis le lien, j'eus le souffle coupé.

Clancy, non, je t'en prie, Clancy...

— Ça alors ! soufflai-je.

La femme que j'avais vue dans son esprit était...

La Première Dame des États-Unis.

Je rassemblai les feuilles éparpillées et les empilai. Dans le désordre, documents et rapports ne signifiaient pas grand-chose, mais j'y trouvai des schémas de cerveaux parsemés de petits « x » rouges.

Je parcourus des articles de journaux relatant les déplacements de Lillian Gray au profit d'œuvres charitables ; on avait surligné des informations sur sa famille (« une sœur à Winchester, État de New York », « parents à la retraite dans leur ferme de Virginie », « un frère récemment décédé ») et ses diplômes, notamment un doctorat en neurologie à Harvard. Son éloge funèbre du vice-président, « alors que les ruines du Capitole fumaient encore » avait été « émouvant » et elle avait refusé de commenter la décision du président de ne pas le remplacer immédiatement.

Le dernier article était consacré à son retrait de la vie publique peu après les attentats de Washington. Le président avait déclaré : « La protection et la sécurité de mon épouse sont mes premiers soucis », mais le journaliste ne fournissait aucune précision supplémentaire.

Ainsi débutait sa légende. Selon un article de *Time*, ajouté au dossier par Alban, elle aurait été tuée ou enlevée par un pays hostile peu après l'apparition de la NIAA. Sa disparition devint particulièrement inquiétante quand Clancy se mit à voyager, pour le compte de son père, afin de chanter les louanges du programme de réhabilitation des camps, se présentant comme le premier jeune guéri.

On n'avait pas vu Mme Gray depuis dix ans.

Mais elle était dans ce dossier : son visage, ses recherches… ses notes manuscrites. Je fermai et ouvris plusieurs fois les poings pour empêcher mes mains de trembler.

Je trouvai, parmi les documents, trois mots de quelques lignes. Il n'y avait pas d'enveloppes. Sans doute les avait-on remis à Alban en main propre. En haut, de son écriture élégante, Alban avait indiqué la date. Le premier avait cinq ans :

Peu importe ce que sont devenues nos relations, je dois m'éloigner de lui si je veux parvenir à le sauver. Si tu m'aides à disparaître, je ferai tout mon possible pour t'aider. S'il te plaît, John.

Le deuxième, deux ans plus tard :

Je joins le résultat de nos découvertes les plus récentes ; je suis absolument convaincue que tout cela sera bientôt terminé. Dis-moi que tu l'as retrouvé.

Le dernier datait de quelques mois :

Je n'attendrai pas ton autorisation ; cela n'a jamais fait partie de nos accords. Je donne notre adresse sur le serveur dès ce soir. S'il ne vient pas, je me mettrai personnellement à sa recherche.

Clancy était toujours dans le cirage. L'estomac noué, je regardai sa poitrine monter et descendre.

— Salaud, soufflai-je.

C'était la raison de sa venue au QG. C'était une tâche qu'il ne pouvait confier à personne.

Je parcourus à nouveau les documents pour tenter de deviner sur quoi elle travaillait. En voyant les tableaux, j'avais supposé que cela nous concernait, mais pourquoi aurait-elle fait secrètement des recherches sur la cause de la NIAA en même temps que Leda Corporation ? Dans son premier mot, elle disait être obligée de « s'éloigner de lui »… croyait-elle que son mari manipulerait les résultats de Leda Corporation et que cela risquait de mettre la vie de Clancy en danger ?

Je feuilletai les pages de tableaux et de courbes sur lesquelles figuraient, en bas, les initiales LG. Je m'assurai qu'elles se trouvaient bien sur tous les documents. Pourquoi Clancy avait-il voulu détruire cela ? Pour éviter qu'on ne puisse retrouver sa mère ? Pour qu'il soit impossible de prouver qu'elle informait Alban des progrès de ses recherches ?

Tout cela me semblait incompréhensible. Selon son dernier mot, elle donnait « notre adresse » sur un serveur. Cela expliquait pourquoi, d'après Nico, le mot *Professeur* était apparu sur le serveur. Mais elle avait attendu d'être prête pour la dévoiler. L'aboutissement du projet Tempête de neige ?

Visiblement, elle ne voulait pas que Clancy sache sur quoi elle travaillait. Mais pourquoi aller le chercher ? Pourquoi le laisser la retrouver alors que c'était justement de lui qu'elle devait être protégée ?

Trente

La lumière et les machines du bureau d'Alban se remirent en marche dans une explosion de bruit et de parasites. Je venais à peine de me relever quand la radio s'alluma, diffusant un chant de Noël à plein volume. Éblouie, je posai une main sur mes yeux et gagnai le fond du bureau en trébuchant. Je ne voyais ni les boutons ni les cadrans et me contentai de frapper l'appareil jusqu'au moment où le volume devint supportable. Après la sirène, le moindre bruit paraissait assourdissant. Pendant une longue minute horrible, je me forçai à rester immobile et à m'adapter à la lumière. Clancy gémit puis secoua la tête.

Je compris qu'il me serait bientôt impossible de le contrôler.

Dehors, la bataille se réduisait à une rafale d'arme automatique au niveau supérieur. Peut-être y avait-il encore quelques agents rebelles à ce niveau, mais ma raison avait pris le pas sur ma peur. Ils étaient presque tous dans leurs quartiers, à l'arrivée de Cole et des autres, seuls Jarvin et quelques-uns de ses camarades montant la garde.

Je ferais vite. Si le couloir était désert, je pourrais ensuite descendre rejoindre mes amis. M'assurer que Chubs et Liam étaient avec Jude et Vida, en sécurité dans le dortoir barricadé. Mais les serrures étaient cassées et je ne pouvais pas laisser Clancy ici.

Je me plaçai derrière lui, passai les bras autour de sa poitrine et assurai ma prise.

— Tu es… officiellement… le roi des emmerdeurs, hoquetai-je.

Je dus le lâcher pour déplacer une nouvelle fois la table de travail. Je sortis et pris une profonde inspiration parce que je croyais me trouver face aux cadavres de Jarvin et des autres agents… mais le couloir était désert. Pendant que j'y traînais Clancy, j'envisageai brièvement de l'emmener à l'infirmerie, mais des ombres allaient et venaient derrière les rideaux et je ne pouvais m'assurer que c'était l'équipe de Cole. De nombreuses portes donnaient sur le couloir, beaucoup permettant d'accéder à des pièces que je n'avais jamais vues. Mais un placard était resté ouvert et il n'y avait plus une seule arme sur le râtelier… ce qui permettait d'y installer quelqu'un.

Je venais d'y pousser Clancy quand on m'appela d'une voix forte.

Je pivotai. Cate sortit en courant de l'infirmerie, passant la bandoulière de son fusil sur l'épaule. Elle ôta sa cagoule et la laissa tomber sur le sol. Puis je fus soudain dans ses bras, dans sa chaleur. Je m'appuyai contre elle et éprouvai une sensation de soulagement complètement inattendue.

— Qu'est-ce que tu fais ? demanda-t-elle.

Et sa présence m'avait tellement décontenancée que je lui dis la vérité.

— J'enferme Clancy Gray dans un placard.

Elle recula vivement, regarda le jeune homme étendu à nos pieds. Et, pour la première fois de sa vie, Cate ne me demanda pas si j'avais envie de parler de ce que je ressentais. Je n'eus pas besoin d'expliquer pourquoi nous ne pouvions pas le laisser dans l'infirmerie ou dans une pièce d'où il pourrait s'évader. Elle savait qu'il avait une très grande valeur.

— Bien. Je vais chercher la clé.

— Cate, fis-je en saisissant son bras, c'est terminé ?

Elle sourit.

— Depuis une demi-heure.

— Vraiment ? demandai-je d'une petite voix.

J'eus l'impression d'avoir cinq ans, comme le jour où j'avais soudain retrouvé mon père après m'être perdue dans le centre commercial.

Cate avança et prit mon visage entre ses mains. Ce fut comme regarder la pleine lune dans la nuit.

— J'étais sûre que tu y arriverais, dit-elle.

Je fermai les yeux et vis la tente blanche. Puis Mason poussant son dernier soupir. L'odeur de la muselière en cuir me revint en mémoire. Les hurlements de Rob… J'eus envie de tout raconter à Cate, de me décharger sur elle de ce fardeau écrasant. Elle m'avait souvent proposé de le faire et je m'y étais toujours refusée. Et, à cet instant, la même répugnance me serra la poitrine, comme pour protéger le faible muscle battant à l'intérieur.

— C'était horrible, soufflai-je.

Elle essuya la larme qui coula sur ma joue.

— Mais tu étais plus forte.

Je secouai la tête.

— Je n'étais pas… J'étais…

Comment m'exprimer pour lui faire comprendre ?

— Ce n'est pas ce que m'ont raconté Jude et Vida.

J'ouvris les yeux, scrutai son visage pour m'assurer qu'elle ne mentait pas.

— Ils vont bien ?

— Ils sont sains et saufs, répondit-elle. Ils se font du souci pour toi. Je peux te conduire auprès d'eux, mais nous devrions d'abord résoudre notre petit problème, ajouta-t-elle en montrant Clancy de la tête. D'accord ?

— Ouais, soupirai-je. D'accord.

Les équipes de Cole et de Cate avaient rassemblé les jeunes dans l'atrium et fermé les portes pour qu'ils ne voient pas les cadavres qu'on transportait à l'infirmerie. Ceux des agents ayant renversé Alban. Je me dis qu'il était ridicule de nous les cacher mais, en même temps, je leur en fus reconnaissante.

Je pris une profonde inspiration, secouai mes épaules pour les détendre et tendis les mains vers la porte.

On avait poussé les tables contre les murs et installé des lits de camp au centre. L'équipe médicale soignait les égratignures. Je trouvai bizarre qu'elle ait décidé de transporter la gaze et les antiseptiques ici… puis je me souvins que l'infirmerie tenait maintenant lieu de morgue.

— Est-ce qu'ils sont tous morts ? demandai-je à voix basse.

La pièce était occupée par une vingtaine de jeunes qui prenaient leur petit déjeuner après s'être procuré ce qu'ils pouvaient dans les cuisines, et par une quarantaine d'agents, en groupes de quatre ou cinq. Mais c'étaient ceux qui nous regardaient avec compassion quand ils croyaient qu'on ne les voyait pas.

— Tous ceux qui ont refusé de se rendre, répondit Cate.

Alors… tous ?

— Tu as sans doute eu l'impression qu'ils étaient tous contre vous, poursuivit-elle, mais de nombreux agents ont été choqués par l'assassinat d'Alban et sont restés uniquement parce que Jarvin les aurait tués s'ils avaient tenté de partir. Ils ne se sont pas opposés à nous, quand nous avons pris les dortoirs, et ont reçu l'autorisation de s'en aller s'ils le souhaitaient.

Je scrutai la pièce. Chubs et Liam, devant une télévision, me tournaient le dos et regardaient des images d'un bâtiment blanc couronné d'un dôme. Près d'eux, Jude et Vida étaient accroupis devant Nico qui, tassé sur lui-même, semblait vouloir disparaître.

Cate suivit mon regard.

— On parlera de ça plus tard, dit-elle.

— De quoi ? demanda quelqu'un, derrière nous, avec un accent traînant. De moi, peut-être ?

Il posa un bras sur mes épaules et je tentai de me dégager, mais il m'en empêcha et ébouriffa mes cheveux déjà en bataille. Je ne pus m'empêcher de sursauter quand je m'aperçus qu'il sentait la fumée. *Rouge*.

Psi.

Impossible !

Il se contrôlait parfaitement, alors que Mason n'était plus qu'une épave. Cole était impressionnant… mais d'une façon désarmante et troublante. Les Rouges que j'avais croisés à Thurmond faisaient penser à des animaux enfermés en eux-mêmes. Ils refusaient de regarder les autres en face et erraient, le regard vide, comme s'ils écoutaient une voix qu'eux seuls pouvaient entendre. De temps en temps, ils sortaient de leur torpeur et leur visage s'assombrissait. Ils fixaient quelqu'un, un sourire mauvais aux lèvres et on comprenait ce qui allait arriver.

Mais Cole n'avait pas seulement appris à se contrôler, il s'était épanoui.

Un Rouge.

Ils échangèrent un regard.

— Il paraît qu'on t'a confié… un secret très important, dit Cate.

Je gardai le silence, pas parce que j'étais incapable de répondre mais parce que je ne pouvais choisir parmi les milliers de questions qui me traversaient l'esprit. Finalement, je me tournai vers Cole et demandai :

— Depuis quand sais-tu ?

— Depuis l'âge de douze ans, répondit-il. Tard, comparativement à vous. Ça m'a terrifié. Maman et Harry croyaient que je cachais des allumettes ou des briquets… que je brûlais des objets pour « faire l'intéressant ».

— Pourquoi n'avoir rien dit à Lee ? demandai-je.

Cole plissa les paupières.

— J'ai mes raisons et elles ne te regardent pas. Tu as promis de ne pas…

— Je ne le ferai pas, coupai-je, le haïssant parce qu'il m'imposait le silence.

Il me faudrait aussi cacher cela à Liam. Lui mentir.

— Je..., ajoutai-je. Comment est-ce possible ? Tu es trop âgé. Est-ce que... tu es seul dans ton cas ?

Pas étonnant qu'il ait beaucoup compté aux yeux d'Alban... un *Psi* capable de se mêler aux adultes, indécelable parce qu'il était théoriquement trop vieux.

Cate regarda autour d'elle, s'assurant que personne n'écoutait.

— Ils sont très, très peu. Quelques centaines. Mais ce n'est pas le moment de parler de ça. Nous avons d'autres soucis.

— À propos, dit Cole en baissant la voix, tu aurais pu m'avertir que la jeune fille en détresse numéro deux était le fils du président.

— Voyons combien de mots tu pourras encore prononcer quand j'aurai mis la pagaille dans ton esprit !

— Compris, fit-il avant de se tourner vers Cate. Est-ce qu'il va nous poser un problème ?

— Il est enfermé dans un placard, dit-elle en levant les sourcils comme pour défier Cole.

— D'accord, d'accord... Une chose à la fois. Il n'y avait plus d'armes dans ce placard, hein ?

Je ne sais pas qui, de Cate et moi, eut l'air le plus furieux.

Sans se départir de son sourire ironique, Cole demanda :

— Tu ne t'es pas contentée de ramener mon crétin de frère, hein, tu as aussi rapporté le gros lot ?

Je tapotai mes poches à la recherche du rectangle de plastique. Je le leur tendis, soudain impatiente d'en être débarrassée. Cole se tourna vers Cate.

— Il vaut mieux que tu t'en charges. Tu ne vas pas tarder à partir, exact ?

— Dans une minute. Je dois avertir mon équipe.

— Parce qu'ils seront perdus en l'absence de maman ?

Son ironie attisa ma colère et je me dégageai brutalement, puis m'éloignai. Cole leva les mains et fit un pas en arrière.

— Un peu d'humour, chérie ! Souris. C'est une bonne journée, n'oublie pas. On a gagné.

— Où allez-vous ? demandai-je à Cate.

— Chercher des moyens de transport. Quelques agents m'accompagneront. Je serai de retour dans quelques heures, promis. Tu comprends sans doute que… nous ne pouvons pas rester ici.

— Où allons-nous ? m'enquis-je. Au Kansas ? En Géorgie ?

— Roo !

Surprenant que Jude ne nous ait pas repérés plus tôt ! Il se leva d'un bond, se fraya un chemin parmi les agents. Du coin de l'œil, je vis Chubs et Liam se retourner, mais les perdis de vue quand Jude me prit dans ses bras.

— Tu m'as flanqué une de ces frousses ! s'écria-t-il.

Je le serrai contre moi. Mon comité d'accueil !

— Moi aussi je me faisais du souci pour toi, dis-je. Tout s'est bien passé ?

Il hocha la tête.

— Tu as trouvé Clancy ? demanda Jude.

— Je t'avais bien dit qu'elle était saine et sauve, intervint Vida, posant une main sur son épaule et essayant de l'éloigner de moi. Judith ! Lâche-la !

Cate rit et lui tapota le dos.

— Venez. Je dois vous parler. À Nico aussi.

— Il reste muré dans son silence, dit Jude. Je n'arrive pas à lui tirer un mot. Il est complètement replié sur lui-même.

Je fis signe de la main à Cate quand elle entraîna Jude et Vida en direction de Nico.

— Ah ! marmonna Cole.

Adossé au mur, il se crispa et se redressa. Son visage lui-même parut se durcir. Il passa près de moi sans un mot puis me lança un bref regard par-dessus son épaule.

Il ignora complètement Liam – et Liam l'ignora aussi – quand ils se croisèrent et continuèrent leur chemin dans deux directions opposées. Je me tournai vers Chubs et lus, sur son visage, qu'il avait quelque chose à me raconter.

Vivants, vivants, vivants, pensai-je, joyeuse. Je laissai s'estomper le souvenir empoisonné de ce que Clancy m'avait montré, me concentrant sur le bonheur qui dilatait ma poitrine. *Vivants*. Leurs visages étaient sales, mais ce n'était rien. Une plaie s'était rouverte sur le menton de Liam, mais ce n'était rien. Un des verres des lunettes de Chubs était fêlé, mais ce n'était rien.

Mes amis étaient tout.

Ils s'immobilisèrent devant moi, les bras croisés, la même expression désapprobatrice sur le visage.

— Ça va, les gars ? demandai-je, parce qu'ils avaient visiblement décidé de garder le silence.

— Et toi ? répondit sèchement Liam. Qu'est-ce qui t'a pris de poursuivre Clancy ?

Le ton de sa voix me mit en colère.

— J'ai pensé qu'il avait une bonne raison de se laisser entraîner ici et je ne me trompais pas.

Je sortis les documents de ma poche et y pris une des photos. Chubs regarda les feuilles tachées d'un air vaguement dégoûté.

— J'ai trouvé ça dans le bureau d'Alban, expliquai-je. C'est ce que Clancy cherchait.

Liam se pencha pour regarder. Contrairement à moi, ils semblèrent identifier tout de suite la femme. Chubs ouvrit la bouche.

— Il la traque, repris-je. Les photos étaient dans un dossier contenant sans doute le résultat de ses recherches. Je ne sais pas s'il la croyait ici ou s'il pensait qu'Alban aurait un indice, mais…

Cole monta sur la table du centre de la pièce et frappa deux fois dans ses mains.

— Votre attention, s'il vous plaît, dit-il sur un ton grave qui me parut forcé.

Le Cole des sourires ironiques et des blagues agaçantes avait cédé la place à l'agent Stewart.

— Je serai bref, ajouta-t-il.

Les agents et les jeunes contournèrent tables et lits de camp pour se rassembler devant lui.

— Ce qui est arrivé ici…, reprit-il, est terminé. Vous avez joué votre rôle à la perfection. Je voudrais pouvoir affirmer qu'ils n'auraient pas mis leur projet à exécution, mais nous savons tous que ce serait un mensonge.

Liam s'adossa au mur, exactement comme son frère quelques instants plus tôt. Ses yeux étaient rivés sur moi et il attendait visiblement quelque chose.

— Bien, poursuivit Cole. Les jolis discours ne sont pas mon fort. Je ne mentirai pas, parce qu'on vous a menti pendant toute votre vie et que ça doit cesser. Voici ce que vous devez savoir : quand Alban a fondé la Ligue, il voulait dévoiler la vérité sur la NIAA et forcer Gray à reconnaître l'existence des camps. Mais il voulait surtout que notre pays redevienne ce qu'il avait été… la nation dont il était fier et qu'il était heureux de servir. La Ligue des enfants était son rêve, même si elle a mal tourné. Il voulait que la vie reprenne comme avant. Mais nous ne pouvons pas revenir en arrière.

Je me tournai complètement vers lui, contournant Chubs pour mieux voir. Les jeunes le fixaient, fascinés. C'était comme lorsque Liam parlait de libérer les camps : la passion sous-tendant leurs propos effaçait leurs doutes sur leur aptitude à s'exprimer. Ils s'enflammaient.

Il est comme nous, pensai-je. Les autres l'ignoraient, mais ne soulevaient pas d'objections. Ils trouvaient logique qu'il prenne les choses en main.

Liam leva les yeux au ciel. Je regardai Chubs et me demandai s'il percevait, lui aussi, la déception de Liam.

— Désormais, poursuivit Cole, nous ne pouvons plus qu'aller de l'avant. Nous devons renoncer à ce nom et à cet endroit. Je ne sais pas ce que nous serons, ni si nous prendrons un autre nom, mais je sais ce que nous ferons. Nous trouverons la cause de la NIAA, nous dénoncerons les responsables et nous mettrons un terme aux souffrances de tous ces malheureux jeunes. Nous *partons* ; nous allons au ranch… des agents sont, en ce moment même, en train de le rouvrir. Nous voulons que vous veniez. Nous voulons que vous ayez envie de combattre. Nous avons besoin de vous.

Cate, assise près des autres, se leva et m'adressa un signe de la main avant de sortir. Vida, Jude et Nico ne levèrent pas la tête. Ils acquiesçaient, les promesses de Cole les entraînant dans un tourbillon enivrant de possibilités. J'éprouvais la même chose. Ses propos étaient honnêtes. Réels.

— Qu'est-ce que le ranch ? souffla Chubs.

— L'ancien QG de la Ligue, près de Sacramento, répondis-je. Il a été fermé après la construction de celui-ci.

— Nous avons besoin de vous, répéta Cole en se tournant vers nous. Mais la décision vous appartient.

Je soutins son regard et m'efforçai de ne pas sourire quand il m'adressa un clin d'œil. Il comprit qu'il pouvait compter sur moi.

Et Liam aussi.

Il s'éloigna du mur, mais ne se dégagea pas quand je saisis sa veste à l'instant où il passait devant moi. Il respirait difficilement, mais profondément. Il avait mis des jours à reprendre des forces et des couleurs, mais semblait à nouveau sur le point de perdre connaissance. Son visage était terreux et ses yeux brillants.

— Dis-moi que tu pars avec nous aujourd'hui, souffla-t-il. Avec Chubs et moi. Je sais que tu es trop intelligente pour croire ces conneries. Je te connais.

Il lut la réponse sur mon visage. Il saisit mes poignets et me repoussa.

Arrivé à la porte, il se retourna et ajouta d'une voix rauque :

— Dans ce cas, je n'ai plus rien à te dire.

Après son discours, Cole disparut en marmonnant qu'il allait « vérifier », sans donner d'explication plus précise.

J'eus vaguement envie de le suivre pour m'assurer qu'il ne faisait pas allusion à Clancy Gray, mais je ne suis pas sûre que j'aurais pu me lever. On s'était tous les cinq – Vida, Jude, Nico, Chubs et moi – installés autour d'une table ronde proche d'une télé, pour ne pas gêner les agents préparant l'évacuation, récupérant tout ce qui pourrait nous être utile.

Une heure s'était écoulée. Jude avait déjà demandé plusieurs fois si Cate était de retour et je commençais à me faire du souci pour Liam. Mais plus je restais assise, plus il me sembla que mes membres s'alourdissaient, et je finis par imiter Nico et poser la tête sur mes bras.

— Elle a dit qu'elle en aurait pour un moment, indiqua Vida en regardant l'heure sur son Chatter. On est soixante-dix. Il faut beaucoup de voitures.

— *Nous sommes en direct du Capitole du Texas où débutera dans un quart d'heure le Sommet de l'Unité réunissant le président Gray et les représentants de la Coalition fédérale…*

Jude monta le son. Lui seul, parmi nous, fixait l'écran. Replié sur lui-même, Nico était presque catatonique. Chubs regardait alternativement sa montre et la porte.

La retransmission des pourparlers de paix de Noël avait débuté un quart d'heure plus tôt, à neuf heures, heure du Texas. Il y avait surtout des plans de foule, et seulement d'une partie de cette dernière. Quand le cameraman avait accidentellement filmé un groupe de manifestants armés de pancartes, maintenu le plus loin possible du Sommet, l'écran était devenu noir.

Cole s'assit entre Jude et moi, chassant presque mon camarade du banc.

— Chérie, j'ai besoin de toi pendant une minute.

Je tournai la tête et l'enfouis plus profondément entre mes bras.

— Ça ne peut pas attendre ?

— Il a repris connaissance, il est très en colère, j'ai besoin d'informations sur l'attitude à adopter et il n'y a que toi qui puisses me dire s'il tente de griller mon cerveau.

— Tout le monde sait ce qu'il est ? demanda Chubs. Tu le leur as dit ?

— Alban était au courant, intervint Cole. Il a vu Clancy influencer un membre du Service secret, pendant une de ses tournées de promotion.

Je me redressai.

Si Alban savait que Clancy était un Orange, le premier mot de Lillian Gray pouvait être interprété d'une façon totalement différente. *Je dois m'éloigner de lui si je veux avoir une chance de le sauver.* Peut-être Lillian Gray avait-elle compris avant son mari que son fils influençait ses proches.

La chronologie devint enfin claire. Alban aurait vu Clancy manipuler les esprits juste avant de quitter le gouvernement pour créer la Ligue… il s'était, comme l'écrivait Lillian, « éloigné » de Clancy. Si elle avait demandé à son mari ou à un de ses collaborateurs de l'aider à disparaître, Clancy l'aurait appris. Son plan était un ultime recours.

— Alors pourquoi n'a-t-il rien fait de cette information ? demanda Liam, derrière nous, les sourcils froncés. Elle aurait démontré que les camps étaient une belle arnaque.

Cole leva les yeux au ciel.

— Et comment l'aurait-il prouvé ? Clancy est un fantôme. On a essayé de le joindre, pour voir s'il viendrait de son propre chef, mais il n'a jamais mordu.

— Parce qu'il n'a pas besoin de vous, intervint Nico d'une voix rauque. Il n'a besoin de personne. Il se débrouille seul.

J'ouvris la bouche pour exposer ma théorie, mais Liam, qui s'était discrètement approché de nous, me coupa la parole.

— Tu ne devrais pas aider les autres à emballer le matériel ? demanda-t-il en fixant la main de Cole posée sur mon épaule.

Les voir ainsi côte à côte, une expression de colère presque identique sur des visages presque identiques, fut un peu déstabilisant.

— Tu peux partir quand tu veux, Lee, dit Cole en le congédiant d'un geste de la main. Personne ne te retient. Je t'ai expliqué comment retrouver maman et Harry, alors vas-y. Pars et cache-toi. J'aimerais être là quand tu expliqueras aux parents que ta stupidité a failli faire tuer un groupe de jeunes. Après leur avoir raconté ce qui s'est passé quand tu t'es évadé de ton camp, bien entendu !

Vida jura à voix basse et abattit une main sur le bras de Chubs pour l'empêcher d'intervenir. Mais personne ne put m'empêcher de réagir.

— Tais-toi ! m'exclamai-je. Tu te rends compte de ce que tu dis… ?

— Tu…, s'écria Liam, le cou rouge et tentant visiblement de contrôler l'expression de son visage, tu n'imagines pas…

— N'en fais pas toute une histoire, coupa Cole. Tu ne m'as pas déjà assez mis dans l'embarras ? Va-t'en et qu'on n'en parle plus. Cesse de me faire perdre mon temps !

— Les gars…, intervint Jude d'une voix stridente qui se brisa. Les gars !

— S'il te plaît, insistai-je. Sois…

Jude se pencha sur la table, saisit mon bras et m'obligea à me tourner vers la télévision.

— Silence ! *Regarde !*

Tout juste descendu de sa voiture, le président Gray regardait la foule et la saluait de la main. Ses cheveux étaient plus gris que quelques mois auparavant. Il avait de grosses poches sous les yeux. Mais c'était le visage de Clancy tel qu'il serait dans trente ou quarante ans et cela me donna envie de tourner le dos à l'écran.

— Qu'est-ce qui…, dit Vida à l'instant où la caméra montra une frêle silhouette portant une capuche, qui écartait la jolie journaliste blonde du coude et sautait par-dessus les barrières.

Le président gravissait lentement les marches blanches du Capitole, tendant la main au gouverneur. Derrière lui, les drapeaux américain et texan flottaient au vent. Et, tout à coup, les hommes qui l'entouraient dégainèrent leurs armes.

Les policiers en uniforme postés dans l'escalier furent projetés si loin qu'ils percutèrent les rangées de cameramen et de photographes. Il n'avait pas eu besoin de les toucher ; un large mouvement du bras avait suffi.

— Bon sang, souffla Liam. C'est un jeune.

Il était mince, musclé, bronzé, comme un athlète ayant passé l'été sur la cendrée. Ses cheveux étaient longs, attachés sur la nuque avec un élastique ; il sortit un pistolet de la poche de son sweat-shirt et tira calmement deux balles dans la poitrine du président.

— *Mon Dieu, mon Dieu…*, gémit la journaliste.

Elle était au sol ; on ne vit que l'arrière de sa tête pendant que les agents du Service secret et les policiers se jetaient sur l'agresseur. La foule, derrière elle, hurlait ; la caméra pivota pour filmer sa débandade.

— C'est vous ? demanda Liam en avançant sur son frère. Vous lui avez ordonné ça ?

— Ce n'est pas un des nôtres, affirma Vida. Je n'ai jamais vu cette ordure !

Cole pivota sur lui-même et s'éloigna à grands pas. Personne ne bougea et j'ignorais totalement où il allait. Vida saisit la télécommande et monta le volume.

— *Mesdames… mesdames et messieurs… je vous en prie…*

La journaliste, toujours à terre, tentait d'éviter de se faire piétiner par les spectateurs qui s'enfuyaient en courant. L'écran montra ensuite les visages horrifiés des présentateurs, dans le studio, mais devint noir presque aussitôt après, et des mots apparurent :

SYSTÈME D'ALERTE D'URGENCE

LE GOUVERNEMENT DES ÉTATS-UNIS
A PUBLIÉ UNE NOTIFICATION
DE MESURES D'URGENCE

N'ÉTEIGNEZ PAS VOTRE POSTE

DES INFORMATIONS IMPORTANTES
SERONT COMMUNIQUÉES

Mais le message resta à l'écran et seule suivit la plainte grave du système d'alerte d'urgence, que nous avions entendue mille fois lors des exercices des stations de radio et de télévision.

Une explosion étouffée retentit, presque complètement couverte par les voix paniquées et la plainte des écrans de télévision… puis deux, trois, quatre, se succédant rapidement, comme celles des feux d'artifice du 4 juillet. Elles étaient si lointaines que je n'eus pas peur. Pendant un instant, je me demandai si ce n'était pas *vraiment* un feu d'artifice. Les gens avaient-ils l'impudence de fêter le décès apparent du président Gray ?

Tout cela fut emporté par une succession assourdissante de parasites : une onde sonore paralysante, crépitante, sifflante, comme le souffle d'une tornade.

Une plainte mécanique lui succéda. La lumière, les télés, l'air conditionné… tout s'arrêta, nous plongeant dans le même noir impénétrable que quelques heures plus tôt.

Si Jude n'avait pas tenu mon bras, je n'aurais pas pu l'empêcher de tomber.

Vida nous rejoignit et m'aida à faire asseoir Jude sur une chaise.

— C'est… il s'est passé quelque chose, bredouilla Jude.

Les agents présents allumèrent des bâtons lumineux, éclairant faiblement la pièce. Jude se tirait les cheveux et son visage exprimait une totale désorientation.

— Quelque chose de grave, ajouta-t-il.

— Comment ça ? demandai-je en laissant Chubs se pencher sur lui pour l'examiner.

Son regard était un peu vague.

— C'était une grosse… une grosse déflagration, mais très brève. Tout est si silencieux maintenant…

Je scrutai la pièce à la recherche de l'équipe de Jaunes. Ils étaient, eux aussi, désorientés, tassés sur eux-mêmes, incapables de réagir quand leurs camarades tentaient de les faire lever.

— Qu'est-ce que c'est ? demanda Chubs. Une autre coupure de courant ?

Je le fis taire pour écouter l'agent exposant la situation à Cole, qui se dirigeait vers nous.

— Le groupe électrogène de secours fonctionne ; les radios et les téléphones mobiles ne marchent pas. Les caméras de l'extérieur sont en panne. Bennett tente de les réparer…

— Inutile, répondit calmement Cole. Elles ont sans doute grillé.

Grillé ? Mais cela voudrait dire…

Une panne d'électricité à cet instant aurait été une coïncidence trop improbable. Cole ne croyait pas que le réseau électrique de Los Angeles avait été saboté… mais que le matériel électronique avait été détruit dans toute la ville.

— Tu crois que c'était une impulsion électromagnétique ? insista l'agent.

— Je crois qu'on devrait se tirer le plus vite possible.

Cole plaça ses mains en porte-voix et cria pour couvrir les murmures angoissés :

— Vous savez quoi faire. Prenez ce que vous pouvez emporter et allez directement à l'entrée du tunnel. Dans l'ordre ! Nous évacuons maintenant.

Vida soutint Jude et j'aidai Nico à se lever.

— Ça pourrait être une nouvelle coupure de courant, protesta l'agent. Ça pourrait être une réaction à l'assassinat. Il faut descendre au niveau trois et attendre que ça passe.

— Si c'est une attaque, intervint un autre, c'est ici que nous serons en sécurité !

— Nous serons en sécurité hors de ce…

Trois chocs puissants retentirent juste au-dessus de nous. Je ne sais pas pourquoi – ni même ce qu'étaient ces bruits – mais je plaquai Nico au sol et Vida fit de même avec Jude.

— À couvert ! cria quelqu'un, mais les mots furent engloutis dans un éclair de lumière brûlante.

Puis il se mit à pleuvoir du feu.

Trente et un

Je ne sentis pas tout de suite la douleur, seulement une forte pression sur mon dos.

Je repris connaissance dans le noir total, Nico criant mon nom et serrant mes épaules. Pendant un bref instant, mon esprit fut en lambeaux et ne put relier ce que je voyais, sentais et éprouvais à la réalité de ce qui venait d'arriver. Tout était filtré par les ténèbres.

Non ! Je dois d'abord trouver Vida…

— Bon sang, Liam, *bouge* ! rugit Cole. Va avec les autres !

— Ils sont là, dit Vida. Aidez-moi…

Le poids qui maintenait Nico sur mon dos disparut et de l'air poussiéreux emplit mes poumons. Je toussai, passai une main sur le sol et trouvai ce qui me parut être un bâton lumineux.

Mais c'était un doigt séparé d'un corps.

On me fit lever et on me soutint jusqu'au moment où mes genoux cessèrent de trembler.

— Tout le monde…, marmonnai-je.

— Bombes à charge pénétrante, expliqua Vida. Il faut filer.

— Jude…

— Je suis là. Je ne te vois pas, mais je suis là…

— Tout le monde est là ; on va s'en sortir, intervint Chubs. Où faut-il aller ?

— Il faut descendre…

Je toussai, la bouche pleine de poussière. Mes yeux s'adaptaient et je me rendis compte que la lueur orange terne qui nous entourait ne provenait pas de bâtons lumineux mais des incendies dus aux explosions. Puis, d'un seul coup, je pris conscience du reste : plafond partiellement éventré d'où pendaient des câbles, gravats sur le sol. Et, au loin, le tonnerre… de plus en plus proche.

Ils bombardent la ville. Peu importait qui c'était. J'essuyai le liquide chaud coulant sur ma joue, m'assurai d'un coup d'œil que Nico allait bien. Jude et lui étaient serrés l'un contre l'autre, dans les bras l'un de l'autre.

Je pivotai sur moi-même, comptai les survivants. Chubs se redressa, regarda les silhouettes noires des agents et des jeunes se dirigeant lentement vers la sortie. Liam tentait de nous rejoindre, écartant Cole, qui voulait le forcer à suivre les autres. Et Vida… elle regardait les corps immobiles gisant sur le sol, quelques-uns sous des morceaux de plafond. La pièce sentait la chair brûlée et la fumée.

— On ne peut pas les laisser là, sanglota Jude en montrant Sara, une Bleue.

Sara le fixait, la poitrine écrasée par une poutrelle.

— On… Ce n'est pas bien, ajouta-t-il ; on ne peut pas les abandonner ici. *S'il te plaît !*

— Il le faut, dis-je. Viens.

Depuis mon arrivée à la Ligue, j'avais participé à deux exercices d'évacuation et nous avions emprunté deux sorties différentes. La première fois, nous avions pris l'ascenseur et le tunnel que nous utilisions habituellement pour accéder au QG, la seconde un escalier énorme débouchant à quelque distance de l'usine cachant la présence de nos installations. Elles n'étaient plus utilisables. Un regard sur le visage de Cole suffit à me le confirmer.

— Avancez, avancez, disait-il, poussant agents et jeunes dans le couloir. Descendez au niveau trois. Suivez l'agent Kalb !

Je tentai de compter les têtes, mais il faisait trop sombre et la fumée était trop épaisse. La structure tout entière trembla, et je fus projetée contre Liam, qui nous attendait près de la porte.

— Ça va ? demanda-t-il, essoufflé.

Cole saisit le col de sa veste et le poussa dans le couloir. Visiblement, les autres se dirigeaient vers le cœur des installations. On les suivit en file indienne, contournant les plaques de béton, les débris en feu, les jets de vapeur des canalisations brisées du chauffage. Mais, par miracle, le couloir avait moins souffert que l'atrium.

La cage de l'escalier conduisant au niveau deux était pleine de fumée et de vapeur d'eau. Mon sweat-shirt était trempé de sueur. J'ôtai ma veste.

Cate, pensai-je. *Où est Cate ? Que lui arrive-t-il ?*

L'impact suivant me projeta contre le dos de Liam. Un jeune, devant nous, hurla, mais je n'entendais que Jude, derrière moi, murmurant « mon Dieu, mon Dieu », inlassablement.

Au deuxième niveau, la file fut ralentie par un obstacle que je ne voyais pas. Je passai devant Liam et saisit le bras de Cole pour attirer son attention.

— Et les gens de l'infirmerie ?

— S'ils n'ont pas pu sortir par leurs propres moyens, tant pis pour eux, répondit Cole sur un ton sans réplique.

— Et Clancy ? insistai-je, même si je connaissais la réponse. L'as-tu libéré ?

— On n'en a pas eu le temps.

Je jetai un coup d'œil derrière moi, regrettant de ne pouvoir voir le visage de Liam dans le noir. Mais il posa les mains sur ma taille et me poussa doucement. Puis, la bouche contre mon oreille, il dit :

— Qu'aurait-il fait si c'était toi ? Moi ?

La bile m'était montée à la gorge et ces mots ne m'aidèrent pas à la ravaler. Enfermer quelqu'un était une chose, mais le condamner à une mort presque certaine en était une autre.

— Pas question ! gronda Vida.

Chubs et elle tenaient Nico, paniqué, par les bras et le forçaient à avancer. Je vis, derrière eux, le visage horrifié de Jude.

— Je veux aller le chercher, dit Nico. Je peux aller le chercher !

— Non, cria Jude. On ne se sépare pas !

L'onde de choc de l'explosion suivante nous projeta sur le sol. Ma tête heurta le mur et je vis trente-six chandelles. Je me redressai et on courut dans l'escalier, dans le couloir obscur, jusqu'au corridor bordé de cellules. Le mur, sur ma droite, s'était en partie effondré.

— Restez derrière moi, ordonna Cole en nous regardant par-dessus l'épaule. Venez, il faut qu'on soit en tête de file.

Il parvint à se frayer un chemin parmi les autres, mais tout le monde semblait bloqué à l'entrée du tunnel. Je ne sais pas ce qui serait arrivé si on avait tenté tous les six de forcer le passage.

On arriva enfin assez près pour voir quel était le problème. Derrière la porte, il fallait escalader les tubes et le béton tombés du plafond.

Quand vint notre tour, je m'arrêtai et m'écartai pour laisser passer les autres, mais Liam ne l'entendit pas de cette oreille. Il me souleva carrément pour me faire franchir les gravats, puis me suivit.

Vida jura, derrière moi, et Chubs, essoufflé, grogna. Nous étions si nombreux, dans le tunnel, que l'air était chaud et moite. Notre progression était une véritable course d'obstacles.

Je perçus les vibrations alors que le bruit n'était pas encore parvenu à mes oreilles. Il y eut quatre explosions sourdes, de plus en plus fortes. Vida nous cria quelque chose, mais je n'entendis pas. Mon estomac, mon cœur, montèrent jusqu'à mes lèvres, comme si le sol du tunnel s'était effondré sous mes pieds. Les secondes passèrent lentement et j'eus le temps de tourner le dos au souffle de la déflagration.

On se jeta à terre sous l'avalanche de poussière, de blocs de béton et d'éclats de verre. Le tunnel vibra si fort que je crus qu'il allait s'effondrer. Tout le monde criait, maintenant, mais la voix de Cole couvrit toutes les autres.

— Avancez, avancez, avancez !

J'en fus incapable. Je ne pus que me mettre à genoux, puis me redresser en m'appuyant au mur. Près de moi, j'entendis Chubs et Vida se plaindre du noir qui les empêchait de se voir.

— C'était dans le QG, soufflai-je. Est-ce qu'il est détruit ?

— Je crois, répondit Liam.

— L'entrée du tunnel est complètement bloquée, maintenant, cria Chubs.

Ceux qui nous précédaient firent remonter l'information jusqu'à la tête de la file. Les cris de consternation et les sanglots se multiplièrent.

Les agents… les jeunes… tous ces cadavres que nous étions obligés d'abandonner… leurs familles ne sauraient jamais ce qui leur était arrivé… et quelques-uns s'accrochaient peut-être encore à la vie quand…

Le sanglot me serra la gorge. Je ne pleurais pas, mais mon corps tremblait violemment, si fort que Liam, qui me suivait, me prit dans ses bras. Je sentis sa poitrine contre mon dos, puis sa tête contre mon cou.

Il était là, en chair et en os ; on était tous vivants. *Vivants, vivants, vivants.* On avait réussi à sortir. Mais je ne pouvais m'empêcher d'imaginer la chute du plafond, les éclats de verre, l'effondrement du plancher, le noir.

Concentre-toi, m'ordonnai-je. *Il y a des gens derrière toi. Tu n'es pas encore sauvée. Il pourrait y avoir d'autres explosions. Liam, Chubs, Vida et Jude. Liam, Chubs, Vida et Jude…*

— Respire, respire, dit Liam d'une voix tremblante.

Le rythme de ses mots, les mouvements réguliers de sa poitrine contre moi finirent par me calmer.

— Ça va, dis-je. Ça va. Avançons.

Le mot se grava dans mon esprit et je l'emportai dans le noir. *Avançons.* Quelqu'un, devant nous, sanglotait ou riait ; un son si dément que je ne pus l'identifier.

Le tunnel pouvait s'effondrer sur nous d'un instant à l'autre et cette peur dépassait toutes les autres, me serrait la gorge et me forçait à avancer.

Respire.

La présence de Liam derrière moi aurait dû me rassurer. On atteignit enfin la partie intacte du tunnel et on put se redresser. Notre progression devint moins pénible et ce fut comme un signe de la fin de nos épreuves. Mais le noir était toujours total. Je me retournai plusieurs fois mais ne vis que la forme imprécise du visage de Liam.

Avançons… Tête baissée, coudes au corps, je marchai aussi vite que possible. Je perdis la notion du temps. Cinq minutes passèrent, dix peut-être. Quinze. L'odeur de moisi céda la place à la puanteur fétide des égouts. Je tendis les bras, pour que mes mains touchent le béton glissant, mouillé. Liam poussa un cri étouffé quand sa tête heurta le plafond et, un instant plus tard, il dut se baisser.

L'eau stagnante sentait la pourriture et le moisi. Quelqu'un vomit et plusieurs autres firent de même.

Je me frottai le visage pour écarter les mèches de cheveux collées sur mes joues et mon cou. Soudain, je suffoquai… l'air devint épais, gluant, le tunnel plus étroit, et je ne vis plus rien, absolument plus rien.

Nous ne mourrons pas ici. Nous ne disparaîtrons pas.

Je tentai de rester concentrée sur le frottement de mes doigts sur le béton, la baisse du niveau de l'eau, l'augmentation de l'espace entre ma tête et le plafond.

Pourquoi le tunnel me semblait-il complètement différent ? Il s'élargit et descendit ; peut-être mes yeux s'accoutumaient-ils au noir, mais il me sembla qu'il devenait moins obscur.

Ce n'était pas mon imagination. Le changement avait été progressif – une simple lueur au début – mais il fit bientôt assez clair pour me permettre de voir le visage de Liam penché sur le mien. Des exclamations de soulagement retentirent. Je me dressai sur la pointe des pieds, tentant de voir au-delà de ceux qui me précédaient. Un point de lumière, au bout du long tunnel, grandissait à chaque pas. Mes jambes retrouvèrent soudain toute leur énergie et je marchai de plus en plus vite jusqu'au moment où je distinguai l'escalier et les silhouettes montant hors du noir paralysant.

Pendant longtemps, il n'y eut que la fumée.

Chauffée par le soleil couchant, elle nous enveloppait comme un rideau brun-gris. La poussière de béton de l'explosion ne s'était pas encore complètement déposée. Elle sortait par la porte ouverte. Dans l'escalier, mes jambes se remirent à trembler. Cole nous attendait à l'entrée du tunnel. Il saisit mon bras et me tira dehors, puis il se tourna vers Liam.

— Imbécile, cria-t-il d'une voix rauque en le secouant. Tu m'as flanqué la frousse de ma vie ! Quand je te dis de rester derrière moi, tu restes derrière moi ! Pourquoi n'es-tu pas parti quand je te l'ai dit ? Pourquoi ne m'écoutes-tu *jamais* ?

Il le prit dans ses bras et Liam, épuisé et soulagé, se laissa faire. Je n'entendis pas ce qu'ils se dirent, debout dans l'encadrement de la porte, mais Vida rompit le charme.

— On voudrait pouvoir sortir, crétins !

Un agent nous guida jusqu'à l'endroit où nos camarades étaient assis, sous le milieu du pont. Je posai un pan de mon sweat-shirt sur mon nez et ma bouche, pour éviter de respirer la poussière, mais le goût de craie était déjà dans ma gorge.

L'état de Los Angeles et du quartier industriel était un spectacle insupportable. Personne ne voulait regarder les ruines. Nous savions que la ville avait été bombardée, mais voir les gratte-ciel brûler à l'horizon, les nuages de fumée noire monter dans le ciel bleu dépassait nos forces.

On s'assit, Liam et moi, un peu à l'écart des autres, qui pleuraient et se réconfortaient. Sa présence, la pression de son épaule contre la mienne me rassurèrent. Je regardai les visages trempés de larmes de mes camarades et regrettai de ne pouvoir me laisser aller, moi aussi... évacuer la terreur qui bouillonnait en moi.

Le vieux gratte-ciel abritant la Coalition fédérale n'était plus qu'une carcasse en feu. Je l'avais vu, pendant une seconde, vomir des nuages de fumée qui avaient plongé les alentours dans le noir.

Liam ne pouvait que dire et répéter : *Merde !*

Pour me calmer, je pris une profonde inspiration. Du coin de l'œil je vis Jude, à quelque distance du pont, les yeux fermés et le visage tourné vers le soleil qui venait d'apparaître dans une déchirure de la fumée. Je ne pus me contraindre à me lever, mais je m'imaginai près de lui. La tête levée, laissant le soleil sécher mes cheveux mouillés. Comme si nous étions très loin d'ici.

Liam se redressa quand Chubs et Vida, couverts de poussière, nous rejoignirent.

— On a entendu Cole parler avec les agents. D'après eux, les voitures et les téléphones mobiles sont hors d'usage. Selon Cole, c'était une impulsion électromagnétique. On ne s'en est pas aperçu parce qu'on était sous terre.

C'était pour cette raison qu'Alban avait tenu à construire un QG souterrain. Si Cole avait raison et si une bombe atomique avait effectivement explosé dans la haute atmosphère, créant une impulsion électromagnétique dévastatrice, tout s'était passé comme Alban l'avait prévu. La déflagration avait détruit la centrale alimentant le QG en électricité.

Je n'arrivais pas à croire que Gray – ou son remplaçant – soit allé aussi loin… ait détruit tous les véhicules, tous les ordinateurs, tous les appareils électroniques, pour s'assurer que la Ligue serait sans défense. Impuissante.

— On ne peut pas contacter Cate, annonça Vida.

— Elle est saine et sauve, dis-je en espérant que le désespoir ne transparaissait pas dans ma voix.

La clé USB. Cate a la clé USB. Et, s'il était arrivé quelque chose à Cate…

— La ville… ?

— Grouille de soldats, apparemment, dit Chubs. Ce n'est pas bon signe.

— Une vraie invasion, ajouta Vida en s'asseyant près de moi.

Elle montra Nico, debout près de la porte du tunnel. Il fixait l'intérieur, comme s'il attendait quelqu'un.

Je me frottai le visage, tentant de chasser l'image de Clancy Gray enfermé dans le noir. *C'est ce qu'il méritait*, murmura une voix cruelle, dans mon esprit. C'était à cause de lui que nous étions venus ici… il avait menti, mis nos vies en danger, et pourquoi ? Parce qu'il avait un problème avec sa maman ?

Je n'avais pas envie de penser aux morts et me concentrai sur les vivants. Je pensai à mes compagnons, à cette rare gentillesse de la vie, qui nous avait permis de sortir avant l'effondrement total du QG.

Liam, penché vers Chubs, murmura :

— On va rester jusqu'à ce qu'on trouve le moyen de quitter cette ville.

Chubs, qui retenait ses larmes, acquiesça. Vida était allongée, les mains sur le ventre.

Et Jude…

Je regardai les jeunes. Il était là. L'abondante chevelure bouclée que je cherchais s'éloignait, discutant avec un camarade. Où allait-il ? Il tourna la tête vers nous et…

Ce n'est pas Jude.

Pourquoi avais-je cru que c'était lui ? Ce garçon ne lui ressemblait pas du tout… c'était un Vert qui faisait bien une tête de moins que lui.

Tout, en moi, se mua en pierre. Je tremblais quand je me forçai à me retourner une dernière fois. J'essayai de l'appeler mais n'émis qu'un hoquet. Je levai la main et appuyai sur ma gorge nouée.

— Ruby ? dit Chubs. Qu'est-ce qu'il y a ?

— Quoi ? demanda Liam en se tournant vers moi. Que se passe-t-il ?

— Où est… Jude ? soufflai-je.

Les garçons échangèrent un regard, puis scrutèrent les alentours.

— Jude ! appela Vida. Judith ! Ce n'est pas drôle !

Je ne vis pas son visage parmi ceux qui nous entouraient, et les agents veillaient maintenant à ce que nous restions sous le pont. Plusieurs d'entre eux se tournèrent vers nous, dont Cole.

— Il est descendu au troisième niveau, hein ? demandai-je d'une voix rendue stridente par la panique. Il était avec vous, au bout de la file, hein ?

Mon Dieu !

Vida fronça les sourcils. Une idée assombrit son visage.

— Vida, m'écriai-je en saisissant le devant de son sweat-shirt, quand lui as-tu parlé pour la dernière fois ? Quand l'as-tu vu pour la dernière fois ?

— Je ne sais pas ! cria-t-elle en me repoussant. Je n'en sais rien, d'accord ? Il faisait très noir…

Je me levai et courus jusqu'à l'entrée du tunnel. Nico se tourna vers moi et je compris qu'il n'attendait pas Clancy, mais Jude.

— Ruby…, dit-il. Où est-il ?

— Stop, intervint Cole en saisissant mon coude.

Je me débattis, tentai de me dégager. Jude était dans le tunnel. Et jamais je n'aurais laissé Jude seul dans le noir.

— Tu étais à l'arrière, hein ? continua-t-il. J'ai envoyé un agent s'assurer que nous ne laissions personne derrière nous. Il paraît que le QG s'est complètement effondré…

— Ferme-la ! lança Liam en m'éloignant de Cole. J'y vais avec Chubs, d'accord ? Je suis sûr qu'il a simplement été séparé du groupe.

— Il n'est pas question que tu retournes là-dedans, protesta Cole. Si tu fais un pas de plus, je te mets KO.

Liam ne fit pas attention à lui.

— Il s'est peut-être tordu une cheville, intervint Chubs, ou bien il a glissé et s'est cogné la tête. Ou encore, il est coincé sous des gravats…

— Non ! protestai-je. C'est mon…

— Ruby, je comprends, d'accord ? dit Liam. Mais toi et Cole, vous devez trouver un moyen d'emmener tout le monde loin d'ici, et vite. Laisse-nous faire.

— C'est ma responsabilité. Je suis le Leader.

— Pas le mien, déclara-t-il d'une voix douce. Tu t'en souviens ? Ce sera plus rapide si j'y vais avec Chubs. On sera revenus en un rien de temps. Toi et les autres, trouvez le moyen de nous faire quitter cet endroit.

Je secouai la tête.

— Laisse-les faire, Ruby, intervint Vida en me prenant par le bras. Viens.

Cole grogna, furieux, et tendit un bâton lumineux à son frère.

— Vous avez une heure. Ensuite, on partira sans vous.

Liam se tourna vers Chubs et montra l'entrée du tunnel de la tête.

Trente-deux

Ils ne revinrent pas au bout d'une heure, ni même de deux.

Je tentai de me souvenir du temps que nous avions mis… Une demi-heure ? Davantage ? Sur le moment, ça m'avait semblé une éternité.

Vida et moi étions assises de part et d'autre de la porte, le dos au mur. Ses bras étaient croisés et ses jambes tendues. Toutes les quelques minutes, ses doigts serraient ses bras.

Pour la troisième fois, Cole et les autres envisagèrent de diviser le groupe. Presque tous les jeunes dormaient, après avoir longtemps lutté pour rester éveillés.

J'entendis des pas et me levai. Vida resta immobile. Je scrutai le noir, les paupières plissées. Je comptais les silhouettes indistinctes. *Une… deux…*

Deux.

Liam sortit le premier, me tendant la main sans un mot d'explication. Je le laissai m'entraîner au fond du chenal, au soleil, loin des autres. Jetant un coup d'œil par-dessus l'épaule, je vis Chubs s'accroupir près de Vida.

— Je sais, dit-elle d'une voix enrouée. Ça ira.

Je reportai mon attention sur Liam, qui avait visiblement du mal à contenir ses émotions. Ils ne l'avaient pas trouvé. Maintenant, je pouvais essayer. Je connaissais Jude mieux qu'eux... Il devait y avoir des kilomètres et des kilomètres de tunnels sous la ville et il me serait plus facile de deviner...

Il retourna ma main et y posa un objet lisse. Ses yeux étaient d'un si beau bleu ! De la couleur d'un ciel matinal. Il baissa la tête et je suivis son regard : les restes tordus d'une petite boussole en argent.

Je restai sans réaction. Incapable de parler, de penser et même de respirer. Mes lèvres s'ouvrirent mais aucun son ne sortit de ma bouche.

— Non.

Je fermai les doigts sur la boussole, la cachant, niant sa présence. Le verre était brisé, l'aiguille rouge avait disparu et elle était presque pliée en deux. *Non.* Il n'y avait que ce mot, mais il suffit à allumer un incendie de déni.

— *Non !* répétai-je.

— On a refait le chemin en sens inverse, dit Liam en serrant ma main. Jusqu'au bout. On a déblayé une partie des gravats... et...

— Non, suppliai-je.

Ne me raconte pas ça.

— Je ne..., ajouta-t-il d'une voix qui se brisa. Je ne sais pas ce qui s'est passé. J'ai failli ne pas le voir, mais il y avait... j'ai aperçu une de ses chaussures. On l'a trouvé, mais on ne pouvait rien... Chubs n'a rien pu faire. Il était déjà... parti et on n'a pas pu le dégager. Il était à l'arrière de la file ; l'explosion a dû...

Je lançai la boussole sur lui mais cela ne l'atteignit pas, ne le fit pas souffrir, alors je tentai de lui donner un coup de poing. Il attrapa mon poignet et immobilisa mes deux mains contre sa poitrine.

Il ment. Ce n'était pas possible. J'avais vu Jude dehors, regardant le ciel ! Je l'avais entendu, j'avais *senti* sa présence !

Je vacillai et mes jambes se dérobèrent. Liam me tenait et je ne tombai pas, mais il était épuisé, lui aussi, et c'est par miracle qu'il évita notre chute.

— Il faut aller le chercher, dis-je. On ne peut pas… Il ne peut pas rester là-bas ; il n'aime pas le noir, il ne supporte pas le silence, il ne devrait pas être seul…

— Ruby, dit Liam d'une voix douce, tu ne pourras rien faire de plus. Et je crois que tu le sais.

Je reculai violemment, le repoussai, repoussai la réalité. Mais cette bouffée d'énergie ne dura qu'un bref instant. Des larmes brûlantes coulèrent sur mes joues ; elles emportèrent la poussière, roulèrent sur mes lèvres, gouttèrent sous mon menton. Liam prit mon visage entre ses mains, les essuya… mais les siennes mouillaient mes cheveux.

— Je ne peux pas, dis-je, je ne peux pas…

Je me demandai à cet instant s'il avait refusé que j'y aille parce qu'il ne croyait pas trouver Jude ou, au contraire, parce qu'il était sûr de le trouver.

— Il était seul, sanglotai-je. Il n'y avait personne avec lui… il devait être terrifié. Je lui ai dit qu'on ne se séparerait pas.

Le visage de Jude était gravé dans mon esprit… ses oreilles décollées et trop grandes. Que lui avais-je dit la dernière fois que je lui avais parlé ? « Reste près de moi » ? « Avance » ? Et qu'avait-il répondu ? Tout ce dont je me souvins, ce fut son visage dans la faible lumière du bâton lumineux de Cole.

Suivre le Leader. Il m'avait suivie et voilà ce qui était arrivé ! Ce que je lui avais fait !

— Lee ! appela Chubs.

Un avion passa, à basse altitude, une sorte de gros nuage rouge s'échappant de sa carlingue. Liam leva les bras, couvrant nos têtes, quand le vent poussa des milliers de tracts dans notre direction.

Jeunes et agents sortirent de sous le pont pour en attraper. J'en saisis un qui passait près de nous. Liam se pencha par-dessus mon épaule et je le levai pour qu'on puisse le lire en même temps.

Le sceau présidentiel, le drapeau américain et le logo du ministère de la Défense étaient imprimés en haut de la page.

Après avoir été victime d'une tentative d'assassinat perpétrée par un jeune Psi *déséquilibré, le président Gray a été transporté dans un hôpital où les médecins l'ont examiné. Il portait un gilet en Kevlar et ne souffre que d'une contusion à l'abdomen et de deux côtes cassées. À sa sortie, il a publié la déclaration suivante :*

« Aujourd'hui, nous avons reçu confirmation d'informations que nous espérions erronées. La Coalition fédérale et ses partisans sont à la botte d'un groupe terroriste, la Ligue des enfants, et ces deux organisations ont mis sur pied un projet visant à transformer vos enfants – qu'ils font évader des camps de réhabilitation où nous tentons de leur sauver la vie – en soldats capables de combattre et de tuer avec une férocité aussi inhumaine que les aptitudes qu'ils possèdent. Faute d'autre solution, j'ai immédiatement ordonné le bombardement du siège de ces organisations : Los Angeles.

Il s'agissait d'attaques ciblées destinées à minimiser les pertes civiles. Ne pleurez pas la mort de ces rebelles. Il a parfois été nécessaire, au cours de l'Histoire, de tuer la révolte dans l'œuf. C'est le cas aujourd'hui. C'est le seul moyen de reconstruire notre nation. »

— Il a oublié *Dieu bénisse l'Amérique*, marmonna Liam en froissant le tract.

Derrière nous, un coup de feu retentit. Je pivotai sur moi-même, saisissant le bras de Liam pour le tirer derrière moi. Les agents encerclaient quelqu'un, de l'autre côté du chenal. Ils avaient dégainé leurs armes.

— C'est une blague, souffla Liam.

Vida poussa un cri de rage et se mit à courir à toute vitesse en direction des agents. Plusieurs eurent l'intelligence de ne pas rester en travers de son chemin et seul Cole fut assez stupide pour tenter de l'empêcher d'étrangler Clancy Gray.

— Comment ? cria-t-elle alors qu'on se frayait un chemin, Liam et moi, parmi les agents et les jeunes. *Comment ?*

Clancy était sale… couvert de boue, et il y avait du sang séché autour de ses yeux et de son nez enflés. Mais, même à quatre pattes, il paraissait sûr de lui. Arrogant.

Je vis alors, derrière lui, une porte ouverte. Elle se trouvait exactement en face de celle que nous avions empruntée, cachée derrière un pilier et dissimulée sous des graffitis.

Clancy eut un rire sans joie.

— Par le conduit d'aération des douches des garçons, répondit-il, ses yeux noirs rivés sur moi. Mais il m'a d'abord fallu défoncer la porte du placard.

— C'était par là que tu avais l'intention de partir ? m'enquis-je. Après avoir trouvé ce que tu cherchais dans le bureau d'Alban ?

Clancy haussa les épaules, indifférent aux armes braquées sur lui.

— Tu ne connaissais pas cette sortie, hein ? ironisa-t-il.

— Bon sang, souffla un agent. C'est… c'est vraiment le fils du président ?

Clancy est vivant et Jude est mort, pensai-je en m'appuyant contre Liam, qui me prit par les épaules et me serra contre lui. C'était invraisemblable, c'était impossible !

— Servons-nous de lui, intervint un agent. Échangeons-le contre la possibilité de partir en toute sécurité. Stewart… la ville grouille de soldats, on n'a pas de moyen de transport et on ne peut pas contacter le ranch. Il est notre seul atout.

— Le livrer à nos nouveaux voisins risque de ne pas être une partie de plaisir. C'est un Orange ; il arrivera à se défiler, objecta Cole, jetant un coup d'œil sur Clancy et ignorant la stupéfaction de ses camarades. Il vaudrait peut-être mieux l'éliminer tout de suite et leur envoyer le corps. Ce serait un message adressé à son cher papa. On trouvera un autre moyen de quitter la ville.

Quelques agents murmurèrent leur approbation.

— Vous serez bloqués ici, intervint Clancy. Mon père n'est pas stupide. Il aura tenu compte de toutes les stratégies de fuite. Croyez-moi, cette attaque était prête depuis des mois, peut-être même des années. Quand il en a eu assez d'attendre un prétexte pouvant la justifier, il en a fabriqué un.

C'était si ridicule que cela semblait incroyable.

— Tu crois que ton père a organisé une tentative d'assassinat contre lui-même ?

— C'est ce que j'aurais fait. Je présume qu'il a survécu ?

Liam me serra très fort contre lui. Je tremblais à nouveau mais, cette fois, c'était de colère. Vida et Chubs se tournèrent vers moi, comme s'ils attendaient que je le contredise. Peut-être avait-il raison ou peut-être étais-je en présence du Clancy d'autrefois, qui s'arrangeait toujours pour obtenir ce qu'il voulait, et je ne sais pas ce qui me fit le plus peur.

— Vous m'avez cru quand j'ai dit qu'on repartait de zéro, dit Cole aux jeunes et aux agents assis sous le pont, indécis et pétrifiés. Le moment est arrivé. Nous traçons notre route. Mais il ne vient pas avec nous.

— Pense aux informations qu'il pourrait nous fournir, protesta un agent en levant les bras au ciel. On pourrait l'anesthésier…

— Essaie, ironisa Clancy. Tu verras ce qui va t'arriver.

— Ouais, tu as raison, admit Cole. On devrait simplement te tuer.

— Fais-le, répondit Clancy, son sourire dévoilant des dents tachées de sang. Finis-en. J'ai fait ce que je voulais faire. Et vous…

Il se tourna vers les jeunes qui l'entouraient, puis fixa Nico, qui se mit à trembler.

— Vous pouvez me remercier, reprit-il, d'être toujours en mesure de vous défendre. Je nous ai sauvés. *Moi*, je nous ai sauvés.

— Qu'est-ce que tu racontes ? demanda Cole à bout de patience.

Il se tourna vers moi, mais je ne pouvais quitter Clancy Gray des yeux parce que, malgré mon chagrin, je commençais à comprendre.

Ce matin, une ville avait été détruite, et aussi des vies innombrables. Beaucoup de gens ne rentreraient pas chez eux et leurs mères, pères, filles, fils, épouses et maris les attendraient en comptant les heures, en espérant… La fumée imprégnerait le béton, marquant à jamais cette ville martyre. Dans dix ans, vingt ans, il serait toujours impossible de parler de cet événement horrible… Mais, bizarrement, quand Clancy reprit la parole, ce furent ses mots qui changèrent tout.

— Le traitement de la NIAA, dit-il. Celui que ma mère a mis au point, dont Alban vous a caché l'existence en attendant l'occasion de le livrer à mon père pour en tirer un profit personnel.

Clancy essuya le sang s'écoulant de son nez et eut un nouveau rire sans joie.

— À mon père, reprit-il, qui nous aurait privés de nos aptitudes et nous aurait laissés *sans défense* ! J'ai brûlé ces documents, et mon père les a enterrés sans le savoir. Maintenant, personne n'aura le résultat des recherches de ma mère… personne ne nous prendra ce qui nous appartient.

Un traitement ! Ce mot tinta à mes oreilles. Mon esprit ne parvint pas à l'assimiler. Pendant de nombreuses années, je m'étais forcée à croire que c'était impossible, à ne pas penser qu'il y avait un monde derrière la clôture électrifiée du camp, que ce mot n'existait plus.

Je tournai la tête, cherchai Jude du regard pour voir comment il réagissait… mais Jude n'était pas là. Je l'avais abandonné. Je l'avais livré aux ténèbres.

Un jeune éclata en sanglots, derrière moi, et demanda :

— Quoi ? Qu'est-ce que… De quoi parle-t-il ?

Mon Dieu ! pensai-je.

Je m'étais trompée… complètement. La Première Dame n'étudiait pas la cause de la maladie. Elle avait consacré sa vie à chercher le moyen de la guérir.

Je m'éloignai des autres, me dirigeai vers Clancy. Chubs tremblait. Je croisai le regard de Liam mais son visage exprimait une souffrance, un désespoir tels que je dus baisser la tête. Je compris ce qu'il imaginait. Je nous voyais sur une plage, moi aussi, sous un ciel sans nuages, entourés de nos familles.

Un traitement !

Alban avait raison quand il avait dit que Lillian Gray ne s'était jamais laissé aveugler par son amour pour son fils. Elle savait que Clancy ne renoncerait jamais à son aptitude et qu'elle ne le trouverait pas. Il fallait qu'il vienne à elle, attiré par la satisfaction d'être parvenu à l'acculer, alors qu'elle le fuyait depuis très longtemps. Il devait être le premier à bénéficier du traitement, parce qu'il disparaîtrait à jamais s'il apprenait son existence. Je me demandai si c'était pour cette raison qu'Alban avait gardé le secret… si cela faisait partie de leur accord. Clancy d'abord. Ensuite, il pourrait en faire cadeau au monde. Devenir un héros national.

Je m'accroupis devant Clancy et scrutai son visage. Son regard suivit la main que je glissai dans ma poche.

Derrière tous ses propos empoisonnés, il y avait la souffrance d'une vraie trahison, une douleur si profonde que son corps tout entier semblait palpiter. Sa mère, sa propre mère, lui avait tendu un piège ! Et qu'avait-il fait ? Il avait incendié son labo, il l'avait agressée, il avait brouillé son esprit et tiré profit de ce qui se passait au QG pour terminer ce qu'il avait commencé en Géorgie.

Il a appris qu'elle avait envoyé ses résultats à Alban, pensai-je, lissant lentement les feuilles sur mon genou. Il me fixait, maintenant. *Il a dû le lire dans son esprit.*

L'idée que son père ait enterré, sans le savoir, ce qui pouvait sauver le pays et sa présidence plaisait beaucoup à Clancy. Mais si Clancy n'était pas venu dans l'intention de détruire les recherches de sa mère, nous ne les aurions pas trouvées à temps. Elles seraient restées dans le QG, avec tout le reste, quand nous nous étions enfuis.

Il était venu fermer une porte, mais l'avait laissée ouverte et j'avais pu la franchir.

Il y a un traitement ! C'était une idée si démente que j'eus l'impression d'être l'aiguille de la boussole de Jude tournant follement à la recherche du nord.

Il méritait cela. Je retins mes larmes, laissai la colère prendre le pas sur le désespoir. Et j'agis. Parce que Jude aurait mérité de vivre pour voir cet instant… Il aurait dû être là, près de moi, comprenant soudain que tout pouvait changer.

Je plaçai les documents froissés, tachés de fumée, devant le visage de Clancy, assez haut pour que les jeunes et les agents puissent aussi les voir. Et je ne sais pas ce qui fut le plus exaltant, le plus délectable… l'expression de terreur de son visage ou la joie de savoir que je tenais enfin, à nouveau, mon avenir entre mes mains.

— Tu parles de ces recherches ?

Remerciements

Tout d'abord, je dois dire toute mon affection pour l'équipe de Disney Hyperion, qui a travaillé incroyablement dur et avec beaucoup d'enthousiasme sur cette série. Je remercie surtout mon éditrice, Emily Meecham, ainsi que Laura Schreiber, Stephanie Lurie, Lizzy Mason, Dina Sherman, LaToya Maitland, Andrew Sansone, Lloyd Ellman et Marci Senders.

Rien n'aurait été possible sans la détermination de mon agent, Merrilee Heifetz. Il n'est pas exagéré de dire que je ne pourrais pas être entre de meilleures mains et je te suis très reconnaissante d'être dans mon camp.

Toute ma gratitude à Anna Jarzab et Erin Bowman, qui ont lu les premiers jets terriblement maladroits de cette histoire et dont les remarques pertinentes m'ont été extraordinairement utiles. Merci aussi à Sarah J. Maas, non seulement pour ses nombreuses lectures et critiques, mais aussi pour son affection et son soutien pendant une année incroyablement difficile.

Toute mon affection à Tyler Infinger et Catherine Wallace… je ne saurais dire à quel point leur amitié compte à mes yeux.

Je dois aussi remercier très vivement mes amies de RHCB, surtout Adrienne Waintraub, Tracy Lerner et Lisa Nadel. Je ne pourrais pas les admirer davantage.

Enfin, tout mon amour à ma famille pour sa bravoure, sa patience et sa force pendant cette année. Quand j'en viens à croire qu'elle ne peut pas être plus extraordinaire, elle me montre que je me trompe.

PAPIER À BASE DE FIBRES CERTIFIÉES

Le Livre de Poche s'engage pour l'environnement en réduisant l'empreinte carbone de ses livres. Celle de cet exemplaire est de :
300 g éq. CO_2
Rendez-vous sur www.livredepoche-durable.fr

« Pour l'éditeur, le principe est d'utiliser des papiers composés de fibres naturelles, renouvelables, recyclables et fabriquées à partir de bois issus de forêts qui adoptent un système d'aménagement durable. En outre, l'éditeur attend de ses fournisseurs de papier qu'ils s'inscrivent dans une démarche de certification environnementale reconnue. »

Édité par la Librairie Générale Française - LPJ
(58 rue Jean Bleuzen, 92170 Vanves Cedex)

Composition Nord Compo
Achevé d'imprimer en Espagne par Liberdúplex
Dépôt légal 1re publication janvier 2016
87.2239.8/03 - ISBN : 978-2-01-249024-6
Loi n° 49-956 du 16 juillet 1949 sur les publications destinées à la jeunesse
Dépôt légal : juillet 2018